EDITION LIT

Carola Kupfer
Wolfgang Schröck-Schmidt

Die französische Erbschaft

Johanna und neuste Kurpfälzer Merkwürdigkeiten

Roman

EDITION LIT

Impressum

Bibliografische Information der Deutschen Bibliothek

Die Deutsche Bibliothek verzeichnet diese Publikation in der Deutschen Nationalbibliografie. Detaillierte bibliografische Daten sind im Internet unter http:/dnb.ddb.de abrufbar.

ISBN: 978-3-945131-04-6

Lektorat:	Brigitte Krüger
Umschlaggestaltung:	Gabi Dietz-Wölfer, gdw-design, Heidelberg
Titelportrait:	Leopoldina Gräfin von Thurn und Taxis, Schloss Schwetzingen
Satz:	Wolfgang Schröck-Schmidt
Druck und Bindung:	Strauss GmbH, Mörlenbach
Gesamtherstellung:	Edition LIT Am Leimbach 21 68723 Oftersheim Tel.: 0172-6244168

Printed in Germany

Besuchen Sie uns im Internet: www.edition-LIT.de

Die französische Erbschaft

Zur Lesung ein [illegible] Schloss

Dein [illegible]

Carola [illegible]

Die Autoren:

Carola Kupfer

Jahrgang 1964, hat Kunstgeschichte, Archäologie und Sprachen studiert. Sie arbeitet seit mehr als 20 Jahren als Autorin, Ghostwriter und Texterin. Unter ihrem Namen erschienen bereits mehrere Ratgeber sowie drei historische Romane.

Wolfgang Schröck-Schmidt

Jahrgang 1960, hat als Kunsthistoriker (M.A.) zahlreiche Schriften zur Geschichte der Kurpfalz publiziert. Seit 1991 ist er Mitarbeiter der Staatlichen Schlösser und Gärten Baden-Württembergs am Schloss Schwetzingen.

Nach *Nichts ist eine Kleinigkeit bei Hofe* (Dryas-Verlag 2009) und *Johanna und der Medici-Schatz* (Edition LIT 2011) ist *Die französische Erbschaft* der dritte Band der Kurpfalztrilogie.
Auch bei Edition LIT vom Autorenduo erschienen: *Die erstaunliche Reise des Jacob von Bardenfleth* (2012)

Heidelberg, März 1782

„Franzosenbraut!"

Johanna erstarrte. Hörte das denn nie auf? Normalerweise drehte sie sich gar nicht mehr um, wenn hinter ihr gezischelt oder gekeift wurde. Es waren meist Frauenstimmen, die in der Menge nicht auszumachen waren. Sollten sie doch reden, diese klatschsüchtigen Marktweiber oder langweiligen Gattinnen unbedeutender Beamten. Wahrscheinlich waren sie vor allem neidisch auf ihre Kleider. Johanna schüttelte innerlich den Kopf. Dabei wählte sie, seit sie wieder in Heidelberg lebte, nur die einfachen Roben und Mäntel aus, wenn sie das Haus verließ. Solche Kleider hatte sie in Frankreich lediglich im Haus getragen, wenn keine Gäste kamen oder keine Ausfahrt geplant war. Sie waren eher schlicht und meist à l'Anglaise[1] geschnitten – also alles andere als auffällig und französisch. Und dennoch: Hier in Heidelberg fiel sie damit auf. Früher, als sie sich in der Kurpfalz noch richtig heimisch fühlte, war sie davon überzeugt gewesen, dass keine Stadt fortschrittlicher sein konnte als Heidelberg oder Mannheim. Schließlich galt der Kurfürst als besonders weltoffen. Das hatte sich auch in der Mode und dem Selbstbewusstsein der Menschen niedergeschlagen. Doch wo war diese Haltung geblieben? Johanna erschien das hübsche Städtchen am Neckar mittlerweile provinziell und langweilig – trotz der vielen Studenten, die zumindest für Leben und kleinere Skandale sorgten. Kein Wunder, dass sich hier über alles Fremde und Neue das Maul zerrissen wurde. Ihr Pech war, dass sie nun selbst zu den Opfern zählte: Wegen ihrer schönen Kleider und der Tatsache, dass sie mit ihren Kindern ein paar Jahre im Ausland gelebt hatte - einfach lächerlich. Sollten sie doch reden.

---

[1] Mit „à l'Anglaise" (eigentlich: englische Mode) bezeichnet man ein stark tailliertes Kleid, dessen Rückenteil aus einem Stoff geschnitten ist: Der obere Teil ist auf Figur gefaltet, der untere Teil springt unterhalb der Taille zu einem üppigen Rock auf.

Doch diesmal war es anders.

„Bist wohl leicht zu haben, Franzmann-Liebchen!"

Meckerndes Gelächter folgte. Johanna zählte zwei oder drei Stimmen und versuchte den Klang der Stiefelpaare, die sie verfolgten, zuzuordnen. Wie viele Kerle es wohl waren? Langsam kroch die Angst in ihr hoch. Wenn sie doch nur endlich die Hauptstraße erreichen würde und aus den engen und dunklen Gassen hinter der Universität heraus käme. Doch das war gar nicht so einfach, denn immer, wenn sie an einer Hausecke abbiegen wollte, standen in der nächsten Gasse wieder Männer herum, die sie mit düsterer Miene musterten. Wahrscheinlich bildete sie sich das nur ein, doch Angst machte blind. Sie hasste die Enge in dieser Stadt. Es drang kaum Licht nach unten, so dicht an dicht standen hier die Häuser. Schön waren sie auch nicht; viele waren gar nicht verputzt, baufällig und ungepflegt. Ganz anders als in Mannheim, wo die Straßen breit und hell waren, damit man sich auf ihnen wohlfühlte. Es war klar, dass dort auch weniger passierte und die Menschen gesünder waren. Ganz besonders schlimm ging es hier in den Gassen unterhalb des Schlossberges zu. Manchmal waren die gegenüberliegenden Hauswände nur zwei Fuß voneinander entfernt. Normalerweise mied Johanna diese Gegend, aber sie hatte diesmal den kürzesten Weg nehmen wollen – und der führte nun einmal hier hindurch. Ach, hätte sie doch nur auf Tante Clara gehört und wäre nicht allein zum Peterskirchen-Friedhof gegangen!

„Wollen wir doch mal schauen, ob so eine Franzosenbraut mehr kann als die Mägde hier. Alla hopp Jungs!"

Die Stimme klang noch recht jung, war es ein Student?

„Ha joh. Besser reiten zum Beispiel", wurde prompt hinterher geschoben und das Lachen der Männer wurde laut und dreckig.

Johanna spürte, dass die Kerle es ernst meinten. Wer waren sie? Sie wagte es nicht, sich umzudrehen; die Gefahr zu stolpern war in den schlecht gepflasterten Gassen zu groß. Warum half ihr nur keiner? Hier wohnten doch Menschen! Niemand hielt ihre Verfolger auf – im Gegenteil: Die wenigen Menschen auf der Straße vor ihr verschwanden hastig in Toren und Hauseingängen, wenn sie Johannas Verfolger sahen. Man kannte sie hier offenbar – und fürchtete sie.

Johanna versuchte ruhig zu bleiben. Was sollte ihr schon passieren? Sie war ganz in der Nähe vom Marktplatz und damit bald in Sicherheit. Seit sie wieder in der Stadt war, hatte sie schon häufiger erlebt, dass man ihr hinterher starrte und ungeniert über sie redete. In den Augen vieler Menschen war sie nun einmal eine Franzosenbraut. Sie hatte mehrere Jahre in Frankreich gelebt – und was über ihr Verhältnis zu Jean durch die Grenzen in die Kurpfalz gesickert war, wollte sie sich lieber gar nicht vorstellen. Auf die Franzosen war man hier traditionell nicht so gut zu sprechen. Trotzdem machte sie sich große Sorgen. Von Männern war sie bislang noch nie verhöhnt worden – und so offensichtlich bedroht, wie in diesem Moment, schon gar nicht.

Die Kerle kamen immer näher, so sehr Johanna ihre Schritte auch beschleunigte. Sie hörte das schnelle Atmen und Schnaufen ihrer Verfolger und versuchte, die hämischen und anzüglichen Bemerkungen zu überhören. Sie wusste instinktiv, dass Panik die falsche Reaktion war. Weglaufen oder schreien kam also nicht infrage. Sie musste überlegt handeln, damit sie die Kerle abhängen konnte, sie überraschen, täuschen oder überlisten. Nur wie?

An der folgenden Hausecke hinunter zur Badstraße entschied sie sich spontan und blieb abrupt stehen. Ihren Verfolger gelang es nur knapp, nicht in sie hineinzulaufen, während sie sich schwungvoll umdrehte. Schweigend, mit dummdreistem Gesichtsausdruck und vor Erstaunen weit geöffneten Mündern verharrten die drei Männer beinahe regungslos vor ihr. Sie hatte Recht gehabt: Der eine war noch ganz jung und trug eine Studentenmütze, die beiden anderen schätzte sie auf Ende zwanzig. Ihre schmutzige und zerschlissene Kleidung verriet die einfache Herkunft; vermutlich waren es Handwerker oder Bauern. Doch Johanna blieb keine Zeit für weitere Überlegungen. Sie gab sich innerlich einen Ruck, ließ ihren Korb mit den

Einkäufen zu Boden fallen, holte unter dem weiten Rock verborgen ordentlich Schwung und trat dem mittleren der drei Männer mit aller Kraft mit ihrem spitzen Lederschuh ins Gemächt.

Ein lauter Aufschrei folgte und dann ging alles ganz schnell: Ihr Opfer krümmte sich vor Schmerz und ging zu Boden, während der andere ältere Mann sich entsetzt über ihn beugte. Der junge Student nahm seine Beine in die Hand und verschwand mit ängstlichem Gesichtsausdruck wieselflink um die nächste Hausecke.

Johanna schnappte sich ihren Korb, drehte sich um und rannte so schnell sie konnte die Badstraße hinab. Endlich raus aus dem engen Gassenlabyrinth, sie hatte es geschafft. Dann bog sie erhobenen Hauptes in die belebte Hauptstraße ein. Johanna schloss für einen kurzen Moment die Augen und atmete tief durch. Sie hatte riskant gespielt, aber gewonnen. Erleichterung machte sich in ihr breit und sie unterdrückte mühsam den Drang, laut loszulachen. Denn unnötig auffallen wollte sie heute auf keinen Fall mehr. Ihre Knie zitterten noch, aber das konnte keiner sehen. Und in der breiten Hauptstraße fühlte sie sich wieder sicher.

Auf dem Weg zurück zum Apothekerhaus an der Heiliggeistkirche schwor sie sich, nie wieder allein durch die engen Gässchen unterhalb des Schlossbergs zu laufen; es war einfach zu gefährlich. Sie war sich zwar nicht ganz sicher, ob die Kerle ihr etwas angetan hätten – schließlich war sie kein junges Mädchen mehr – aber das Risiko würde sie auf keinen Fall noch einmal eingehen. Außerdem mochte sie die Enge dort ohnehin nicht – sie war breite Alleen, helle Plätze und vor allem gute Luft zum Atmen gewöhnt. Ihrer Tante wollte sie allerdings nichts von dem Abenteuer erzählen; sie würde sich nur Sorgen machen. Außerdem musste sie sowieso damit rechnen, dass dieser unerhörte Vorfall schnell zum Stadtgespräch wurde – vorausgesetzt, jemand hatte ihren gezielten Tritt beobachtet. Schließlich kam es nicht alle Tage vor, dass eine Frau drei männliche Verfolger in Schach hielt.

Johanna wich geschickt einem Haufen Pferdeäpfel aus, die mitten auf der belebten Hauptstraße liegengeblieben waren. Keiner fühlte sich dafür verantwortlich, sie wegzuräumen und so würden sie wohl den ganzen Tag für Ärger sorgen. Allein die Vorstellung, mit ihren feinen Lederschuhen dort hinein zu treten, ließ Ekel in ihr aufsteigen. Mit zunehmendem Alter war sie empfindlicher geworden, das war ihr durchaus bewusst. Vermutlich hatte auch der Alltag in Frankreich dazu beigetragen – schließlich hatten sie dort nur in besten Kreisen verkehrt und sehr kultiviert das Leben genossen. Aber das war nun vorerst vorbei und Johanna musste sich damit abfinden. Sie war 38 Jahre alt und – so hatte es Jean ihr noch kurz vor ihrer Abreise beteuert – immer noch eine schöne Frau, doch das Leben war freudloser und grauer geworden. Ihr fehlte der fröhliche Trubel in den Straßen von Paris, das herrliche Essen, die vielen Parfümdüfte, die in allen Räumen lagen, die Literatur- und Theaterbegeisterung, die zum dort zum guten Ton gehörten und vieles mehr. Johanna seufzte schwer. Wahrscheinlich war es trotzdem richtig gewesen, im vergangenen Spätherbst nach Heidelberg zurückzukehren – auch wenn der Anlass traurig war: Ihr Onkel Philipp Bechtler hatte im stolzen Alter von 68 Jahren seine wachen Apothekeraugen für immer geschlossen, und seine Nichte Johanna mit ihren Kindern war die einzige Erbin. Selbstverständlich hatte sie sofort gepackt, nachdem die Depesche mit der Todesnachricht eingetroffen war; schließlich wollte sie ihrer geliebten Tante Clara beiseite stehen.

Doch schon Monate zuvor hatte sie mit Jean über eine Rückkehr in die Kurpfalz nachgedacht – aus politischen Gründen. Denn in Frankreich brodelte es seit einiger Zeit; in Paris war es sogar schon zu Aufständen gekommen. Grund waren meist steigende Preise im Getreidehandel, die das Volk auf die Straße brachten[2]. Hinzu kam die Finanzkrise, die das Land derzeit gerade erschütterte: So hatte der König vor einigen Jahren seinem

[2] Im Jahr 1775 führte der so genannte „Mehlkrieg“ zu Aufständen in Paris und Umgebung, nachdem in Folge von Spekulationen die Getreidepreise rapide angestiegen waren.

Generalkontrolleur der Finanzen, Jacques Turgot, das Vertrauen entzogen, nachdem dieser versucht hatte, das ganze System zu modernisieren. Ihm war Jacques Necker[3] als Generaldirektor der Finanzen gefolgt, doch seit Mai letzten Jahres war auch er nicht mehr in Amt und Würden. Angeblich war er mit geschönten Zahlen an die Öffentlichkeit gegangen, was zu großen Unruhen führte. Schließlich wusste jeder im Volk, dass für die hohen Staatsausgaben vor allem der König selbst, seine putzsüchtige und skandalöse Gattin Marie-Antoinette und die gesamte Hofgesellschaft verantwortlich waren. Diese Ungerechtigkeit schrie zum Himmel – und langsam schwand die Bereitschaft, dies als gottgewollte Ordnung zu akzeptieren.

Welche Gefahr von dieser Entwicklung ausging, hatte Johanna erkannt, nachdem sie einmal mit Jean im nächtlichen Paris mit ihrer Kutsche in eine tobende Menschenmenge geraten war. Zwar war Jean nur ein Baron und in der Hauptstadt auch kein allgemein bekannter Aristokrat, doch der Volkshass hatte sich gegen sie gewandt, und es war nur der Geistesgegenwart des Kutschers zu verdanken, dass sie dort unbeschadet herausgekommen waren. Seither wusste Johanna, dass „das Volk" in Frankreich ein Pulverfass war – zumal es die größte Bevölkerungsschicht ausmachte[4]. In Paris selbst war das Verhältnis zwar ein wenig anders, da dort das kulturelle Zentrum des Landes lag, doch der überdurchschnittliche Bildungsgrad der Bevölkerung sorgte eben auch dafür, dass sich Ideen und politische Forderungen schneller verbreiteten. So war in den letzten Jahren eine Öffentlichkeit entstanden, die der Staat nicht mehr vollständig kontrollieren konnte – so sehr er sich auch bemühte.

---

[3] Jacques Necker (30. September 1732 - 9. April 1804) war ein Schweizer Bankier und unter Ludwig XVI. als Finanzminister tätig.

[4] Dem so genannten „Dritten Stand" gehörten in den Jahren vor der Französischen Revolution 98 Prozent der französischen Bevölkerung an. Er trug den Großteil der Steuerlast, hatte jedoch praktisch kein Recht auf politische Mitbestimmung.

Dass Johanna und Jean heimlich mit den modernen Strömungen und den politischen Vorstellungen von Voltaire und seinen Anhängern sympathisierten, behielten sie für sich. Nur im vertrauten Gespräch tauschten sie sich darüber aus – und auch über die drohenden Gefahren. Denn Jean war davon überzeugt, dass die allgemeine Unzufriedenheit in absehbarer Zeit zu großen Unruhen im Land führen könnte. „Un jour ou l'autre, ma chère," pflegte er zu sagen, „tout va exploser"[5]. Auch Johanna konnte sich das mittlerweile vorstellen, nachdem sie mehr über die Skandale am französischen Hof erfahren hatte. Und obwohl sie sich in Frankreich immer wohlgefühlt hatte, war ihr in den letzten Monaten vor ihrer Abreise klar geworden, dass Jean Recht hatte: Es war sicherer für sie und die Kinder, wenn sie in die alte Heimat zurückkehrten.

„Sei gegrüßt, Bechtlerin!"

Die sonore und freundliche Stimme des Pfarrers unterbrach Johannas Gedanken. Lächelnd nickte sie zurück. Hatten denn alle vergessen, dass sie seit fünfzehn Jahren den Namen ihres Mannes Clemens Santorini trug? Fast niemand sprach sie so an, für die meisten Menschen war und blieb sie die Bechtler-Tochter. Dabei hatte sie beinahe die Hälfte ihres Lebens an der Seite von Clemens verbracht und zwei Kinder mit ihm, die sogar italienische Vornamen trugen. Bei der vierzehnjährigen Louisa kam niemand auf die Idee, das junge Mädchen mit Mademoiselle Bechtler anzureden; und Francesco sah ohnehin aus wie ein waschechter Santorini. Nur Johanna selbst war im Gedächtnis der Menschen die Tochter des alten Hofarztes Franz Bechtler geblieben, der an einem sonnigen Tag im Juni 1764 in Schwetzingen so tragisch ums Leben gekommen war[6].

Hastig wischte Johanna die unerfreulichen Erinnerungen beiseite und stellte ihren Korb auf dem unregelmäßigen Pflaster

---

[5] Franz.: „Irgendwann, meine Liebe, wird alles explodieren." Er sollte Recht behalten.

[6] Siehe Band 1: *Nichts ist eine Kleinigkeit bei Hofe*, Mannheim 2009 (2. Aufl. 2011) ISBN 978-3-940855-40-4

des Marktplatzes ab. Eigentlich hatte sie vorgehabt, noch weiter einzukaufen und ein paar frische Baldriankräuter für einen Beruhigungs- und Schlaftee für Tante Clara zu besorgen, doch nach dem Erlebnis in den engen Gassen stand ihr der Sinn nach Ruhe und Luft zum freien Atmen. Also entschloss sie sich stattdessen dazu, Brot, Käse und Schokolade, die bereits in ihrem Korb lagen, in das sandsteinrote Apothekerhaus am Marktplatz zu bringen, um dann eine Weile der Stadt zu entfliehen.

Die ehemalige Hofapotheke, die einst von ihrem Onkel Philipp übernommen worden war, befand sich in einem der schönsten Häuser am Marktplatz. Die Fassade war mit üppigen Voluten verziert und dem unmittelbar gegenüber liegendem Südportal der Heiliggeistkirche zugewandt. Damit stand das Haus am oberen Ende der Hauptstraße genau dort, wo sich die enge Hauptstraße zum breiten und großflächigen Marktplatz öffnete. Über mangelnde Laufkundschaft brauchte man sich hier nicht beklagen.

Unten im Gebäude lag hinter der schmucken Fassade das Ladengeschäft mit den Waagen, den vielen Tiegeln und Glasflaschen, den Pillendöschen und geheimnisvollen Schachteln. Dahinter schloss sich mit kleinen Fenstern zur Apothekergasse das Laboratorium an. Die Bechtlers selbst lebten seit jeher im Stockwerk darüber; unter dem Dach hatten früher eine Köchin, ein Hausmädchen und ein Hausdiener, der gleichzeitig Botendienste verrichtete, ihre Kammern. Heute waren dort oben die kleinen, aber entzückend eingerichteten Stuben von Louisa, Francesco und ihrer französischen Gouvernante. Tante Clara hatte ihre Dienstboten in der Nachbarschaft untergebracht. Johanna war im Stockwerk darunter in das alte Kabinett von Onkel Philipp gezogen.

Philipp Bechtler hatte die Heidelberger Hofapotheke als junger Mann nicht nur übernommen, sondern auch das dazugehörige Haus einige Zeit später zu günstigen Konditionen kaufen können. Die Apotheke selbst gab es an dieser Stelle schon seit mehr als 250 Jahren, allerdings war das Gebäude deutlich jünger und zählte zu den Schmuckstücken der Stadt. Über dem

Eingang war das Kurfürstliche Wappen angebracht, das jedem Fremden sofort verriet: Hier werden Pillen mit dem Segen des Kurfürsten gedreht. Onkel Philipps Privilegien waren sogar noch weiter gegangen: So hatte ihn Seine Kurfürstliche Durchlaucht zusätzlich auch als Hoflieferant von allerlei Medikamenten für den Mannheimer Hof bestellt – und offenbar war diese Tradition auch nach München fortgeführt worden. Denn obwohl der Kurfürst 1778 in die bayerische Hauptstadt umgezogen war, hatte er nicht auf Onkel Philipps Apothekerkünste verzichten wollen. Bei Hofe war man mit den Leistungen eines Philipp Bechtler vollauf zufrieden und es hatte nie einen Grund gegeben, daran etwas zu verändern. In der Tat hatte Onkel Philipp sich ein kleines Imperium geschaffen, das ihm und seiner Frau Clara nicht nur ein recht luxuriöses Leben ermöglicht, sondern auch hohes Ansehen in der Stadt eingebracht hatte. Dieses kleine Vermögen gehörte nun zu einem großen Teil Johanna.

Während sie die Tür zum Wohnhaus aufschloss, klingelte nebenan die Glocke der Eingangstür zur Hofapotheke. Johanna lächelte und freute sich über das vertraute Geräusch. Sie hatte sich inzwischen wieder beruhigt, das Zittern der Beine war verschwunden. Nachdem sich ihre Augen an das Dunkel des Flures gewöhnt hatten, stellte sie den Korb auf der untersten Treppenstufe ab und verließ das Haus wieder. Tante Clara oder die Dienstmagd würden sich wahrscheinlich wundern, wo sie blieb, doch sie hatte keine Lust, Erklärungen abzugeben. Es wären ohnehin keine ehrliche Antworten geworden. Sie wollte allein sein und noch ein wenig spazieren gehen; nur die Gassen, die würde sie meiden.

Nachdem sie die Tür wieder sorgfältig verriegelt hatte, überlegte sie einen Moment und ließ dabei ihren Blick über den Marktplatz und die mächtige Kirche gleiten. Die tief stehende Märzsonne besaß schon einige Kraft, so dass die Mauern der hohen, schmalen Häuser rundherum angenehme Wärme ausstrahlten. Über dem Seiteneingang der Kirche erkannte sie das Wappen der Medici mit dem Goldgrund und den fünf roten und der einen blauen Kugel. Noch immer rief es bei ihr unangenehme Erinnerungen hervor, obwohl mit dem Namen der italienischen Kaufmannsfamilie auch für sie selbst ein gewisser Wohlstand verbunden war[7].

Rund um die Kirche drängelten sich zwischen den Außenpfeilern die Krämerläden. Vor allem die Bäcker stritten hier im Schatten des hohen Gotteshauses seit jeher um richtige Brezelgrößen und Preise. Der helle Marktplatz öffnete sich im Osten hinter der Kirche. In der Mitte stand der Herkulesbrunnen, um den sich die vielen Marktstände der Bauern aus dem Umland gruppierten. Johanna erinnerte sich gut daran, wie ihr Onkel ihr einmal lachend erzählte, dass die Herkulesfigur ganz bewusst rechts hinauf aufs Schloss schaute und sein Hinterteil dem Chor der Heiliggeistkirche zustreckte. Doch bis heute hatte der Brunnen unbeschadet die Wirren um den rechten Glauben überstanden – und das würde er vermutlich auch in Zukunft tun. Das imposante Rathaus dominierte den Platz und brachte durch seine klare Architektur Ruhe in den ansonsten vor Leben und Trubel nur so schwirrenden Ort. Die bunten Häuser rundherum, zwischen denen einzelne Gässchen hinunter zum Neckar oder hinauf zum Schloss abzweigten, beherbergten allerlei Geschäfte, wie einen Perückenmacher, Gastwirte, Wagner, Sattler und Fassmacher. Auch einen Porzellanladen gab es, der Frankenthaler Produkte verkaufte. Eigentlich ein schöner und sonniger Platz fand Johanna, doch heute war ihr nicht nach Menschengedränge und weiteren Beschimpfungen. Deshalb entschloss sie sich zunächst, das neue Karlstor im Osten der Stadt zu besichtigen. Es war in den letzten Jahren gebaut worden. Als sie vor einigen Wochen mit den Kindern und der Gouvernante einen Ausflug ins Neckartal machen wollte, war sie

---

[7] Durch ihren Mann Clemens kam Johanna kurzzeitig in den Besitz des berühmten (und heute immer noch teilweise verschollenen) „Schatz der Medici". Dabei handelte es sich um die Mitgift der ehemaligen Kurfürstin Maria Louisa de Medici, die nach dem Tod ihres Gatten Kurfürst Jan Wellem und ihrer Rückreise nach Italien 1717 zurückgezahlt werden sollte – und nie vollständig ankam. Was Johanna und ihre Familie damit zu tun haben, wird in Band 2 der Trilogie beschrieben: *Johanna und der Medici-Schatz*, Oftersheim 2011.

verblüfft davor stehengeblieben – kannte sie doch noch die alte Jakobspforte[8]. Von Tante Clara erfuhr sie dann mehr über den Bau, der die Heidelberger Bürgerschaft fast entzweit hätte. Denn der imposante Bau war ursprünglich als Dankesgeschenk der Bürger der Stadt für ihren Kurfürsten gedacht gewesen, doch schon zu Bauzeiten zu einem unberechenbaren Kostenfaktor geworden. Allerdings konnte sich das Ergebnis sehen lassen, fand Johanna: Das an einen römischen Triumphbogen erinnernde Bauwerk war vom Architekten Nicolas de Pigage sehr harmonisch gestaltet worden; und auch die bildhauerischen Arbeiten waren imposant. Sie erinnerte sich an das Wappen des Kurfürsten mit zwei flankierenden Löwen und zur Stadt gewandt: Die Porträts des Kurfürstenpaares. Sie stammten allerdings nicht aus der Werkstatt Pigages, doch war das Ganze sein Konzept. Was wohl ihr alter Freund Anton Verschaffelt davon hielt? Schließlich war Pigage seit jeher sein Intimfeind![9]

Doch nach einem Blick hinauf in den blauen Himmel entschied Johanna sich um. Es war zu spät, um noch zum Karlstor zu laufen, da die Sonne bereits recht tief stand und bald untergehen würde. Und dann war es kalt im Neckartal. Kurz entschlossen machte sie sich daher auf den Weg zum Schlossberg hinauf, um der Enge der Stadt zu entfliehen. Das würde ihr sicherlich gut tun. Dazu ließ sie den Marktplatz links liegen und eilte zum Kornmarkt hinüber. Sie überquerte den kleinen Platz, bis sie zum Burgweg gelangte. Spätestens hier ließ der städtische Trubel stets nach, weswegen sie den Weg so liebte. Manchmal

---

[8] Das Karlstor war in der Tat im Jahr 1781 der spektakulärste Neubau der Stadt und nach einer Bauzeit von knapp sechs Jahren gerade fertig geworden. Es ersetzte das Innere Obertor, das im Volksmund nur Jakobspforte genannt wurde. Heute weist eine Gedenktafel am Haus Hauptstraße 231 auf den alten Standort des östlichen Stadttores hin.

[9] Nicolas de Pigage war der große Baumeister unter Kurfürst Carl Theodor; Anton von Verschaffelt der bedeutendste Bildhauer am Kurpfälzer Hof. Beide verband eine gewisse Hassliebe, da sie einerseits aufeinander angewiesen waren, andererseits aber auch in ständiger Konkurrenz in der Gunst des Kurfürsten standen.

erschien es ihr, dass kein Heidelberger freiwillig den steilen Weg über den kurzen Buckel hinauf zum Schloss antrat, was ihr gut zupass kam. So konnte sie wenigstens sicher sein, ein paar Minuten allein und unbeobachtet ihren Gedanken nachgehen zu dürfen.

Der Weg stieg ordentlich an, ab und zu waren zusätzlich Stufen eingebaut. Schon bald wurde Johanna warm und ihr Atem ging schneller. Dennoch hielt sie nicht an, sondern beschleunigte ihren Schritt noch so, als könne es ihr nicht schnell genug gehen, die Stadt unter sich zu lassen. Erschien es ihr nur so oder waren die Menschen hier engstirniger geworden, seit der Kurfürst in München residierte? Sie war doch nur knapp vier Jahre weg gewesen, und trotzdem war plötzlich alles anders. Hätte sie besser in Mannheim bleiben sollen? Nach den tragischen Ereignissen, die sich dort im Sommer 1778 Jahren abgespielt hatten, wäre das allerdings sehr schwierig geworden. Damals hatte sie gemeinsam mit Baron Jean de la Frontière ihren Mann Clemens aus einer mehr als zwei Jahre währenden Gefangenschaft in einer hessischen Militärbastion gerettet. Dorthin war er unter mysteriösen Umständen entführt worden, da man ihm – nicht zu Unrecht, wie später herauskam – unterstellte, einiges über den tatsächlichen Verbleib des Medici-Schatzes zu wissen. Er hatte seine Kenntnisse trotz der schrecklichen Umstände seiner Gefangenschaft nie preisgegeben und damit seine Frau und seine beiden Kinder in große Gefahr gebracht. Johanna konnte ihm das nie verzeihen, wenngleich sie nach seiner Befreiung guten Willens gewesen war, an die einst glücklichen gemeinsamen Ehejahre wieder anzuknüpfen. Schließlich war sie das nicht zuletzt ihren Kindern schuldig.

Doch zwei Faktoren führten letztendlich dazu, dass Johanna und Clemens nicht mehr zueinander fanden: Seine Alkoholsucht und das fehlende Vertrauen zwischen ihnen, das einfach nicht mehr wachsen wollte. Offensichtlicher war das Problem mit dem Branntwein, das entging leider auch den Kindern nicht. Denn während seiner Gefangenschaft hatte man ihn regelmäßig mit dem Zeug abgefüllt – wohl in der Hoffnung, dass er im Suff sein Geheimnis verriet. Doch nicht einmal die vielen

Huren, die ihm zugeschoben worden waren, hatten ihn je aus der Reserve zu locken vermocht. Was allerdings blieb, war eine körperliche Abhängigkeit vom Alkohol, die Johanna aus Erzählungen ihres Vaters, der ja Arzt gewesen war, kannte. Folglich wusste sie in etwa, wie mit Clemens umzugehen war, um ihn aus dem Teufelskreis zu befreien, doch sie scheiterte. Denn obwohl Clemens sich vor allem in den ersten Wochen, die sie gemeinsam im alten Bechtlerhaus in Mannheim verbrachten, sehr darum bemüht hatte, keinen Alkohol mehr zu sich zu nehmen, brach das Unglück bereits im Frühsommer wieder mit aller Macht über sie und ihre Familie herein.

Johanna musste nun doch einen Moment innehalten, um durch zu schnaufen. Die unangenehmen Erinnerungen hatten sie vergessen lassen, wie mühsam der Weg hinauf zum Schloss wirklich war. Sie blickte nach oben und stellte fest, dass sie es fast geschafft hatte. Nur noch einige hundert Schritte trennten sie vom Marstall, durch den sie leider hindurch musste, wenn sie zum Altan gelangen wollte. Hoffentlich ließen die Wachen sie passieren.

Etwas langsameren Schrittes machte sie sich wieder auf den Weg nach oben und trat durch das erste Tor hindurch, das zur letzten Biegung vor dem Marstall führte. Dabei ließ sie in Gedanken noch einmal die letzten gemeinsamen Wochen mit Clemens vor ihrem inneren Auge Revue passieren. Am Anfang war es lediglich ein leiser Verdacht gewesen, doch schon bald hatte sich die traurige Gewissheit herausgestellt: Clemens hatte wieder heimlich damit begonnen zu trinken! Überall im Haus waren seine Verstecke für Schnapsflaschen – wo auch immer er sie her bekam. Johanna vermutete damals, dass der Gehilfe aus der Apotheke etwas damit zu tun hatte, nur beweisen konnte sie es nie. Zum Eklat war es gekommen, nachdem Johanna auch unter den Betten der Kinder Branntweinflaschen gefunden hatte – offenbar war Clemens davon ausgegangen, dass sie dort nie suchen würde. In der hitzigen Diskussion nach diesem Fund war er wütend auf sie losgegangen und hatte ihr die ersten Schläge ihres Lebens verpasst.

Lautstarke Beschimpfungen kamen hinzu, von denen „baldracca[10]“ und „madre snaturata[11]“ noch die harmlosesten waren. Johanna war nur durch eine gezielte Flucht in ihre Kammer schlimmeren Verletzungen entgangen, wobei die seelischen Wunden, die dadurch wieder aufgebrochen waren, von nun an nicht mehr heilten.

Das hatten auch die Kinder, Tante Clara und Onkel Philipp gespürt und vergeblich gehofft, etwas für das entzweite Paar tun zu können. Nicht einmal Anton Verschaffelt, der einst Ziehvater vom jungen Clemens gewesen war, hatte es geschafft, den rasenden Trinker zurück auf den rechten Weg zu bringen.

Für Louisa und Francesco war der erneute Verlust ihres Vaters eine große Katastrophe. Johanna war ihrer Tante heute noch dankbar, dass sie damals angesichts dieser aussichtlosen Familiensituation energisch durchgegriffen hatte und mit den völlig verstörten Kindern nach Heidelberg abgereist war. Auf diese Weise waren die beiden glücklicherweise auch nicht dabei, als Clemens Santorini elendig zugrunde ging. Sein Tod Ende Juli 1788 wurde nie ganz geklärt und später als Unfall deklariert; Johanna war jedoch von Anfang an davon ausgegangen, dass er sich selbst in den Fluten des Rheins gerichtet hatte. Clemens' Leichnam wurde einige Tage nach seinem Verschwinden von Fischern in den Rheinauen gefunden – aufgequollen und schrecklich anzusehen. Gott sei Dank war das den Kindern erspart geblieben!

Unterdessen war Johanna am Marstallhof des Schlosses angekommen. Sie lehnte sich an die rote Sandsteinmauer vor dem Eingang, genoss die Restwärme des Tages, die der Stein noch abgab, schloss die Augen und atmete tief durch. Vogelgezwitscher erster Frühlingsboten umgab sie, außerdem lag ein leichter Blütenduft in der Luft. Ab und zu hörte sie aus der Ferne Hämmern und Stimmen – am Schloss wurde wieder einmal ge-

---

10 ital.: Hure, Dirne

11 ital.: Rabenmutter

baut. Ob hier jemals wieder ein Kurfürst residieren würde? Immerhin hatte Heidelberg nach dem endlich beendeten Pfälzischen Erbfolgekrieg[12] ursprünglich einmal zur großen Residenzstadt mit Schloss ausgebaut werden sollen. Das alte Schloss hatte man dazu abreißen und die noch verwendbaren Bauteile und Materialien dazu nutzen wollen, um einen gigantischen Neubau mit einer riesigen Rampe hinunter zur Stadt errichten. Allerdings hatte man nie ein geeignetes Areal gefunden. Und so waren die hochtrabenden Residenzpläne in Heidelberg wieder verworfen und das alte Schloss oben auf dem Berg notdürftig vor dem weiteren Verfall gesichert worden. Zu mehr war der Vorgänger Carl-Theodors finanziell nicht bereit gewesen, und man hatte sich bei Hofe gezwungenermaßen mit den zugigen Räumen, der beschwerlichen Anfahrt und der Stadt unten am Fluss abgefunden, die mit ihren engen Gässchen und den wenig repräsentativen Straßenzügen nicht einmal geordnete Prozessionen oder Paraden zuließ.

Vermutlich war dem alten Carl Philipp damals der Streit mit den Protestanten gerade Recht gekommen, um endlich einen Grund zu finden, dem verhassten Heidelberg den Rücken zuzukehren und seine neue Residenz in Mannheim zu errichten[13].

---

[12] Der Pfälzische Erbfolgekrieg, bei dem es um weitaus mehr ging, als die Pfalz, dauerte von 1688 bis1697 und führte zu erheblichen Verwüstungen durch die Franzosen in der Kurpfalz, die sich auf das Erbe von Lieselotte von der Pfalz, der Gattin des Herzogs von Orleans beriefen. Heidelberg wurde 1693 total zerstört.

[13] Hintergrund war wie so oft die Religion: Heidelberg galt schon vor mehr als 200 Jahren als protestantische Hochburg. Ein Symbol dafür war die prächtige und imposante Heiliggeistkirche, die sich unmittelbar vor der Hofapotheke in den Himmel reckte. Unter dem früheren Kurfürsten Ottheinrich war sie sogar protestantische Pfarrkirche gewesen. Im Dreißigjährigen Krieg wurde sie wieder zeitweise katholisch genutzt, danach wieder protestantisch, was auch mit der vorwiegend protestantischen Bevölkerung Heidelbergs zu tun hatte. Als aber die Kurfürstendynastie der katholischen Pfälzer Wittelsbacher an die Macht kam, zu der auch der amtierende Kurfürst Carl-Theodor gehörte, wurde es kompliziert. 1698 hatte nämlich Kurfürst Johann Wilhelm, jener Souverän, der die letzte Medici geheiratet hatte, eine Kirchenteilung eingeführt. Dadurch sollte die Heiliggeistkirche wie auch alle anderen protestantischen Kirchen in

Johanna hatte diese Geschichte damals kaum glauben können, als ihr Vater sie ihr vor vielen Jahren erzählt hatte – so erstaunlich erschien ihr der Anlass des Streites. Doch heute verstand sie, warum die Heidelberger mit den Mannheimern und die Mannheimer mit den Heidelbergern oftmals Schwierigkeiten hatten. Carl-Theodor hingegen mochte das Neckartal, hielt sich hier häufig zu Jagden auf und hätte gern in Heidelberg, der traditionsreichen Stadt seiner Ahnen, eine weitere Residenz gehabt, das wusste Johanna.

Vor ihrem inneren Auge erschien für einen Moment der Kurfürst, den sie in jenem Schicksalsjahr, als ihre kleine Familie zerbrach, zum letzten Mal gesehen hatte. Damals war Carl-Theodor feierlich von Schwetzingen aus nach München gereist, um seine neue Residenz in Bayern in Besitz zu nehmen,

---

der Kurpfalz von den Katholiken mitbenutzt werden dürfen. Natürlich funktionierte das nicht und führte überall zu Missstimmung und Ärger. Die Folge war dann aber noch verrückter: Wenige Jahre später wurde die Kirche einfach aufgeteilt und durch eine Scheidemauer getrennt, die Reformierte im Kirchenschiff von Katholiken im Chor trennte.
Auch diese Lösung hatte jedoch die Gemüter nicht beruhigen können: Selbst als Kurfürst Carl Philipp der reformierten Heiliggeistgemeinde in unmittelbarer Nachbarschaft den Neubau einer eigenen Kirche angeboten hatte, um so die repräsentative Heiliggeistkirche ohne Scheidemauer in aller Ruhe als katholische Hofkirche und Grablege nutzen zu können, ließen sich die selbstbewussten Bürger am Neckar auf nichts ein. Das Resultat dieser Ablehnung war ein kurfürstlicher Wutanfall, infolgedessen die Scheidemauer in der Heiliggeistkirche niedergerissen wurde. Doch der Hof hatte die Rechnung ohne die Heidelberger Protestanten gemacht: Die wandten sich nämlich postwendend an die evangelischen Reichsstände und erhielten von allen Seiten Unterstützung. Kaiser Karl VI. höchstpersönlich, immerhin allerkatholischste Majestät, hatte daraufhin zum Einlenken aufgefordert. Der Kurfürst musste wohl oder übel nachgeben – und kleinlaut die Scheidemauer wieder aufbauen lassen. Sein Verhältnis zu Heidelberg war von da an getrübt und er hatte seine Residenz mit sämtlichen Behörden nur wenige Jahre später immer noch verärgert nach Mannheim verlegt. Nicht einmal beim offiziellen Ausritt aus der Stadt soll er die ihm hier angetane Schmach vergessen haben. Mit einer Verwünschung und der Vorstellung, Gras wird auf ihren Straßen wachsen, hat er sich von der Perle am Neckar verabschiedet – doch daraus war ja glücklicherweise nichts geworden.

die ihm durch den Tod von Kurfürst Maximilian III. in der Silvesternacht zugefallen war. Johanna erinnerte sich genau an jenen sonnigen Oktobertag, da zur Verabschiedung des Souveräns das ganze Volk auf den Straßen stand und seinem Herrscher ein wenig wehmütig hinterher jubelte. Niemand hatte genau gewusst, was diese Veränderung wirtschaftlich, politisch und gesellschaftlich nach sich ziehen würde – und bis heute herrschte Unsicherheit über die Zukunft der Kurpfalz. Denn obwohl der Kurfürst sich regelmäßig in seiner alten Heimat blicken ließ und seine Gattin Elisabeth Auguste immer noch auf der anderen Rheinseite in Oggersheim residierte, spürte Johanna die insgesamt schlechte Stimmung in den Straßen. Hinzu kamen die vielen beängstigenden Neuigkeiten aus Frankreich, die nicht gerade zu guter Laune beitrugen; von den Franzosen hatte man hier wahrhaftig genug.

Womit Johannas Gedanken bei Jean angekommen waren, doch sie schob die Erinnerungen beiseite und beschloss, die untergehende Sonne vom Altan aus zu bewundern. Dazu musste sie durch den alten Marstall hindurch. Der Marstall war ein langer und hoher gewölbter Saal unmittelbar unter dem Altan, in dem sich stets einige Wachleute aufhielten, die Diebe von der Dauerbaustelle Schloss abhalten sollten. Da er nicht direkt an die Schlossfassade anstieß, führte der Burgweg dahinter weiter hoch zum Schloss – man musste nur hindurch kommen.

„Halt, was habt Ihr hier zu suchen?“

Die Stimme des Wachmanns, der allem Anschein gerade aus einem Nickerchen erwacht war, klang träge.

„Ich möchte den Sonnenuntergang vom Altan aus verfolgen. Lasst mich durch, ich bin die Nichte von Apotheker Bechtler.“ Johanna antwortete bestimmt und ließ den eingeschüchterten jungen Mann spüren, dass sie keinen Widerspruch duldete. Für heute hatte sie genug von Kerlen, die glaubten, Macht über sie zu besitzen!

Er zögerte einen Moment und ließ sie dann brummend passieren. Der Name von Onkel Philipp zog in Heidelberg immer, das wusste Johanna und grinste in sich hinein. Sie schickte ihrem toten Oheim ein leises „Danke, Onkelchen“, in den Himmel und eilte mit großen Schritten durch den Marstall, in dem neben alten Kutschen und Deichseln allerlei Gerümpel herumstand. An einem Tisch unter einem der großen Fenster zum Tal saßen drei weitere Wachmänner und würfelten. Sie beachteten Johanna nicht weiter, so dass sie ungestört am Ende des langgezogenen Raumes durch ein Tor wieder hinaustreten konnte. Jetzt nur noch den Gang an der Schlossfassade entlang, dann die breite Treppe hinauf – und schon stand sie auf der riesigen Terrasse, die den schönsten Blick über die Stadt bot.

Vor ein paar Jahren war sie mit Jean hier oben gewesen, in einer Sommernacht, kurz bevor der Kurfürst abgereist war. Der französische Baron und Freund war sofort zu ihr nach Mannheim geeilt, nachdem Clemens so tragisch ums Leben gekommen war. „Bitte zögert nischt, Eusch bei mir in Erinnerung zu rufen, wenn Ihr Euren Beschluss bereut“, hatte er nur wenige Monate zuvor noch zu ihr gesagt, als sie sich für einen Neubeginn mit Clemens entschieden hatte. „Isch werde mein Leben lang und überall auf dieser Welt auf Eusch warten. Isch würde Eusch die Welt zu Füßen legen, ma chère.“[14]

Er hatte Wort gehalten und stand kurz nach Clemens Tod vor ihrer Tür. In jenen dramatischen Tagen waren ihr die tiefen Gefühle für Jean klargeworden, die sie seit Monaten unterdrückt hatte. Eigentlich hatte ihr der Franzose vom ersten Moment an gefallen, damals, als er ihr in Mannheim praktisch vor die Füße gefallen war. Ein unrühmlicher Sturz vom Pferd, den ein Eimer ausgelöst hatte, der ihr vor dem Bechtlerhaus in Mannheim aus der Hand gefallen war, hatte sein Pferd scheuen lassen. Daraufhin war der geheimnisvolle Baron bis zu seiner vollständigen Genesung Gast vom Philipp Bechtler gewesen – und Johanna hatte ihn täglich versorgt. Aus dem anfänglich misstrauischen Geplänkel war bald ein freundschaftlich-vergnügtes Miteinander entstanden – und spätestens von dem Moment an, als Jean sich angeboten hatte, ihr bei der Suche nach Clemens zu helfen,

[14] Siehe dazu Band 2: *Johanna und der Medici-Schatz*, Kapitel 10

war mehr daraus geworden. Doch Johanna hatte Form und Anstand gewahrt und sich nichts zuschulden kommen lassen – auch wenn sie manchmal kurz davor gewesen war. Auf der schicksalshaften Kutschfahrt nach Ziegenhain im Hessischen, wo sie schließlich ihren Mann wiedergefunden hatte, war ihr bewusst geworden, dass sie sich mit Haut und Haaren in Jean verliebt hatte, obwohl ihr von allen Seiten versteckte Warnungen hinterbracht worden waren. Denn Jean de la Frontière besaß nicht nur einen fragwürdigen Adelstitel und war damals mit einer todkranken Frau verheiratet, sondern er galt auch als Liebhaber zahlreicher höhergestellter Damen und möglicher Spion – in welchen Diensten auch immer.

Trotzdem war Johanna ihm nach dem Tod ihres Gatten nach Frankreich gefolgt und hatte es nie bereut. Hier oben auf dem Altan hatte er ihr das gemeinsame Leben in seiner Heimat in den schillerndsten Farben ausgemalt – und dabei auch ihre Kinder nicht vergessen. Denn dass sie Louisa und Francesco mitnehmen würde, hatte für Johanna von Anfang an festgestanden. Die beiden mochten Jean, liebten seine unkomplizierte, frechfröhliche Art und genossen vor allem den Wohlstand, den er ihnen in Frankreich bot: Sie bezogen ein herrschaftliches Haus in Passy, einem eleganten Vorort von Paris, wo es ihnen an nichts mangelte. Die Kinder bekamen Privatlehrer, lernten reiten, tanzen und perfekte Umgangsformen – und erhielten an manchen Tagen sogar Unterricht von Benjamin Franklin, der in der unmittelbaren Nachbarschaft wohnte. So konnten sie schon bald nicht nur perfekt Französisch parlieren, sondern wussten auch viel über moderne technische Erfindungen und Naturwissenschaften. Johanna hatte sich häufig beim Unterricht ihrer Kinder dazugesellt und aufmerksam zugehört.

Ansonsten hatte sie an der Seite von Jean das Leben einer ehrbaren Dame geführt – auch wenn sie nie geheiratet hatten. Die schwerkranke Baronin de la Frontière war zwar im selben Sommer wie Clemens gestorben, doch irgendwie war eine Hochzeit für Johanna und Jean nie ein Thema. In Passy störte dieses Arrangement niemanden – und solange man nicht bei Hofe vorgestellt werden wollte, brauchte es ohnehin keinen

Trauschein. Da weder Johanna, noch Jean Ambitionen dieser Art hegten, genossen sie ihr Leben in Freiheit und ohne Konventionen, was ihrer Liebe gut tat und Johanna ganz neue Dimensionen kultureller und gesellschaftlicher Höhepunkte eröffnete.

Lautes Hämmern riss Johanna aus ihren Gedanken. Sie blickte sich irritiert um und sah, dass am Frauenzimmerbau eifrig gearbeitet wurde. Offensichtlich deckte man den Trakt gerade mit einem riesigen Walmdach ein. Hatte der Kurfürst also doch vor, wieder in Heidelberg zu residieren? Oder setzte er das Schloss für eine seiner zahlreichen Maitressen instand? Zuzutrauen wäre es ihm, fand Johanna, während ihr Blick hinunter über die Stadt glitt, schließlich hatten Liebeshändel und Skandale fast seine gesamte Regierungszeit begleitet. Manchmal tat ihr die Kurfürstin deswegen leid, obwohl Johanna wusste, dass auch sie keine Kostverächterin war. Dennoch führte sie nach dem Tod ihres geliebten Michael von Zweibrücken[15] ein eher stilles Leben in ihrem noblen Refugium in Oggersheim. Es hieß, dass sie sich nie damit abgefunden hatte, politisch an der Seite ihres Gatten praktisch keine Rolle zu spielen und allen Einfluss verloren zu haben.

Heidelberg war mittlerweile in ein warmes Abendlicht getaucht und sah entzückend von hier oben aus. Der Neckar glitzerte und zog sich wie ein kostbares Band durch das Tal – nur unterbrochen durch die alte Brücke mit ihren beiden Wachhäuschen, dem Holzüberbau und dem markanten Brückentor. Vor allem die hohen Kirchtürme prägten das Stadtbild: Der alte Peterskirchen-Turm, in dessen Schatten nun Onkel Philipp begraben lag, die stolze Heiliggeistkirche auf dem Marktplatz

---

[15] Michael von Zweibrücken (1724-1767) war der Schwager und langjährige Geliebte der Kurfürstin.

und natürlich die ehemalige Jesuitenkirche, die nun seit neustem von den Lazaristen genutzt wurde[16]. Neben dem imposanten, weiß verputzen Gebäude der Universität sah das alte Speyrer Tor fast schon baufällig aus. Ganz anders hingegen der aus großen Sandsteinquadern gebaute Marstallhof direkt am Fluss: Er würde wohl noch Jahrhunderte überstehen, vermutete Johanna.

Ihr Blick schweifte hinüber auf die andere Neckarseite und wanderte über den Heiligenberg mit seinem dichten Wald und den vielen Gärten darunter. Immer höher am Hang hinauf wurden hier seit einiger Zeit Anwesen gebaut – offenbar schätzte man den Blick auf die alte Stadt und das halb verfallene Schloss. Alles veränderte sich, aufhalten konnte man es nicht. Sie seufzte schwer, doch die großartige Aussicht hatte sie für einen Moment von ihren Erinnerungen abgelenkt. Mochten ihr auch die Menschen in der Kurpfalz nicht mehr so nahestehen wie früher – die Landschaft tat es immer noch!

„Lasst Euch durch mich in Euren Gedanken nicht stören, gnädige Frau".

Erschrocken drehte Johanna sich um. Sie hatte gar nicht mitbekommen, dass sie plötzlich nicht mehr allein war. War ihr doch jemand aus der Stadt gefolgt?

„Jetzt habe ich Euch erschreckt, das tut mir leid." Der Mann trat einen Schritt weiter vor, stützte sich lässig auf der Sandsteinbrüstung des Altans ab und grüßte mit einem eleganten Schweif des rechten Armes. Offenbar war er ebenfalls den Burgweg hinauf gekommen, denn sein Schuhwerk war recht staubig. Der steile Pfad war nicht gepflastert und hinterließ Spuren; auch Johannas Schuhe und der Saum ihres Umhangs waren davon verschmutzt.

Johanna musterte den Mann schweigend, was diesen nicht zu stören schien. Was wollte er von ihr? Er lächelte freundlich und

---

[16] Der Jesuitenorden war seit 1773 verboten; sein gesamter Besitz war eingezogen worden. Das ehemalige Jesuitenkolleg in Heidelberg dienste seither als Veranstaltungsraum.

sah sie dabei unverwandt an. Johanna bemühte sich, seinen vergnügten Blick zu ignorieren und versuchte, ihr Gegenüber einzuordnen. Der Mann war in etwa so alt wie sie, vielleicht etwas jünger. Außerdem war er sehr groß – eine Tatsache, die Johanna angenehm auffiel, da auch sie für eine Frau ungewöhnlich hochgewachsen war. Er trug sein Haar modisch zum Zopf gebunden, aber keine Perücke. Wozu auch: Seine ansehnliche Mähne war lockig, dunkelblond und zeigte lediglich an den Schläfen einzelne graue Strähnen. Seine leuchtend blauen Augen passten hervorragend zu seinem leicht gebräunten Teint. Sie waren von unzählig vielen kleinen Mimikfalten umrahmt, die seinem Ausdruck etwas Freundliches und Fröhliches gaben. Dennoch erschien es Johanna, als läge gleichzeitig eine tiefe Trauer über seinem Gesicht. Die ausgesprochen gerade und aristokratisch wirkende Nase verlieh dem Mann bei aller lässigen Eleganz etwas sehr Würdevolles. Offenbar stammte er aus gutem Hause oder war von Adel. Dafür sprach auch seine vornehme und hochwertige Kleidung: Seine schmalen dunkelblauen Beinkleider steckten in hohen Schaftstiefeln, die mit dezenten Silberschnallen verziert waren. Über einem weißen Hemd und passendem Wams trug er einen hellblauen Justaucorps[17] aus Brokat, der die modischen schmalen Ärmelaufschläge besaß und seine muskulöse Figur vortrefflich unterstrich. Seinen dunklen Mantel hatte er abgelegt und über dem Arm gelegt – offenbar war ihm beim Aufstieg warm geworden. Ein dazu passender Dreispitz lag auf der Brüstung und verriet Johanna, dass der Mann sehr genau wusste, wie perfekte Ausgehkleidung aussah.

Glücklicherweise trug sie eines ihrer französischen Kleider, die in Stadt regelmäßig Neid und Missgunst erregten. Es war zwar

---

[17] Ein Justaucorps ist das klassische Obergewand eines Adligen im 17. und 18. Jahrhundert. Es bezeichnet eine offenstehende, schmal geschnittene lang Jacke. Sie erinnert in ihrem Schnitt zwar an einen Soldatenmantel –Stoffe, aufwändige Verzierungen, Ärmelaufschläge, Knopfleisten und Borten machen daraus aber ein kostbares Kleidungsstück, das über Hemd, Wams und schmalen Hosen getragen wird.

keine besonders feine Ausführung, man sah dem dunkelbraunen Taft des Umhangs und dem dezent changierenden hellgrünen Seidenbrokat ihres Kleides jedoch an, dass es französischen Ursprungs und hochwertig war. Voraussetzung war, dass er etwas davon verstand – wovon sie bei diesem Herren allerdings ausging.

„Nun, Euch ist nicht nach Geplauder. Und ich habe Euch gestört“, fing der gut gekleidete Edelmann wieder an. „Das bedaure ich außerordentlich.“

Er drehte sich von Johanna weg und starrte konzentriert ins Tal hinunter. Dabei sprach er mit leiser Stimme weiter: „Tja, noch ist die Lessing’sche Toleranz[18] am Neckar nicht angekommen, nicht wahr? Und wie bedauerlich. Eine so zauberhafte Stadt sollte doch gerade von Fremden entdeckt werden. Aber das Andersartige mag man hier nicht so, ich kenne das.“

Er schnaubte unwillig. Johanna wusste nicht, was sie antworten sollte. Irgendetwas wollte der Mann ihr mitteilen oder täuschte sie sich? Doch ehe sie überhaupt eine Reaktion zeigen konnte – denn passende Worte fielen ihr nicht ein, zumal das Verhalten des Mannes den nötigen Anstand fehlen ließ – wandte sich dieser wieder Johanna zu: „Man munkelt in der Vorstadt, dass dem ungehobelten Hufschmied kein Kindersegen mehr ins Haus stehen wird. Sein Weib soll heimlich gejubelt haben. Ist ja auch kein Wunder; der Kerl ist nicht gerade für seinen Familiensinn und seine Freundlichkeit bekannt.“

Er zögerte einen Moment und fragte dann interessiert nach: „Hat ihr edles Schuhwerk auch keinen Schaden genommen?“

Johanna erstarrte und spürte, dass ihr Gesicht rot anlief. Also hatte es doch einen Zeugen für ihre ungewöhnliche und ganz und gar unweibliche Selbstjustiz in der Badstraße gegeben.

---

[18] Dies ist eine Anspielung auf das Drama *Nathan der Weise* von Gotthold Ephraim Lessing, das 1779 veröffentlicht wurde. Obwohl es erst vier Jahre danach das erste Mal aufgeführt wurde, verbreitete sich das darin enthaltene tolerante Gedankengut schnell in den aufgeklärten Kreisen jener Zeit.

Was sollte sie jetzt tun? Sich rechtfertigen? Die Situation erklären? Sich empört abwenden? Alles abstreiten? Die Situation war unmöglich – zumal sie nicht einmal wusste, wer dort eigentlich mit einem vergnügten Grinsen vor ihr stand. Nun war ihr Ruf in Heidelberg wohl vollends ruiniert. Arme Tante Clara!

„Macht Euch keine Sorgen, gnädige Frau, ich war der einzige, der Euch bei eurer zugegebenermaßen erstaunlichen, aber doch angemessenen Bestrafung des Pöbels zusehen durfte." Der Mann griff nach seinem Dreispitz und setze ihn sich schwungvoll auf den Kopf. Dann warf er sich den Mantel um, deutete eine Verbeugung vor Johanna an und schritt eilig zur Altantreppe hinüber. Kurz bevor er aus ihrem Blickfeld verschwand, drehte er sich noch einmal um und rief der immer noch sprachlosen Johanna lachend zu: „Euer Geheimnis ist bei mir gut aufgehoben. Das Verborgene ist mein Geschäft. À bientôt![19]"

Johanna war wie gelähmt vor Schreck und Verblüffung. Nicht nur, dass dieser unverschämte, dabei aber eigentlich ganz sympathisch wirkende Kerl ärgerlicherweise den Vorfall in Badstraße beobachtet hatte – vielmehr schien er auch ganz genau zu wissen, wer sie war. Anders ließ sich der französische Abschiedsgruß wohl kaum verstehen, soweit begriff Johanna die Situation. Nur: Wer war dieser Mann? War er ihr bewusst gefolgt oder war das Treffen auf dem Altan tatsächlich zufällig zustande gekommen? Und vor allem: Was wollte er von ihr? Denn schließlich hätte er sie nicht ansprechen müssen, das wäre ohnehin höflicher gewesen. Ein untrügliches Gefühl sagte Johanna jedoch, dass der Kerl es darauf angelegt hatte, sie zu treffen und ihr zu stecken, was er wusste. Sie musste unbedingt herausfinden, wie er hieß, was er in Heidelberg tat und in welchen Diensten er möglicherweise stand. Nur wen konnte sie fragen?

[19] Franz.: Bis bald!

Nachdenklich machte sie sich auf den Weg zurück in die Stadt. Die Sonne war hinter den Häusern verschwunden, so dass sie erst mit Einbruch der Dämmerung den mittlerweile fast leeren Marktplatz betrat. Eilig lief sie zum Apothekerhaus hinüber, während sie weiter über den geheimnisvollen Fremden sinnierte. Was hatte er mit der Lessing'schen Toleranz gemeint? Und welchen verborgenen Geschäften ging er wohl nach? Ganz sicher würde sie Jean nach ihm fragen, wenn er das nächste Mal auf Besuch in die Kurpfalz kam. Leider wusste sie nicht, wann das war, denn nach ihrem Auszug aus dem Haus in Passy hatte er sein unruhiges Leben wieder aufgenommen und reiste quer durch Europa. Seinen offiziellen Wohnsitz hatte er wieder auf sein Landgut bei Lunéville verlegt. Doch vermutlich war er selten dort, um mit Nachbarn wie den Pigages zu verkehren, die ja einen engen Kontakt zum Kurfürstenpaar hatten. Ob das seine Art war, mit ihrer Trennung umzugehen? Sie waren zwar nicht im Streit auseinandergegangen, ja nicht einmal uneinig, aber beiden war klar gewesen, dass ihr gemeinsames Leben derzeit keine Perspektive mehr hatte. Jean war an seine, für Johanna nie ganz durchsichtigen Aufgaben, im diplomatischen Dienst für Frankreich gebunden – und sie saß durch die Erbschaft bis auf weiteres in der Kurpfalz fest. Zumindest würde sie so lange bleiben, bis ihre Kinder das Erbe antreten konnten; das hatte Johanna sich ganz fest vorgenommen. Nur wann das war, stand in den Sternen. Sie hatte schon zu oft erlebt, wie Dinge sich über Nacht ganz plötzlich ändern konnten.

„Johannalein, da bist du ja!“ Erleichtert kam Tante Clara mit einer Laterne in der Hand die Treppe herunter, als Johanna gerade die Haustür aufschob. „Ich habe mir schon Sorgen gemacht, weil der Korb hier einfach auf der Stufe herumstand.“ Fragend blickte sie ihre Nichte an.

„Tut mir leid, Tantchen“. Zerknirscht nahm Johanna die alte Dame in den Arm. „Mir war plötzlich danach, noch ein wenig spazieren zu gehen. Und da habe ich die Einkäufe einfach schnell abgestellt und...“

„Schon gut, Liebes“, unterbrach Tante Clara ihre Erklärungen und schob sie energisch die Treppe hinauf. „Geh dich nur rasch erfrischen und umziehen, ich habe dir oben schon die Lichter angezündet. Wir wollen gleich zusammen mit den Kindern zu Abend essen.“

In ihrem Kabinett, das bis vor kurzem noch das Arbeitszimmer ihres Onkels gewesen war, ließ Johanna sich erschöpft in den alten Lesesessel fallen. Er stand unter einem der Fenster zum Marktplatz und gehörte neben einem Tisch, zwei Stühlen und einer Bettstatt zum Mobiliar Philipp Bechtlers. Sie atmete tief durch. Was für ein Tag! Langsam wurde ihr bewusst, dass ihre heutigen Erlebnisse stellvertretend für die vielen unterschiedlichen Gefühle und Ängste standen, die sie quälten und einfach nicht miteinander harmonieren wollten: ihre Trauer über den Tod des Onkels, ihr heimlicher Kummer über den Verlust von Jean als verlässlichen Partner an ihrer Seite – auch wenn sie das den Kindern nie gezeigt hatte, ihre Sorge um die Zukunft von Louisa und Francesco, ihre Furcht vor der zunehmenden Fremdenfeindlichkeit in der Stadt, ihr Ärger über die vielen Vorurteile, die ihr plötzlich entgegenschlugen, die Unruhe, die sie ergriff, wenn sie an die politische Entwicklung in Frankreich dachte – und vor allem auch die Frage, wie sie in Zukunft leben wollte. Denn dass die Hausgemeinschaft mit Tante Clara auf Dauer keine Lösung war, lag auf der Hand; die Apothekerwohnung war für fünf Personen einfach viel zu klein.

Natürlich gab es da noch das väterliche Anwesen in den Mannheimer Quadraten[20], wo ebenso wie nun auch in Heidelberg ein junger frisch approbierter Apotheker die Familiengeschäfte im Sinne Philipp Bechtlers weiterführte. Beide waren nur Pächter, die Häuser gehörten ihr. Und das Anwesen in Mannheim stand zudem leer, da die junge Apothekerfamilie ein eigenes Häus-

---

[20] Die Stadt Mannheim war 1684 nach den neuen Ideen des damaligen Kurfürsten Friedrich IV. auf einem Rastersystem geplant worden. Seitdem gab es keine klassischen Straßennamen mehr, sondern der Reihe nach durchnummerierte Quadrate.

chen in der Nähe besaß. Auch in Heidelberg war nur das Ladengeschäft verpachtet, die Wohnung war Familienbesitz. Selbstverständlich würde sie nie auf die Idee kommen, Tante Clara aus ihrem Heim zu drängen, von daher blieb nur die Mannheimer Variante. Aber wollte sie wirklich in das Haus zurückkehren, in dem ihr so viel Unglück geschehen war?

Die Turmuhr schlug zur siebten Stunde. Hastig sprang Johanna auf und schälte sich aus ihrem Kleid. Ohne Zofe war das gar nicht so einfach, doch sie hatte Luzette in Frankreich zurückgelassen. Schließlich war sie früher auch allein in der Lage gewesen, sich an- und auszukleiden. Sie wählte ein schlichtes Hauskleid aus fliederfarbenem Leinen, das ganz oben in der Kleidertruhe lag und nicht geschnürt werden musste. Die imposante Truhe und der große venezianische Standspiegel, der eine Zimmerecke vollständig ausfüllte und das flackernde Licht der Kandelaber vielfach reflektierte, gehörten zu den wenigen Möbelstücken, die Johanna aus Frankreich mitgebracht hatte. Sie trat vor den prachtvollen Spiegel, um ihr Haar zu richten und betrachtete sich dabei eingehend: Für ihr Alter sah sie immer noch annehmbar aus, fand sie. Glücklicherweise war ihr die braune Lockenpracht all die Jahre geblieben und musste nicht einmal nachgefärbt werden. Die wenigen grauen Haare, die sie entdeckte, zupfte sie einfach aus. Der unergründliche Grauton ihrer Augen hatte sich mit zunehmendem Alter noch ein wenig intensiviert, so schien es ihr. In Frankreich hatte sie zudem gelernt, das Strahlen und Funkeln ihrer Augen durch geschickte, aber dezente Farbschattierungen auf den Lidern zu betonen. Und für ihre gepflegten weißen Zähne war sie in Passy geradezu berühmt gewesen. Viele gleichaltrige Frauen hatten bereits verfaulte Stummel und Zahnlücken im Mund, die sie durch vornehmes Nuscheln oder geschickte Fächerbewegungen zu verstecken versuchten. Glücklicherweise hatte der alte Franz Bechtler stets darauf geachtet, dass seine Töchter sich regelmäßig und mit einer eigens dafür entwickelten Paste die Zähne putzen – und Johanna hatte diese Regel auch an ihre Kinder weitergegeben. Ihrer älteren Schwester Amalie hatte die Schönheit leider nichts genutzt, sie war nun auch schon seit mehr als siebzehn Jahren tot[21].

Johanna seufzte schwer. Das Leben hatte ihr schon vieles genommen. Das ließ sich mit Reichtum gar nicht aufwiegen. „Geld allein macht nicht glücklich", hatte ihr Vater stets gemahnt, wenn sie früher sehnsüchtig den edlen Kutschen kostbar gekleideter Hofdamen hinterher geschaut hatte. Heute war sie selbst dazu in der Lage, sich den ganzen Tand zu leisten, denn sie war eine reiche Frau und Erbin: Die Besitztümer in Italien, die aus Clemens' Familie kamen, würden zwar in wenigen Jahren an Francesco übergehen, doch bis dahin warfen sie außerordentlich viel Rendite ab, über die Johanna von einem Florentiner Bankier regelmäßig auf dem Laufenden gehalten wurde. Seit sie einen Teil des Medici-Schatzes gefunden hatte, erhielt sie von der Kurfürstin höchstpersönlich eine monatliche Leibrente, die allein schon zum Leben ausgereicht hätte. Hinzu kam der kleine Goldschatz, den Anton Verschaffelt ihr als Anteil aus dem Geld- und Goldfund heimlich abgezweigt hatte[22] – und der nun in einem Schließfach in einer Frankfurter Bank lagerte. Auch Jean zahlte ihr ungefragt eine Apanage – verbunden mit der inständigen Bitte, das Geld für schöne Kleider und Luxus auszugeben. Vermutlich hegte er die Befürchtung, dass Johanna in der Kurpfalz wieder in alte Gepflogenheiten zurückfiel und wenig Wert auf ihr Äußeres legen würde. Damit lag er nicht ganz falsch, das musste Johanna insgeheim zugeben, doch allein ihre vielen teuren französischen Roben, Mäntel und Schuhe würden darüber noch eine ganze Weile hinwegtäuschen. Außerdem bewunderte sie die Damenwelt in Frankreich auch ein wenig, die es schaffte, sogar im hohen Alter durch geschickte Kleidung und Kosmetik noch anziehend und geradezu erotisch zu wirken.

---

[21] Sie starb 1763 bei der Geburt ihres ersten Kindes, da ihr verhasster Ehemann nicht bereit war, ärztliche Hilfe hinzuzuziehen. Siehe dazu Band 1: *Nichts ist eine Kleinigkeit bei Hofe*

[22] Siehe dazu Band 2: *Johanna und der Medici-Schatz*

Als wäre das alles nicht genug, war sie nun also auch noch alleinige Erbin von Philipp Bechtler, was bedeutete, dass ihr neben den beiden Apothekerhäusern in Mannheim und Heidelberg auch die Pacht einiger Filialen, eine kleine Wohnung in der kurfürstlichen Sommerresidenz in Schwetzingen und ein großes Gartengrundstück auf der gegenüberliegenden Neckarseite gehörten, von dem sie bis dahin noch nie etwas gehört hatte. Kurz: Johanna war eine reiche Witwe und Erbin, was mit Sicherheit – das war ihr durchaus bewusst – schon bald die ersten Bewerber für eine „gute Partie" auf den Plan rufen würde. Es war also an der Zeit, sich darüber klarzuwerden, wie es weitergehen sollte.

Johanna steckte ihre letzte Haarsträhne unter der Haube fest und löschte die Kerzen bis auf die kleine Öllampe. Dann trat sie hinaus in den Flur, wo sie schon das fröhliche Geplapper der Kinder aus dem Salon hörte. Sie wollte gerade mit einem Lächeln im Gesicht eintreten, als es unten an der Haustür laut und vernehmlich pochte.

„Aufmachen, Stadtwache! Wir suchen eine Johanna Santorini!"

Heidelberg März/April 1782

Noch ehe Johanna die Stiegen hinunter eilen konnte, hatte Tante Clara den Riegel bereits zur Seite geschoben und die Haustür geöffnet. Johanna vermutete, sie war so schnell, um möglichst zu verhindern, dass die Nachbarschaft nichts davon mitbekam. Wie auch immer: Vor der Tür standen tatsächlich zwei uniformierte Soldaten der Stadtwache und fragten nach Johanna.

Diese kannte den ausgeprägten Familiensinn ihrer Tante nur zu gut und rief von oben hinunter: „Ja, ich bin hier. Ich hole mir nur schnell noch einen Mantel!“ Sie wollte auf diese Weise verhindern, dass Tanta Clara zur Lügnerin wurde. Denn sie war sich ganz sicher, dass die Witwe alles tun würde, um ihre Nichte und die Kinder vor Ungemach zu schützen. Und das hätte bedeutet, sie wäre verleugnet worden. Da ihre Tante jedoch von dem Vorfall in der Badgasse nichts wusste, konnte sie nicht ahnen, warum Johanna ins Visier der Stadtjustiz geraten war. Ihr selbst war jedoch spätestens seit der peinlichen Begegnung auf dem Schlossaltan klar, dass ihr Verhalten ein Nachspiel haben würde. Vermutlich hatte der betroffene Schmied sie bei einem der Heidelberger Kriminalreferenten angezeigt, der Unbekannte vom Schloss hatte alles bestätigt – und nun wurde sie zum Verhör vorgeladen.

Hastig warf Johanna sich einen Wollmantel über und stieg die Treppe hinab. Offenbar hatten die Männer von der Stadtwache Tante Clara nicht über den wahren Grund ihres abendlichen Besuchs aufgeklärt, da ihr fragender und ängstlicher Blick Bände sprach.

„Seid Ihr Johanna Santorini?“, fragte einer der Männer und musterte sie neugierig im Schein seiner Fackel.

Johanna nickte schweigend und bat ihre Tante leise: „Geh du zu den Kindern, damit sie nichts davon mitbekommen. Sag einfach, dass es um Onkelchens Nachlass geht, das werden sie glauben.“ Dann trat sie selbstbewusst hinaus auf die Straße, schaute die Uniformierten auffordernd an und fragte: „Und, bringen wir es hinter uns?“

Die Angesprochenen tauschten irritierte Blicke, was Johanna innerlich grinsen ließ. Die Herren waren anscheinend nicht daran gewöhnt, dass eine Dame keine Angst vor ihnen hatte. Dabei fürchtete sie sich durchaus vor der bevorstehenden Befragung – ob es wohl zu einer Gegenüberstellung mit ihren Verfolgern kam? Hoffentlich ging es schnell und es war sicherlich hilfreich, dass sie über ausreichend Barvermögen verfügte. Sie würde einfach eine hohe Summe bieten, damit der widerliche Schmied seine Anzeige zurückzog. Eine Kassation[23] würde ja wohl nicht angemessen sein. Sie hatte sich doch nur gewehrt und nichts zuschulden kommen lassen! Aber diese Diskussion wollte sie lieber nicht eingehen; die Stimmung in der Stadt war Fremden gegenüber unberechenbar geworden.

Während Johanna von der Stadtwache eskortiert hinüber zum Rathaus ging, hörte sie verdächtiges Klappern von Fensterläden. Einige Nachbarn hatten wohl doch mitbekommen, dass sich vor der Hofapotheke etwas Ungewöhnliches abspielte. Und da der Marktplatz ebenso wie die Hauptstraße nachts von Öllampen erleuchtet wurde, die an ausladenden Metallbügeln vor den Hauswänden im Wind schaukelten, gab es für sie auch einiges zu sehen. Schließlich kam es nicht so häufig vor, dass eine Dame der besseren Gesellschaft – und dazu zählten die Bechtlers in Heidelberg – von der Stadtwache abgeführt wurde! Arme Tante Clara, dieser Vorfall würde morgen wohl das alles beherrschende Thema auf dem Marktplatz werden. Wie gut, dachte Johanna, dass sie sich vorhin wenigstens eine züchtige Haube auf den Kopf gesetzt hatte und nur ein schlichtes Leinenkleid trug. So konnte sie glaubwürdiger die Rolle der bescheidenen und hilflosen Witwe spielen. Denn das war ihre einzige Chance, um einigermaßen unbeschadet aus der Angelegenheit herauszukommen: Sie musste den zuständigen Beamten im Rathaus irgendwie davon überzeugen, dass sie völlig

[23] Der damals übliche Begriff für Inhaftierung

unbeabsichtigt und voller Furcht in die Situation geraten war und aus lauter Panik überreagiert hatte. Am besten, sie behauptete, dass sie wie von Sinnen vor Angst gewesen war und sich gar nicht mehr recht erinnern konnte. Das könnte klappen.

Unterdessen hatten sie das große Verwaltungsgebäude erreicht. Ein Wachmann öffnete ihnen die Tür und führte sie durch das imposante Vestibül zu einem Kabinett neben der großen Treppe. Die beiden Stadtwachen an ihrer Seite schoben sie hinein, schlugen laut und vernehmlich die Hacken zusammen, verriegelten die Tür von außen und zogen mit lautem Stiefelgeklapper ab.

Johannas Augen gewöhnten sich nur langsam an das spärliche Licht im Raum, das nur von einem Kandelaber gespendet wurde. Hinter einem imposanten Arbeitstisch saß ein noch recht junger und magerer Mann in Uniform, deren Litzen auf einen höheren Rang als der einer Stadtwache hinwiesen. Doch damit kannte sie sich nicht so aus. Er wies auf den leeren Stuhl gegenüber und bat Johanna mit heiserer Stimme, Platz zu nehmen. Erst jetzt bemerkte sie erschrocken, dass eine weitere Person im Raum stand: Ein älterer und korpulenter Herr, dessen Kleidung ihn als Höfling auswies, lehnte vor dem vergitterten Fenster mit den Bleiverglasungen an einem Mauervorsprung. Johanna hatte ihn zunächst nicht gesehen, da die Läden geschlossen waren und so kein Licht von außen hereinkam. Der Höfling verzog keine Miene, sonders starrte scheinbar gelangweilt an die Wand gegenüber.

„Ihr seid die verwitwete Johanna Santorini, geborene Bechtler, zurzeit Domizil nehmend in der Hofapotheke hier am Marktplatz?“ Der Beamte mit der kratzenden Stimme, der sich nicht weiter vorgestellt hatte, musterte sie neugierig. Er trug eine schlecht sitzende Perücke, litt ganz offensichtlich unter starker Hautunreinheit – und seine Uniform wirkte bei genauerer Betrachtung abgenutzt und alles andere als sauber. Johanna erfasste die Situation sofort: Dieser arme Kerl war hier nur vorgeschickt worden und wahrscheinlich einer dieser kleinen Landesbeamten, die bei einer Festnahme oder einem Verhör einen

Bericht schreiben mussten, der dann an den zuständigen Kriminalreferenten ging. Davon gab es insgesamt drei in Heidelberg, die bekanntermaßen schlecht bezahlt waren – und von daher in dem Ruf standen, bestechlich zu sein. Nur einer von ihnen war ein scharfer Hund: Ein gewisser Wenz empfahl bei Schwangerschaftsabbruch immer die Todesstrafe. Aber das hatte ja mit ihrem Fall nicht zu tun. Der Höfling am Fenster hingegen konnte unmöglich nur Kriminalreferent sein, das war keine Aufgabe für jemanden, der bei Hofe zugelassen war. Seine Anwesenheit machte allerdings für Johanna keinen Sinn, da ihr Vergehen eindeutig in die Rechtsprechung der städtischen Verwaltung gehörte und keine kurfürstliche Regierungsangelegenheit war. Irgendetwas war faul hier, das spürte sie, und langsam kroch die Angst wieder in ihr hoch.

„Jawohl, die bin ich." Johanna antwortete dennoch mit fester Stimme. Sie saß aufrecht auf der vorderen Stuhlkante und hatte ihren Mantel nicht abgelegt. „Und mit wem habe ich die Ehre?", schob sie hinterher und hätte sich im gleichen Moment auf die Zunge beißen können. Warum gelang es ihr einfach nie, Zurückhaltung zu wahren?

Der Beamte kritzelte ein paar Worte auf ein Blatt Papier, das vor ihm lag und hob dann lächelnd den Kopf: „Nun, meine Wenigkeit tut hier nichts zur Sache. Aber Ihr kennt sicherlich den Grund Eurer spontanen Anwesenheit hier, nicht wahr?" Er schnalzte überheblich mit der Zunge und schien die Situation irgendwie zu genießen.

„Natürlich weiß ich, warum ich hier bin", wagte Johanna einen neuen Vorstoß. Sie beugte sich näher zu ihm hinüber und hatte den Höfling am Fenster völlig vergessen. „Ich kann dazu nur sagen: Ich wusste nicht, was ich tat! Dieser Schmied und die beiden anderen kamen immer näher und die Badgasse war so dunkel... naja, und mein Korb mit den Einkäufen, den hatte ich auch noch, dabei wollte ich doch nur .... und – sagt bitte: Geht es ihm besser?" Ärgerlich biss sie sich nach ihrem atemlosen Vortrag auf die Lippen. Jetzt war sie doch aus dem Konzept gekommen und hatte nicht genau das erzählt, was sie eigentlich wollte. Vorsichtshalber schob sie leise hinterher: „Ja, und zahlen kann ich natürlich auch ein hübsches Sümmchen."

Der Beamte starrte sie entgeistert an.

„Äh ja ... „ stieß er nach einer Weile ratlos aus und schaute hilfesuchend zu dem Höfling hinüber, der mittlerweile mit einem überheblichen Lächeln auf Johanna und den Beamten herabblickte. Dabei nestelte er geziert an seinen weißen Spitzenmanschetten herum, die aus den Ärmeln seines Justaucorps herausschauten. Er räusperte sich bedeutungsvoll und wandte sich mit näselnden Worten an den ratlosen Beamten, der immer noch keine weitere Reaktion auf Johannas Geschichte zeigte: „Er weiß vermutlich nicht, wovon die Witwe Santorini spricht, n'est-ce que pas[24]?"

Die Stimme kam Johanna irgendwoher bekannt vor. „Nun, er ist ja nicht umsonst nur ein unbedeutender Landesbeamter." Aus dem Mund des Höflings klang das geradezu wie ein Schimpfwort, und der junge Uniformierte zuckte zusammen, als ob er geschlagen worden wäre.

Doch der Mann am Fenster war noch nicht fertig: „Hatte er nicht einen klaren Auftrag? Sollte er die Witwe Santorini nicht gezielt befragen? Ist er überhaupt befähigt, eine solche Befragung durchzuführen?" Der Ton war schneidend geworden und Johannas Gegenüber versank nun vollständig in seinem Stuhl. Er tat ihr beinahe leid, aber nur beinahe. Denn sie wusste, dass diese Menschen stets nach oben buckelten und nach unten schlugen. Sie waren gefährliche Mitläufer im System und nie zu unterschätzen. Auch wenn dieses Exemplar ganz offensichtlich zu den einfältigeren gehörte, hatte der Kerl doch immerhin einen Posten im kurpfälzischen Justizwesen – wie auch immer er daran gekommen war.

Als hätte der überhebliche Höfling ihre Gedanken lesen können, knüpfte er plötzlich an Johannas Überlegungen an: „Es tät mich ja schon mal interessieren, wie er seinen Posten bekommen hat." Er schüttelte unwillig den Kopf. „Nun, irgendeinen

---

[24] Franz.: nicht wahr?

Fürsprecher wird es wohl gegeben haben. Gnade ihm Gott, dass ich diesen Tor finde!“

Mit einer ungeduldigen Handbewegung gab er dem Beamten zu verstehen, dass dieser seinen Stuhl zu räumen hatte und nahm stattdessen umständlich vor Johanna Platz. Da er über eine erhebliche Leibesfülle verfügte, war das auf dem kleinen Holzstuhl gar nicht so einfach. Der Stuhl knarrte bedenklich, doch er hielt. Der verschüchterte Beamte hatte sich unterdessen in eine dunkle Ecke verkrochen und wartete dort still die weitere Entwicklung ab.

Auch Johanna war gespannt und beunruhigt darüber, was nun geschehen würde. Vorsichtshalber schwieg sie, solange sie nicht gefragt wurde, das erschien ihr am sichersten. Außerdem versuchte sie sich fieberhaft daran zu erinnern, wo sie diesen Menschen schon einmal gesehen hatte. Nun, da er direkt vor ihr saß, konnte sie auch sein Gesicht deutlich erkennen: Ein aufgedunsenes Gebilde aus tiefen Falten, Speckwülsten, einer knubbelig-dicken Nase und zwei Schweinsäuglein, die fast hinter riesigen Schlupflidern zu verschwinden schienen und ihm einen verschlagenen Ausdruck verliehen. Der Mund bestand aus zwei wurstartigen, nass glänzenden Lippen, hinter denen beim Sprechen ungepflegte Zähne zum Vorschein kamen. Eine markante Warze am rechten Nasenflügel gab Johanna schließlich die endgültige Gewissheit, dem Mann schon einmal in ihrem Leben über den Weg gelaufen zu sein – sie wusste nur nicht mehr, zu welchem Anlass. Dass es jedoch eine unerfreuliche Begegnung war, dessen war sie sich ganz sicher.

„Was ist das für eine merkwürdige Geschichte mit einem Schmied in der Badgasse, von der sie vorhin fabuliert hat?“ Der fette Höfling näselte penetrant und beugte sich lauernd zu Johanna herüber, so gut es bei der Leibesfülle eben ging. Der Stuhl quittierte die Bewegung mit Ächzen und lautem Knarren.

Johanna stutzte. Sie war davon ausgegangen, dass man hier genau wusste, was am Nachmittag vorgefallen war. Zögerlich antwortete sie: „Also das war so, Euer Gnaden: Ich wollte zum

Friedhof, um das Grab meines Oheims Philipp Bechtler zu besuchen und ein paar Einkäufe zu machen. Und als ich schon auf dem Rückweg war..."

„Danke, das reicht! Keine langwierigen Schilderungen!" Der Höfling schnalzte ungeduldig mit der Zunge und blaffte: „Wann hat sie den Schmied getroffen? Und was hat er ihr gegeben?"

„Äh... ich habe ihn nicht getroffen", stammelte Johanna verwirrt, „und gegeben hat er mir so gesehen eigentlich auch nichts..." Sie verstand nicht, worauf das Verhör abzielte.

„So gesehen, so gesehen", äffte der Mann sie nach und wurde deutlicher: „Es wäre besser für sie, jetzt mit der Wahrheit herauszurücken. Woher wusste sie zum Beispiel, dass der Franzose als Schmied verkleidet in der Stadt untergetaucht war? Und wie hat er zu ihr in Kontakt treten können, ohne dass meine Leute davon etwas mitbekommen haben?"

Johanna hatte nicht den leisesten Schimmer, wovon der Mann redete, geschweige denn, was er von ihr wissen wollte. War der Schmied ein Franzose gewesen? So ein Unsinn, er hatte in breitestem Kurpfälzisch hinter ihr her gegrölt. Und wie eine Person, die heimlich in der Stadt weilte, hatte er sich auch nicht gerade verhalten. Im Übrigen wusste sie auch nicht, wen der Höfling mit „meine Leute" meinte. Die Stadtwachen waren jedenfalls nicht zur Stelle gewesen, als Johanna sie gebraucht hätte. Langsam wurde ihr die Befragung zu bunt – bei allem Respekt vor dem sicherlich einflussreichen Höfling. Dennoch gab es so etwas wie Gesetz und Gerechtigkeit, und sie wollte nun endlich wissen, was ihr hier wirklich vorgeworfen wurde!

„Wessen bin ich hier eigentlich angeklagt, Euer Gnaden", fragte sie mit entsprechend gereiztem Unterton nach. „Habe ich etwas verbrochen?"

„Was maßt sich das Weibsbild an? Rede sie nur, wenn sie gefragt werde", fauchte der Höfling sie an. Er schürzte geziert die Lippen, als denke er einen Moment nach. Dann antwortete er betont langsam auf Johannas Frage: „Nun, ob sie etwas verbrochen hat, das wissen wir noch nicht im Detail. Aber wir möchten es verhindern – auch in ihrem Sinne. Eine so schöne Frau in der Kassation – das wäre doch sehr schade und reine Verschwendung.“ Sein Blick streifte über ihren Körper, der glücklicherweise immer noch in den Mantel eingehüllt war. Der Mann war einfach in seiner ganzen Art unangenehm und abstoßend, fand Johanna.

Empört richtete sie sich auf: „Und wofür bitte schön soll ich eingesperrt werden? Ich habe mir nichts zuschulden kommen lassen!“ Mittlerweile war sie nämlich davon überzeugt, dass man hier im Rathaus nichts von dem Vorfall in der Badstraße wusste. Es musste um etwas ganz anderes gehen – nur was?

„Kennt sie die Mannheimer Polizeikommission? Nein? Sollte sie aber!“ Unfreundlich taxierte der Höfling sie und fuhr mit arrogantem Tonfall fort: „Ein Edikt von Ihrer Durchlaucht dem Kurfürsten hat alles genau geregelt: Die Kurfürstlichen Fiskalen haben dafür zu sorgen, dass Freigeisterei und Hochverrat verhindert werden. Denn gerade Hochverrat ist das gefährlichste und abscheulichste Verbrechen gegenüber dem Staat. Darauf steht deshalb immer die Todesstrafe – ist ihr das bekannt?“

„Und was hat das mit mir zu tun?“ Johanna wurde blass und ihr Atem beschleunigte sich. „Was will man mir hier anhängen?“ Das war doch absurd!

„Anhängen? Nein, anhängen wollen wir ihr nichts.“ Die Stimme des Höflings war plötzlich ganz leise geworden. „Wir werden es beweisen. Über kurz oder lang kommt nämlich alles ans Licht. Wir wissen, dass sie sich einige Jahre in so genannten Diplomatenkreisen bewegt hat. Ha, Diplomaten! Spionage betreiben sie, wo immer sie auftauchen! Aber was in Frankreich möglich ist, wird hier Gott sei Dank nicht ohne weiteres geduldet.“

Er erhob er sich schwerfällig und stützte sich mit beiden Händen vor Johanna auf dem Tisch auf. Dann beugte er sich so nah zu ihr herunter, dass sie seinen fauligen Atem riechen konnte und zischte: „Der Apfel fällt nicht weit vom Stamm, Bechtlerin. Sei sie gewarnt."

Daraufhin stolzierte er mit seinem dicken Bauch zur Tür, trat mit dem Schuh einmal lautstark dagegen und wartete, bis ihm von außen geöffnet wurde. Den kleinen Beamten würdigte er keines Blickes mehr, lediglich Johanna bekam noch einen bösen Blick zugeworfen.

Sie fröstelte. Denn sie hatte nun eine leise Ahnung davon, worum es hier wirklich ging. Man brachte sie aus welchen Gründen auch immer mit Spionagekreisen in Verbindung. Das war gefährlich – ganz gleich, ob es der Wahrheit entsprach oder nicht. Wahrscheinlich hatte es mit Jean und seinen undurchsichtigen diplomatischen Missionen zu tun. Aber nicht nur das beunruhigte sie sehr. Ihr war bei den letzten Worten des Mannes plötzlich wieder eingefallen, woher sie ihn kannte. Sie hatte ihn tatsächlich schon einmal gesehen, damals, als ihr Vater so unrühmlich gestorben war. Dieser Mann war an der Marschalltafel an jenem unseligen Nachmittag dabei und ein Zeuge der Tat gewesen[25]. Er hatte hinterher gegen ihren Vater ausgesagt, so dass Franz Bechtler nicht einmal ordentlich begraben werden durfte. Sein Name war Joseph Ferdinand Zöllner – und damals war er bei Hofe als Obristhofmeister für die Unterhaltung des Kurfürstenpaares zuständig. In welcher Funktion er wohl jetzt in der Entourage des Kurfürsten tätig war, dass er solche Befragungen durchführte? Schlecht schien er nicht da zustehen – zumindest schien er viel zu essen. Johanna schüttelte sich innerlich vor Ekel. So unappetitlich hatte Zöllner damals nicht ausgesehen; nur die auffällige Warze im Gesicht hatte ihn früher schon entstellt.

---

[25] Franz Bechtler hatte im Juni 1764 im Rahmen des wöchentlichen Treffens zahlreicher Höflinge an der Schwetzinger Marschalltafel zunächst den Kammerdiener des Kurfürsten, Dominik Pierron, erstochen und dann sich selbst gerichtet. Der unerhörte Vorfall ist in den *Denkwürdigkeiten* des Freiherren von Stengel dokumentiert. Siehe dazu auch Band 1: *Nichts ist eine Kleinigkeit bei Hofe*

„Wir fahren dann mit der Befragung fort." Kaum hatte Zöllner den Raum verlassen, war wieder Leben in den dünnen Beamten gekommen. Seine Worte holten Johanna aus ihren Gedanken zurück in das Verhörzimmer, während der Mann sich wieder hinter den Schreibtisch platzierte. Was wollte der Kerl denn jetzt noch?

„Wir haben Eure Reisepapiere noch einmal geprüft. Es sind ein paar Unregelmäßigkeiten aufgefallen." Der Beamte kramte in einem Papierstapel herum und zog einige Blätter hervor. „Wie war noch einmal Eure Route von Paris zurück in die Kurpfalz?"

Johanna verdrehte innerlich die Augen. Diese Frage war ihr so oft gestellt worden – was war denn so wichtig daran? Enerviert begann sie damit, die Stationen ihrer Reise herunter zu leiern: „Abreise am 1. November 1781 in Passy bei Paris in einer Kutsche, die mir freundlicherweise von Madame de Cointreau zur Verfügung gestellt wurde. Erste Zwischenstation in Saint Dizier, zwei Tage Aufenthalt, Unterbringung in der Auberge du Soleil. Weiterfahrt über Lunéville und Pfalzbourg bis nach Strasbourg, Palais Rohan. Dort erneut zwei Tage Pause, Quartier in der Poststation und Umstieg in die Postkutsche. Über Mannheim nach Heidelberg, wo wir nach knapp zwei Wochen am 14. November durch das Mannheimer Tor eingefahren sind. Reicht das?" Ihr gereizter Tonfall war nicht zu überhören, doch das war ihr egal.

Der Beamte nuschelte etwas vor sich hin und machte sich Notizen. Johanna schaute ihm schweigend zu. Sie konnte wirklich nichts Ungewöhnliches oder gar Verbotenes an ihrer Reiseroute entdecken, zumal sie ja nicht einmal allein unterwegs gewesen war, sondern mit ihren beiden Kindern, einer Gouvernante und einer Begleitkutsche, die ihren Hausrat, Kleider und alles sonstige Gepäck transportiert hatte. Dieses Fahrzeug hatte allerdings für einige Schwierigkeiten auf der Fahrt gesorgt, da es immer wieder inspiziert wurde. Schuld daran war Johannas Ansicht nach das komplizierte Zollsystem in der gesamten

Rheinregion: Für Zollfragen war in der Hofkammer in Mannheim ein gewisser Freiherr von Perglas zuständig, dem eine ganze Behörde unterstand. In erster Linie kümmerten die Beamten sich dort um den Warenverkehr auf dem Rhein. Allerdings erließ dieser Perglas auch Reskripte[26] zu Zollfragen, die es in sich hatten und vielfältig auslegbar waren. Zahlreiche Zollangelegenheiten waren dadurch bei den Oberämtern geregelt, wo bestellte Zollbetreuer für die Ein- und Ausfuhren zuständig waren. Von diesen häufig sehr unangenehmen und durchaus bestechlichen Beamten war Johannas Hausrat mehrmals unter die Lupe genommen worden. Doch da ihre Papiere nie Grund zur Beanstandung gegeben hatten, war es bei den zeitaufwändigen Durchsuchungen geblieben.

„Und Eure Reisepapiere wurden durch wen ausgestellt?“ Der Beamte blickte interessiert von seinem Papier auf.

Johanna konnte es nicht fassen – auch das hatte sie schon mehrmals angegeben. „Es ist ein Pfälzer Passierschein, wie Ihr sicherlich längst wisst.“

„Ja ja, der Freiherr von Perglas hat ihn gezeichnet, das ist uns nicht neu.“ Mit wichtiger Miene ließ der Beamte erneut seine Feder über das Papier kratzen. Dann hob er unvermittelt den Kopf und fragte mit einer Schärfe, die Johanna ihm gar nicht zugetraut hätte: „Allerdings seid Ihr dem Freiherrn von Perglas persönlich gar nicht bekannt. Wie kommt es also, dass sein Siegel und seine Unterschrift auf dem Passierschein zu finden sind?“

Johanna seufzte – und ließ die Katze dann aus dem Sack. Was blieb ihr auch anderes übrig? „Ich kenne den Staatsrat Freiherrn von Stengel[27] persönlich. Reicht das?“

---

[26] Erlässe

[27] Johann Georg Anton Freiherr von Stengel (1721-1798) war ein enger Vertrauter des Kurfürsten. Er wurde allerdings erst 1788 mit dem Freiherrenbrief geadelt – möglicherweise aus Dankbarkeit des Kurfürsten, da Stengel das erste Kind seiner Gattin Maria Christina Edle von Hauer, das wohl noch aus einer vorehelichen Liaison mit dem Kurfürsten stammte, durch eine schnelle Hoch-

Das tat es offensichtlich, dem Beamten stand vor Ehrfurcht der Mund offen, was ihm einen dümmlichen Gesichtsausdruck verlieh. Johanna sah förmlich, wie es in ihm arbeitete. Wahrscheinlich malte er sich gerade sämtliche Szenarien seiner Degradierung oder Bestrafung aus, weil er eine Vertraute des hochehrwürdigen Staatsrates nicht mit der erforderlichen Höflichkeit und Umsicht behandelt hatte. Oder er überlegte fieberhaft, wie er mit einem blauen Auge aus der Situation herauskam, das konnte auch sein.

Johanna war das egal, Hauptsache, sie durfte gleich wieder nach Hause. Außerdem hoffte sie, dass zu ihrer Bekanntschaft mit Johann Georg von Stengel keine weiteren Fragen kamen. Schließlich musste dieser kleine Beamte nicht wissen, dass ihr Verhältnis zur Familie des Freiherrn keinesfalls unbelastet war. Ausgerechnet sein Sohn Stephan, von dem es hieß, er sei in Wirklichkeit ein außereheliches Kind des Kurfürsten, hatte Johanna einst in Mannheim den Hof gemacht, als sie an der Suche nach ihrem Ehemann Clemens zu scheitern drohte. Es waren zarte Bande gewesen, die sich damals langsam über sämtliche Standesgrenzen hinweg entwickelt hatten – und die ein jähes Ende fanden, als Jean de la Frontière aufgetaucht war. Sie war im Streit mit Stephan von Stengel auseinandergegangen, nachdem sie durch einen Zufall herausgefunden hatte, dass er auf Brautschau in höfischen Kreisen unterwegs war – und sie offenbar als Geliebte institutionalisieren wollte. Glücklicherweise hatte sie sich bei ihm nie etwas zuschulden kommen lassen, so dass sie – ohne weitere Konsequenzen fürchten zu müssen – einen klaren Schlussstrich ziehen konnte. Der junge Freiherr hatte ihr daraufhin noch einmal einen versöhnlichen Brief geschrieben und seinen Umzug nach München angekündigt, wohin er kurz darauf im Umfeld des Kurfürsten entschwand.

---

zeit per Geburt legitimierte. Jener Stephan von Stengel stand stets unter besonderer Protektion Carl-Theodors und hinterließ der Nachwelt seine *Denkwürdigkeiten*, die einen tiefen Einblick in das Leben am Kurfürstlichen Hof zu jener Zeit ermöglichen.

Johanna hatte nie wieder von Stephan von Stengel etwas gehört und nur über Umwege von seiner schnellen Karriere erfahren, die er unter Carl-Theodor in Bayern gemacht hatte. Mittlerweile war er offenbar Kabinettsdirektor und Mitglied der Münchener Akademie der Wissenschaften. Seit Mitte der siebziger Jahre war er zudem standesgemäß mit Marianne Belsen, der Tochter eines Regierungsrates und Hofkammervizedirektors verheiratet und hatte mit ihr, soweit Johanna wusste, fünf oder sechs Kinder. Als sie nach dem Tod ihres Onkels konkrete Pläne zur Rückkehr in die Kurpfalz hegte, hatte sie sich jedoch ein Herz gefasst und ihren alten Gönner persönlich angeschrieben, um einen allgemein gültigen Passierschein von höchster Stelle zu bekommen. Und es hatte geklappt: Stephan hatte seinen Vater Georg, der seit einiger Zeit wieder in Mannheim lebte, um entsprechende Weisungen gebeten. Nur wenige Tage später war das Papier mit Siegel und Unterschrift eines gewissen Freiherr von Perglas bei ihr eingetroffen und Johanna konnte sich auf den Weg machen.

„Ähm,... gut, ja.... in Ordnung.“ Der Beamte wusste scheinbar nicht, wie er nun weiter mit ihr verfahren sollte. Ein lautstarkes Spektakel, das plötzlich aus der Eingangshalle des Rathauses zu hören war, enthob ihn jedoch weiterer Maßnahmen. Eine durchdringende Frauenstimme, die Johanna wohl bekannt war, näherte sich schimpfend der Tür zum Verhörkabinett und Johanna sprang gleichzeitig mit dem Beamten auf. Was war da draußen nur los?

„Eine bodenlose Unverschämtheit ist das“, drang es von draußen herein und schon wurde die Tür krachend aufgestoßen. „Johanna, meine Liebe, man hat Sie hier doch hoffentlich nicht kompromittiert oder gar misshandelt?“

So unpassend die Umstände dafür auch waren - Johanna platzte mit einem befreienden Lachen laut heraus. Das war Dorothea Delph[28], wie sie leibte und lebte: laut, unkonventionell, direkt,

[28] Dorothea Delph lebte von 1730 bis 1808 in Heidelberg. Sie war in diplomatische Beziehungen verwickelt, galt als preußenfreundlich und pflegte gute Kontakte zu zahlreichen Höfen. Nebenbei fungierte sie als Heiratsvermittlerin

furchtlos und vor allem: Überall gefürchtet ob ihrer zahlreichen Beziehungen und Kontakte. Allerdings sprach sie irgendwie merkwürdig undeutlich, so als würde sie an einem Bonbon lutschen.

„Lasst Euch umarmen!" Dorothea, die von ihren Freunden liebevoll Doro genannt wurde, stürzte strahlend auf Johanna zu. Diese erstarrte, denn das, was sie im fülligen Gesicht der Mittfünfzigerin nun entdeckte, bestürzte sie doch sehr: Dorothea Delph hatte keinen einzigen Zahn mehr in ihrem Mund. Was war mit ihrem Gebiss geschehen? War sie krank? Oder hatte sie einen Unfall gehabt?

Die Delph schien Johannas Irritation nicht zu bemerken, sondern nahm sie kurzerhand fest in den Arm, um sie zugleich wieder von sich zu schieben und von oben bis unten zu betrachten: „Nun, Ihr seht aus wie eine ehrenwerte, aber einsame Witwe, liebste Freundin. Es wird Zeit, dass Ihr ins Leben zurückkehrt."

Es waren offenbar tatsächlich die fehlenden Zähne, die Dorotheas Worte ein wenig undeutlich werden ließen, doch Johanna hatte genug verstanden um zu begreifen, was ihr in den nächsten Wochen und Monaten in Heidelberg bevorstand: Denn einmal unter den Fittichen der Dame Delph – und es gab kein Entkommen, so lieb und nett ihr Engagement auch gemeint war. Dennoch nahm sie Dorotheas Hände in ihre und drückte sie dankbar. Schließlich hatte die Delph in ihrer unkonventionellen Art das unangenehme Verhör beendet, was sie nun lautstark kundtat, indem sie den Beamten zur Minna machte: „Schämst du dich nicht, Jakob? Deine Mutter Christine – Gott sei ihrer Seele gnädig – würde sich im Grab umdrehen, wenn sie wüsste, was ihr missratener Sohn angeblich im Namen des Gesetzes tut. Landesbeamter, pah, dass ich nicht lache! Ein abgebrochener Student bis du – und hast deine Stelle

---

und wurde vor allem durch ihren Kontakt zu Goethe bekannt, der sie in seinen Erinnerungen *Dichtung und Wahrheit* mehrfach erwähnt.

nur deiner Feigheit zu verdanken, weil du wegsiehst, wenn gewisse Kreise sich etwas zu Schulden kommen lassen. Ja, ja, ich weiß wohl Bescheid, Jakob Holzschneider, gib also Acht, wen du in Zukunft belästigst ..."

Johanna hörte nicht weiter zu – sie hatte genug erfahren. Von diesem kleinen Beamten hatte sie jedenfalls nichts mehr zu befürchten. Amüsiert betrachtete sie ihre alte Freundin, die sich in Rage redete und dabei wild mit den Armen herumfuchtelte. Bezeichnenderweise kam keiner der Wachsoldaten dem Beamten zu Hilfe – mit Dorothea Delph legte man sich lieber nicht an.

Sie selbst hatte Dorothea über ihren alten Gönner und Freund Anton von Mai[29] kennengelernt. Doro war in Heidelberg als schillernde und ein wenig verrufene Person wohlbekannt und gehörte zur besseren Gesellschaft – auch wenn das einigen Menschen nicht passte. Sie war als Helene Dorothea Delph am 9. Oktober 1728 in Schwalbach im Taunus geboren worden und hatte eine ältere Schwester, die mit einem Apotheker in Düsseldorf verheiratet war. Es gab noch eine jüngere Schwester, Sybille Elisabeth, mit der Dorothea in Heidelberg ganz in der Nähe der Bechtlerschen Apotheke wohnte. Ihre beiden Brüder waren bereits gestorben. Einer von ihnen hatte den Schwestern einen Laden hinterlassen, in dem die beiden stattlichen Damen Stoffe und Galanteriewaren, aber auch Kaffee und Tee verkauften. Da sie dazu eigentlich keine Konzession besaßen, führte das seit Jahren immer wieder zu Ärger mit der Stadt und der Krämerzunft. Doch insbesondere Dorothea verfügte stets über die richtigen Kontakte, die besten Informanten und war stets zur passenden Zeit am richtigen Ort, so dass sie nie ernsthaft in Schwierigkeiten geriet. Wie hatte ihre Tante sie einmal beschrieben? „Diese Frau ist einfach sehr speziell. Sie ist listig und energisch genug, Diebe zu wittern, zu fangen und

---

[29] Franz Anton von Mai (1742-1804) war Mediziner, Universitätsprofessor und Leibarzt der Kurfürstin. Er gilt als einer der Begründer der professionellen Pflege.

einzuliefern. Sie ist wissenschaftlich beinahe gelehrt, gleichzeitig fromm – und kein Gelehrter kann über die biblischen Wunder bessere Auskunft geben als sie, imponierend bis zur Lächerlichkeit. Sie hat viele Bekannte und knüpft dreist an. Zuweilen besucht sie den Schwärmer Jung-Stilling, um über seine Geisterseherei zu spotten, verehrt dagegen Lavater, Klopstock, Haller, Gellert und den alten Rabener. Schwarzer Kaffee und feinster Marokko-Schnupftabak sind ihre Reizmittel. Übrigens verachtet sie alle Kleidermoden und geht stets in Spitzenhaube und Haartour mit einem vier Schuh langen, echten Rohr bewehrt, spazieren. Nicht umsonst wird sie in den Straßen von den Gassenbuben als Vogelscheuche beschimpft."[30] Dennoch: Dorothea verkehrte erfolgreich in bester Gesellschaft. Bei Hofe war sie zwar nicht zugelassen – aber dafür kamen die Höflinge zu ihr. Stets ganz diskret, versteht sich, aber sie kamen. Im Gepäck hatten sie Heiratspläne, Kontaktwünsche und Informationen von Klatsch und Tratsch bis hin zu politisch brisanten Details. All das wanderte bei der Delph über den Ladentisch, den ihre Schwester pro forma weiterhin mit Stoffen und Galanteriewaren bestückte. Und Dorothea wusste damit umzugehen: Sie schwieg wie ein Grab, wenn ihr Geheimnisse anvertraut wurden, plauderte hingegen alles aus, was schnell die Runde machen sollte. Sie war in der Lage, diskret Verbindungen herzustellen – und sie besaß eine unglaubliche Menschenkenntnis. Wohl deshalb hieß es immer wieder, sie sei auch als Spionin tätig, was Johanna allerdings bezweifelte.

Unterdessen war Dorothea mit ihrer Schimpftirade zum Ende gekommen. Sie hakte sich bei Johanna unter und zog sie aus dem Kabinett hinaus. Huldvoll nach allen Seiten grüßend schob sie Johanna durch die Rathaushalle, wobei die wenigen Wachsoldaten ihnen verblüfft hinterher starrten. Aufgehalten

[30] Frei zitiert nach einer Beschreibung ihres Neffen, dem Heidelberger Apotheker Henklin, in: Hufschmid, Maximilian: Goethes Heidelberger Freundin Helene Dorothea Delph und ihre Angehörigen. In: Neues Archiv für die Geschichte der Stadt Heidelberg und der Kurpfalz, Bd. 11 Heidelberg (1924) S. 218 f

wurden sie jedoch nicht, so dass sie kurze Zeit später auf dem Marktplatz standen. Die Öllampen und roten Laternen vor den Gasthäusern tauchten ihn in ein diffuses Licht, aber immerhin war es so nicht stockfinster wie an anderen Plätzen der Stadt. Es war kalt geworden und Johanna wickelte sich tief in ihren Mantel ein.

„So, das hätten wir". Dorothea Delph strahlte sie mit ihrem eigentümlich zahnlosen Lächeln an. „Und entschuldigt meine Aufmachung – Eure Tante hat mich doch tatsächlich schon aus dem Bett geholt. Wisst Ihr, in meinem Alter ist Schlaf das beste Schönheitsmittel." Sie kicherte schrill.

„Tante Clara hat Euch um Hilfe gebeten?" Johanna glaubte, sie hätte sich verhört. Die alten Bechtlers hatten Dorothea Delph nie gemocht und waren stets misstrauisch ihr gegenüber, da sie aus einer Düsseldorfer Apothekerfamilie stammte. Onkel Philipp war sogar eine Zeitlang davon überzeugt gewesen, dass die Delph'sche Familie es auf die Hofapotheke abgesehen hatte – es hatte allerdings nie wirklich Anzeichen solcher Bestrebungen gegeben. Dennoch gehörten die Bechtlers zu jener Heidelberger Fraktion, die Dorothea Delph für nicht gesellschaftsfähig hielten und man verkehrte nicht miteinander. Was für eine Überwindung musste es also Tante Clara gekostet haben, ausgerechnet bei ihr anzuklopfen!

„Ja, Eure Tante hat mich geholt." Dorothea verfiel in ein verschwörerisches Raunen. „Und glaubt mir, leicht gefallen ist es ihr bestimmt nicht, liebe Freundin. Ich bin froh, dass ich Euch helfen konnte – aber sagt, was wirft man Euch eigentlich vor?"

„Ach, wenn ich das nur wüsste." Johanna seufzte schwer. „Aber es muss etwas Schwerwiegendes sein, denn Regierungsrat Zöllner hat mich eine Zeit befragt." Sie starrte müde vor sich hin.

„Wie bitte? Der Zöllner? Der Fettsack mit der Warze? Ich glaube es nicht!" Dorothea tänzelte aufgeregt um Johanna herum. „Da ist irgendetwas faul, meine Liebe, da müssen wir unbedingt etwas unternehmen. Ich werde meine Fühler ausstrecken." Sie fasste Johanna an beiden Oberarmen und beschwor sie eindringlich: „Tut jetzt nichts Unüberlegtes, bleibt am besten daheim. Und kommt morgen Nachmittag zum Tee zu mir. Dann können wir über alles reden."

Johanna nickte schweigend. Sie spürte plötzlich, wie müde sie war und fühlte, dass Tränen in ihr aufstiegen.

„Wache!", hörte sie Dorothea wie durch einen Schleier rufen, „begleit' er die Dame Santorini nach Hause, aber schnell!"

Wie sie es zu guter Letzt in ihr Kabinett geschafft hatte, wusste Johanna hinterher nicht mehr so genau. Der junge Mann von der Stadtwache hatte sie jedenfalls ordnungsgemäß vor der Hofapotheke abgeliefert und so lange gewartet, bis Tante Clara ihr die Tür geöffnet hatte. Kurze Zeit später lag sie in ihrem Bett, hielt eine heiße Schokolade in den Händen und schilderte Tanta Clara vorsichtig, was ihr im Rathaus widerfahren war. Dabei bemühte sie sich, die ganze Befragung so belanglos wie möglich erscheinen zu lassen, um sie nicht weiter zu beunruhigen. Doch allein der Umstand ihrer scheinbaren Festnahme hatte ausgereicht, um Clara Bechtler in höchste Alarmbereitschaft zu versetzen.

„Wir müssen jetzt handeln, Johannalein. Denk an die Kinder!" Sie seufzte kummervoll und strich Johanna eine Haarsträhne aus dem Gesicht. „Ich weiß, du bist eine erwachsene Frau und hast dein Leben bisher auch gut gemeistert – trotz aller Kümmernisse und Sorgen. Aber so geht es nicht weiter."

„Was genau meinst Du denn, Tantchen?" Johanna wusste nicht so recht, worauf ihre Tante hinaus wollte.

„Kindchen, es führt kein Weg daran vorbei, so leid es mir tut: Aber du musst wieder heiraten." Tante Clara nickte kummervoll aber nachdrücklich. „Anders bist du hier allen schutzlos ausgeliefert. Oder du endest wie die Demoiselle Delph und das willst du doch nicht, oder?"

Johanna stöhnte leise auf, von daher wehte also der Wind! Das Schlimme daran war, dass sie insgeheim wusste, wie recht ihre Tante hatte! Die Kurpfalz war eben nicht Frankreich – und um hier gesellschaftlich anerkannt und unbehelligt weiter leben zu können, war eine standesgemäße Heirat sicherlich die eleganteste Lösung. Zumal sie wahrscheinlich nicht einmal lange auf angemessene Bewerber warten müsste, bei ihrem Vermögen. Möglicherweise wäre auf diesem Weg sogar ein Adelstitel in greifbarer Nähe, schließlich gab es viele verarmte kleine Adelshäuser. Dennoch war eine erneute Vermählung so ziemlich das Letzte, was Johanna sich zu diesem Zeitpunkt vorstellen konnte.

„Du liebst ihn noch, nicht wahr?“ Ein warmes Lächeln erschien auf Tante Claras Gesicht. „Wird er dich wieder holen – und würde er dich auch heiraten?“

Natürlich wusste Johanna sofort, dass ihre Tante von Jean sprach. Ja, sie liebte ihn noch, würde das wahrscheinlich immer tun. Jean war das pralle Leben, geballte Männlichkeit, Humor und Abenteuer in einem. Sie vermisste ihn in diesem Moment so sehr, dass es ihr fast das Herz zerriss. Dennoch war ihr von Anfang an klar gewesen, dass es mit dem Baron de la Frontière keine Zukunft auf Dauer geben konnte – er war einfach zu unstet und nicht für das Familienleben an einem Ort gemacht. Jean wollte leben, in der großen Politik mitmischen, Abenteuer bestehen, Frauenherzen erobern, Spaß haben und das Ganze am liebsten mit einer schönen und vergnügten Frau an seiner Seite. Das hatte ein paar Jahre ganz gut geklappt, da die Kinder ihn mochten und sie selbst den Luxus an seiner Seite genossen hatte. Aber irgendwann war ihr klar geworden, dass sie wieder etwas Eigenes machen wollte, etwas, das sie mehr erfüllte, als Brokatroben, Smaragdcolliers und Saphirohrringe. Ihre Arbeit als Hebamme hatte sie zum Beispiel während der Amberger Jahre mit Clemens sehr viel Freude bereitet, und auch ihre Aushilfstätigkeit in der Apotheke ihres Onkels war stets eine Bereicherung für sie gewesen. Mit Jean war so etwas jedoch undenkbar. Seine Frau wurde von ihm auf Händen getragen und verwöhnt wie eine Königin. Dafür erwartete er, dass sie seinem

Idealbild perfekt entsprach. Und das glich weder einer blutverschmierten Hebamme noch einer Apothekengehilfin, die kranken Menschen irgendwelche Kräuter zubereitete.

„Nein, Tantchen, Jean und ich werden nicht heiraten“, antwortete sie daher wahrheitsgemäß. „Aber er wird uns besuchen, das hat er versprochen.“

„Johanna, wie soll das gehen?“ Tante Clara schüttelte den Kopf. „Man wird auf dich mit dem Finger zeigen, wenn du dich weiterhin mit ihm triffst. Das geht so nicht. Die armen Kinder!“

„Ich weiß, ich weiß, du hast ja recht.“ Johanna stellte den leeren Schokoladenbecher auf dem Boden vor ihrem Bett ab und ließ sich in die Kissen fallen. „Falls du darauf anspielst: Es entgeht mir nicht, dass hinter meinem Rücken getuschelt wird. Und dass Jean Franzose ist und ich eine Weile mit ihm in Frankreich gelebt habe, ist auch nicht gerade hilfreich. Ich hatte gehofft, dass man mich hier in Heidelberg nicht so gut kennt und deshalb nichts oder nur wenig darüber weiß – deshalb bin ich auch hier bei dir geblieben.“ Sie atmete tief durch und fuhr fort: „Doch es ist anders gekommen als ich gedacht habe, leider. Ich möchte, dass meine Kinder anständig aufwachsen, ganz bestimmt. Ich werde also darüber nachdenken, mich wieder zu verheiraten.“

Sie lächelte ihre Tante traurig an. „Aber gib mir noch ein paar Tage Zeit, ja Tantchen? Bis dahin können wir uns ja Gedanken darüber machen, was wir für Francesco und Louisa in die Wege leiten. Meiner Meinung nach sollte Louisa auf ein Damenstift gehen – zumindest für eine Weile. Oder was meinst Du?“

„Ach Kindchen, das hat doch noch Zeit.“ Tante Clara griff nach dem Becher und erhob sich von der Bettkante. „Nun schlaf du erst einmal in aller Ruhe und rede morgen mit Dorothea Delph. Vielleicht findet sich dann alles. Gute Nacht.“ Tante Clara strich ihr noch einmal über ihre Wange und verließ leise das Kabinett.

Johanna starrte noch eine Weile ins Leere, ehe sie die Kerze ausblies und sich gemütlich in ihr Plumeau einkuschelte. Es dauerte nicht lange und sie war eingeschlafen.

Am nächsten Morgen beim gemeinsamen Frühstück bestürmten die Kinder sie mit Fragen: Was waren das für Soldaten? Was wollten sie von Mama und wo haben sie Mama hingebracht? Während Francesco sich mit seinen elf Jahren vor allem für die Uniformen und die Bewaffnung der Stadtwache interessierte, hakte die vierzehnjährige Louisa gezielter nach: „Ist es denn üblich, eine Witwe in deinem Alter einfach so zu nächtlicher Stunde mitzunehmen?", war eine ihrer Fragen, die Johanna ordentlich in Erklärungsnot brachten. Doch Tante Clara half ihr so gut es eben ging – und wenn Johanna absolut keine Antwort wusste, sprang Mademoiselle Dubois, die Gouvernante der Kinder ein, die über ein großes Feingefühl verfügte.

„Il ne faut pas être curieux![31]", pflegte sie zu sagen und hielt damit zumindest Louisa einigermaßen in Schach.

In solchen Momenten war Johanna froh, dass sie die umsichtige Erzieherin mit nach Deutschland gebracht hatte. Mademoiselle Dubois war eine lange dünne Person, Mitte dreißig, die durch einen tragischen Unglücksfall in ihrer Jugend ihren Verlobten verloren hatte. Seither war das Thema ‚eigene Familie' für sie abgeschlossen und sie kümmerte sich hingebungsvoll um die Sprösslinge anderer gut gestellter Familien, die sich ihr relativ hohes Salär leisten konnten. Jean hatte sie in Passy gleich in der ersten Woche aufgetrieben. Die Kinder mochten sie, da sie es verstand, nicht nur streng mit ihnen zu sein und ihre Lernfortschritte zu kontrollieren, sondern ihnen auch ein Gefühl von Geborgenheit vermittelte. Sie war keine Schönheit, sah aber in ihrer aschblonden Blässe und mit den zarten Sommersprossen im Gesicht immer noch sehr jung und mädchenhaft aus. Für Louisa war sie beinahe schon so etwas wie eine Vertraute, was Johanna manchmal einen kleinen Stich gab.

„Ging es wirklich nur um das Erbe von Onkel Philipp?" Louisa gab immer noch keine Ruhe, während Francesco bereits wieder

---

[31] Franz.: Seid nicht so neugierig!

mit seinen Zinnsoldaten am Tischende spielte. Johanna schob ein Stück Käse in den Mund und ließ sich Zeit mit der Antwort. Einerseits wollte sie ihre Tochter nicht belügen – so etwas hatte sie als junges Mädchen auch gehasst. Andererseits war sie wirklich noch nicht alt genug, um sich über ihre Mutter Sorgen machen zu müssen. Deshalb nickte Johanna nur und versprach: „Ja, mein Liebes und nun ist alles geregelt."

Aus dem Augenwinkel sah Johanna, wie ihre Tante die Augenbrauen hochzog. Sie wechselte daher schnell das Thema und erkundigte sich interessiert, was die Kinder heute mit Mademoiselle Dubois vorhatten.

„Wir gehen zum Paradeplatz, ist das nicht toll?" Francesco mischte sich aufgeregt wieder ins Gespräch. „Da gibt es heute ein Exerzieren der frisch rekrutierten Soldaten."

„Oh wie schön, das freut mich für euch." Johanna lächelte.

„Ja, und danach gehen wir auf dem Marktplatz Würstchen essen!" Louisas Augen funkelten vor Freude. „Ohne Messer, wie richtige Bauern!"

Tante Claras „ts ts ts" ging im allgemeinen Trubel unter, denn Johanna lachte laut los, als sie von der neusten Idee ihrer Gouvernante hörte. Mademoiselle Dubois war wirklich unbezahlbar – auch wenn ihre Tante bedenklich den Kopf wiegte.

„Es sind noch Kinder, Tantchen", beschwichtigte Johanna sie. „Der Ernst des Lebens kommt für beide noch früh genug." Sie schmierte sich eine großzügige Portion Butter auf das noch warme Brot, das die Köchin heute früh frisch gebacken hatte. Dann tunkte sie die Stulle genüsslich in ihren Kaffee – so wie sie es in Frankreich gelernt hatte. Tante Clara verzog angeekelt das Gesicht, doch daran würde sie sich gewöhnen müssen, fand Johanna. Ein bisschen ausländisches Flair hatte noch niemandem geschadet.

Am Nachmittag machte Johanna sich auf den Weg zu Dorothee Delph. Sie hatte von der Köchin extra ein paar typisch französische Gebäckstücke backen lassen, um ihr etwas Besonderes mitzubringen. Nun trug sie die Éclairs[32] auf einem Teller vorsichtig hinüber zur Haspelgasse, wo Dorothee für ihre Verhältnisse angemessen residierte. In freudiger Erwartung stieg Johanna die drei Stufen zum Eingang hinauf und klopfte. Kurze Zeit später steckte ein Dienstmädchen den Kopf heraus, bat sie hinein und nahm Johanna den feinen Mantel ab, den sie ganz bewusst über ihr kunstvoll besticktes Brokatkleid aus silbrigblauer Seife geworfen hatte. Über eine Stiege ging es hinauf in eine üppig dekorierte Diele, die sich seit Johannas letztem Besuch nicht sonderlich verändert hatte. Schon wurde die Tür zum Salon von innen aufgestoßen und Dorothee nahm sie erfreut in Empfang.

„Johanna, wie schön, Euch hier wieder einmal begrüßen zu dürfen!" Ein merkwürdig schnappendes Geräusch begleitete die überschwänglichen Worte. Johanna starrte die Delph irritiert an. Mit einem breiten Lächeln erwiderte diese den Blick und entblößte dabei eine strahlend weiße Reihe recht großer Zähne. Wie war das möglich?

„Ist großartig geworden, nicht wahr?" In ihrer ungenierten Art zeigte Dorothee auf ihre Zähne. „Leider ein bisschen zu groß, es sitzt nicht so gut, aber es macht etwas her, nicht wahr meine Liebe?" Sie lachte meckernd, wiederum begleitet von dem komischen Schnappen. Johanna wusste nicht, was sie sagen sollte und überreichte ihrer alten Freundin schweigend den Teller mit den Éclairs. Dabei konnte sie den Blick von den künstlichen Zähnen – denn etwas anderes konnte das ja nicht sein – kaum abwenden.

In ihrer unnachahmlichen Art wertete Dorothea Johannas erstauntes Schweigen als Kompliment und ließ sie an dem Wunderwerk der Rekonstruktion und Technik teilhaben. Sie stellte den Gebäckteller einfach auf einem Tischchen ab, griff mit zwei Fingern beherzt in ihren Mund und zog – begleitet von

---

[32] In Wirklichkeit entstand dieses typische französische Gebäckstück wohl erst im 19. Jahrhundert in einer Confiserie in Paris. In Deutschland nennt man das gefüllte und mit einer Glasur überzogene Brandteiggebäck auch „Liebesknochen".

einem unanständigen Sauggeräusch – die weiße Pracht heraus. „Schaut her, ist das nicht großartig? Echt Frankenthaler Porzellan!“ Sie wedelte mit dem Gebiss vor Johannas Gesicht hin und her, die sich innerlich vor Ekel schüttelte.

„Und kauen kann man damit auch“, pries Dorothea nun zahnlos nuschelnd ihre erstaunliche Errungenschaft weiter an. „Hier, das Scharnier macht es möglich!“ Mit beiden Händen bewegte sie die beiden Zahnreihen nun vor Johanna auf und ab, so dass diese nun auch erkannte, woher das schnappende Geräusch kam, das ihr vorhin aufgefallen war. Ganz offensichtlich lief eine der beiden Verschraubungen am Ende der Zahnreihen nicht ganz rund und verursachte an einem gewissen Punkt der Bewegung das eigenartige Schnappen.

„Und... , ähm ... wie hält das Ganze so im Mund?“ Johannas Neugier war nun doch geweckt.

„Mit einer speziellen Haftpaste“, erklärte Dorothea bereitwillig. Dann schob sie das Gebiss wieder in ihren Mund und drückte es fest an Ober- und Unterkiefer. Das satte Schmatzen verriet Johanna, dass die Paste sich durch den Druck bewegte. „Ist irgendetwas mit Eiweiß, Mehl und Honig, glaube ich.“ Die Delph sprach nun wieder mit annähernd normaler Stimme. Dennoch fand Johanna, dass die Porzellanzähne sie eher entstellten, als den Eindruck jugendlich gepflegter Zähne zu vermitteln. Auch verlieh das Gebiss seiner Trägerin im Profil eine gewisse Ähnlichkeit mit einem Pferdekopf, was aber an der zu großen Ausführung liegen konnte. Am meisten irritierte Johanna jedoch die Farbe des Zahnersatzes: Das weiß war so hell und strahlend, dass es schon von weitem künstlich aussah. Es hatte einen leichten Stich ins Blauviolette, das machte es nicht besser. Aber es war, das musste Johanna zugeben, typisch, dass Dorothea Delph diejenige war, die eine solche Neuentwicklung selbstbewusst zur Schau trug.

„Nun, dann könnt Ihr Euch ja auch an meinen Éclairs erfreuen“, verlagerte Johanna das Gesprächsthema geschickt und wies auf das mitgebrachte Gebäck. „Ich habe es extra nach original französischem Rezept für Euch backen lassen.“

Erwartungsgemäß war Dorothea entzückt und orderte sofort eine Kanne Tee. Dann ließen sich beide Frauen auf mit rosa Chintz bezogenen Stühlen nieder. Nach den üblichen Höflichkeitsfloskeln tauschten sie sich kurz über ihr jeweiliges Leben in den vergangen fünf Jahren aus, wobei Johanna feststellen konnte, dass Dorothea über fast jeden Schritt von ihr bestens informiert war. Was ihre Freundin hingegen wirklich getrieben hatte, wusste sie auch nach einer halben Stunde Geplauder nicht. Doch deshalb war sie ja ohnehin nicht hier.

„Und wie ist es für Euch, wieder in der Kurpfalz zu sein?“, lenkte Dorothea das Gespräch irgendwann in eine neue Richtung.

Johanna schilderte ihr ihre ersten Eindrücke und verschwieg auch die Anfeindungen nicht, denen sie auf der Straße immer wieder ausgesetzt war.

„Schuld daran ist nur diese unselige Kurpfälzer Zensur“, schimpfte Dorothea und erklärte Johanna die Hintergründe. Da man bei Hofe Sorge hatte, zu viel freie Meinung und Freigeistigkeit könne zu ähnlich instabilen Zuständen wie in Frankreich führen, hatte man die Behörde eigens eingerichtet. Ihr standen der Priester Johann Casimir von Häffelin, Georg von Stengel, der Vater jenes Stephan, den Johanna gut kannte und der Zeitungsverleger Andreas Lamey vor. Letzterer war laut Dorothea das eigentliche Problem: Denn mit seiner *Mannheimer Zeitung* war Lamey in der Lage, die Öffentlichkeit geschickt zu manipulieren – was er auch ganz im Sinne des Kurfürsten tat. Alle drei gehörten natürlich zum engsten Kreis von Carl-Theodor.

„Und im Moment ist hier dadurch niemand auf die Franzosen gut zu sprechen“, fasste die Delph ihre Erläuterungen zusammen. „Da seid Ihr mit Eurem gesellschaftlich nicht ganz konformen Hintergrund natürlich ein gefundenes Fressen. “

Sie griff nach einem Eclair und biss beherzt hinein, was ihr Gebiss mit dem für Johanna nun schon gewohnten Schnappen quittierte. „Mhhh, ganz köstlich ist das, meine Liebe! Ihr müsst meiner Köchin unbedingt das Rezept verraten.“

Johanna freute sich. Dorothea Delph pflegte in vielen edlen Häusern zu speisen und war sicherlich anspruchsvoll.

„Natürlich wird man Euch auch der Spionage verdächtigen“, nahm sie den Faden wieder auf. „Die Anwesenheit von Zöllner beweist es.“ Sie schnaubte und redete kopfschüttelnd weiter: „Wie fett der Mann doch geworden ist! Vor ein paar Jahren noch hatte ich mit ihm wegen Baron von Wrede Kontakt, der für seine Töchter Ehemänner suchte. Zöllner stand damals noch im Dienst des Barons. In jenen Tagen sah er noch nicht so aus. Scheint ihm nicht gut zu tun, seine Machtposition.“ Dann ließ sie sich von Johanna detailliert schildern, was Staatsrat Zöllner hatte von ihr wissen wollen. Am Ende des Berichtes rieb Dorothea sich vergnügt die Hände, was Johanna einigermaßen verwunderte. Schätzte sie die Situation etwa nicht als bedrohlich ein?

„Kindchen nein, im Moment braucht Ihr Euch gar keine Sorgen zu machen“, zwitscherte sie vergnügt. „Denn wie ich heute Vormittag aus bestens informierten Kreisen erfahren habe, tappt man bei dem Spionagevorwurf völlig im Dunklen. Ein anonymer Brief ist der einzige Hinweis auf angebliche kriminelle Kontakte von Euch – aber die sinnlosen Fragen von Zöllner zeigen natürlich, dass da nichts dran ist.“ Sie lächelte Johanna aufmunternd an.

„Aber was ist mit diesem geheimnisvollen Fremden, den ich auf dem Schlossaltan getroffen habe?“ Johanna schilderte der Delph die merkwürdige Begegnung und das ungute Gefühl, das sie dabei gehabt hatte.

„Wie sah der Kerl genau aus?“, interessiert fragte Dorothea nach und Johanna beschrieb ihr den Mann und seine Kleidung, so gut sie konnte.

„Ach herrje!“, rief sie daraufhin und schlug die Hände über dem Kopf zusammen. „Da habt Ihr wohl die Bekanntschaft des Edlen von Bardenfleth gemacht.“

„Von Bardenfleth? Wer ist das denn?“ Johanna hatte den Namen noch nie gehört.

„Ach, das ist eine traurige und geheimnisvolle Geschichte. Tragisch, was dieser Mann schon alles erlebt hat![33] Angeblich soll sein Adelstitel nicht ganz echt sein, aber so, wie er sich auf dem Parkett benimmt, glaube ich das niemals. Man merkt doch sofort, wer von Geburt an in besseren Kreisen verkehrt hat."

Dorothea Delph war in ihrem Element und Johanna hörte amüsiert zu.

„Nun ja, dieser von Bardenfleth – sein Vorname ist Jacob, glaube ich – stammt aus irgendeinem norddeutschen Adelsgeschlecht. Auf seiner Grand Tour soll er sich unsterblich in eine hohenlohische Gräfin verliebt haben, die er dann auch geheiratet hat. Leider ist sie bei der Geburt des ersten Kindes irgendwo in einem Schloss am Bodensee verstorben – und der Säugling ist ihr wenige Tage später ins Grab gefolgt. Seither ist Bardenfleth von ständiger Trauer umgeben, der Ärmste."

Johanna rief sich das Gesicht des Mannes in ihre Erinnerung zurück. Sie hatte einen traurigen Zug darin wahrgenommen, fiel ihr nun wieder ein. Und der Mann hatte norddeutsch gesprochen, das passte also.

„Und was macht dieser Bardenfleth hier in der Kurpfalz?" Er war ihr plötzlich etwas sympathischer geworden, jetzt, da sie wusste, dass auch er schon einen großen Verlust im Leben erlitten hatte.

„Oh, irgendetwas mit Büchern und antiken Schriften, glaube ich", wusste die Delph. „Soweit ich weiß, hat er für einige Fürstenhäuser Bibliotheken bestückt und sie beim Kauf von Raritäten beraten. Und einer seiner wichtigsten Händler soll angeblich in Mannheim sitzen."

Wer das wohl sein mochte, fragte Johanna sich. Aber sie war einige Jahre nicht mehr in der Quadratestadt gewesen, da konnte sich einiges verändert haben.

---

[33] Mehr über das Leben Jacob von Bardenfleths erfährt der geneigte Leser in dem Roman *Die erstaunliche Reise des Jacob von Bardenfleth*, Oftersheim 2012

„Er soll sehr gebildet sein und ein interessanter Gesprächspartner obendrein", ergänzte die Delph, um dann erneut das Thema zu wechseln: „Sagt, werte Freundin, seid Ihr eigentlich noch in Kontakt mit dem Geheimen Rat?"

Johanna wusste sofort, dass Dorothea von Johann Wolfgang von Goethe sprach, mit dem sie seit Jahren in einem regelmäßigen Briefkontakt stand. Sie hatte den Dichter im Sommer 1775 im Hause Delph persönlich kennengelernt – genau in jenem Salon, in dem sie jetzt wieder saß. Goethe hatte ihr seither ein paar zauberhafte Briefe geschrieben, die stets aus einer eigenwilligen Mischung aus Dichtung und Wahrheit bestanden. Er war es auch, der ihr damals dieses wunderbare Gedicht geschickt hatte, das sie seither immer dann, wenn es ihr nicht so gut ging, las:

Freudvoll

Freudvoll
Und leidvoll
Gedankenvoll sein,
Langen
Und bangen
In schwebender Pein,
Himmelhoch jauchzend
Zum Tode betrübt,
Glücklich allein
Ist die Seele, die liebt.[34]

Offenbar war sein Kontakt zur Delph abgerissen, vermutete Johanna, sonst hätte sie wohl kaum nachgefragt. Er war allerdings nach ihren eigenmächtigen Versuchen, eine passende

---

[34] aus *Egmont* (1788), Lied von Klärchen im 3. Aufzug

Braut für ihn zu finden, nicht mehr besonders gut auf sie zu sprechen.

„Ja, ich höre gelegentlich von ihm“, antwortete Johanna daher betont gelangweilt. „Er soll in Weimar ja jetzt für den Bergbau zuständig sein.“

„Ach Gott!“ Dorothea schaute sie entsetzt an. „Hoffentlich findet er dann noch Muße für die schönen Dinge im Leben. Nun ja, jeder wie er mag...“ Sie seufzte schwer. Dann wandte sie sich wieder Johanna zu: „Man hört ja allenthalben, liebe Johanna, dass Ihr mittlerweile eine äußerst vermögende Frau seid. Wenn Ihr Unterstützung dabei braucht, einen geeigneten Heiratskandidaten zu finden, wisst Ihr ja, dass Ihr mich jederzeit ansprechen könnte, nicht wahr?“

Johanna nickte freundlich und beteuerte: „Wenn ich noch einmal ein Ehe eingehe, meine Liebe, dann natürlich nur mit Eurer Hilfe.“

Geschmeichelt lächelte Dorothea vor sich hin und fragte dann plötzlich wie aus heiterem Himmel: „Was heißt hier ‚wenn’? Habt Ihr etwa nicht vor, Euch erneut zu vermählen?“

Johanna zögerte mit der Antwort. Einerseits wollte sie Dorothea nicht vor den Kopf stoßen, andererseits beabsichtigte sie jedoch auf keinen Fall, hier einen Stein ins Rollen zu bringen, den sie nachher nicht mehr aufhalten konnte. Sie entschied sich, ehrlich zu sein: „Wisst Ihr, noch weiß ich nicht einmal, was ich mit meinem Vermögen anfangen soll, was aus den Apotheken wird und wie ich die Zukunft meiner Kinder gestalte. Das muss wachsen ...“

Sie seufzte kurz. „Außerdem suche ich nach einer Aufgabe, die mich erfüllt. Für die Rolle der Mutter werde ich langsam zu alt – für ein langweiliges Dasein in einer Vernunftehe fühle ich mich aber noch zu jung. Versteht ihr das?“

Dorothea nickte verständnisvoll. „Ihr habt ja so Recht, meine Liebe! Schaut mich an: Ich habe stets den Weg der freien Entscheidung gewählt – und geht es mir etwa schlecht?“

Johanna lachte. Die Delph hatte wahrlich ihr Leben frei und unabhängig gestaltet! Eigentlich war sie ein gutes Vorbild, wenngleich ihr aufdringliches Benehmen, ihre laute Art und ihr zutiefst eigenwilliger Kleidungsstil oft auf Fassungslosigkeit stießen. Johanna mochte sie – allen Unkenrufen zum Trotz. Deshalb verzieh sie der Freundin auch die nachfolgende Frage, in der Dorothea sich gezielt nach der Zukunft der Heidelberger Apotheke erkundigte. „Wisst Ihr, liebste Johanna, mein Schwager in Düsseldorf hätte da ernstes Interesse. Er ist ja ein angesehener Apotheker, wie ihr wisst – und es würde ganz sicher ein hübsches Sümmchen fließen."

Doch Johanna winkte ab. Genau das war der Albtraum von Tante Clara! An so etwas durfte sie zum jetzigen Zeitpunkt gar nicht denken. Aber für die Zukunft war das durchaus eine Option[35]. Schließlich würde auch Tante Clara nicht ewig leben.

Geschickt lenkte ihre Gastgeberin zu einem unverfänglichen Thema über: „Sagt, liebste Johanna, was haltet Ihr von meiner neusten Idee? Ich trage mich mit dem Gedanken, eine Frauenloge zu gründen. Wie findet Ihr das?" Gespannt sah Dorothea zu ihr herüber.

„Eine Frauenloge? Ihr meint, eine richtige Loge nur für Frauen?" Perplex starrte Johanna die Delph an. Was sollte das denn? Wozu brauchte man eine Frauenloge? Konnte man das alles nicht auch bei einer Schale Kaffee bereden, ohne gleich einen Geheimbund zu gründen? Sie diskutierten noch eine Weile über Dorotheas Idee, dann verabschiedete Johanna sich von der älteren Freundin – nicht ohne ihr versprochen zu haben, in engem Kontakt zu bleiben.

Zurück im Apothekerhaus ließ Johanna sich erschöpft auf ihr Bett fallen. Die Delph war immer noch so anstrengend wie früher und jetzt wollte sie auch noch einen Weiberverein ins Leben rufen. So absurd Johanna die Idee vorkam – irgendetwas

[35] In der Tat übernahm ein Neffe der Dorothea Delph, Johann Heinrich Henking, die Hofapotheke in Heidelberg, allerdings erst im Jahr 1786.

wurmte sie auch daran. Woher nahm diese Frau immer die Gewissheit, dass ihre Pläne immer gelingen? Würde sie selbst etwas Ähnliches schaffen?

Erst die Erinnerung an das unsägliche Gebiss Dorotheas und die vielen Schnappgeräusche, die damit verbunden waren, brachten Johanna auf andere Gedanken. Kichernd setzte sie sich auf, richtete ihr Kleid und machte sich auf den Weg in den kleinen Salon, um Tante Clara von den künstlichen Zähnen zu berichten.

April bis Oktober 1872

Als hätte der Nachmittag bei Dorothea Delph eine Wende gebracht, war Johanna danach in Heidelberg eine wohlgelittene Person, die gerne zu Gesellschaften oder Vorträgen eingeladen wurde. Vermutlich hatte die Heiratsvermittlerin die eine oder andere Information zu Johannas ansehnlichem Vermögen, ihren potenziellen Heiratsabsichten und ihrem kritischen Blick auf die Kurpfalz gezielt gestreut, denn plötzlich bemühte sich scheinbar jeder darum, ihr die alte Heimat so schmackhaft wie möglich zu machen. Dass es dabei auch zu Begegnungen kam, die Johanna sehr unangenehm waren, hatte die Delph ja nicht ahnen können.

Der Ärger begann für Johanna, als sie an einem Morgen einen Brief bekam, der von einem ihr unbekannten Mann geschrieben worden war. Er hieß Karl Matthias Ernst[36] und bezeichnete sich selbst als Kunstmaler. Zurzeit studierte er an der Mannheimer Zeichnungsakademie unter Franz Anton Leidenstorffer – und hielt sich für ein paar Monate in Heidelberg auf, um an der Universität den Anatomie-Vorlesungen beizuwohnen. Johanna war ihm offenbar bei einem öffentlichen Vortrag aufgefallen und er bat sie nun *alleruntertänigst darum, ihm für eine Darstellung der griechischen Göttin Athene Modell zu sitzen.* Selbstverständlich würde dazu ein einziger Nachmittag ausreichen, da er lediglich die Zeichnung benötige und ihr nicht länger als notwendig zur Last fallen wolle. Das fertige Gemälde sei dann als Geschenk für Anton Verschaffelt gedacht, seinem großen Vorbild und Lehrer an der Mannheimer Akademie.

[36] Karl Matthias Ernst (1758-1830) war ein Mannheimer Maler und Grafiker, der vor allem für sein Porträt des Räuberhauptmann Schinderhannes bekannt wurde. Daneben fertigte Ernst auch fachspezifische Stiche für medizinische Werke und Landkarten.

Tatsächlich war das Kunstakademiegebäude ab 1756 nach Plänen von Verschaffelt gebaut worden. Es befand sich im Quadrat F 6,1 und war seit Dezember 1758 geöffnet. Ab 1764 vergab der Kurfürst für das Institut Stipendien an talentierte Jungkünstler und regte an, alte Gipsstatuen aus seinen Schlössern zu sammeln sowie Abgüsse berühmter Figuren in Italien fertigen zu lassen, um sie den Schülern als Studienmaterial zugänglich zu machen. Johanna hatte schon damals die bedeutende Skulpturensammlung im Antikensaal bewundert, die so zustande kam. Verschaffelt hatte sie einmal hindurchgeführt. Es war wohl sein Name, der Johanna dazu bewog, dem Gesuch des Malers stattzugeben. Sie lud ihn ein, die Skizze im Salon des Apothekerhauses anzufertigen – selbstverständlich im Beisein ihrer Tante. Sie konnte ja nicht ahnen, was sich daraus entwickeln würde.

Karl Matthias Ernst war ein ruhiger, hochgewachsener Student Anfang zwanzig. Sein Aussehen war eher unauffällig, wie alles an ihm – sah man einmal vom brennenden Blick seiner bernsteinfarbenen Augen ab. Es war Johanna von Anfang an unangenehm, zumal seine Umgangsformen durchaus Verbesserungspotenzial besaßen. Sie ließ daher die versprochene Sitzung mehr oder weniger schweigend über sich ergehen und war froh, als das erzwungene Miteinander ein Ende hatte. Zum Abschied wünschte sie dem Studenten viel Glück und ließ Verschaffelt von ihr grüßen – in der Gewissheit, von dem unscheinbaren Kerl nie wieder etwas zu sehen und zu hören.

Doch sie hatte sich getäuscht: Von diesem Tag an traf sie Ernst beinahe jeden Tag – ganz gleich, wo sie hinging oder was sie vorhatte. Stets grüßte er sie freundlich und versuchte, ein paar Worte mit ihr zu wechseln. Dabei nahm er keine Rücksicht auf ihren Ruf in der Öffentlichkeit und kam ihr von Mal zu Mal auch physisch näher. Irgendwann keimte in Johanna der Verdacht auf, dass er ihr nachspionierte; woher sonst hätte er so gut über ihren Alltag Bescheid gewusst? Ihre Befürchtung bestätigte sich, als die ersten überschwänglichen Briefe bei ihr eintrafen. Darin beschwor Ernst seine große Liebe zu ihr und unterstellte ihr von Anfang an die gleichen Gefühle. Er sprach von unterdrückter Leidenschaft, gemeinsamer Zukunft – und dass er genau wüsste, was gut für sie sei. Wanderten die Briefe zunächst noch unbeantwortet ins Kaminfeuer, wurden sie irgendwann für Johanna zu einer regelrechten Bedrohung. Er kompromittierte sie mit intimen Schilderungen ihres Körpers und tat so, als ob sie bereits in inniger Vertrautheit mit ihm leben würde[37]. Einmal abgesehen davon, dass ihr diese Verehrung geradezu körperlich zuwider war, machte sie sich auch Sorgen um ihren Leumund. Was, wenn dieser lästige Student Gerüchte über sie verbreiten würde?

In ihrer Verzweiflung schickte sie einen Eilboten zu Verschaffelt und schilderte ihm die Erlebnisse mit Karl Matthias Ernst. Die Antwort kam postwendend und war aufschlussreich: *Hüte Dich vor diesem Querulanten,* empfahl ihr der alte Freund ihres Vaters, *wo der auftaucht, ist Ärger vorprogrammiert. Vor einigen Jahren ist er von mir vorzeitig aus der Akademie entlassen worden, da er sich mit seinen Lehrern überworfen hatte. Hintergrund waren allzu freizügige Aktstudien, die auf einen durch und durch gestörten Charakter hinweisen. Er hat sich nun wohl ein paar Jahre in der Schweiz und dann bei Friedrich Eugen von Württemberg nützlich gemacht, das zumindest behaupten die ordentlichen Empfehlungsschreiben, die er von dort mitgebracht hat. Von anderen Kollegen wurde mir jedoch zugetragen, dass er überall peinliche Frauengeschichten und Ärger hatte. Ich musste ihn an der Akademie auf allerhöchste Weisung wieder aufnehmen, habe das aber nur mit äußerster Missbilligung getan. Leider ist seine Technik sehr gut geworden und er wurde kürzlich sogar für den Jahrespreis der besten Leistung vorgeschlagen[38]. Ich werde ihn in diesem Zusammenhang einfach unter einem Vorwand nach Mannheim zurückrufen – ich hoffe, das hilft Dir, liebes Kind.*

Die List half tatsächlich und Johanna hatte wenige Tage später vorerst Ruhe von ihrem lästigen Verehrer. Dennoch gab ihr das

[37] Heute bezeichnet man dieses Verhalten als „Stalking“ und es ist strafbar.
[38] Diesen Preis gewann Ernst tatsächlich im Jahr 1782!

Erlebnis zu denken: Zeigte es doch einmal mehr, dass sie dringend etwas dafür tun musste, ihr Leben in irgendeiner Form zu institutionalisieren, um in Zukunft geschützter zu sein.

Zunächst konzentrierte sie sich jedoch auf ihre Kinder. Was Louisa betraf, die sich mittlerweile zu einer jungen Frau gemausert hatte und mit ihrem dunkelblonden Locken und den dunkelbraunen Augen sehr hübsch aussah, war die Lösung einfach: Da sie künstlerisch-musikalisch recht begabt und zudem auch so wissenshungrig wie Johanna in dem Alter war, durfte sie ab April die weibliche Lehrschule im alten Augustinerkloster am Paradeplatz besuchen. Dort unterrichteten vier Lehrerinnen die Fächer Religion, Erbbeschreibung, Naturgeschichte, Rechnen, Zeichnen, Sticken, Nähen, Spinnen und Stricken. Hinzu kamen Lektionen in französischer und italienischer Sprache, was Johanna besonders gut gefiel. Schließlich sollten die Kinder ihr italienisches Erbe in Ehren halten und nichts von ihrem Französisch verlernen. Die Oberaufsicht hatte Schulrat Professor Schmitt, der auch dafür sorgte, dass die Mädchen ordentliche Abschlussprüfungen ablegten, die immerhin vom Dekan abgenommen wurden. Im Gegensatz zu vielen ihrer Mitschülerinnen wohnte Louisa aber nicht im Rückgebäude der Augustinerschulc, sondern kehrte nachmittags zurück in die Hofapotheke. Sie ging gerne dorthin und genoss den regelmäßigen Kontakt zu gleichaltrigen Mädchen. Schon nach kurzer Zeit hatte sie sich mit Henriette angefreundet, der Tochter von Franz Schönmezel[39], einem Arzt und Lehrer, und seiner Frau Philippine. Das machte vieles leichter, da Louisa nun eine Vertraute hatte, mit der sie sich austauschen konnte.

Bei Francesco sah die Situation ungleich schwieriger aus. Schon früh hatte Johanna seinen Hang zum Soldatentum bemerkt, was sie sehr verwunderte – war sein Vater doch einst ein bedeutender Musiker an der Mannheimer Akademie gewesen. Doch den musischen Zug fand sie in ihrem Sohn nicht. Stets spielte er mit seinen Zinnsoldaten, stellte imaginäre

[39] Den Arzt und seine Frau gab es tatsächlich. Ihre Tochter Henriette ist eine Erfindung der Autorin.

Schlachten nach oder tobte mit einen Holzschwert umher. In Frankreich hatte Jean ihm einen Fechtlehrer besorgt, der ihm einiges beigebracht hatte und seinen kindlichen Entschluss noch verstärkte, irgendwann Soldat zu werden. Da Johanna und Tante Clara jedoch der Ansicht waren, zunächst müsste etwas für die allgemeine Bildung getan werden, waren Konflikte mit Francesco an der Tagesordnung. Wie gut wäre es jetzt gewesen, ein Vater hätte ein Machtwort sprechen können – doch Johanna war wieder einmal auf sich allein gestellt.

Wie so oft in ihrem Leben sorgte der Zufall dafür, dass sie auch für Francesco einen geeigneten Weg fand. Da Ostern in jenem Jahr früh gefeiert wurde, ging das gesellschaftliche Leben nach Beendigung der Fastenzeit bereits Anfang April wieder los. In Heidelberg orientierte es sich vor allem am Kalender der Universität, weil es meist Professoren waren, die zur besseren Gesellschaft der Stadt zählten. Einer von ihnen war Franz Anton Mai[40], ein Mediziner, der sich seit Jahren in der Kurpfalz für Themen rund um Hygiene, Pflegewesen und Geburtshilfe befasste. Seine in Mannheim gegründete Hebammenschule war mittlerweile weit über die Landesgrenzen hinaus bekannt und wurde von der Kurfürstin, deren einziges leibliches Kind bei der Geburt verstorben war[41], großzügig unterstützt. Johanna hatte dort in jungen Jahren viel lernen dürfen, da Mai zu den engsten Freunden ihres Vaters gezählt hatte. Mai war nicht nur ein begnadeter Mediziner, sondern auch ein kluger Kopf, der die Öffentlichkeit für seine Vorhaben stets mit einspannte. So auch an jenem Nachmittag im April, als er in den akademischen Saal der Universität einlud, um sein jüngstes Projekt, eine Schule für Krankenwärter, potenziellen Förderern vorzustellen. Auch Johanna hatte eine solche Einladung bekommen und beschlossen, gemeinsam mit Tante Clara hinzugehen.

---

[40] Er lebte 1742 bis 1814 – und bis heute tragen zahlreiche Institutionen, Schulen und medizinische Einrichtungen seinen Namen.

[41] Das Kind starb im Sommer 1761 kurz nach der Geburt im Schwetzinger Schloss. Kurze Zeit später trennten sich die Weg des Kurfürstenpaares.

Üblicherweise hielt Mai seine Vorträge für die Heidelberger Bürgerschaft im Theatersaal, doch offenbar hatte er diesmal ganz bewusst einen akademischen Rahmen für seine Präsentation gewählt. Wo sonst Studenten saßen, tummelte sich nun die bessere Heidelberger Gesellschaft. Johanna und ihre Tante trafen viele Bekannte, die sich vor allem darüber freuten, dass Clara Bechtler langsam wieder am Leben der Stadt teilnahm. Jeder bedauerte den Tod des alteingesessenen Apothekers. Interessiert fragten einige auch nach Johannas Plänen; sie antwortete jedoch vage oder ausweichend. Immerhin konnte sie von ihrer Tochter Erfreuliches berichten – die Augustinerschule hatte einen guten Ruf in Heidelberg.

Der Vortrag von Franz Anton Mai war für Johanna erwartungsgemäß hochinteressant. Sie bewunderte den umtriebigen Mediziner, der nur wenige Jahre älter als sie war, aber schon so viel in seinem Leben erreicht hatte. Soeben erst war wieder ein neues Lehrbuch erschienen: *Unterricht für Krankenwärter*[42]. In seinem lebendigen Vortrag machte Mai den Heidelbergern seine jüngste Idee schmackhaft, indem er mit zahlreichen Beispielen illustrierte, wie wichtig gut ausgebildete Fachkräfte im Gesundheitswesen waren. Gerade im Hinblick auf die große Influenza-Epidemie war es seiner Meinung nach unerlässlich, dass es ausreichend Menschen gab, die Kranke vernünftig pflegen und betreuen konnten.

Johanna konnte seine Überlegungen sehr gut nachvollziehen. Wie er glaubte auch sie an den Fortschritt der modernen Medizin. Dass dies nicht allen so ging, war an den teilweise skeptischen Gesichtern der Zuhörer abzulesen. Die Ärzteschaft war vom Mais Ideen nicht immer begeistert; sie witterten Konkurrenz. Und auch die Klerikalen reagierten auf die Vorstöße des Mediziners zurückhaltend – sahen die Älteren von ihnen darin doch häufig ein Infrage stellen des gottgewollten menschlichen Schicksals und versteckte Unmoral. Dennoch saßen diesmal wieder der katholische Pfarrer Franz Waldhart und sein Amts-

[42] Franz Anton May: *Unterricht für den Krankenwärter*, Mannheim 1782

bruder Franz Bernhardi im Auditorium. Ihre Gesichter verrieten Missbilligung und ab und zu tuschelten sie kopfschüttelnd miteinander. Johanna konnte sich ein schadenfrohes Grinsen nicht verkneifen – hier würden die beiden Moralapostel kein Publikum für ihre Sicht der Welt finden.

In der Tat reagierten die meisten Zuhörer zu guter Letzt mit Begeisterung auf die Ausführungen Franz Anton Mais. Im Anschluss an die Veranstaltung kam der Arzt mit vielen ins Gespräch und Johanna war sich sicher, dass er dabei sich bereits manche Unterstützung sicherte. Auch sie plauderte mit anderen Gästen und tauschte sich intensiv über das Leben in Heidelberg aus. Neben Dorothea Delph, die sie wie immer überschwänglich begrüßte, kam sie mit dem Mediziner Franz Schönmezel und seiner Gattin, Ferdinand Joseph Wrede und dessen Gattin Katharina, geborene Freiin von Jünger sowie dem langjährigen Heidelberger Schultheiß Karl Theodor Sartorius ins Gespräch. Dabei kam die Rede auf ihren Sohn Francesco, der ja irgendwann einmal Haupterbe des gesamten Bechtler-Vermögens werden würde. Johanna nutzte die Gelegenheit und sprach offen über ihre Unsicherheit, was seine weitere Erziehung betraf: „Ihm fehlt einfach eine Vaterfigur. Das kann auch Mademoiselle Dubois nicht ausfüllen."

„Da habt Ihr wohl recht, gnädige Frau", bestätigte Katharina Wrede, die selbst drei Söhne hatte. „Wir wissen, wie anstrengend die Bengel sind. Aber habt Ihr in dieser Angelegenheit denn schon mit Freiherrn von Knigge Kontakt aufgenommen?"

„Freiherr von Knigge?", fragend blickte Johanna in die Runde. Auch Tante Clara schien der Name nichts zu sagen.

„Gewiss seid Ihr nur deshalb nicht im Bilde, da Ihr in Trauer wart und die letzten Monate zurückgezogen gelebt habt." Der alte Schultheiß lächelte Johanna und ihre Tante verständnisvoll an. „Aber natürlich, der Freiherr könnte Euch tatsächlich ein guter Berater bei der Erziehung Eures Sohnes sein."

Im weiteren Verlauf des Gespräches erfuhr Johanna einiges über jenen Adolph Franz Friedrich Ludwig Knigge[43], der schon seit ein paar Monaten in der Stadt von sich reden machte. Er hatte als junger Mann Jura und Kameralistik in Göttingen studiert und entstammte einer Familie aus dem niedersächsischen Uradel. Kaiser Leopold I. hatte 1665 seine Vorfahren in den erblichen Freiherrenstand erhoben. Knigge war schon viel herumgekommen, ehe er sich mit seiner Frau Henriette und der gemeinsamen Tochter Philippine in Heidelberg niederließ: Er hatte dem Landgrafen von Hessen-Kassel als Hofjunker und Assessor gedient, war dann mit seiner Gattin, einer Hofdame und geborenen von Baumbach auf das gleichnamige Gut in Nentershausen gezogen, wo er sich ein paar Jahre der Literatur und Erziehungsfragen widmete. 1776 hatte er eine Anstellung als Kammerherr bei Herzog Carl August von Sachsen-Weimar bekommen, doch schon ein Jahr später verschlug es ihn nach Hanau an den herrschaftlichen Hof des Erbprinzen und späteren Kurfürsten Wilhelm. Dort veröffentlichte er auch erste Schriften, die ihm einige Anerkennung einbrachten. Ab 1780 lebte er in Frankfurt und arbeitete als Schriftsteller – und nun war er also in der Universitätsstadt Heidelberg angekommen.

„Er nimmt Kinder bei sich auf, um sie zu bilden und zu erziehen“, erklärte ihr Bernadette Schönmezel, die ebenfalls einen ihrer Söhne beim Freiherren untergebracht hatte. „Er hat das sehr gut gelöst und bewohnt zwei Häuser: Eines für seine Frau und die Mädchen, ein zweites nebenan für sich und die Knaben.“ Sie beugte sich zu Johanna herüber und raunte: „Wir sind sehr zufrieden mit seiner Arbeit. Unser Karl hat schon so viel gelernt und ist ein ganz höflicher junger Mann mit guten Umgangsformen geworden.“

---

[43] Freiherr Adolph Franz Friedrich Ludwig Knigge (1752-1796) lebte und wirkte in der Tat ein paar Jahre in Heidelberg – allerdings erst ab 1783. Obwohl er der Nachwelt vor allem als Autor der Schrift *Über den Umgang mit Menschen* bekannt ist, war er eigentlich ein deutscher Schriftsteller und Aufklärer, der sich mit soziologischen Fragen befasste.

Johanna jubelte innerlich. Dieser Freiherr schien tatsächlich die Lösung für ihre Schwierigkeiten mit Francesco zu sein. Auch Tanta Clara hatte einen zufriedenen Gesichtsausdruck; sicherlich dachte sie ähnlich.

„Kann ich denn so einfach beim Freiherrn anfragen, ob er auch meinen Sohn nehmen würde?“, fragte sie abschließend in die Runde. In ihrem Augenwinkel sah sie Dorothea Delph aufgeregt winken und sie wollte daher das Gespräch zu einem Abschluss bringen.

„Nun“, der Schultheiß räusperte sich bedeutungsvoll, „das ist allerdings nicht ganz so einfach; der Freiherr ist recht eigen.“ Die Runde nickte zustimmend. „Aber es sollte einigermaßen leicht gehen, wenn Ihr vorab um eine Audienz bittet und Euch auf mich beruft“, schlug er vor.

Johanna bedankte sich herzlich und versprach, dies gleich am nächsten Morgen in die Wege zu leiten. Dann verabschiedete sie sich höflich und eilte hinüber zur Dorothea, die sich mit ihrem Weinglas diskret in eine Ecke des Raumes zurückgezogen hatte und schon ungeduldig auf Johanna wartete.

„Es gibt Neuigkeiten!“, platzte sie sofort heraus und fuhr hastig fort: „Schiller soll angeblich wieder nach Mannheim kommen!“

„Friedrich Schiller[44]? Dieser junge Skandalautor?“ Johanna fragte sich, woher Dorothea diese Information hatte. Ihres Wissens war der junge Mann nämlich nach der Mannheimer Uraufführung von „Die Räuber“, einem höchst umstrittenen Freiheitsdrama, in seiner Heimat Württemberg irgendwo in einer Kaserne verschwunden. Und nun sollte er ausgerechnet wieder nach Mannheim wollen?

„Ich habe ihn damals in Mannheim eingeladen“, verriet die Delph ihr flüsternd. „So ein interessanter junger Schriftsteller, den darf man sich doch nicht entgehen lassen!“ Sie kicherte

[44] Friedrich Schiller lebte von 1759 bis 1805. Das erste Mal trat er als Dichter mit der Uraufführung von *Die Räuber* öffentlich in Erscheinung. Sie fand in Mannheim am 13. Januar 1782 statt.

wie ein junges Mädchen, was nicht so recht zu ihrer Erscheinung passen wollte. „Ihr müsst wissen, dieser Schiller ist ein ausgesprochen gut aussehender und stattlicher Mann."

Johanna musterte ihre Freundin prüfend. Klang da etwa weibliche Verehrung und ein echtes Interesse durch? Unvorstellbar – sie verwarf den Gedanken sofort wieder. Schließlich war Dorothea mit Sicherheit 30 Jahre älter als dieser dichtende Wirrkopf! Die Delph hatte ihr beim letzten Treffen gar nicht verraten, dass sie selbst bei der Uraufführung in Mannheim dabei gewesen war. Johanna hatte schon einiges darüber gehört – nicht zuletzt aus der Mannheimer Zeitung – doch war sie damals noch in tiefer Trauer und mit den Erbschaftsangelegenheiten so beschäftigt, so dass dieses Ereignis vollends an ihr vorbei gegangen war. Wie gut, dass sie nun einen Bericht aus erster Hand bekommen würde, schließlich wollte sie ohnehin ihren Brieffreund Goethe zu dem jungen Schreiberling befragen. Ein paar mehr Informationen waren also von Vorteil. Erwartungsvoll schaute sie ihre Freunde an.

„Oh ja, das war ein richtiger Skandalerfolg. Und die Umstände erst!" Dorothea sah sich prüfend im Raum um und begann mit gedämpfter Stimme und dem dazugehörigen Schnappen ihres Gebissscharniers: „Das ging ja schon mit den Vorbereitungen los, meine Liebe. Dem Schwan[45] haben wir es zu verdanken, dass Schiller nach Mannheim kam, wusstet Ihr das?"

Johanna hatte zwar das eine oder andere gehört, doch durch ihre mehrjährige Abwesenheit hatte sie eigentlich nicht viel davon mitbekommen, was in der Zwischenzeit in der Kurpfalz passiert war. In den wenigen Briefen, die sie mit ihrem Onkel ausgetauscht hatte, war es meist um familiäre Dinge gegangen oder Belange, die den Bechtler'schen Besitz betrafen. Das Theater war jedenfalls kein Thema gewesen. Umso interessierter war sie an den Hintergrundinformationen - und Dorothea brannte geradezu, sie loszuwerden.

---

[45] Der Verleger und Buchhändler Christian Friedrich Schwan lebte von 1733 bis 1815 und hatte praktisch mit allen literarischen Größen seiner Zeit Kontakt.

„Also, den Buchhändler Schwan kennt ihr doch noch, oder?"

Johanna nickte. Christian Friedrich Schwan war in Mannheim seit vielen Jahren eine Institution. Außerdem hatte ihn der Kurfürst vor kurzem erst zum Hofkammerrat ernannt, was eine große Ehre war.

„Er steht ja mit allen berühmten Persönlichkeiten der schreibenden Zunft in Briefwechsel oder sie besuchen ihn bisweilen. Schubart[46] verkehrte bei ihm, Goethe war schon dort – und natürlich auch die La Roche[47]. Die solltet Ihr übrigens unbedingt kennenlernen, aber das tut jetzt nichts zur Sache."

Johanna grinste in sich hinein. Das war typisch Dorothea: Sie kam vom Hölzchen aufs Stöckchen[48]. Wenn das so weiter ging, würde sie die ganze Nacht mit ihr in der Universität verbringen. Beherzt unterbrach sie daher den Redestrom und hakte nach: „Und was hat der Schwan nun mit Schillers Räubern zu tun?"

„Ach ja, das wollte ich ja eigentlich erzählen." Dorothea war ihr wegen des versteckten Hinweises nicht böse. Im Gegenteil – sie hatte Spaß daran, die Geschichte mit allerlei phantasievollen Schnörkeln zum Besten zu geben. Für Johanna ergab sich daraus abzüglich aller vermuteten hinzu gedichteten Details der Delph folgendes Bild: Irgendwie hatte Schwan das vom noch unbekannten Schiller im Selbstverlag publizierte Manuskript der Räuber in die Finger bekommen. Offenbar war der Verleger von Anfang an begeistert und empfahl das Drama postwendend dem Mannheimer Theaterdirektor Wolfgang Heribert Freiherr von Dalberg, zu dem er ein gutes Verhältnis hatte. Dieser war ebenfalls angetan und wollte das Stück mit seinem festen Schauspielensemble auf die Bühne bringen. Allerdings – und das gab Anlass zu mancherlei Diskussionen – wollte Dalberg unbedingt einige Änderungen vornehmen, damit Anstand und Schicklichkeit gewahrt blieben. Schiller wollte das wohl verhindern oder zumindest gegenlesen, doch

---

[46] Gemeint ist der deutsche Dichter, Organist und Komponist Christian Friedrich Daniel Schubart (1739-1791).

[47] Dorothea Delph redet von Sophie de La Roche, die seit 1780 in Speyer lebte.

[48] Diese Redewendung war im späten 18. Jahrhundert üblich.

als Regimentsarzt, der er unfreiwilligerweise im Dienste Herzog Carl Eugens von Württemberg war, durfte er die Landesgrenzen nicht ohne weiteres überschreiten; außerdem fehlte dem jungen Mann schlichtweg das Geld für solche Reisen. Dalberg nutzte diesen Umstand schamlos aus und schrieb das Stück in manchen Passagen ordentlich um, damit die Aufführung hinterher den Publikumsgeschmack treffen und die Obrigkeit nicht verärgern würde. Schließlich war er noch jung und stand am Anfang seiner Karriere. Der arme Schiller sah die neue Version erst zur Uraufführung, zu der er großzügig von Dalberg eingeladen worden war – inklusive der Reisekosten. Begeistert war Schiller von der Mannheimer Version[49] nicht, doch der immense Erfolg der Uraufführung überstrahlte seine gekränkte Dichtereitelkeit. Er hatte der Aufführung neben Intendant Dalberg in der Ehrenloge beigewohnt und hinterher kräftig mit ihm und den Schauspielern gefeiert.

„Ihr müsst wissen, Johanna, das Theater glich einem Irrenhause, rollende Augen, geballte Fäuste, stampfende Füße, heisere Aufschreie im Zuschauerraum! Fremde Menschen fielen einander schluchzend in die Arme, Frauen wankten, einer Ohnmacht nahe, zur Thüre. Es war eine allgemeine Auflösung wie im Chaos, aus dessen Nebeln eine neue Schöpfung hervorbricht[50]!“

Johanna war perplex. So bewegt und aufgeregt war selbst Dorothea Delph nur selten zu erleben. Diese Aufführung muss tatsächlich etwas ganz Außergewöhnliches gewesen sein. Die Kritiken hatte sie selbst teilweise gelesen. Der junge Dichter wurde darin in gewaltigen Worten gefeiert und mit einem *teutschen Shakespear* verglichen, *ein junger Mann, (...) der mit dem ersten Schritte schon Caravanen von Theaterschriftstellern hinter sich schleudert*[51]. Das Ganze erinnerte Johanna an

[49] Sie ist im so genannten *Mannheimer Soufflierbuch* überliefert.
[50] Diese frei zitierte Beschreibung stammt eigentlich von einem Augenzeugen, der bei der Uraufführung am 13. Januar 1782 im Publikum saß. Zitiert nach: Siegrid Damm, *Das Leben des Friedrich Schiller*, Frankfurt 2009, S. 24 ff
[51] ebenda

die Welle der Begeisterung, die damals *Die Leiden des jungen Werthers* von Johann Wolfgang von Goethe ausgelöst hatten – aber das war schon zehn Jahre her. Sie selbst war damals von dem Briefroman regelrecht gepackt worden und hatte sich umso mehr gefreut, den Dichter durch Dorothea Delph höchstpersönlich kennenlernen zu dürfen. Und nun wollte ihre Freundin also auch Schiller einladen, unfassbar! Dabei war Johanna davon überzeugt, dass er tatsächlich kommen würde – Dorothea verstand es einfach wie keine andere, Kontakte zu knüpfen und Menschen zu fangen.

„Sagt, und wie habt Ihr es geschafft, diesen Friedrich Schiller zu Euch einzuladen?" Neugierig fragte Johanna nach.

„Och, das war gar nicht so schwer, meine Liebe." Sie kicherte wieder und beugte sich näher zu Johanna. Offenbar kamen jetzt einige pikante Details.

„Ich habe beobachtet, wie er oben in der Loge neben Dalberg vor lauter Aufregung immer wieder ordentlich Bier vom Welde in sich hinein kippte. Und Ihr wisst ja: Wenn Männer viel trinken, ruft irgendwann unweigerlich der Abtritt. Also habe ich mich gleich in der ersten Pause[52] dorthin gestellt, wo er vorbeikommen musste, um seine Blase zu leeren. Auf dem Rückweg habe ich ihn dann angesprochen und dabei erwähnt, dass ich Goethe gut kenne. Ihr glaubt gar nicht, wie schnell ich die Zusage für einen baldigen Besuch hatte!"

Johanna lachte laut heraus. Dorothea war einfach unmöglich! Da lockte sie einen jungen Nachwuchsliteraten mit einem großen Namen, mit dem sie sich selbst überworfen hatte. Doch auch daran hatte die Delph gedacht: „Deshalb müsst Ihr ja auch dabei sein, wenn er nach Heidelberg in meinen Salon kommt", wisperte sie aufgeregt. „Am besten, Ihr bringt Eure Tochter mit, damit der arme Kerl nicht nur zwischen alten Weibern sitzt!" Sie rieb sich vergnügt die Hände und strahlte Johanna an.

---

[52] Die Aufführung dauerte insgesamt 5 Stunden; es gab daher zahlreiche Pausen.

„Und wann genau wird er bei Euch zu Gast sein?“ Johanna spürte, wie plötzlich eine Art Vorfreude in ihr aufstieg, ohne recht zu wissen, warum.

„Schon bald, meine Liebe, schon bald. Über einen Mittelsmann, dessen Name ich hier natürlich nicht preisgeben darf, Diskretion ist ja alles, erfahre ich stets die neusten Entwicklungen aus Stuttgart. Stellt Euch vor, man quält ihn dort mit Dienst beim Militär. Sein Vorgesetzter soll ein übler Hund sein – und der Herzog weiß seine dichterischen Ambitionen überhaupt nicht zu schätzen! Schiller will daher demnächst wieder in die Kurpfalz kommen, um mit Dalberg über ein festes Engagement zu verhandeln. Ist das nicht herrlich?“

Johanna nickte. Ja, das war wirklich eine gute Nachricht. Und es würde guttun, endlich einmal wieder mit jungen Theaterleuten in Kontakt zu sein. Das hatte ihr sehr gefehlt. Freudig erregt verabschiedete sie sich von Dorothea Delph, um ihre Tante aus den Fängen des katholischen Pfarrers Bernardi zu befreien, der seit geraumer Zeit unermüdlich auf die protestantische Clara Bechtler einredete. Dem Gesicht ihrer Tante konnte Johanna entnehmen, dass sie alles andere als entzückt über das Gespräch war – schnelle Hilfe tat also Not.

Doch ehe Johanna die beiden erreicht hatte, trat ihr ein fremder, gut gekleideter älterer Herr in den Weg, der sich als Ludwig Hermann Fungi vorstellte. Er sei erfolgreicher Unternehmer im überregionalen Gemüsehandel und wollte ihr ein interessantes Angebot unterbreiten. Johanna blieb erstaunt stehen. Was wollte dieser Mensch? Um welches Angebot ging es?

Schnell stellte sich heraus, dass der Geschäftsmann für eine – wie er selbst sagte – unschlagbar gute Geschäftsidee Investoren suchte. Offenbar hatte er irgendwoher gehört, dass Johanna über ein gewisses Vermögen verfügte und sie daher als mögliche Geldquelle akquiriert. Als er ihr jedoch seine Pläne darlegte, konnte sich Johanna das Lachen kaum verbeißen. Glaubte der Mann wirklich, was er gerade erzählte? Im Prinzip ging es um eine Pilzzucht, gegen die an sich ja nichts einzuwenden wäre, zumal gerade in dieser Region Pilze als Beilage zu Jäger-Gerichten sehr beliebt waren. Doch Ludwig Hermann Fungi wollte seine Zucht in den weitläufigen Kellern unter Heidelbergs Gassen aufziehen! Wie er das schaffen wollte, konnte er ihr auch nicht so recht sagen, doch die alten Kellergewölbe und Gänge, die noch aus der Zeit der Zerstörung durch die Franzosen existierten, hatten es ihm angetan: Dort, wo damals die Bevölkerung hausen musste, da die französischen Besetzer einen Wiederaufbau der Stadt verboten hatten, sollten nun Zuchtpilze wachsen. Diese wollte er zu einem Teil trocknen und sie so auch über den Winter verkaufen. Es war unglaublich! Johanna wollte ihn so schnell wie möglich loswerden, sollte er doch andere Dumme suchen.

„Danke nein, ich habe bereits vorhin eine größere Summe dem Mediziner Mai für sein neues Projekt versprochen", flunkerte sie ungeniert. Heilfroh, so schnell eine schlüssige Ausrede gefunden zu haben, nickte sie dem glücklosen Geschäftsmann zu und eilte kopfschüttelnd hinüber zu Tante Clara. Auf welche Ideen die Menschen nur kamen! Ihrem alten Freund Franz Anton Mai würde sie aber tatsächlich finanziell unter die Arme greifen, das hatte sie soeben beschlossen.

Am nächsten Tag schickte Johanna schon morgens einen Boten zu Adolph Freiherr Knigge, um eine Audienz bei ihm zu erbitten. Die Antwort traf einen Tag später im Apothekerhaus ein: Adolph Freiherr von Knigge gab sich die Ehre, die Witwe Santorini am Freitag, den 19. April gemeinsam mit seiner Gattin in der Schiffsgasse zu empfangen. So hatte Johanna noch ein paar Tage Zeit, um Francesco auf die möglicherweise bevorstehende Veränderung in seinem Leben vorzubereiten – und in aller Ruhe *Die Räuber* zu lesen, die sie sich unmittelbar nach dem interessanten Gespräch mit Dorothea Delph über den Mannheimer Buchhändler Schwan besorgt hatte. Erwartungsgemäß war ihr Sohn nicht besonders begeistert von der Aussicht, in eine Lehranstalt zu kommen, doch der Hinweis auf die anderen Knaben, die ihm dort als Kameraden zur Seite stehen würden, besänftigten ihn vorerst.

So lief das Leben bei Tante Clare einige Tage in ruhigen Bahnen – sah man einmal davon ab, dass Johanna von der Lektüre des Schiller-Erstlings sehr aufgewühlt und berührt war. Sie verstand nun die ihr zunächst als überzogen erschienenen Reaktionen im Theater und konnte nachvollziehen, warum die Menschen für diese Aufführung sogar von weither angereist kamen. Obwohl das Theater an sich schon eintausend Besucher aufnehmen konnte, mussten es an jenem Sonntagnachmittag im Januar deutlich mehr Menschen gewesen sein, die einen Platz im Zuschauerraum gesucht hatten. Auch Anton Mai war damals dabei gewesen, wie Johanna von ihm hörte, als sie ihm ihre Unterstützung für die Krankenwärterschule zusagte. „Wer keine Loge reservieren konnte, tat gut daran, schon um ein Uhr seinen Platz einzunehmen", erzählte Mai ihr kopfschüttelnd. „Dabei ging die Aufführung erst um fünfe los!"

Von ihm hörte sie auch, dass die Menschen nicht nur aus Heidelberg und Mannheim anreisten, sondern sogar von Darmstadt, Frankfurt, Speyer, Worms und Mainz kamen, um dem Ereignis beizuwohnen. „Die Vorstellung hat das Menschenblut gefrieren und die Nerven sowohl beim Schauspieler als Zuschauer erstarren lassen[53]", beschrieb er sein Erlebnis eindringlich. Auch er konnte sich allerdings nicht erklären, wieso das Stück bereits im Vorfeld so viel Aufmerksamkeit bekommen hatte, dass alle Welt es sehen wollte. War es der brisante Stoff allein? Oder war es der Schauspieler August Wilhelm Iffland[54], der die Massen anzog? Iffland war beim Publikum beliebt – verkörperte er doch das junge und moderne Theater und eine besonders intensive Art der Bühnendarstellung, wie es hieß. Die Rolle des Franz Moor war auch für ihn als Charakterdarsteller der Beginn einer großen Karriere. Aber das allein füllte noch kein Theater.

---

[53] Frei zitiert nach Damm, ebenda

[54] Iffland (1759-1814) war ein Star seiner Zeit und bereicherte neben Mannheim auch die Bühnen in Gotha, Saarbrücken, Weimar und Wien.

Johanna dachte noch lange über ihr Gespräch mit Franz Anton Mai nach. Sie kannte Iffland noch nicht, der einer neuen Generation von Schauspielern angehörte. Aber sie vermutete, dass es womöglich das ungewöhnliche Zusammenspiel dieser jungen Menschen war – die ja beide gerade mal 22 Lenze zählten – was letztendlich eine solche Sensation ermöglichte. Wie sollte ein alteingesessener Schauspieler die Rolle von Franz Moor spielen können? Das konnte gar nicht gut gehen. Um Schillers Absicht darzustellen und sich glaubwürdig in den tragischen Vater-Sohn-Konflikt einzufühlen, brauchte es Menschen, die das nachvollziehen konnten. Junge, frische Geister, die offen für Neues waren und auch vor dem Bruch mit Konventionen nicht zurückschreckten. So jemand war Friedrich Schiller, das war Johanna nach der Lektüre seines Erstlingswerkes bewusst geworden und wahrscheinlich ging auch Iffland in diese Richtung. Sie freute sich sehr auf das Treffen mit dem jungen Dichter, das Dorothea Delph ihr bald in Aussicht gestellt hatte. Hoffentlich würde es ihr wirklich gelingen, Schiller nach Heidelberg zu locken!

Am Tag vor ihren Treffen mit Knigge erhielt Johanna überraschend Post von Johann Wolfgang Goethe. Sie wunderte sich ein wenig darüber – war *sie* doch eigentlich an der Reihe gewesen, ihm zu schreiben. Er musste also etwas auf dem Herzen haben, das keinen Aufschub duldete. Johanna setzte sich mit dem versiegelten Schreiben in den alten Lesesessel und freute sich auf die geschliffenen Worte und wohlgeformten Sätze, in denen Goethe zu korrespondieren pflegte.

Der Brief begann wir immer mit einfühlsamen Fragen nach Ihrer Gesundheit und ihrem Seelenheil. Seit Goethe damals das Drama um ihren verschwundenen Mann Clemens und ihre heimliche Liebe zu Jean de la Frontière mitbekommen hatte, erwies er sich als warmherziger und kluger Gesprächspartner in zahlreichen Briefen – zumal er selbst ja auch von einer Gefühlsverwirrung in die nächste tappte. Doch schon bald kam er auf den eigentlichen Grund seines Schreibens zu sprechen: ... *Wie Ihr ja möglicherweise bereits gehört habt, werte Johanna, war ich mit meinen Tätigkeiten in Ilmenau recht erfolgreich und habe dort der Korruption die Schranken weisen können. Nicht zuletzt deshalb hat mich wohl Ihre Herzogliche Durchlaucht Carl-August allergnädigst zum Finanzminister ernannt und mir am 10. des Monats im Namen des Kaisers ein Adelsdiplom verliehen. Ihr korrespondiert also fortan mit einem Herren von Goethe, was aber an unserem vertrauten Austausch nichts ändern soll...*

Beeindruckt ließ Johanna das Schreiben in ihren Schoß sinken. Goethe hatte, seit sie ihn kannte, eine unglaubliche Karriere gemacht! Im Herbst 1775 hatte sie ihn erstmals getroffen. Damals war sein Werther gerade erschienen[55] und eroberte die Salons und Nachtkästchen einer großen Leserschaft. Schon im November desselben Jahres zog er nach Weimar an den Hof, wohin der junge Herzog ihn eingeladen hatte. Da er sich damit den Plänen Dorothea Delphs entgegengestellt hatte, war es zum Streit zwischen beiden gekommen. Doch der Freundschaft mit Johanna tat dies keinen Abbruch und beide informierten sich fortan wechselseitig über die Höhen und Tiefen ihres Lebens.

Goethe durfte sich schon ein Jahr später „Geheimer Rat" nennen und erhielt von Carl-August verantwortungsvolle Aufgaben in der Regierung des Herzogtums. Seit 1779 unterstand ihm das Wegbauministerium – und damit auch der Ilmenauer Bergbau, bei dem es in den Jahren zuvor offenbar zu Unregelmäßigkeiten gekommen war. Doch Goethe hatte das Problem wohl zur Zufriedenheit seines Landesoberhaupts lösen können und war nun also plötzlich von Adel. Fasziniert las Johanna weiter: *... Nun weiß ich ja von Euch, dass Ihr ein ordentliches Erbe zu verwalten und bestenfalls zu mehren habt. Deshalb möchte ich Euch eine Investition vorschlagen, die von allerhöchster Stelle protegiert und wohl erhebliche Renditen nach sich ziehen wird. Bitte sprecht darüber aber mit niemandem, ich weihe Euch als Freundin vertrauensvoll in das Geschäft ein, das wahrlich nicht jedem angeboten werden soll ...*

---

[55] Die Erstausgabe erschien 1774 und wurde sofort zu einem europaweiten Bestseller.

Johanna runzelte die Stirn. Das war jetzt das zweite Mal innerhalb weniger Tage, dass man ihr eine Investition anbot. Ganz geheuer war ihr dabei nicht, wenngleich dieser Vorschlag von einem geschätzten Freund und erfolgreichen Staatsmann kam. Mit skeptischer Miene las sie weiter: ... *Der Herzog möchte in naher Zukunft sein Kupferbergwerk in Ilmenau ausbauen, da es gute Erträge abwirft. Seit einigen Jahren untersuchen wir in der Bergwerkskommission die vorhandenen Stollen und die Möglichkeiten, weiter in den Grund hinein zu dringen. Die Optionen sind viel versprechend! Sogar der Landgraf von Hessen hat nun schon bei uns gezeichnet und ein stattliches Sümmchen investiert. Ich weiß, meine Liebe, dass Ihr auf den unsäglichen Hessen nicht gut zu sprechen seid*[56] *– zu recht, wie ich finde. Dennoch ist ein Geizhals wie er doch die beste Empfehlung für unser Bergwerk, n'est-ce que pas? Denkt darüber nach, werte Freundin, und lasst mich alsbald wissen, ob auch Ihr diese exquisiten Wertpapiere zeichnen wollt. Es soll Euer Schaden nicht sein*[57].

Johanna ließ das Schreiben achtlos in ihren Schoß sinken und dachte über das Gelesene nach. Einmal abgesehen davon, dass die Erwähnung des Landgrafs ihr immer noch einen Stich versetzte, klang Goethes Argumentation schlüssig. Tatsächlich war der unselige Hesse für seinen Geiz verschrien und würde niemals Geld investieren, wenn er den Gewinn nicht schon vor Augen hatte. Doch ein Bergwerk irgendwo im fernen Thüringen? Johanna bezweifelte, dass dies der richtige Weg war, ihr Vermögen zu mehren. Sie wusste ja nicht einmal genau, wo dieses Ilmenau lag! Andererseits würde Goethe ihr doch niemals einen Vorschlag unterbreiten, der nicht zu ihrem Vorteil war. Sie war ratlos. Wahrscheinlich war es am besten, darüber mit Anton Verschaffelt zu besprechen. Sie wollte ohnehin in ein paar Wochen nach Mannheim fahren, um mit dem dortigen

---

[56] Es war genau jener Landgraf, der Johannas Gatten Clemens über zwei Jahre lang in der Festung Ziegenhain gefangen hielt.

[57] Die Einschätzung Goethes war falsch. Das ganze Unternehmen wurde in den Neunziger Jahren wegen Erfolglosigkeit abgeblasen – die Investoren verloren dabei einen Haufen Geld.

Pächter der Apotheke über die Zukunft zu sprechen. Und Verschaffelt war zurzeit ganz sicher im Lande, da er für die Kurfürstin irgendwelche Reparaturen in Oggersheim überwachen sollte.

Erleichtert griff Johanna wieder nach dem Brief und für mit dem Lesen fort: *... Mir wurde auch zugetragen, dass ein gewisser Adolph Freiherr von Knigge nebst Gattin und Töchterlein an den Neckar gezogen ist. Habt Ihr ihn schon kennengelernt?...*

Sie lächelte. Konnte ihr Dichterfreund etwa Gedanken lesen? Oder zahlte er Spione, die ihn über ihr Leben auf dem Laufenden hielten? Wie praktisch, dass sie nun sicherlich noch einiges mehr über den Freiherrn erfahren würde, ehe sie ihn morgen persönlich traf.

... Wie ich hörte, ist er ein recht umtriebiger Geselle, der es an keinem Ort allzu lange aushält. Es heißt auch, dass er oft in Hader mit anderen gerät und deshalb häufig die Flucht ergreift. Hier in Weimar durfte ich ihn vor etwa fünf Jahren als Kammerherren erleben, doch schon bald zog es ihn nach Hanau. Dort führte er wohl ein recht erquickliches Leben bei Hofe, fiel jedoch in Ungnade und musste flüchten. Angeblich hat er führende Beamten des Erbherzogs als „erbärmlichste Hofschranzen" und „Hofgeschmeisse" bezeichnet, was immerhin für sein Urteilsvermögen spricht. Er soll ja schon als junger Mann hochverschuldet gewesen sein, da er mit vierzehn Jahren ohne Eltern, aber vielen Gläubigern im Nacken allein im Leben stand. Dafür hat er viel erreicht, denke ich, man sollte ihm und seiner Familie mit Respekt und Anstand begegnen. Er soll ja einiges Erbauliches zu Papier bringen und bei jungen Menschen erzieherisch erfolgreich sein. Und auch sein Engagement als Illuminat ist recht erstaunlich. Von Hofrat Johann Christoph Bode hörte ich kürzlich in einem vertraulichen Gespräch bei Hofe, dass er den Orden mit vielen neuen Mitgliedern bereichert und an einer Satzung arbeitet. Das klingt recht interessant und ist Zeichen eines aufgeklärten Geistes...

Es folgten weitere philosophische Anmerkungen zum Logenwesen und zahlreichen Geheimbünden, die Johanna mit nachlassendem Interesse überflog. Ihr Onkel war selbst Mitglied einer Loge gewesen – und das war keinesfalls immer zu seinem Vorteil gewesen. Seither lehnte Johanna die organisierten Männervereinigungen ab. Das Postscriptum, das Goethe auf das dritte Blatt ganz am Schluss scheinbar noch nachträglich eingefügt hatte, erweckte allerdings wieder ihre Aufmerksamkeit: *Habt Ihr von diesem Wirrkopf Schiller gehört?*, stand dort in hastig hingeworfenen Lettern. *Er hat um meine Meinung gebeten zu einem Paphlet und behauptet, wir kennten uns von einer Preisverleihung der Hohen Karlsschule. Ich kann mich nicht an ihn erinnern und finde, der junge Mann aus Schwaben hat nun wirklich übertrieben mit seinen Kopfgeburten!*[58]

Johanna lächelte wissend. Das war ja klar, dass Goethe dem jungen Schiller mit Misstrauen begegnete! Er war eitel, ihr ferner Freund in Weimar, und hatte wohl Sorge, dass der Verfasser der Räuber seine Erfolge in den Schatten stellen könnte. Dabei war es doch Schiller, der Goethe unbedingt näher kommen wollte, auf welchem Weg auch immer. Das hatte auch Dorothea Delph bestätigt und schamlos für ihre eigenen Interessen ausgenutzt. Sollte sich hier etwa ein kleiner Dichterkampf entspinnen? Wenn Goethe wüsste, dass sie Friedrich Schiller demnächst persönlich kennenlernen würde, und das auch noch im gleichen Salon, in dem ihre Freundschaft mit Goethe begann – er wäre sicherlich nicht sehr erfreut. Aber als Künstler, der er nun selber war, musste er doch das Talent Schillers erkennen, fand Johanna. Sie würde beizeiten ihre Gedanken zu diesem Thema nach Weimar übermitteln, doch das hatte vorerst keine Priorität. Andere Dinge waren im Moment wichtiger.

Am folgenden Tag machte Johanna sich zur vereinbarten Stunde auf den Weg zum Freiherrn und seiner Frau in die Un-

---

[58] Frei zitiert nach Rüdiger Safranski, *Goethe & Schiller, Geschichte einer Freundschaft*, München 2009, S. 33

terstadt. Die Knigges residierten in der Schiffsgasse direkt neben dem Marstall und bewohnten tatsächlich zwei Häuser. Der Hausherr arbeitete in einem Kabinett mit Blick auf den Neckar und auf das gegenüberliegende Ufer und schien sich in Heidelberg sehr wohl zu fühlen. „Oh liebliches Heidelberg! Hier möge ich leben und sterben. Dann die Gegend, der Anblick vom hohen zertrümmerten Schloss hinunter der eingestürzte Turm, unten die Stadt am Neckar, die majestätischen Gebirge, Waldungen, Weinberge, der Wolfsbrunnen – oh man muss es gesehen, muss aber auch Sinn für so etwas haben [59] ", schwärmte er über seine neue Wahlheimat. Johanna fand den zukünftigen Erzieher ihres Sohnes einfach nur schrullig.

Während die Freiherrin umständlich Tee servierte und sich dann diskret zurückzog, hatte Johanna Gelegenheit, das Arbeitskabinett und Adolph Knigge ausgiebig zu betrachten. Eines wurde ihr dabei sofort klar: Ordnung halten würde Francesco hier wohl kaum lernen! Überall auf dem Tisch und auf sämtlichen Kommoden, Fensterbrettern und freien Regalflächen lagen Papierstapel, die keinerlei Ablagesystem verrieten. Dazwischen türmten sich Bücher, Karten und allerlei Schreibwerkzeug und Lupen. Wie konnte man in diesem Durcheinander nur arbeiten?

Dazu im absoluten Gegensatz stand das Verhalten des Freiherren: Johanna konnte sich nicht erinnern, wann sie das letzte Mal derart formvollendet begrüßt und in Empfang genommen worden war. Nicht einmal zu den wenigen Gelegenheiten, da sie bei Hofe war, hatte sie ein derart gutes Benehmen, solche perfekt einstudierten Gesten und eine so ausgewogene Wort- und Themenwahl beim anfänglichen Höflichkeitsaustausch erlebt, wie in diesem Heidelberger Haushalt! Auch der leicht nasale Tonfall Knigges tat diesem Effekt keinen Abbruch. Hinzu kam die Kleidung, die sehr distinguiert und eines Edelmanns von Welt würdig war. Über einer knielangen Hose mit Seidenstrümpfen und Spangenschuhen trug er eine rote Livree aus

[59] Freiherr von Knigge, *Der Roman meines Lebens,* Frankfurt 1805, Band 3 u.4. S. 334

Samtbrokat, die einen modischen türkisen Stehkragen und goldene Epauletten besaß. Ein prachtvoll weißes und opulentes Beffchen verdeckte das Hemd darunter vollständig. Am auffälligsten war jedoch der Orden, der seine linke Brust zierte: Es musste der Verdienstorden sein, den Knigge einst von Friedrich II. von Hessen Kassel verliehen bekommen hatte. Für den Empfang einer Heidelberger Bürgerin war das ziemlich viel Staat, fand Johanna.

Vielleicht wollte Knigge auf diesem Wege jedoch auch nur von seiner Physiognomie ablenken; allein sein Haarwuchs entsprach wohl kaum seinem Alter. Johanna wusste, dass er knapp zehn Jahre jünger als sie sein musste, und dennoch waren seine Haare schon vollständig ergraut und hatten sich bereits großzügig aus seiner Stirn zurückgezogen. Dieses ungewöhnliche Detail betonte die ohnehin unglückliche Flächigkeit seines Gesichtes auf das Ungünstigste: Denn so schienen Augenpartie und Mund, die durch eine überdimensional lange Nase miteinander verbunden waren, klein und geradezu kindlich in einer viel zu großen und blassen Physiognomie. Die lange Kinnpartie verstärkte diesen Effekt zusätzlich. Auf seine Zähne konnte der Freiherr allerdings stolz sein: Offenbar pflegte er sie sorgsam, denn sie erschienen Johanna kräftig und gesund.

„Nun, Gnädige Frau, womit kann ich Euch dienen?“ Der Freiherr rührte vornehm in seinem Tee und lächelte Johanna mit seinem kleinen Kindermund freundlich an.

„Ich habe einen Sohn, Francesco heißt er“, begann sie ihr Anliegen vorzutragen. „Er ist elf Jahre alt und die letzten Jahre leider ohne Vater aufgewachsen.“ Dann schilderte sie ihrem Gegenüber, wie Francesco sich in den letzten Jahren entwickelt hatte und was ihm ihrer Meinung nach fehlte. „Wenn einer den kleinen Streuner wieder auf den rechten Pfad bringen kann, dann Ihr, werter Freiherr“, endete sie und seufzte schwer.

Knigge dachte kurz nach und erläuterte ihr dann die Grundzüge seiner Erziehungsmaximen: „In meinem Haus lernen die Kinder den richtigen Umgang mit Menschen, müsst Ihr wissen. Dazu gehören Taktgefühl und Höflichkeit ebenso wie Auftritt und Benehmen. Klassische Schulfächer unterrichte ich nicht; dazu kommen angesehene Lehrkräfte von der Universität regelmäßig zu uns. Ist es das, was Ihr für Euren Francesco sucht?“

Johanna nickte und bewunderte einmal mehr das formvollendete Zusammenspiel der Haltung, Gestik und Wortwahl Knigges. Von diesem Menschen konnte man sich einiges abschauen! Hoffentlich würde der Freiherr sein perfektes Gebaren nicht im Laufe der Jahre verlieren; es wäre zu schade, wenn es nachfolgenden Generationen verlorenginge [60] . Schnell wurde sie mit ihm handelseinig: Für eine ansehnliche Summe konnte Francesco gleich morgen in der Schiffsgasse einziehen.

Durch den Kontakt mit Knigge und seiner Lehranstalt lernte Johanna neue Menschen in Heidelberg kennen, die sie fortan regelmäßig auf bürgerlichen Gesellschaften oder Veranstaltungen traf. Dazu gehörte auch der Bierbrauer Christoph Widder mit seiner Frau, die den *Prinz Max* in der Marstallstraße betrieben. In ihrem großen Saal, der überall nur der *Widdersche Saal*[61] genannt wurde, fanden Konzerte und Tanzveranstaltungen statt. Auch die Kaufmannfamilie Zimmern verkehrte in diesen Kreisen, obwohl sie jüdischer Herkunft war. Sie waren ebenso Nachbarn von Dorothea Delph in der Haspelgasse wie die Wölffers und die Wredes und standen gewissermaßen unter ihrem Schutz. Johanna erkannte durch die vielen neuen Kontakte, dass die Stadt am Neckar mit ihren rund elftausend Einwohnern durchaus gesellschaftliche Qualitäten besaß. Nur die Architektur mit ihren engen Gassen und den vielen alten Häusern wuchs ihr einfach nicht richtig ans Herz. Sie sehnte sich nach Mannheim mit den großen Paradealleen, den herrschaftlichen Plätzen, die Luft zum Atmen boten, und den übersichtlichen Straßenquartieren, in denen man sich sicher fühlte.

---

[60] Johannas Sorge war unbegründet: Knigge schrieb seine Ideen zum Umgang mit Menschen gründlich auf und ist auch heute noch in aller Munde, wenn es um Benehmen und Umgangsformen geht.

[61] Der Saal existierte wirklich, aber erst ab 1788. Die Vordatierung ist eine Freiheit der Autorin.

Adolph Freiherr von Knigge konnte ihre Liebe zur Quadratestadt ganz und gar nicht nachvollziehen, wie er Johanna bei einem Empfang anlässlich der Emeritierung eines alten Weggenossen Franz Anton Mais im Festsaal des ehemaligen Jesuitenklosters verriet: „Mannheim ist völlig nach der Schnur gezogen, sieht aus wie ein Waffelkuchen, ganz einförmig und hat manch schöne Häuser, alle neu und massiv, aber niedrig. Diese unbevölkerte Stadt, obgleich sie eine der schönsten in Europa seyn mag, gefällt mir nun gar nicht. Ich mag wohl sehen, dass jeder sich seine Hütte nach seinem Geschmack erbaue. Ich mag wohl den Erbauer, den Hausherrn danach beurteilen. Ich mag Abwechslung sehen, kleine und große Gassen miteinander vergleichen können, Gefühle tätiger Menschen erblicken – und das fehlt mir hier.[62]"

Johanna nahm ihm seine Einschätzung nicht übel, zumal sie wieder einmal formvollendet und mit ausgesuchter Höflichkeit vorgetragen wurde. Geduldig ließ sie auch noch die nachfolgende Tirade über den Sittenverfall ihrer Heimat über sich ergehen, schließlich hatte der Freiherr ihren Sohn in seiner Obhut und sie wollte daher nicht mit ihm in Streit geraten. Dennoch konnte sie ein kritisches Räuspern nicht unterdrücken, als Knigge fortfuhr: „Nicht leicht kann in einer Stadt die zügelloseste Lebensart, das größte Verderbnis der Sitten so öffentlich herrschen als in Mannheim. Die größten am Hofe das Beispiel, und ihm folgten die Einwohner aller Klassen. Eine Gesellschaft ausschweifender Männer, die unter sich ein Verzeichnis der noch unverführten Weiber und Mädchen hielten, teilten sich das Geschäft, diese mit Leib und Seele zugrunde zu richten ...[63]"

Knigge hatte sich in Rage geredet und lief dabei in seinem Gesicht hochrot an, der Ärmste. Johanna hörte nur noch mit halbem Ohr zu, da sich der nasale Tonfall des Freiherrn unangenehm verstärkte, wenn er sich echauffierte. „... sondern sich mit Buhlerinnen bis Mittag in weichen Betten wälzen, dann

62 Kreutz, Wilhelm, Aufklärung in der Kurpfalz, Upstadt 2008, S. 181
63 ebenda

Schokolade trinken, Todesurteile unterschreiben, schwelgen, Karten spielen und Ordensbänderchen an Schelme austeilen, die das arme Volk unterdrücken helfen."

Er war zum Ende seiner Ausführungen gekommen und blickte Johanna erwartungsvoll an. Sie beschloss, ihm nicht zu verraten, dass auch sie gerne Schokolade trank, dafür aber die engen und schmutzigen Gassen Heidelbergs hasste – wozu auch. Höflich nuschelte sie etwas, das in seinen Augen wie Zustimmung klingen mochte und verabschiedete sich unter einem Vorwand.

Vielleicht war es genau jenes Erlebnis mit Knigge und seiner schlechten Meinung über Mannheim, dass sich Johannas Sehnsucht nach ihrer alten Heimat aus heimlicher Solidarität noch verstärkte. Tatsache war, dass sie wenige Tage später in einer Mietkutsche nach Mannheim saß, um sich dort mit Anton Verschaffelt im alten Bechtlerhaus zu treffen. Ihren Pächter der Mannheimer Apotheke hatte sie vorab informiert, um dann auch gleich mit ihm die Zukunft des Geschäfts zu diskutieren. Sie passierte an einem sonnigen Morgen im Mai das Heidelberger Tor und ließ sich über die Baumallee, die im Volksmund Planken hieß, direkt zum Quadrat F fahren, wo die Bechtlers das geräumige Eckhaus schräg gegenüber der Lutherischen Kirche besaßen. Ein schmiedeeisernes Schild mit der Aufschrift *Kurfürstliche Einhorn Apotheke* wies auf die Nutzung des Gebäudes hin – zumindest im Erdgeschoss. Denn die beiden Obergeschosse und ehemaligen Wohnräume Franz Bechtlers und seiner Töchter standen mit Ausnahme weniger großer Möbelstücke leer. Die einzelnen Vitrinen, Tische und Kommoden waren mit Tüchern verhängt. Johanna selbst hatte noch dafür gesorgt, ehe sie vor ein paar Jahren die Kurpfalz verlassen hatte, um mit Sack und Pack und in Begleitung Jean de la Frontières nach Frankreich zu gehen.

Sie wies den Kutscher an, in einer Seitenstraße auf sie zu warten und schlenderte um die Hausecke herum. Die Mannheimer Unterstadt, in der sich das Bechtlerhaus befand, galt zwar als bessere Wohngegend für angesehene Bürger, so hochherrschaftlich wie in der Oberstadt, die mit den D-Quadraten südwestlich des Paradeplatzes begann und bis zu den A-Quadraten am Schloss führten, ging es hier jedoch nicht zu. Das F-Quadrat lag im Norden der Stadt, ganz nah am Rheintor, das hinunter in die Rheinauen führte. Unmittelbar in der Nähe befanden sich das Militärlazarett, das Katholische Bürgerspital, die Mannheimer Hauptsynagoge in F 2,13 und der jüdischen Friedhof in F 7 vor der St. Judas-Schanze der Stadtbefestigung. Johanna kannte das Stadtviertel sehr gut, da ihr Vater damals als einer von vier Ärzten im Stadtgebiet dazu verpflichtet war, das Gebiet medizinisch zu betreuen und eine kostenlose Grundversorgung zu garantieren, was auch mit sich brachte, dass er manches Mal in jüdische Familien gerufen wurde.

Überhaupt fand sie Mannheim als Stadt sehr übersichtlich und keinesfalls so einförmig, wie Freiherr von Knigge das sah. Im Gegenteil: Zwar war die Stadt 1684 nach den neuen Ideen des damaligen Kurfürsten Friedrich IV. tatsächlich auf einem Rastersystem geplant worden; trotzdem hatte jedes Viertel eine Eigenständigkeit entwickelt, die Mannheim so bunt und vielseitig machten. Bis dahin hatte es in der Stadt übrigens Straßennamen wie überall anders auch gegeben. Einige dieser Namen waren übrig geblieben: Es gab die Breite Straße, die vom Neckartor kommend direkt auf das Schloss zuführte und die Heidelberger Straße – auch Baumallee oder Planken genannt – die das Heidelberger Tor mit dem Rheintor verband und dabei gleichzeitig die Ober- von der Unterstadt trennte. Ebenfalls ihren alten Namen behalten hatte die Fressgasse, die die E- Quadrate von den F-Quadraten trennte und deshalb so hieß, weil hier besonders viele Krämerläden zu finden waren. Auch ein paar Plätze trugen noch den Titel ihrer tatsächlichen Funktion: So gab es einige Quadrate weiter östlich den Speisenmarkt, wo Johanna und das Küchenmädchen früher regelmäßig eingekauft hatten, den Paradeplatz in D 7, wo viele große Veranstaltungen stattfanden oder die Kasernengasse einige Blöcke entfernt, wo ein Mädchen aus gutem Hause allerdings nichts zu suchen hatte, wie Johanna schon als kleines Kind von ihrem Vater zu hören bekommen hatte.

Gerade die älteren Bürger Mannheims lebten im Geiste noch mit den ehemaligen Straßennamen, bei Hofe war dies aber nicht gewünscht. Man war modern – und dazu gehörten eben die Mannheimer Quadrate der Vorzeigestadt. Das System war für Fremde nicht leicht zu durchschauen, da die Anordnung und Nummerierung der Quadrate unmittelbar mit der Funktion einiger Bereiche und Straßenzüge zu tun hatte. Die Zählung erfolgte zunächst alphabetisch in Reihen vom Schloss ausgehend: Die A-Quadrate lagen unmittelbar gegenüber des Ehrenhofs, die I-Quadrate unten am Neckartor im Osten der Stadt. Jedes Quadrat wiederum besaß eine numerische Zählung der Häuser im Uhrzeigersinn. Das Bechtlerhaus trug die Nummer 10, die sorgfältig auf die Hauswand aufgemalt war.

Johanna liebte das stattliche Haus ihres Vaters, das dieser, als er einst 1745 in Mannheim eintraf, zu ausgesprochen günstigen Konditionen erwerben konnte. Das eigentlich Schöne am Bechtlerschen Haus war die Ecklage, die viel Licht in das Haus brachte. Der Eingang zeigte dabei hinüber zu F 4, wo die Bebauung nicht besonders hoch war.

Auch im Inneren war das Anwesen kein typisches Mannheimer Bürgerdomizil. Das große Foyer mit den schwarzen und weißen Steinfliesen und den hohen, bleiverglasten Fenstern war im Gegensatz zu den schmalen Fluren vieler Bürgerhäuser hell und freundlich. Es diente ihrem Vater einst gleichzeitig als Treppenhaus und Wartezimmer für Patienten und hatte beinahe schon etwas Herrschaftliches. Heute wurde das Foyer als Vorraum zur Apotheke genutzt und half mit Fußabtretern aus Strohmatten dabei, den Straßendreck aus dem Laden zu halten. Dahinter hatte sich früher das Arztzimmer ihres Vaters, eine kleine Bibliothek mit der Naturaliensammlung und das Arbeitskabinett befunden – alles Räume, die heute von der Apotheke genutzt wurden. Lediglich die Küche und eine kleine Kammer im Erdgeschoss waren ohne Funktion.

Die Familie hatte seinerzeit das erste Stockwerk bewohnt, wo sich neben einem Speiseraum das Schlafgemach ihres Vaters und seine Privatbibliothek mit einer klappbaren Tischbettlade für Gäste befunden hatten. Die Stuben von Amalie und Johanna waren im Dachgeschoss und hatten Fenster zum begrünten Innenhof. Später, als ihr Vater längst nicht mehr lebte und sie auf der Suche nach Clemens für einige Zeit in Mannheim gelebt hatte, war sie in die alten Zimmer ihres Vaters gezogen, während die Kinder in den oberen Mädchenkammern schliefen. Doch sie hatte es nie übers Herz bringen können, die ursprüngliche Einrichtung, die mittlerweile in die Jahre gekommen war, zu verändern – zu lebendig war damals noch die Erinnerung an ihren Vater. Doch das wollte Johanna nun endlich in Angriff nehmen. Sie verfügte über ausreichend Vermögen, um sich den Umbau und vor allem auch ein paar neue Möbel und Draperien leisten zu können; und ihr Vater hätte das sicherlich auch gut geheißen. Zunächst kam es jedoch darauf an, welche Pläne ihr Pächter hatte – schließlich wollte sie ihn nicht einfach vor die Tür setzen. Energisch schritt Johanna die wenigen Stufen zum Eingang hinauf und trat ein. Die laute Glocke der Apotheke kündigte sie an. Schon stand sie im hellen Foyer ihres früheren Wohnhauses.

Apothekermeister Baltasar Hofmüller hatte offensichtlich auf sie gewartet und einen Kräutertee vorbereitet, den Johanna dankbar annahm. Ein wenig aufgeregt war sie schon; schließlich ging es hier um ihre Zukunft und die ihres Besitzes. Da half ein beruhigender Tee sicherlich. Doch sie hatte sich ganz umsonst Gedanken gemacht, denn nach kurzer Zeit stellte sich heraus, dass es Hofmüller war, der von ihr etwas wollte: „Meine Frau ist die einzige Erbin in ihrer Familie und ihr Vater ist kürzlich an der Influenza gestorben." Der Apotheker schüttelte missbilligend den Kopf. „Dabei hätte er wissen müssen, was zu tun ist – wo er doch selbst der Apothekerzunft angehört." Und genau das war der springende Punkt: Denn das Geschäft des Schwiegervaters verwaiste nun im schwäbischen Maulbronn und brauchte dringend einen neuen Betreiber. Was lag da näher als der eigene Schwiegersohn? Hofmüller wollte deshalb seine Zelte so schnell wie möglich in Mannheim abbrechen und mit seiner Frau und den beiden kleinen Buben nach Maulbronn übersiedeln. Ob Johanna ihn vorzeitig aus dem Pachtvertrag entlassen könne?

Die wiederum konnte ihr Glück kaum fassen! Schnell einigte man sich darauf, dass Hofmüller schon in der nächsten Woche aus der Apotheke ausziehen würde, um Johannas geplanten Umbauarbeiten im Erdgeschoss des Hauses zeitnah auf den Weg bringen zu können. Die eigentlich bis zum Jahresende vereinbarte Pacht erließ sie dem jungen Apothekermeister großzügig; sie konnte es sich ja leisten.

Während Hofmüller zu seiner Gattin eilte, um ihr von der freudigen Entwicklung zu berichten, ließ Johanna ihren Blick durch die Apotheke gleiten. Sie würde Dorothea Delph fragen, ob ihr Schwager nicht Interesse an der einen oder anderen Einrichtung hatte. Auch die vielen Gefäße und Geräte könnte sie an ihn verkaufen: Waagen, Mörser, Destillatoren und andere Dinge konnte man in dem Beruf schließlich immer gebrauchen. Einiges würde ihr Pächter sicherlich auch mitnehmen wollen.

Mit etwas Glück würde sie schon Ende des Monats mit dem eigentlichen Umbau beginnen können, den sie gemeinsam mit Tante Clara auf ein paar Notizzetteln grob skizziert hatte. Denn sie wollte zukünftig in ihrem Haus – so wie sie es aus Passy gewöhnt war – jederzeit Gäste angemessen empfangen können. Ihre französischen Bekannten und Nachbarn besaßen dazu stets einen großen Raum im Erdgeschoss, der nur für Besucher oder kleinere Gesellschaften geöffnet wurde und nach der neusten Mode eingerichtet war. Johanna fand das sehr praktisch – zumal der kleine Salon im Obergeschoss, in dem sich das Speisezimmer Bechtlers befunden hatte, recht klein war. Ein neuer Raum für repräsentative Zwecke machte also Sinn.

Zunächst wollte sie dazu die Holzvertäfelungen und Zwischenwände, die das Kabinett und die ehemalige Bibliothek vom eigentlichen Ladengeschäft abtrennten, heraus reißen lassen. Der so neu entstandene große Raum sollte dann einen neuen Holzdielenboden erhalten und an den Wänden hell verputzt werden. Zum Foyer hin wollte sie eine großzügige Flügeltür einbauen und die Decke sollte neue Stuckaturen bekommen. Die Wände würde sie mit einem Seitendamast bespannen lassen, wobei ihr silbrige und zartgrüne Nuancen vorschwebten. Dazu passend wollte sie Salonmöbel kaufen, also ein paar zierliche Sofas, einzelne Sessel und Stühle, ein paar Tischchen und Schemel und eine schmuckvolle Vitrine. Ein großer Flügel würde ebenfalls Platz finden und hoffentlich auch manches Mal bespielt werden.

Johanna atmete tief durch. Ja, sie hatte große Pläne, aber es war an der Zeit, endlich damit zu beginnen, ihrem Leben wieder Sinn und Struktur zu geben. Das sah auch Tante Clara so, die allerdings in Heidelberg bleiben wollte. Sie würde zunächst mit Louisa und der Gouvernante bis zu Louisas Abschlussprüfung im Juli in der Hofapotheke wohnen, wusste aber, dass dieses Arrangement auf Dauer keine Lösung war. Irgendwann würde sie sich damit anfreunden müssen, das Haus zu verkaufen; schließlich wurde sie nicht jünger und das Treppensteigen beschwerlicher. Johanna wollte sich unauffällig in der Mannheimer Nachbarschaft umhören, vielleicht fand sie ja eine ebenerdige Wohnung für ihre Tante. Dann könnte Louisa mit der Gouvernante in die Stuben unterm Dach ziehen – und in der kleinen Kammer unter der Treppe neben der Küche wäre auch noch Platz für eine Zofe. Die würde sie allerdings brauchen, um als Gastgeberin in der Stadt zu bestehen. Glücklicherweise war Francesco bis auf weiteres versorgt und erstaunlicherweise fühlte er sich sehr wohl im Hause Knigge. Er hatte schon viele Freundschaften geschlossen und seiner Mutter den Umzug in die Schiffsgasse nicht übelgenommen.

„Hallo? Johanna, bist du da?“ Eine wohlbekannte Stimme klang von draußen herein und die Ladenglocke läutete. Anton Verschaffelt war gekommen.

Der Ziehvater ihres verstorbenen Mannes, guter Freund ihres Vaters und ihres Onkels und langjähriger Wegbegleiter ihrer gesamten Familie war auf dem Höhepunkt seines Ruhmes angelangt. In ganz Europa kannte man seine Skulpturen und Bauten, und das Kurfürstenpaar war sich ausnahmsweise einmal einig darin, dass es sich um einen der größten Künstler der Welt handelte, mit dem man sich hier bei Hofe schmückte. Entsprechend eng waren seine Beziehungen bis ins Zentrum der Macht, was ihn für Johanna schon immer zu einem besonders umsichtigen und weitblickenden Berater gemacht hatte. Schließlich war er es auch gewesen, der damals eine erkleckliche Summe vom Medici-Schatz für Johanna abgezweigt hatte, ehe das Vermögen der Kurfürstin ausgehändigt werden musste[64]. Das war sicherlich nicht ungefährlich für ihn gewesen, doch für Johanna hatte er es riskiert. Sie war ihm immer noch dankbar dafür; immerhin hatte er so erheblich zu ihrer materiellen Absicherung als Witwe beigetragen.

Verschaffelt hatte mittlerweile ein stattliches Alter erreicht. Johanna wusste es nicht genau, aber sie schätzte, dass er an die 70 Jahre auf dem Buckel hatte. Dafür wirkte er noch äußerst agil und gesund, fand sie und freute sich von Herzen. Er war am 3. Juli 1779 von seinem langjährigen Förderer und Gönner Carl-Theodor in den Adelsstand erhoben worden. Sein eigenes Wappen trug er mit Stolz und platzierte es, wo immer es ging. Johanna schrieb diese Marotte einer gewissen Alterseitelkeit zu und übersah sie großzügig. Schließlich war Verschaffelt noch vom alten Schlag, seinem Dienstherren und seiner Dienstherrin unbedingt treu ergeben und konnte mit dem Freiheitsstreben der Jugend nicht viel anfangen. Trotzdem war er stets ein interessanter Gesprächspartner, der überall in Mannheim Spuren hinterließ. Sein jüngstes fertiges Großprojekt war das Zeughaus, ein prachtvoller Bau, der die Jahre wohl überstehen würde.

Leider war Verschaffelt auch in traurigen Missionen gefragt: So hatte er sich nicht nehmen lassen, im letzten Jahr das Grabmal für seine mit erst 31 Jahren verstorbene Tochter Ursula selbst anzufertigen. Zurzeit war er mit kleineren Aufträgen der Kurfürstin in Oggersheim beschäftigt und hatte gerade damit begonnen, auf Kurfürstliche Weisung hin ein prachtvolles Pa-

[64] Siehe dazu Band 2: Johanna und der Medici-Schatz

lais direkt gegenüber des Schlosses zu bauen. Es hieß, der Kurfürst wolle dort seine illegitimen Kinder mit Gräfin Heydeck unterbringen[65].

Die viele Arbeit hielt Verschaffelt jedoch nicht davon ab, sich mit Johanna zu treffen, um über ihre Zukunft und ein paar wichtige Entscheidungen zu sprechen.

Doch zunächst begrüßten sich beide auf das Herzlichste und Johanna fiel dem alten Mann ganz unschicklich in die Arme.

„Wie schön, dich wieder einmal zu sehen", stammelte dieser gerührt. „Ich bin so froh, dass ich das noch erleben darf!"

„Lieber Oheim, mir geht es genauso." Auch Johanna wischte sich eine Träne aus dem Augenwinkel. In einer Mischung aus Wiedersehensfreude und Trauer um die Vergänglichkeit des Alters wollte sie ihn gar nicht mehr loslassen. Verschaffelt wirkte zwar erstaunlich vital, aber Johanna kannte die unaufhaltsame Geschwindigkeit, mit der Menschen dann ganz plötzlich aus dem Leben schieden, hatten sie erst einmal ein gewisses Alter erreicht. Auch bei ihrem Oheim glaubte sie, die Anzeichen schon wahrzunehmen: Er hatte stark abgenommen, was seinen markanten Kopf mit den funkelnden Augen und nun eher hohlen Wangen besonders zur Geltung brachte[66].

„Prachtvoll siehst du aus, Johannalein", stellte Verschaffelt fest und schob sie von sich, um sie ausführlich zu mustern. „So elegant, ganz die Französin – ich bin stolz auf dich."

Johanna freute sich über das Kompliment, denn Verschaffelt wusste, wovon er sprach: Seine zweite Frau war ebenfalls eine

---

[65] Tatsächlich beherbergte das Palais Bretzenheim nach einer Bauzeit von fünf Jahren die gemeinsamen Kinder des Kurfürsten mit Gräfin von Heydeck, der ehemaligen Tänzerin Josepha Seyffert. Die vier Nachkömmlinge erhielten hier Klavierunterricht von Wolfgang Amadeus Mozart und begründeten später das Adelsgeschlecht derer von Bretzenheim. Es wurde im zweiten Weltkrieg völlig zerstört und wird heute in rekonstruiertem Wiederaufbau als Amtsgericht genutzt.

[66] Johanna täuschte sich: Verschaffelt erreichte das stattliche Alter von 83 Jahren und starb erst 1790 in Mannheim.

Französin gewesen; nicht besonders freundlich, fand Johanna, aber stets mit Stil und Raffinesse gekleidet.

„Danke, Ihr seid zu charmant.“ Sie lächelte den alten Mann liebevoll an und führte ihn in die Apotheke. Dann weihte sie ihn vorsichtig in ihre Umbaupläne ein. Doch entgegen aller Erwartung war der alte Baumeister begeistert und versprach ihr, den Umbau sofort unter seiner Leitung in Angriff zu nehmen. Da er die besten Handwerker der Stadt kannte, würde es für ihn ein Leichtes sein, zügig und vor allem solide sämtliche Veränderungen durchführen zu lassen. Johanna jubelte innerlich, zumal sie schnell erkannte, dass Verschaffelt sofort begriffen hatte, worauf es ihr ankam. „Licht, helle Farben und ein Raumgefühl wie in einem herrschaftlichen Landhaus – das meinst du doch, Johannalein?“ Und er fügte zuversichtlich hinzu: „Spätestens im September kannst du hier einziehen.“

Sie vereinbarten, dass Johanna sich um Draperien, Wandbehänge, Möbelbezüge und Vorhänge selbst kümmern würde. Dazu hatte sie bereits eine Idee: Besaß ihre Freundin Dorothea nicht auch einen Salon, der zwar etwas zu üppig, aber insgesamt mit erlesenem Geschmack eingerichtet war? Sie würde die Delph zu Rate ziehen – in der Hoffnung, sie auch einmal als schillernden Gast in Mannheim gewinnen zu können.

„Und warum möchtest du jetzt plötzlich alles verändern?“, wollte Verschaffelt aber doch wissen. „Hast du etwas Bestimmtes vor?“

Das hatte Johanna, etwas sehr Bestimmtes sogar. Nur wollte sie darüber noch nichts verraten, das war ihr kleines Geheimnis. „Ihr erfahrt früh genug davon, liebster Oheim“, antwortete sie mit einem verschmitzten Lächeln im Gesicht und war dankbar, dass Verschaffelt nicht weiter nachfragte.

Dann plauderten sie im hinteren Kontor über gemeinsame Bekannte, das Leben in Heidelberg, Tante Clara und die Kinder – und natürlich Goethes Angebot, Wertpapiere im Ilmenauer Bergbau zu zeichnen. Verschaffelt reagierte verhalten, als Johanna ihm die Hintergründe schilderte und riet ihr ab. „Merke dir eines, mein liebes Kind: Man investiert nicht in ein Geschäft außerhalb der Schatten des eigenen Kirchturms, wenn du verstehst, was ich meine. Außerdem habe ich läuten hören, dass Ihre Durchlaucht Carl-Theodor den Handel mit ausländischen Aktien bald ganz verbieten möchte[67]."

Johanna war erleichtert – das war die perfekte Ausrede. So konnte sie Goethe eine Absage erteilen, ohne scheinbar an seiner Integrität zu zweifeln. Dankbar drückte sie Verschaffelts Arm und fragte ihn nach seiner Familie. Er erzählte bereitwillig und ausschweifend, so dass die Zeit wie im Fluge verging. Als die Turmuhr der lutherischen Kirche ein Uhr schlug und Hofmeister, der unterdessen längst wieder an seinen Arbeitsplatz zurückgekehrt war, die Apotheke abschließen wollte, erhob Verschaffelt sich mit einer für sein Alter erstaunlichen Behändigkeit. „Ich muss wieder los, Johanna, die Arbeit ruft." Entschuldigend zuckte er mit den Schultern und grinste verschwörerisch. „Außerdem muss ich mich um deine Handwerker kümmern!"

Sie verabschiedeten sich auf der Straße voneinander – froh, schon bald wieder beinahe Nachbarn zu sein. Denn Verschaffelt wohnte mit seiner Familie nur ein Quadrat weiter westlich.

„Ach, bevor ich es vergesse..." – Verschaffelt drehte auf dem Weg zu seiner Kutsche noch einmal um und kam zu Johanna zurück. „Also ... ähm ... ich wollte dich noch vorwarnen."

Fragend schaute Johanna ihn an.

„Nun, ich habe da so ein Gefühl, als ob..."

„Als ob was?", unterbrach sie ihn ungeduldig. Wovon redete er?

„Ja, also, Johanna, ich bin mir ganz sicher, dass du schon bald von der Kurfürstin hören wirst." Er atmete tief durch, als wäre ihm die Information unangenehm.

---

[67] In der Tat sprach ein solches Kurfürstliches Edikt Ende 1782 genau dieses Verbot aus.

„Von Ihrer Durchlaucht Elisabeth Auguste?“ Johanna traute ihren Ohren kaum. „Ich? Was will sie denn von mir?“

„Das weiß ich leider nicht, liebes Kind“, musste Verschaffelt zugeben. „Aber sie hat in letzter Zeit mehrmals nach dir gefragt. Und in der Vergangenheit war das immer ein Zeichen dafür, dass sie irgendetwas von dir wollte, nicht wahr?“ Mit einem zerknirschten Ausdruck im Gesicht nickte Verschaffelt ihr noch einmal zu und eilte zu seiner Kutsche hinüber, wo ihm bereits der Verschlag offen gehalten wurde.

Johanna hingegen stand wie erstarrt vor der Apotheke. Es stimmte, dass dieses Verhalten der Kurfürstin meist eine Bitte oder Mission nach sich zog. Das Beängstigende daran war nur, dass sie für Johanna in der Regel mit Ungemach verbunden war. Und diesmal hatte sie keinen Vater oder Onkel, der sie aufgrund eines guten Rufes bei Hofe aus möglichen Schwierigkeiten retten konnte.

Johanna fröstelte. Ihre gute Laune war ebenso verflogen wie ihre Zuversicht. Und plötzlich spürte sie es: Sie hatte Angst.

Ende Mai bis Ende September 1782

Wenige Tage nach Johannas Treffen mit Verschaffelt in Mannheim erhielt sie eine Botschaft von Dorothea Delph: *Kommt mit Eurer Tochter am 27. bei Einbruch der Dunkelheit und informell,* hieß es darin, *ich möchte verhindern, dass alle Welt von unser Zusammenkunft erfährt.*

Johanna lächelte. Das war wieder einmal typisch Dorothea! Wo sie konnte, machte sie aus Ereignissen exklusive Zirkel; vielleicht war dies das Geheimnis ihres erstaunlichen gesellschaftlichen Erfolges. Besonders gespannt war Johanna allerdings auf den Überraschungsgast, den Dorothea ebenfalls ankündigte: *Freut Euch übrigens auf eine weitere Person, die Euch sicherlich liegen und eine Bereicherung sein wird.* Wer mochte das wohl sein? Sie würde sich noch zwei Tage gedulden müssen, denn jeglicher Versuch, vorher etwas darüber von der Delph zu erfahren, war ein sinnloses Unterfangen. Soweit kannte Johanna ihre Freundin, die ein gutes Gespür für Dramaturgie besaß und sich diese Spannung nicht nehmen lassen würde. Immerhin durfte sie nun Louisa einweihen, die sich am Abend kaum mehr halten konnte vor Vorfreude, während Tante Clara missbilligend den Kopf schüttelte. „Ob das gut ist für eine anständige junge Frau, in solche Kreise eingeführt zu werden?“, fragte sie mehrmals, ohne eine Antwort ihrer Nichte zu erwarten. Zu gut wusste Tante Clara, dass Johanna sich selten von bereits beschlossenen Vorhaben abbringen ließ. Und auch Louisa hörte nicht auf sie, sondern tauschte sich aufgeregt mit ihrer Mutter über Schiller und seine Ideen aus. Das wiederum verblüffte Johanna – hatte sie bislang gar nicht mitbekommen, dass der Dichter bei jungen Mädchen durchaus bekannt war. Tatsächlich wusste Louisa einiges über ihn, wenngleich vieles auch übertrieben oder verherrlicht klang. Außerdem hatte Johannas wissbegierige Tochter heimlich ein paar Seiten in *Die Räuber* gelesen und war sehr beeindruckt. Wie die Mutter, so die Tochter, pflegte ihre alte Tante in Darmstadt früher immer zu sagen, wenn Johannas Schwester Amelie sich ganz besonders hübsch herausgeputzt hatte. Wie gut, fand sie nun, dass dies offenbar auch für das Streben nach Bildung galt – schließlich hatte sie selbst im Alter von Louisa damit begonnen, sich für Medizin und die Arbeit ihres Vaters zu interessieren. Folglich empfand Louisa es auch als eine große Ehre, Schiller kennenlernen zu dürfen, was Johanna sehr freute. Unter den Mädchen in Louisas Schule wurde Schiller ebenfalls sehr verehrt, und so konnte ihre Tochter den Besuch bei Dorothea Delph kaum erwarten.

Zwei Tage später war es endlich soweit. Die Kirchturmuhr hatte gerade zur neunten Stunde geschlagen, als Johanna und Louisa die Haustür der Hofapotheke leise hinter sich zuzogen. Der milde Maiabend war immer noch vom Duft des Flieders und der Kastanien geschwängert, die überall in den Gärten der Stadt ihre Farbenpracht entfaltet hatten. Die Menschen hier mochten die warmen Frühlingstage, wenn die Sonne spät unterging und die Gassen noch nicht – wie in der Hitze des Sommers – ihre unangenehmen Gerüche entfalteten und in stickiger Luft zu erstarren schienen. Man traf daher noch einige Personen auf dem Marktplatz; glücklicherweise jedoch niemanden, dem Johanna den späten Spaziergang mit ihrer Tochter hinunter in die Haspelgasse hätte erklären müssen. Dennoch schaute sie sich mehrmals um, da sie das unangenehme Gefühl nicht losließ, verfolgt zu werden – doch sie entdeckte niemanden. Einigermaßen beruhigt klopfte sie bei Dorothea an die mit prächtigen Schnitzereien verzierte Tür.

Als hätte man ihr Kommen genau in diesem Moment erwartet, wurde ihnen sofort geöffnet. Während eine Bedienstete sie höflich hineinbat, schaute sie unauffällig die Gasse hinauf und hinunter. Offenbar war es der Delph in diesem Fall besonders wichtig, im Verborgenen zu agieren – warum auch immer. Manchmal fragte Johanna sich, wie es wohl für Dienstboten war, wenn sie für eine Dienstherrin wie Dorothea arbeiteten. Ob sie immer die Tragweite ihrer Geheimnisse begriffen? Und vor allem: Wie schaffte ihre Freundin es, dass nie Indiskretionen über ihr Personal nach außen drangen?

Während ihnen ihre Mäntel abgenommen wurden, hörte man bereits das schrille Gelächter Dorotheas durch die geschlossene Salontür. Louisa riss die Augen fragend auf. Sie kannte die Dame Delph von einigen Vorträgen, zu denen Johanna sie mitgenommen hatte – doch derart in ihrem Element hatte Louisa die Hausherrin noch nie erlebt. Johanna war gespannt, was ihre Tochter hinterher dazu sagen würde. Sie lächelte ihr aufmunternd zu und ließ noch einmal einen prüfenden Blick über das hübsche hellblaue Kleid Louisas gleiten, das ihre dunklen Augen vortrefflich zur Geltung brachte. Dann bat sie die Zofe, die Ankunft der Damen Santorini zu melden.

„Johanna, meine Liebe, wie schön!“ Dorothea stürzte förmlich auf sie zu und begrüßte sie überschwänglich. Dann wandte sie sich Louisa zu und strahlte: „Nein, wie entzückend! Liebste Freundin, Eure Tochter übertrifft all meine Erwartungen!“

Louisa knickste höflich vor der Delph, wobei ihr Gesicht eine zartrosa Farbe angenommen hatte. Sie freute sich sichtlich über das Kompliment, gleichzeitig war es ihr etwas unangenehm. Glücklicherweise hielt Dorothea nichts von langen Vorreden, sondern schob Johanna und Louisa energisch in ihren Salon.

Sofort sprangen zwei junge Männer auf und verbeugten sich.

„Darf ich vorstellen: Die Dame Santorini mit ihrer Tochter Louisa.“ Dorothea genoss die Situation sichtlich und wandte sich mit Stolz den jungen Männern zu: „Und das hier sind unser hochverehrter Dichter Friedrich Schiller und sein Freund, der talentierte Pianist Andreas Streicher.“

Beide Männer verbeugten sich erneut vor den Damen, wobei Streicher weniger Überschwang in seine Bewegungen legte als Schiller. Der Dichter war allein durch sein Aussehen auffällig genug: Eine wilde, gänzlich unfrisiert wirkende blonde Lockenmähne umrahmte ein noch recht junges Gesicht. Die markante, leicht gebogene Nase verlieh ihm dabei männliche Züge, die zu den eher weiblich anmutenden, auffallend geschwungenen und vollen Lippen in einem merkwürdigen Kontrast standen. Am faszinierendsten waren jedoch seine Augen: Sie standen recht weit auseinander und schienen nicht nur geöffnet, sondern geradezu aufgerissen unter der hohen Denkerstirn. Dabei wurden sie von den buschigen Brauen zusätzlich betont, weil diese fast ununterbrochen nach oben geschoben waren. So erhielt sein Blick etwas extrem Aufmerksames, fast schon Fragendes, was Johanna zunächst verwirrte.

Louisa hingegen war von Anfang an verzaubert von der eigenartig wilden Aura, die Schiller verströmte. Sie schien sich auch nicht an seiner staubigen Kleidung zu stören, die nicht nur stellenweise abgetragen und geflickt war, sondern auch nicht besonders gut saß: Seine Hosen waren zu weit und beulten unschön an Knien und Gesäß – und sein Hemd mit den Spitzenmanschetten war am Hals nachlässig geöffnet. Eine Weste oder gar Wams trug er nicht, was ihm das verwegene Aussehen eines Räubers verlieh. Da seine Beine zudem in Soldatenstiefeln steckten, wirkte er im vornehmen und in zarten Farben eingerichteten Salon der Delph wie ein Fremdkörper.

„Liebste Johanna, darf ich Euch noch einen Gast vorstellen?" Dorothea holte sie aus ihren Betrachtungen und schob mit bedeutungsvoller Geste einen Paravent zur Seite, der Johanna gar nicht aufgefallen war. Dahinter saß auf einem Stuhl eine ältere, elegant gekleidete und hochgewachsene Dame, die Johanna freundlich zunickte. Sie war nach der neusten Mode frisiert und hatte ihr graues Haar hoch aufgetürmt, was ihr eine gewisse Würde verlieh. Ansonsten war ihre Kleidung unauffällig, was in deutlichem Kontrast zu ihrem Gesicht stand: Darin dominierten nämlich zwei blitzgescheit funkelnde Augen unter hoch geschwungenen Brauenbögen, die ihrem ansonsten blassen Gesicht eulenhafte Züge gaben.

„Madame von La Roche, das ist meine enge Freundin Johanna Santorini, die mit Goethe und Casanova in einem engen Briefkontakt steht." Dorothea platzte förmlich vor Stolz und Johanna verdrehte innerlich die Augen. Kein Mensch, den sie kannte, verstand es so gut wie Dorothea, sich mit fremden Federn zu schmücken! „Johanna, darf ich Ihnen die Geheimrätin Sophie de La Roche vorstellen, die extra aus Speyer zu diesem exquisiten Treffen angereist ist?"

„Sehr angenehm." Die Dame La Roche schien sich an Dorotheas eigenwilligen Auftritt nicht zu stören, sondern begrüßte Johanna höflich. Aus Unsicherheit vor dem Stand der älteren Dame knickste Johanna untertänig und murmelte: „Ganz meinerseits, seid gewiss." Insgeheim freute sie sich aber über die Begegnung. Dorothea hatte ihr nicht zu viel versprochen, als sie eine Überraschung ankündigte. Erst kürzlich hatte Johanna mit ihrer Freundin bei einem Kaffee die Umbaupläne in der Mannheimer Apotheke besprochen und sich die Unterstützung der Delph gesichert. Bei dieser Gelegenheit waren sie auf Sophie von La Roche gekommen, die bis vor einiger Zeit in Koblenz einen literarischen Salon geführt hatte. Johanna hatte viele spannende Details aus dem Leben der Literaturfreundin erfahren, die sie neugierig werden ließen – und nun stand sie tatsächlich vor ihr!

„Aber bitte, meine Damen, nicht so formell!", befreite Dorothea Johanna aus der Situation und ergänzte mit einem verschwörerischen Lächeln: „Wir sind doch hier ganz unter uns."

Sophie von La Roche schien erleichtert und ließ sich Louisa vorstellen, die die ältere Dame sehr charmant begrüßte. Auf Geheiß der Delph nahmen alle auf bereits kreisförmig arrangierten Stühlen Platz und die Hausherrin ließ Wein und Konfekt servieren.

Da niemand sprach, während eine Bedienstete das Gewünschte auf den kleinen Beistelltischchen arrangierte, hatte Johanna Zeit, sich mit den anderen Gästen zu befassen. Dieser Andreas Streicher, von dem sie zuvor noch nie gehört hatte, schien ein angenehmer Geselle zu sein. Wie Schiller trug auch er keine Perücke und seine dunklen, welligen Haare lediglich aus dem Gesicht gebunden. Seine Gesichtszüge hatten ebenfalls etwas Weibliches um die Mundpartie, seine Nase war auffallend spitz zulaufend. Im Gegensatz zu seinem Dichterfreund ruhten seine dunkelbraunen Augen jedoch unter schmalen, kurzen Brauen und schauten interessiert, aber unaufgeregt in die Welt. Johanna registrierte nicht nur, dass Streicher deutlich besser als

Schiller gekleidet war, sondern auch, dass der junge Musiker offenbar Gefallen an ihrer Tochter gefunden hatte. Denn sein Blick ruhte unverwandt auf Louisas schlanker Gestalt – die das allerdings gar nicht bemerkte. Denn Johannas Tochter hatte nur Augen für Friedrich Schiller.

Schiller hingegen brannte förmlich darauf, mit Johanna ins Gespräch zu kommen, was Dorothea natürlich nicht entging. So schnell ließ sie sich die Rolle der führenden Gastgeberin jedoch nicht nehmen, sondern bat die jungen Männer zunächst darum, von ihrer temporären Flucht aus Württemberg zu erzählen.

Schiller ergriff sofort das Wort und begann: „Was die Dama wissa sollda: Mai Reise war roi Nodwehr! Der Herzog lässch mi ned schreiba, sondern siehd mi uf Daur als Regimendsarzd -'s isch zum Verzwoifeln. Und da Dalberg uf mai Biddgesuche bislang ned gandworded had, dachde i, i kümmere mi bersönlich um oi Anschdellung in Mohoim!“ Erwartungsvoll blickte er in die Runde.

Johanna starrte ihn entgeistert an, und auch Louisa schien zumindest irritiert. War es tatsächlich möglich, dass ein Mensch, der in geschliffenen und wunderbar formulierten Sätzen seine Ideen und Gedanken niederschrieb, in Wirklichkeit einen derart durchdringenden Dialekt sprach? Schiller schwäbelte in ihren Augen entsetzlich – und sofort fiel ihr ein, dass Anton Mai ihr das bereits einmal angedeutet hatte: Ihm war nämlich zu Ohren gekommen, dass eine Lesung Schillers im Anschluss an die Uraufführung der Räuber im geselligen Theaterkreis nach kurzer Zeit durch Intendant Dalberg abgebrochen worden war, da die Zuhörer – fast alles Schauspieler – sich vor Lachen gebogen hätten. Nun wusste Johanna, warum.

„Äh ja, sehr interessant.“ Louisa versuchte erste Schritte auf dem gesellschaftlichen Parkett, indem sie nachfragte: „Was wollt Ihr denn für eine Anstellung in Mannheim – und ist das für Euch überhaupt ohne weiteres möglich?“

Dankbar fuhr Schiller fort: „Als Theaderdichdr möchde i wohl schaffe. Mi dereinschd in Mohoim, dem Baradieß von dene Muse, edabliera. Denn Schduddgard ond älle schwäbische

Szena sind mir unerdräglich ond ekelhafd gworda.[68]" Er warf theatralisch die Arme in die Luft, was seinem Vortrag eine unfreiwillige Komik verlieh. Ein guter Schauspieler war wahrlich nicht an ihm verloren gegangen, dachte Johanna sich und schüttelte insgeheim den Kopf.

Nun mischte sich auch Streicher in die Konversation und erklärte: „Um vollständig auf Eure Frage zu antworten, werte Mademoiselle Santorini, mein Freund Friedrich darf als Regimentsarzt, der er nun einmal ist, das Land nicht ohne herzogliche Erlaubnis verlassen." Er lächelte Louisa offen und freundlich an. „Bei mir ist Carl-Eugen nicht so streng, da ich ihn mit meinem Geklimper ab und zu erfreue. Von Schillers Schriften hingegen hält der Herzog nicht viel: Er bezeichnet sie als ‚subversive Traktate eines gefährlich schwärmenden Jünglings'."
Er schüttelte grinsend den Kopf und fuhr fort: „Immerhin hat er die Wirkung der Dichtung richtig eingeschätzt: Viele Menschen erkennen sein Genie und die Kraft, die hinter seinen Schriften pulsiert, nicht wahr?"

Louisa nickte andächtig. Johanna nahm den Faden auf und fragte interessiert nach: „Sagt, werter Herr Streicher, wie seid Ihr in den Dienst des Herzogs gelangt?" Von Schiller wusste man ja, dass er vom Herzog selbst zum Medizinstudium an der Hohen Carlsschule gedrängt worden war – Widerstand zwecklos. Carl-Eugen hatte den jungen und begabten Schüler, dem er zunächst eine Schullaufbahn finanzierte, an die Militärakademie zitiert. Wohl im Gegenzug war Schillers Vater mit der Leitung der herzoglichen Baumschule betraut worden, was das Dilemma des jungen Dichters zusätzlich vergrößerte.

Andreas Streicher erzählte bereitwillig – wohl auch, um Louisa damit ein wenig zu beindrucken, vermutete Johanna. Er war als Sohn eines früh verstorbenen Maurermeisters im Alter von zehn Jahren in ein Stuttgarter Waisenhaus gekommen. Dort entdeckte er seine Liebe zur Musik – und ein besonnener Heimleiter seine musikalische Begabung. So kam er in Kontakt

---

[68] Frei zitiert nach Damm, a. a. O. S. 29 ff

zu Hofmusikern und Schülern der Hohen Carlsschule, wo eben auch Schiller studierte. Streicher war übrigens auch bei der Uraufführung von *Die Räuber* dabei gewesen und schätzte Mannheim seither als aufregend moderne und der Kunst aufgeschlossene Stadt.

„Ond gnau deshalb möchde i in Mohoim leba!", mischte sich Schiller in das Gespräch wieder ein. Johanna fand sein breites Schwäbeln nicht besonders angenehm – wie wollte er damit jemals in besseren Kreisen reüssieren? Man sollte es ihm vielleicht sagen.

„Es heisch, der Kurfürschd sei oi großr Förderr vom Theaders" fuhr dieser unbeirrt fort. „Ond mid so großardiga Schauschbielern wie Iffländle werda au mai andera Schdügge des Bublikum bgeischdern." Solange der Autor den Mund nicht öffnet, ergänzte Johanna im Stillen und konnte sich das Lachen kaum verkneifen.

„Sagt, werter Schiller, seid Ihr auch in der Lage, Eure Herkunft in der Sprache zu verleugnen?" Sophie von La Roche hatte sich mit leiser Stimme in das Gespräch gebracht. Wenn sie redete, bewegte sich ihr kleiner, fein geschwungener Mund kaum. Johanna wurde den Verdacht nicht los, dass sie schlechte Zähne hatte. Gespannt wartete sie ab: Würde der Dichter einen augenzwinkernden Spaß verstehen?

Er tat es – und damit war das Eis gebrochen: „I weiß, des hedd der Iffland mir au scho gsagd. I muss an mainr Ausschbrache schaffe. Abr au des könnde i vordrefflich in Mohoim lerna!" Vergnügt grinste er in die Runde.

„Nun denn", freute sich die La Roche, „so steht Eurem Erfolg weit über die Grenzen des Schwabenlandes hinaus ja wohl nichts mehr im Wege. Sagt, was sind Eure nächsten Pläne? Habt Ihr schon Neues geschrieben?"

Interessiert verfolgte Johanna, wie die ältere Dame das Gespräch geschickt steuerte und dadurch eine angenehme Atmosphäre schaffte. Nicht einmal Dorothea fühlte sich bemüßigt, in irgendeiner Form einzugreifen, sondern hörte – ebenso wie Louisa – einfach nur ergriffen zu. Schiller hingegen bemühte sich, einigermaßen verständlich zu reden und unterdrückte so gut es eben ging seinen Dialekt. Er schilderte sein jüngstes Werk, an dem er gerade arbeitete und das den verheißungsvollen Titel *Die Verschwörung des Fiesko zu Genua* trug. Außerdem machte er sich intensiv Gedanken darüber, wie mit der *Geschichte des Spaniers Don Carlos* weiter verfahren wollte – der Stoff bot seiner Meinung nach nämlich viel dramatisches Potenzial.

Nach einer Weile war auch Johanna von Schillers Ideen zu einem modernen Theater so gefangen, dass sie seinen derben Dialekt völlig vergaß. Der Dichter wollte mehr junge Menschen ins Theater holen. Er gestand den antiken Stoffen und den leichten Komödien, die gerne gezeigt wurden, durchaus eine Berechtigung zu, forderte für sich selbst und seine Generation aber neue dramaturgische Wege. Auch Iffland sei seiner Meinung, betonte er, und Verleger Schwan, immerhin ein Vertreter der älteren Generation, sei geradezu begeistert von seinen Werken. Nur fehle es ihm bis dato an einer gesicherten Förderung, um weiter zu machen – auch wenn das mit einer unehrenhaften Entlassung aus dem herzoglichen Regiment verbunden wäre.

„Ihr hegt also wirklich die Absicht zu fliehen? Wie aufregend!" Dorothea Delph schlug die Hände zusammen und rutschte unruhig auf ihrem Stuhl umher. „Wenn Ihr dafür jemals Hilfe braucht, findet Ihr in diesem Raum vertrauensvolle Ansprechpartner, nicht wahr?" Sie sah sich Beifall heischend um und suchte auch Johannas Blick.

„Selbstverständlich", hörte diese die erregte Stimme ihrer Tochter. „Schreibt uns, wenn Ihr Hilfe braucht, werter Schiller. Wir können Euch auch Unterkunft bieten, wenn Ihr diese benötigt."

Johanna staunte; das war nicht abgesprochen. Woher nahm Louisa die Gewissheit, dass sie nun nicht widersprechen würde? Sie tat es nicht, hoffte aber gleichzeitig, dass Schiller nicht versuchen würde, bei ihr unterzukommen. Immerhin war sie eine allein stehende Witwe und musste – bei allem Missmut darüber – auf ihren Ruf achten.

„Kommt mich auch einmal in Speyer besuchen“, ließ sich Sophie von Roche vernehmen. „Ich pflege einen kleinen Salon – vielleicht mögt Ihr dort einmal vortragen, wenn Eure Aussprache besser geworden ist?“ Sie zwinkerte Schiller vergnügt zu, was ihrem feinen Gesicht trotz des Alters einen jugendlichen Anstrich gab.

Soweit Johanna wusste, war die Geheimrätin bereits über fünfzig Jahre alt und keinesfalls freiwillig an den Rhein gekommen. Hatte sie in Speyer ihren Salon wieder aufleben lassen? Goethe war auch schon bei ihr in Ehrenbreitstein bei Koblenz zu Gast gewesen, wusste sie, und sehr angetan von ihr. *Sie schreibt auch recht manierlich*, hatte er in einem seiner Briefe erwähnt, doch damals hatte sie das nicht so sehr interessiert, da sie nicht wusste, wer diese Frau war. Es hieß, dass ihr Mann 1780, also erst nachdem er fünf Jahre zuvor in den Adelsstand erhoben worden war, vom dortigen Kurfürsten Clemenz Wenzeslaus entlassen worden war – angeblich wegen kirchenfeindlicher Aussagen. Nur die Freundschaft mit Domherr Christoph Philipp von Hohenfeld aus Speyer hatte der in Ungnade gefallenen Familie einen einigermaßen standesgemäßen Ortswechsel ermöglicht, und nun residierte man seit eineinhalb Jahren einigermaßen angenehm in der Maximilianstraße[69]. Ihre *Geschichte des Fräuleins von Sternheim*, die sie 1771 unter dem Namen ihres Cousins Christoph Martin Wielands veröffentlicht hatte, war allerorts auf Begeisterung gestoßen. Johanna mochte den Briefroman allerdings nicht – schon der despektierliche Hinweis im Vorwort, es handle sich um einen „Frauenroman“, ließ sie misstrauisch werden. Doch ihrer Sympathie für die Frau mit dem hintergründigen Humor und den guten Umgangsformen tat das keinen Abbruch.

„Sagt, wir haben mit Goethe einen gemeinsamen Freund, nicht wahr?“, suchte Johanna bewusst das direkte Gespräch mit der Adligen.

---

[69] Das Haus mit der Nummer 99, unweit vom Dom, ist heute eine La-Roche-Gedenkstätte.

„Ja, ich hörte bereits davon", bestätigte Sophie von La Roche. „Aber Euer Kontakt scheint mir enger und häufiger."

Johanna stutzte: Hörte sie da etwa eine leise Eifersucht heraus? Glücklicherweise mischte sich Friedrich Schiller in diesem Moment wieder in das Geschehen ein, indem er lautstark nachfragte: „Ach ja, des hörde i au. Könnded Ihr mi ned bei ihm embfehla? Vermudlich will er mi au kennenlerna."

Johanna war sich diesbezüglich nicht ganz so sicher – schließlich hatte Goethe in seinem letzten Brief nicht nett über seinen jungen Kollegen geschrieben. Dennoch lächelte sie Schiller freundlich an und versprach, ihr Bestes zu tun. Auch die Dame von La Roche versicherte ihm ihre Unterstützung und Schiller ließ sich glücklich zurück in seinen Stuhl fallen. „Ond wie isch er so, der große Meischdr?", wollte er noch wissen.

Johanna und die La Roche wechselten einen Blick miteinander. Schließlich begann Johanna von ihrem ersten Treffen mit Goethe genau in diesem Raum zu erzählen[70], und Schiller schaute sich andächtig um. „Es gibt schon merkwürdige Zufälle", beendete sie ihre Schilderung und lächelte Dorothea Delph zu. „Denn auch damals wollte ein junger Dichter – Goethe hatte ja gerade erst seinen *Werther* veröffentlicht – von mir bei einem anderen großen Mann unserer Zeit empfohlen werden: Casanova."

Ehrfurchtsvolles Schweigen folgte. Johanna stellte zum wiederholten Male fest, dass der Name von Giacomo Casanova, den sie einst in einer Postkutsche von Mannheim nach Heidelberg näher kennengelernt hatte, immer noch zu einer Mischung aus Verzückung, skandalgierigem Interesse und Bewunderung bei ihren Zuhörern führte. Dabei war aus dem einstigen Lebemann – das verrieten jedenfalls die letzten Briefe – ein beinahe sechzigjähriger unzufriedener Querulant geworden, der andauernd Pamphlete gegen irgendwelche hohen Herren seiner Heimatstadt Venedig publizierte und sich dadurch viel Ärger ein-

---

[70] Siehe dazu Band 2: *Johanna und der Medici-Schatz*, S. 193 ff

heimste. Soweit Johanna informiert war, stand er derzeit wieder einmal vor Gericht und würde vermutlich schon bald erneut aus Venedig verbannt werden[71].

„Ohne Euch in irgendeiner Weise kompromittieren zu wollen ...", begann die La Roche vorsichtig – und Johanna wusste bereits, was folgen würde. Sie unterbrach die Literaturfreundin und Schriftstellerin lachend und erwiderte: „Das werde ich immer gefragt! Aber ich kann Euch versichern, Edle Dame, er hat das gewisse Etwas! Ich selbst bin natürlich nicht in den Genuss gekommen, aber ich kann nachfühlen, was Frauen überall an ihm fasziniert. Er ist einfach ein wunderbarer Zuhörer und versteht sehr viel von Gefühlen."

„Dann sollde er unbedingd mai Werke lesa", befand Schiller, doch sein Freund Streicher, der lange Zeit geschwiegen hatte, fiel ihm ins Wort: „Friedrich, mäßige Dich! Nicht jeder ist ein Freund Franz Moors!"

Damit war das Gespräch bei der Aufführung von *Die Räuber* angekommen und es entwickelte sich augenblicklich ein lebendiger Austausch über die Intention Schillers, die von ihm abgelehnten, aber nicht zu verhindernden Änderungen durch Dalberg sowie die wundervolle Interpretation der Rolle des Franz Moor durch Iffland. Auch die La Roche war zur Premiere in Mannheim gewesen und bereicherte die Runde mit derart geschickten Zwischenfragen, dass Johanna und Louise beinahe das Gefühl hatten, ebenfalls im Publikum gewesen zu sein. Besonders das vierzehnjährige Mädchen genoss es sichtlich, von bekannten und erfolgreichen Erwachsenen ernst genommen zu werden. Johanna war erstaunt, wie viel ihre Tochter über Schiller und sein Erstlingswerk wusste – und insgeheim stolz auf Louisa. Sie unterhielt sich mit einer erfahrenen Salonniere wie der La Roche völlig unbekümmert und vermittelte ihr damit unterschwellig, dass im Hause Santorini viel über Literatur und Theater gesprochen wurde. Johanna spürte, dass auch sie selbst

---

[71] Tatsächlich hatte Casanova sich 1782 mit seinem ehemaligen Freund und Gönner Giovanni Carlo Grimani angelegt, der für seine Verbannung sorgte. Casanova reiste daraufhin nach Triest.

dadurch in der Achtung der La Roche stieg. Ob sie es wagen konnte, zum Abschied eine Einladung in ihr neues und repräsentatives Domizil in Mannheim auszusprechen?

Die Antwort darauf gab ihr Sophia de La Roche selbst, als sich das heimliche Treffen in der Haspelgasse auflöste. Denn während Louisa sich noch leise mit Streicher und Schiller austauschte, äußerte die ältere Dame den Wunsch, Johanna in Bälde wieder einmal zu treffen. Es war also für Johanna ein Leichtes, die Einladung nach Mannheim schon einmal auszusprechen, an die sie dann später, wenn ihr Umbau fertig war, anknüpfen konnte.

Ganz so einfach war das mit den jungen Männern nicht: So sehr Dorothea in sie drang – sie wollten sich nicht festlegen, wann sie tatsächlich wieder in der Gegend sein würden. Für den nächsten Tag standen noch einmal Gespräche mit Dalberg an, doch Schiller vermutete nicht zu Unrecht, dass der Theaterintendant vorsichtig blieb und keine Schwierigkeiten bekommen wollte. Schiller und Streicher würden deshalb übermorgen zunächst nach Stuttgart zurückfahren – selbstverständlich in der Hoffnung, schon bald gute Nachrichten aus der Kurpfalz zu erhalten.

Eine kleine Spitze ließ sich die Delph zum Abschluss des Treffens allerdings nicht nehmen – so ungewohnt zurückhaltend sie in der Gesprächsrunde gewesen sein mochte. Als Friedrich Schiller sich vor ihr verbeugte, fragte sie ihn freundlich lächelnd: „Würdet Ihr mir einen Gefallen tun, werter Dichter?" Der Angesprochene antwortete mit einem gönnerhaften Nicken.

„Nun, dann grüßt bitte die Dame von Wohlzogen von mir – ich habe sie schon seit längerem nicht mehr gesehen."

Schillers Miene erstarrte und sein Freund Streicher räusperte sich verlegen. Doch als wäre nichts gewesen, fuhr Dorothea mit der Verabschiedung ihrer Gäste fort. Lediglich die La Roche ließ ein wissendes Lächeln erkennen. Johanna hielt sich damit jedoch nicht auf – sie würde in den nächsten Tagen ohnehin die Hintergründe von Dorothea erfahren. Hastig machte sie sich mit ihrer Tochter auf den Heimweg, stets darauf bedacht, keiner Stadtwache zu begegnen. Doch sie hatten Glück: Als die Turmuhr zur elften Stunde schlug, waren Louisa und Johanna bereits an der Apotheke angelangt. Da Louisa sehr müde war, verabschiedeten sie sich noch auf der Stiege voneinander. Über den Abend reden konnten sie auch am nächsten Tag.

Wie sich herausstellte, hatte die Reise Schillers nach Mannheim ein unangenehmes Nachspiel: Diesmal war sein Fernbleiben vom Regiment nämlich bemerkt und beim Herzog angezeigt worden, als dieser im Juni von einer Reise in seine Hauptstadt zurückkehrte. Erbost bestellte er Schiller zur Unterredung, in der Carl Eugen dem ambitionierten Dichter jegliche nicht-medizinische Schriftstellerei untersagte. Dieses radikale Schreibverbot galt bei Strafe der Kassation; hinzu kam eine angeordnete Kontaktsperre ins Ausland. Dass der Herzog es ernst meinte, zeigte er ganz deutlich: Schiller wurde vom 28. Juni bis zum 11. Juli in einem Verlies in der Stuttgarter Hauptwache inhaftiert – zur Abschreckung, wie es hieß.

Johanna und Louisa erfuhren diese Details brühwarm von Dorothea Delph, die ja über einen direkten Kontakt an den Württemberger Hof gut informiert war. Sie wusste auch, dass Schiller sich unmittelbar nach seinem Arrest mit mehreren offenen Bittbriefen an seinen Herzog gewandt hatte, um wieder frei schreiben zu dürfen, doch Carl Eugen blieb unnachgiebig. Der nächste Konflikt – da waren sich alle drei Frauen einig – war nur eine Frage der Zeit, da Schiller ein Hitzkopf war, der dieses Urteil auf Dauer nicht akzeptieren würde. Außerdem hatte der Dichter ja bereits angedeutet, welche weiteren großen Werke in ihm schlummerten und auf Veröffentlichung warteten.

Johanna erhielt ein Schreiben von Andreas Streicher, in dem er sich noch einmal für die netten Gespräche bedankte und die Situation in Stuttgart detailliert schilderte. Außerdem bat er höflichst um die Erlaubnis, den Damen Santorini bei nächster Gelegenheit seine Aufwartung machen zu dürfen. Johanna war nicht abgeneigt; sie fand Streicher nett und wohlerzogen. Sollte Louisa irgendwann ihre Schwärmerei für Friedrich Schiller ablegen, wäre Streicher für sie zumindest ein angemessener Begleiter für Konzert- oder Theaterbesuche und Spazierfahrten.

Doch Louisa war von Schiller geradezu besessen! Sie redete ununterbrochen von ihm, hatte sogar irgendwo in der Stadt eine mittelmäßige Miniatur gefunden, auf der er den Betrachter mit feurigem Blick anstarrte. Dieses Bildnis stand nun bei Louisa in der Kammer und wurde von ihr regelrecht angebetet. Dabei hatte Dorothea Delph, der die Schwärmerei von Johannas Tochter nicht entgangen war, bei einem Besuch wenige Tage nach dem abendlichen Treffen, absichtlich in epischer Breite Schillers Frauengeschichten geschildert. Auch nach Mannheim war er in Begleitung angereist, hatte die Dame jedoch wohlweislich versteckt gehalten. Dabei handelte es sich um eine angesehene Frau von Stand, wie Dorothea aus sicherer Quelle wusste – und ihre Bemerkung bei der Verabschiedung Schillers hatte das bestätigt: Der Dichter war nicht nur mit seinem Freund Andreas Streicher nach Mannheim gekommen, sondern auch Henriette von Wolzogen[72] war mit einer Freundin mit von der Partie gewesen. Ob Schiller tatsächlich ein unerlaubtes Verhältnis mit der deutlich älteren Henriette hatte oder sie nur seine Gönnerin war – die gemeinsame Reise war so oder so ein Skandal! Henriette von Wolzogen war nicht nur verheiratet, sondern auch fünfzehn Jahre älter als der Dichter. Doch das schien Schiller ebenso wenig zu stören wie das Gerede der Menschen.

Ärgerlicherweise ließ sich auch Louisa nicht von ihrer Schwärmerei abbringen, so sehr man sie auch auf die Fehltritte Schillers hinwies. Sie war davon überzeugt, dass jeder Künstler ständig Inspiration brauche und verzieh ihm seine Eskapaden. Vermutlich sah sie sich selbst als potenzielle Dichtermuse.

---

[72] Sie lebte von 1745-1788 und war die erste Mäzenin von Schiller. Die Freundschaft zerbrach, als Schiller sich 1783 in ihre erst sechzehnjährige Tochter Charlotte verliebte.

Deshalb schrieb sie ihm regelmäßig heimliche Briefe, von denen Johanna dank der Loyalität aufmerksamer Dienstboten im Hause zwar wusste, die sie jedoch ganz bewusst nicht verhinderte. Denn sie war sich sicher, dass Schiller nicht nur ein beunruhigend kreativer Kopf, sondern auch – bei aller Impulsivität in manchen Taten – Erfolg und gesellschaftliche Anerkennung anstrebte. Er würde daher kein junges Mädchen, das noch nicht einmal im heiratsfähigen Alter war, kompromittieren, sondern Kontakte in anderen Kreisen suchen. Henriette von Wolzogen war ein Beweis dafür. Dorothea Delph sah das übrigens ganz genau so, versprach Johanna aber, ihre Ohren in dieser Angelegenheit offen zu halten.

Johannas Einschätzung wurde durch die Tatsache gestützt, dass Schiller nicht einen einzigen Brief Louisas beantwortete. Stattdessen hielt Streicher die Damen Sanorini, wie er sie stets betitelte, fortan auf dem Laufenden und berichtete in kurzen Schreiben, die etwa einmal wöchentlich in der Hofapotheke eintrafen, über das Leben im Umfeld des herzoglichen Hofes, seine eigenen bescheidenen Erfolge als Pianist und über Schillers verzweifelte Situation. Zwischen den Zeilen meinte Johanna darin manches Mal erneute Ausreisegedanken zu entdecken, war sich aber nicht sicher. Doch mit der Haft und Strafandrohung gab es für Schiller ihrer Meinung nach wirklich keine Zukunft mehr in Stuttgart – nur würde der Herzog ihn irgendwann gehen lassen?

Der Sommer kam mit aller Macht über das Neckartal und bescherte Heidelberg bereits Anfang Juli eine bleierne Hitze, die allen Bewohnern zu schaffen machte. Louisa musste für ihre Abschlussprüfungen lernen und Francesco, der die Wochenenden gern zuhause in der Hofapotheke verbrachte, fluchte über lateinische Vokabeln und die Lektüren, die Knigge für ihn ausgesucht hatte. Einmal mehr stellte Johanna fest, dass ihr Sohn kaum musische Ambitionen hatte. Immerhin waren ihm die vergangenen drei Monate beim vornehmen Freiherrn gut bekommen: Er redete in gewählten Worten, zeigte bei Tisch plötzlich Manieren und verhielt sich Fremden gegenüber höflich und zuvorkommend. Offenbar hatte Knigge tatsächlich einen Zugang zu dem jungen Knaben. Vielleicht würde es ihm ja auch noch gelingen, ein Interesse jenseits vom Soldatentum bei Francesco zu wecken.

Doch Francescos Zukunft wurde überraschend von ganz anderer Seite bestimmt – und zwar so, dass Johanna keine Möglichkeit sah, einzugreifen. Sie war an einem dieser trägen Sommernachmittage nicht – wie so oft – nach Mannheim gefahren, um den schnell fortschreitenden Umbau in Mannheim zu besichtigten. Stattdessen saß sie im Kabinett und las ein Buch, als ein Bote an der Haustür klopfte und sie zu sprechen verlangte. Tante Clara hatte ihm geöffnet und ihn, nachdem sie das Siegel auf der Depesche erkannt hatte, in dem kleinen Flur vor der Stiege eintreten lassen. Totenbleich war sie hinauf zu Johanna geeilt und hatte sie aufgeregt wispernd, aber kaum verständlich über den Besuch in allerhöchstem Auftrag informiert. Erstaunt und beunruhigt ging Johanna hinunter und fragte nach dem Begehr.

„Seid Ihr die Witwe Johanna Santorini, geborene Bechtler?"

Johanna nickte schweigend. Auch sie hatte das Siegel sofort erkannt. Der Bote kam vom Hof der Kurfürstin Elisabeth Auguste. Was er nur von ihr wollte?

„Ich habe eine Nachricht für Euch und soll auf die Antwort warten." Er überreichte ihr mit einer knappen Verbeugung die Depesche und trat einen Schritt zurück. Johanna schluckte und brach das Siegel. Hatte sie sich etwas zuschulden kommen lassen oder den Zorn der Kurfürstin erregt? Mit zitternden Händen rollte sie das Papier auf.

Hiermit ist sie aufgefordert, am kommenden Sonntag an der Messe in Maria Himmelfahrt in Oggersheim teilzunehmen und danach für eine diskrete Konsultation zur Verfügung zu stehen. Es soll ihr Schaden nicht sein. Ihren Sohn darf sie sofort zur weiteren Erziehung zum Kurfürstlichen Leib-Dragoner-Regiment Frau Kurfürstin von der Pfalz in Mannheim verbringen. Er wird dort von Generalleutnant Freiherr Friedrich Christian Loë erwartet. Bestätigung umgehend. Darunter erschien das geschwungene Kürzel der Kurfürstin, das Johanna nur zu gut bekannt war.

Fassungslos ließ sie den Brief sinken und vergaß dabei völlig, dass der Bote noch da war und ihrer Antwort harrte. Unzählige Gedanken wirbelten gleichzeitig durch ihren Kopf. Hinter allem stand eine Frage: Was war der Kurfürstin so wichtig, dass sie ihrem Sohn eine militärische Laufbahn ermöglichte, die ihm aufgrund seines Standes unter normalen Umständen niemals möglich gewesen wäre? Dass Johanna entsetzt darüber war, Francesco tatsächlich Soldat werden zu lassen, stand auf einem anderen Blatt – doch ihr war klar, dass diese Initiative von kurfürstlicher Seite gut gemeint, ja sogar eine große Ehre war. Und eins war so sicher wie das Amen in der Kirche: Francesco würde jubeln vor Freude!

Die Kehrseite der Medaille war die Gegenleistung, die Elisabeth Auguste dafür einfordern würde. Johanna hatte nicht den leisesten Schimmer, worum es dabei gehen könnte. Eine *diskrete Konsultation* bedeutete wahrscheinlich ein Gespräch unter vier Augen – allenfalls im Beisein einer Hofdame. Und dass die Kurfürstin sie in ihre Hauskirche bestellt hatte, sprach dafür, dass alles möglichst unbemerkt vonstattengehen sollte. Dies wiederum konnte nur bedeuten, dass der Kurfürst davon nichts mitbekommen sollte – warum auch immer. Johanna kombinierte in Windeseile. Es war allgemein bekannt: Das Kurfürstliche Ehepaar bespitzelte sich seit Jahren gegenseitig. Elisabeth Auguste war dadurch stets über die wechselnden Liebschaften und Mätressen ihres Gatten bestens informiert – und er misstraute ihr seit Jahren, da sie zu vielen europäischen Höfen gute Kontakte pflegte und trotz ihrer misslichen Lage als ungeliebte Ehefrau versuchte, ihren politischen Einfluss zu halten. Doch was hatte Johanna damit zu tun? Oder ging es doch um Geld und den Medici-Schatz? Hatte die Kurfürstin etwa irgendwie herausgefunden, dass Anton Verschaffelt damals ein hübsches Sümmchen für sie abgezwackt hatte? Dann hätte er sie, davon war Johanna überzeugt, irgendwie vorgewarnt; schließlich arbeitete er viel für Elisabeth Auguste und kam mit ihr gut klar. Nein, es musste um etwas anderes gehen

– und Verschaffelt wusste wahrscheinlich auch nicht genau, um was. Immerhin hatte er die Kontaktaufnahme schon im April angekündigt; er kannte seine Landesmutter offenbar ziemlich gut und wusste ihr Verhalten oft zu deuten.

Der Bote räusperte sich ungeduldig und riss Johanna aus ihren Gedanken. Stimmt, er wartete ja noch auf ihre Antwort. Johanna atmete tief durch: „Richte er Ihrer Durchlaucht aus, dass alles so sein wird, wie Ihre Durchlaucht es wünschen." Hoffentlich hatte der Bote das Zittern in ihrer Stimme nicht wahrgenommen, denn auch das würde sicherlich zu Ohren der Kurfürstin kommen. Der junge Mann verneigte sich knapp und machte sich zurück auf den Weg nach Oggersheim. Klappernde Hufen verrieten Johanna, die bereits die Tür geschlossen hatte, dass er wie ein Kurier beritten, gekommen war. Sie vermochte jedoch nicht zu deuten, ob das ein gutes oder ein schlechtes Zeichen war.

Die folgenden Tage vergingen in allerhöchster Aufregung. Johanna musste den Anordnungen der Kurfürstin sofort Folge leisten, wollte sie nicht ihre Ungeduld oder ihren Zorn riskieren. Folglich brachte sie Francesco bereits am nächsten Tag zu seiner neuen Ausbildungsstätte nach Mannheim. Sie meldeten sich im Schloss bei der Wache und wurden zum Marstallhof geleitet. Der Weg führte an den Pferdeställen vorbei durch den schmalen Hof. Im Reiterpavillon wartete der Generalleutnant wie angekündigt auf sie. Er nahm Francesco in Empfang und unterrichtete ihn darüber, dass nun noch Musterung und Tauglichkeitsprüfung anstanden. Während ihr Sohn den Prüfungen unterzogen wurde, wartete Johanna in einem Nebenraum. Eine leise Hoffnung keimte in ihr auf: Was, wenn Francesco nicht tauglich war? Doch ihr Sohn bestand sowohl die ärztliche Untersuchung, als auch die erforderlichen Liegestützen, Exerzierübungen und das Laufen. Er würde also bis auf weiteres hier bleiben.

Der Abschied von Francesco fiel Johanna deutlich schwerer als ihrem Sohn, doch sie schaffte es, ihre Tränen zu unterdrücken. Francesco war so begeistert nun tatsächlich Soldat werden zu dürfen, dass er sein Glück kaum fassen konnte. Johanna hoffte nur, dass die jungen Knaben an der Soldatenschule auch noch in anderen Dingen gebildet wurden; schließlich mussten sie dort den halben Tag die Schulbank drücken. Mit seinen elf Jahren brauchte es noch einiges an Grammatik, Mathematik und Historie, um für das Leben gewappnet zu sein. Immerhin versicherte ihr ein diensthabender Offizier, dass der Schulunterricht durchaus vergleichbar mit anderen Einrichtungen wäre. Johanna blieb nichts anderes übrig, als es zu glauben; außerdem hatte die Mannheimer Soldatenschmiede nicht den schlechtesten Ruf.

Johanna nutzte ihren Aufenthalt in Mannheim, um die laufenden Bauarbeiten am alten Bechtlerhaus zu besichtigen. Verblüfft stellte sie fest, dass die Maurer bereits mit den Putzarbeiten fertig waren und der Stuckateur mit seiner Kunst begonnen hatte. Noch konnte man nichts erkennen; doch war das neue Raumgefühl bereits so wunderbar hell und offen, dass Johanna im Geiste schon ihre erste Gesellschaft in ihrem neuen Salon vor sich sah. Wenn erst die fertigen Wandbespannungen hingen, würde hier ein Salon à la mode entstanden sein, wie man ihn kaum in Mannheimer Bürgerhäusern finden würde, davon war sie überzeugt.

Die Freude über ihr neues Zuhause konnte ihre Trauer über Francescos Eintritt bei den Soldaten ein wenig mindern. Verschaffelt würde wohl recht behalten: Vermutlich konnte Johanna bereits Ende August umziehen. Doch bis dahin war noch viel zu erledigen. Außerdem hatte sie sich noch nicht entschieden, wie sie mit Louisa weiter verfahren wollte. Einerseits gefiel es ihrer Tochter an der Augustenschule in Heidelberg und bei Tante Clara sowieso, andererseits wäre im Mannheimer Haus ausreichend Platz für sie und Mademoiselle Dubois. Es gab in der Quadratestadt ebenfalls gute Institute für Töchter aus besserem Hause – und Louisa würde dort sicherlich mehr gesellschaftliches Leben kennenlernen. Dennoch: Behüteter wäre sie bei ihrer Tante – nur war es wirklich das, was Johanna für ihre an allem interessierte und wissbegierige Tochter wollte? Außerdem blieb auch noch die Frage, wie es mit Tante Clara weitergehen sollte. Johannas Recherchen in der Nachbarschaft nach einer Wohnung waren bisher ergebnislos geblieben. Auf Dauer konnte sie jedoch nicht alleine in Heidelberg bleiben – und Dorothea Delph hatte kürzlich einmal mehr das Interesse ihrer Familie an der Hofapotheke betont. Ihr Schwager war bereit, das ganze Haus zu übernehmen und dafür einen guten Preis zu zahlen. Über kurz oder lang würde Johanna mit ihrer Tante darüber reden müssen.

Doch zunächst stand das Treffen mit der Kurfürstin an – und verbunden damit die Frage nach der angemessenen Kleidung. Johanna entschied sich in den frühen Morgenstunden des 28. Juli, einem klaren Sommermorgen ohne eine einzige Wolke am Himmel, für eine gelbseidene Robe mit passendem Mantel aus leichtem Taft. Mit einer Haube bedeckte sie ihr Haar; auf Schmuck verzichtete sie ganz. Dafür puderte sie sich ihr Gesicht und legte etwas Rouge auf die Wangen.

Bereits am Abend zuvor hatte sie sich eine Kutsche gemietet, die auf dem Marktplatz wartete, als sie zur sechsten Stunde die Hofapotheke verließ. Da sie eine Fahrt von knapp vier Stunden vor sich hatte, freute sie sich über den Korb mit ein paar Leckereien, den Tante Clara ihr zum Abschied mit den Worten: „Es wird schon nicht so schlimm werden“, in die Hand gedrückt hatte. Das hoffte Johanna auch und versuchte sich auf der Fahrt mit der Lektüre von *Der Eigensinn der Liebe und Freundschaft,* einer Erzählung von Sophie von La Roche, abzulenken. Es gelang ihr jedoch nicht besonders gut, da sie sich auch diesmal nicht in den altertümlichen Schreibstil und die ihrer Meinung nach unmoderne Thematik einfühlen konnte. Die La Roche war einfach eine Generation älter – und das merkte man, fand Johanna.

Über Plankstadt und Schwetzingen fuhr die Kutsche in zügigem Tempo nach Neckarau, wo an der Relaisstation die Pferde gewechselt wurden. Weiter ging es durch Mannheim hindurch, das erst langsam erwachte, über die Schiffsbrücke auf die andere Rheinseite. Da Johanna einen Passierschein besaß, der sie als Besucherin der Kurfürstlichen Wallfahrtskirche in Oggersheim auswies, brauchte sie den Brückenzoll nicht zahlen. Das hatte der Kurfürst vor vielen Jahren einmal angeordnet, seit er nach einer Wallfahrt seiner Gattin von einer schweren Krankheit genesen war.

Nach Oggersheim, einem kleinen Ort auf der linken Rheinseite, der vor allem durch das Kurfürstliche Schloss und eben jene Wallfahrtskirche Bedeutung erhalten hatte, war es nun nicht mehr weit. Johanna würde also pünktlich zur Messe in dem von Verschaffelt gebauten Gotteshaus eintreffen. Sie erinnerte sich, dass er damals vor der schwierigen Aufgabe stand, eine bestehende Wallfahrtskapelle in eine neue, größere und modernere Kirche zu integrieren, ohne sie dabei zu zerstören oder zu verändern[73]. Das Bauwerk musste also eine beachtliche Größe haben. Johanna war noch nie zuvor in Oggersheim gewesen und wunderte sich darüber, dass so viele Gebäude am Wegesrand zerstört waren. Da aus zahlreichen Ruinen bereits Bäume und Pflanzen wuchsen, schloss Johanna, dass es sich noch um Relikte aus dem Franzosensturm handeln musste. Die La Roche hatte Ähnliches aus Speyer beschrieben. Kein Wunder also, dass Verschaffelt immer betonte, wie viel Arbeit für einen Architekten und Baumeister in Oggersheim noch wartete!

Endlich hielt die Kutsche vor einer hohen Kirchenfassade an. Johanna stieg aus und sah sich um. Die gleißende Morgensonne hatte schon große Kraft und blendete sehr, zumal die Kirchenfassade das Licht unangenehm reflektierte. Johanna wies den Kutscher an, in der Nähe zu warten und betrat das Innere der Kirche. Sie hielt die Luft an vor Erstaunen, als sich ihre Augen an das diffuse, aber helle Licht im Gotteshaus gewöhnt hatten: Sie war nicht nur außen, sondern auch innen

---

[73] Verschaffelt hatte 1775 von der Kurfürstin den Auftrag erhalten, die bestehende Loreto-Wallfahrtskapelle zu überbauen. Die neue Kirche wurde 1777 geweiht.

vollständig im neuen Stil erbaut, der römische Architektur widerspiegelte. Angefangen bei hohen Pilastern mit Korinthischen Kapitellen über kassettierte Deckengewölbe bis hin zu den hohen, beinahe rechteckigen Fenstern in den Gewölbezwickeln – der Raum hatte mit Kirchen, die Johanna kannte, nicht mehr viel zu tun. Dennoch verrieten der deutliche Weihrauchgeruch und das monotone Murmeln der bereits anwesenden Gläubigen, dass sie sich in einer bedeutenden katholischen Kirche befand. Ihr fiel auf, dass ausschließlich Frauen anwesend waren. Ein Zufall? Oder duldete die Kurfürstin in ihrer Hofkirche keine Männer? Zuzutrauen wäre es ihr. Ein wenig eingeschüchtert, aber dennoch aufmerksam umherschauend suchte sie sich in einer der hinteren Reihen einen Platz und wartete ab.

Leises Läuten von Glöckchen verriet den Beginn der Messe. Beinahe zeitgleich mit dem Priester betrat Elisabeth Auguste mit zwei Hofdamen im Gefolge die Kirche durch einen Seiteneingang. Alle erhoben sich und sanken zum Hofknicks nieder. Die Kurfürstin setzte sich in die vordere Reihe. Johanna wusste nicht, ob sie bereits ihre Anwesenheit bemerkt hatte, doch vermutlich war es ihr längst zugetragen worden. Unkonzentriert ließ sie die langwierige Messe über sich ergehen – Johanna gehörte nicht zu den regelmäßigen Kirchgängern, auch wenn sie katholisch getauft war. Nicht zuletzt durch die Lehren ihres Vaters und viele Gespräche mit Tante Clara stand sie der Institution Kirche eher kritisch gegenüber und sympathisierte heimlich mit protestantischen Ideen. Sie hütete sich jedoch, darüber zu reden; Glaubensfragen waren immer noch ein Stein des Anstoßes in der Kurpfalz.

Endlich war die Messe vorbei und die Gläubigen verließen die Kirche. Johanna blieb in ihrer Bank sitzen und wartete ab, während sie bemerkte, dass die Kurfürstin in der alten Kapelle im Altarraum verschwand. Eine Hofdame forderte sie kurze Zeit später auf, ebenfalls dort hinein zu gehen. Elisabeth Auguste saß auf einem Schemel neben dem Altar. Johanna versank ehrfürchtig in einen tiefen Hofknicks – so nah war sie der Kurfürstin nie zuvor gekommen.

„Erheb' Sie sich!“, vernahm sie die im Alter etwas dunkler gewordene Stimme der Kurfürstin, die mittlerweile auch an die sechzig war. Zum ersten Mal seit Jahren stand Johanna ihrer Landesherrin wieder einmal gegenüber und war entsetzt! Elisabeth Auguste war nicht nur unglaublich dick geworden, was sie unter voluminösen Stoffmassen in Seide und Brokat zu verbergen suchte, sondern auch stark gealtert. Ihr Gesicht war trotz diverser Fettpolster von tiefen Falten durchzogen und die Partie um den Mund herum ein wenig eingefallen. Johanna vermutete, dass sie keine Zähne mehr besaß – hatte sie etwa noch nicht von der Gebissmanufaktur in Frankenthal gehört? Die Porzellanfertigung hatte ihr doch stets am Herzen gelegen. Das einzige, was noch an die einstige Schönheit der Landesherrin erinnerte, waren ihre leicht vorstehenden grünen Augen: Sie funkelten im Zwielicht der nur durch Kerzen beleuchteten Kapelle und verrieten unter der hoch aufgetürmten Perücke einen wachen Geist.

Trotz ihrer Fülle war die Kurfürstin nach der neusten Mode gekleidet: Sie trug eine Robe à la Polonaise[74] in cremefarbener und dunkelroter Seide, die am üppigen Dekolleté mit prachtvoller Goldstickerei eingefasst war. Darüber hatte sie einen schweren dunkelroten Samtmantel gelegt, dessen Einfassung aus einer kostbaren Hermelinbordüre bestand. Am auffälligsten war jedoch ihr Schmuck: Elisabeth Auguste trug die weltberühmten Medici-Perlen am Ohr und dazu passend ein dreireihiges Perlencollier mit einer Brillantblüte. Dazu kam ein üppig mit Blumen verzierter Haaraufbau. Johanna war beeindruckt, wenngleich sie auch fand, dass der französisch-höfische Kleidungsstil, den sie aus Passy durchaus kannte, nicht besonders günstig für eine Frau mit Elisabeth Augustes Ausmaßen war. Doch dieses Urteil stand ihr natürlich nicht zu und sie schwieg untertänig, bis sie angesprochen wurde.

Auch die Kurfürstin hatte Johanna ausgiebig – und wir ihr schien, wohlwollend – gemustert, ehe sie die diskrete Konsultation begann: „Hat es ihr in Frankreich gefallen?“

[74] Typisch für diese Mode ist der hinten beidseits der Mitte hochgeraffte Rock.

Ihre Stimme klang sanft und freundlich. Johanna entspannte sich ein wenig und antwortete wahrheitsgemäß: „Ja, Madame, sehr gut sogar. In Passy bei Paris lässt es sich angenehm leben." Sie schwieg über die Umstände ihres Aufenthaltes dort, zumal die Kurfürstin wohl ohnehin über alles Bescheid wusste.

„Donc, pourqoi est-elle rentrée?[75]"

Der Blick Elisabeth Augustes bekam etwas Lauerndes und Johanna wusste instinktiv, dass ihre Antwort von großer Wichtigkeit war. Wieder entschied sie sich, so wahrheitsgetreu wie möglich zu antworten, ohne jedoch ihre Beziehung zu Jean genauer zu erklären: „Der Baron fand, dass es sicherer für mich und meine Kinder sei, in der Kurpfalz zu leben."

Die Kurfürstin lächelte. „Ah, tatsächlich? Interessant. Hat ihr Herr Cousin mit ihr darüber geredet, was genau er meint?"

Johanna schluckte. Elisabeth Auguste kannte demnach sogar dieses Detail. Jean hatte sie in die französische Gesellschaft als eine entfernte Cousine eingeführt – und niemand hatte genauer nachgefragt. Ob sie diese kleine Notlüge nun in Schwierigkeiten bringen würde? Sie versuchte, ihrer Stimme Festigkeit zu verleihen und erklärte: „Ja Madame, wir haben viel darüber geredet. In Frankreich geht das Volk immer häufiger auf die Straßen. Jean, ich meine, der Herr Baron sagt, dass man dort auf einem Pulverfass lebt, das über kurz oder lang explodieren könnte. Dieses Risiko wollte er nicht eingehen."

„So, so." Die Kurfürstin dachte einen Moment nach und kniff dabei ihre Augen ein wenig zusammen. Dann fragte sie unvermittelt: „Wann wird er sie besuchen?"

Natürlich wusste Johanna, von wem Elisabeth Auguste sprach. Jean hatte häufiger angedeutet, dass er mit der Kurfürstin ab und zu in Kontakt gewesen war. Über die Gründe hatte er sich jedoch stets ausgeschwiegen. Was wollte sie nur von ihm?

---

[75] franz.: Nun, warum ist sie dann zurückgekommen?

„Je ne sais pas[76], Madame." Johanna hatte mit leiser Stimme geantwortet. Ihr war in diesem Moment bewusst geworden, wie sehr sie den lebenslustigen Franzosen an ihrer Seite vermisste.

„Sie soll mir sofort Bescheid geben, wenn er kommt oder seine bevorstehende Anwesenheit ankündigt." Die Kurfürstin hatte plötzlich einen bestimmenden Tonfall, der keine Widerrede duldete.

Johanna schluckte und murmelte mit gesenktem Kopf: „Sehr wohl, Madame."

Dann wechselte die Kurfürstin überraschend das Thema und erkundigte sich freundlich bei Johanna, wie es um ihren Umzug nach Mannheim stand: „Wann wird sie denn ihr neues Domizil beziehen? Mein Baumeister unterrichtete mich von ihren Plänen."

Johanna staunte. Verschaffelt hielt es also für nötig, seine Landesherrin über ihre Umbauaktivitäten zu informieren? Wieso nur? Sie kannte Elisabeth Auguste zwar seit vielen Jahren und hatte manches Mal mit ihr persönlich zu tun – aber das kurfürstliche Interesse an ihrer Person erschien ihr doch ungewöhnlich. Da steckte doch irgendetwas dahinter, das Verschaffelt ihr verschwieg. Sie würde ihn bei nächster Gelegenheit dazu befragen, nahm Johanna sich fest vor. Dann antwortete sie höflich: „Wenn keine Unwegsamkeiten dazwischen kommen, werde ich Ende August nach Mannheim übersiedeln, Madame. Es wird dann aber noch ein paar Wochen dauern, bis alle Handwerker fertig sind und das neue Mobiliar geliefert ist."

„Bon." Die Kurfürstin nickte zufrieden und wollte dann wissen: „Wird sie dort regelmäßig empfangen?"

Daher wehte also der Wind. Johanna begriff, dass Elisabeth Auguste den Umbau des alten Bechtlerhauses richtig interpretiert hatte. Hoffentlich würde sie ihr nun nicht verbieten, Gesellschaften abzuhalten. Vorsichtig begann sie: „Ja, das hatte

---

[76] Franz.: Ich weiß nicht.

ich vor, Madame. Ich dachte an Lesekreise oder kleine gesellschaftliche Zirkel mit ausgewählten geladenen Gästen.“ Sie schluckte und ergänzte hastig: „Also nichts Offizielles.“

„Alles ist offiziell, was in den Quadraten passiert, das merke Sie sich.“ Die Kurfürstin war keinesfalls ungehalten, sondern lächelte. „Sie soll Ihre Gesellschaften halten. Aber es sei Ihr hiermit angeordnet, dass die Damen Antonia Freifrau von Sickingen, Theresia Freifräulein von Helmstatt und Elisabeth Augusta von Vieregg stets auf der Gästeliste stehen.“

Johanna erstarrte. Die Genannten waren allesamt Hofdamen der Kurfürstin und damit aus ihrem direkten Umfeld. Sie würden jedes Detail an ihre Dienstherrin weitergeben. Warum nur war es Elisabeth Auguste so wichtig, Zugang zu ihren doch eher unbedeutenden Kreisen zu bekommen?

Als hätte die Kurfürstin in ihren Gedanken gelesen, bemerkte diese nun mit leiser Ironie: „Man hört ja, dass sich Dichter, Denker und Lebenskünstler um den Austausch mit Ihr bemühen. Die russische Zarin könnte neidisch auf Sie werden[77].“ Doch Elisabeth Auguste lächelte dabei freundlich und wechselte erneut das Thema: „Ihrem Sohn wird es gut ergehen, Sie braucht sich nicht zu sorgen.“

„Danke, Madame.“ Johanna schwirrte der Kopf. Was hatte Katharina die Große mit ihr zu tun? Gleichzeitig war sie erleichtert zu hören, dass die Kurfürstin offenbar wirklich gut über Francescos Verbleib unterrichtet war. Ganz sicher stand er in der Kadettenschule unter ihrem Schutz, was sie einigermaßen mit der von ihr nicht gewollten beruflichen Ausrichtung versöhnte.

„Nun denn, so hab’ Sie eine gute Reise zurück an den Neckar. On verra ce-qu’il se passe[78].“ Die Kurfürstin erhob sich und Johanna versank wieder in einen tiefen Knicks. Sie hörte das

---

[77] Offenbar spielt die Kurfürstin auf Katharina die Große, Zarin aller Russen an, die sich stets rühmte, mit den bedeutendsten Männern ihrer Zeit in Korrespondenz zu stehen.

[78] Franz.: Man wird sehen, was geschieht.

Rascheln kostbarer Stoffe auf Stein und ein leises Hüsteln, das sich entfernte. Als sie sich wieder erhob, war Elisabeth Auguste verschwunden.

Nachdenklich und sehr aufgewühlt kehrte Johanna zu ihrer Kutsche zurück. Die Kurfürstin war offenbar der Meinung, dass ausgerechnet im Hause Santorini wichtige Informationen mit möglicherweise politischer Dimension ausgetauscht wurden. Deshalb wollte sie bei Gesellschaften vertraute Personen in Johannas Kreise einschleusen – und machte nicht einmal einen Hehl daraus! Hinzu kam ihr großes Interesse an Jean und seiner Einschätzung der politischen Situation in Frankreich – was steckte nur dahinter? Das Schlimmste für sie war jedoch eine Erkenntnis, zu der sie erst gelangte, als die Kutsche durch Mannheim ratterte und dabei einige Umwege in Kauf nehmen musste, da man sich hier gerade auf den offiziellen Empfang von Paul I. Großfürst von Russland samt seiner Gemahlin Federova und ihrem Gefolge am nächsten Morgen vorbereitete: Schlagartig war ihr klar geworden, dass Francesco keinesfalls aus reiner Gutmütigkeit der Kurfürstin von seinem Lehrer Knigge abgezogen worden war. Das war nur die eine Facette. Denn gleichzeitig war ihr Sohn so unbemerkt zu einer Geisel geworden, die Elisabeth Auguste die unbedingte Zusammenarbeit Johannas sicherte. Sie hatte also keine Wahl mehr.

Der Umzug nach Mannheim ging wenige Wochen später vonstatten. Zuvor hatte Johanna mit Tante Clara ausführlich über ihr Treffen mit der Kurfürstin, den daraus resultierenden Folgen und die Zukunft Louisas gesprochen. Verständlicherweise war ihre Tante sehr besorgt und schlug daher vor, Louisa in Heidelberg zu behalten, doch Johanna wollte ihre Tochter lieber im Haus bei sich haben. Also verabredeten sie, dass Louisa mit Mademoiselle Dubois Ende September nachkommen würde, wenn wirklich alle Arbeiten am Haus abgeschlossen wären.

Mit Dorothea Delph, die Johanna mehrmals in diesen Tagen sah, um verbleibende Einrichtungsdetails mit ihr zu besprechen, sprach sie nicht über ihre Zusammenkunft mit Elisabeth

Auguste. Dafür wurden sich beide handelseinig, was die Heidelberger Hofapotheke betraf – wobei sie Tante Clara die Zeit geben wollten, aus eigenem Antrieb zu verkaufen. Abwickeln würde das sowieso Johannas Notarius, der das gesamte Bechtlersche Erbe auch für sie verwaltete, solange Francesco nicht volljährig war. Dann würde er dem geltenden Erbrecht zufolge alles zugesprochen bekommen, doch dauerte ja noch ein paar Jahre.

Dorothea hatte sich dankenswerterweise auch über Johannas Hausstand Gedanken gemacht und ihre Beziehungen spielen lassen. Das Ergebnis war nicht nur eine französische Köchin namens Lucille, die zuvor im Haushalt der Miria Cordula von Pigage angestellt war, sondern auch Kammerdiener Pavel, der ursprünglich aus Böhmen kam und gleichzeitig als Kutscher arbeiten würde. Die passende Kutsche hatte die Delph auch schon aufgetrieben und Johanna davon überzeugt, dass sie bei ihren Möglichkeiten auf diesen Luxus nicht mehr verzichten sollte. Dem erfolgreichen Umzug stand also nichts mehr im Wege.

Am 20. September war es endlich soweit: Johanna machte sich in ihrer eigenen Kutsche auf den Weg nach Mannheim – gefolgt von einer Mietkalesche, die ihre Bücher, die Kleidung und ein paar kleine Möbelstücke, an denen sie hing, aus Heidelberg mit in die Quadratestadt brachte. Johanna betrachtete es als ein gutes Omen, dass an jenem Freitagmorgen die Sonne strahlte und ein wunderbarer Spätsommertag die Landschaft in ein orange-rotes Farbenbad tauchte. Sie freute sich auf Mannheim – und als sie in den Abendstunden erschöpft auf ihr Bett niedersank, fiel sie sofort in einen tiefen, traumlosen Schlaf.

Die nächsten Tage war noch viel im Haus zu tun. Vor allem musste vom Dach bis zum Keller ordentlich geputzt werden. Johanna spannte dafür auch Lucille und Pavel ein, die den beiden Frauen zu Hilfe gingen, die Verschaffelt ihr besorgt hatte. Als endlich alles fertig eingerichtet war und in frischem Glanz erstrahlte, betrat Johanna knapp eine Woche nach ihrem Umzug erstmals allein und in aller Ruhe ihren neuen Salon im Erdgeschoss. Es war der 26. September 1782 und bereits dunkel, da die Tage wieder kürzer wurden. Deshalb hatte sie sämtliche Kerzen auf den Kandelabern und Wandleuchtern angezündet, sodass der Raum in hellem Licht erstrahlte. Stolz und bewegt schaute sie sich um.

Wie in den Palästen der Adligen besaß sie nun ein richtiges Antichambre, wo eine Zofe ihre Gäste empfangen die Garderobe abnehmen würde. Wie gut, dass Philipp Bechtler damals so viel Wert auf einen geräumigen Flur gelegt hatte – das zahlte sich jetzt aus. Durch die hohen Flügeltüren, die an ihrer Innenseite Spiegel trugen, kam man in den Salon, der auf seiner Langseite drei hohe Fenster zur Straße und an der Stirnseite zwei zum Hof besaß. Der gesamte Raum war *en suite*[79] eingerichtet, was derzeit in Frankreich sehr in Mode war. Sämtliche Wände waren mit einer zartgrünen Damastbespannung versehen, die in sich leicht changierte. Jeweils seitlich der Fenster hingen kostbare Wandleuchter aus Böhmischen Kristall mit Kerzen. Die Fenster selbst ließen sich mit Raffgardinen abhängen, die aus demselben Stoff wie die Wandbespannung gefertigt waren. Auch die Möbel trugen ihn als Bezug: An den Wänden standen Schemel mit weichem Polster, außerdem gab es zwei Sessel für Ehrengäste und insgesamt vier hohe Bodenkandelaber. Ein Pult vom Hofebenisten[80] Kieser, verziert mit kleinen antiken Köpfen, setzte dazu einen Akzent von Gelehrsamkeit. Am kostbarsten war jedoch der Boden: Johanna hatte sich für ein Parkett von Ebenist Zeller mit einem großen Stern in der Mitte entschieden. Jetzt fehlte nur noch ein Klavier, das sie unbedingt noch hier hineinstellen wollte. Schließlich hatten ihre Kinder einen einstmals berühmten Musiker als Vater, den sie nicht vergessen sollten.

Als von der Kirche gegenüber die Glocke zur achten Stunde schlug, pochte es laut an die Tür. Johanna erschrak. Wer

---

[79] Ton in Ton

[80] Ein Ebenist ist ein Kunsttischler; damals die gebräuchliche Berufsbezeichnung.

mochte das sein? Sie hatte die Köchin bereits nach Hause geschickt, während Pavel wohl schon in seiner Kammer unter der Treppe schlief und nichts hörte. Sie schlich durch die weit geöffnete Flügeltür zum Eingang. Da der Flur der alten Apotheke Fenster besaß, hatte der späte Besucher mit Sicherheit bemerkt, dass jemand im Haus war. Johanna würde also öffnen müssen, um dem lauten Klopfen ein Ende zu bereiten.

„Wer da?“ rief sie durch die geschlossene Tür hinaus und bemühte sich, ihrer Stimme einen festen Klang zu geben. Der Unbekannte brauchte ja nicht wissen, dass sie sich ein wenig fürchtete.

„I bins, der Schillr. Machd hinne uf. Es gohd um Leba ond Dod!“

Johanna öffnete entgeistert die Tür. Vor ihr trippelte der Dichter mit zerzausten Haaren von einem Bein auf das andere, während er sich immer wieder sorgenvoll umschaute. Hinter ihm entdeckte Johanna zwei weitere Gestalten, die sich unter dunklen Umhängen verbargen. Fragend starrte Johanna Friedrich Schiller an, während seine Begleiter ihre Kapuzen langsam nach hinten schoben.

Johanna erstarrte. Denn neben dem schwäbischen Pianisten Andreas Streicher stand ihre Tochter Louisa.

September bis Ende November 1782

Nach dem ersten Schreck hatte Johanna ihre unerwarteten Gäste hineingebeten. Zu viert saßen sie nun im hell erleuchteten neuen Salon. Louisa sah sich staunend um; sie hatte das Bechtlerhaus zuletzt gesehen, als an dieser Stelle die Apotheke noch betrieben wurde. Auch Streicher ließ seinen Blick bewundernd über die edlen Stoffe an den Wänden, das elegante Mobiliar und die prachtvollen Draperien gleiten, die vor den Fenstern hingen. Lediglich Schiller schien überhaupt nicht zu bemerken, wo er sich befand. Er raufte sich ununterbrochen die Haare, schnalzte ungeduldig mit der Zunge und stöhnte gequält auf. Sein Verhalten ließ darauf schließen, dass ihm etwas Schreckliches zugestoßen war – doch passte es nicht so recht zur relativen Ruhe, die Andreas Streicher und Louisa ausstrahlten. Ihre Tochter wirkte ohnehin, als wäre es ganz alltäglich, am späten Abend mit zwei fremden Männern vor der Tür zu stehen, von denen der eine auch noch behauptete, es ginge um Leben und Tod! Allerdings hatte Schiller einen Hang zum dramatischen Auftritt; von daher war Johanna nach einem ersten Schreckmoment davon überzeugt, dass es sich um eine schwierige Situation handelte, in der Schiller sich offensichtlich befand, jedoch keineswegs lebensbedrohlich. Dass dieser anstrengende Dichter dabei ihre unerfahrene Tochter mit hineingezogen hatte, missfiel ihr sehr – da waren wohl einige Erklärungen fällig.

Energisch richtete Johanna sich in ihrem Stuhl auf. Bislang hatte niemand ein Wort gesagt, doch aus Streichers Gesicht sprach ein schlechtes Gewissen. Was war nur passiert?

„Mama, es war echte Not, ich musste einfach helfen“, begann Louisa stockend. Johanna sah ihre Tochter aufmerksam an. Es gehörte Mut dazu, in ihrem Alter allein Entscheidungen zu treffen und zu handeln; das musste man ihr lassen.

„Glaubt mit bitte, werte Dame Santorini", fing nun auch Streicher an, „Eure Tochter hat sich sehr ehrenhaft verhalten und es ist nichts geschehen, was ihrem Ruf schaden könnte."

„Nun, vorausgesetzt, man versteht unter *nichts* Dinge wie unerlaubtes Entfernen von zuhause oder reisen durchs Land in Begleitung zweier Herren, deren Status mir derzeit nicht ganz klar ist!", ergänzte Johanna in scharfem Ton. „Weiß Tante Clara Bescheid, dass du hier bist?"

Louisa nickte mit gesenktem Kopf. „Sie liegt ohnehin krank im Bett und möchte ihre Ruhe." Ihr Murmeln war kaum zu verstehen.

„Tante Clara ist krank?" Johanna erschrak. Es war doch hoffentlich nichts Ernstes?

„Ja, sie hat Halsschmerzen", antwortete Louisa leise. „Seit zwei Tagen schon. Ich durfte nicht zu ihr, um mich nicht anzustecken. Der Apotheker hat ihr aber Medizin gebracht."

Johanna nickte erleichtert. „Und was ist passiert? Wieso bist du mit den beiden schwäbischen Herren plötzlich hier in Mannheim?"

Die Geschichte, die Johanna daraufhin erfuhr, hätte abenteuerlicher kaum sein können. Abwechselnd erzählten Streicher und Louisa von den Ereignissen der letzten beiden Tage und Nächte, die eines Romans würdig gewesen wären[81]. Demnach war das Leben für Friedrich Schiller im herzoglichen Stuttgart immer unerträglicher geworden: Mit einem Schreibverbot belegt und ohne Hoffnung auf Besserung der Situation hatte er daraus die Konsequenzen gezogen und seine Flucht geplant. Sein Freund Streicher erklärte sich dazu bereit, ihn zu begleiten. Gemeinsam waren sie übereingekommen, dass die Kurpfalz zunächst Ziel ihrer Hoffnungen und Träume wäre. Also hatte Streicher, der ja noch nicht wusste, dass Johanna schon in Mannheim wohnte, an die Damen Santorini nach Heidelberg

---

[81] Tatsächlich publizierte Streicher später genau jene Erlebnisse auf der Flucht mit Schiller: *Schillers Flucht von Stuttgart und Aufenthalt in Mannheim von 1782 bis 1785.*

geschrieben und um Unterstützung gebeten. Die Antwort von Luisa, die ihre Mutter in weiser Voraussicht nicht darüber informierte, fiel positiv aus. Man vereinbarte Schwetzingen als heimlichen Treffpunkt, da die Familie dort ein Appartement hatte, das derzeit ohnehin leer stand.

In der Nacht vom 22. auf den 23. September waren Schiller und Streicher aus Stuttgart heimlich abgereist. Die Gelegenheit war gut gewählt, da der Herzog zu Ehren des russischen Großfürsten Paul und seiner Gemahlin, einer Nichte Carl Eugens, ein großes Fest mit Feuerwerk veranstaltete und ausreichend abgelenkt war. Unter falschem Namen konnten sie das Stadttor unbemerkt passieren. Im Gepäck hatten sie Bücher und ein kleines Klavier, das Streicher gehörte. Der Pianist wollte nämlich irgendwann weiter nach Hamburg reisen, um bei Philipp Emanuel Bach zu studieren, während Schiller eine Anstellung in Mannheim anstrebte. Schon am nächsten Morgen hatten sie Kurpfälzer Boden betreten, abends waren sie dann in Schwetzingen eingetroffen, wo Louisa sie verabredungsgemäß empfangen hatte. Die erste Nacht in Freiheit, wie Streicher es bezeichnete, hatten sie also in der Bechtlerwohnung der einst bevorzugten Sommerfrische der Kurfürsten in Schwetzingen verbracht.

„Und die Tage danach?“ Johanna hatte kopfschüttelnd zugehört, fragte sich nun jedoch, was zwischenzeitlich passiert war. Immerhin zählte man mittlerweile den Abend des 26. Septembers – es fehlten also zwei ganze Tage und Nächte. Louisa hatte sie doch hoffentlich nicht mit den beiden Männern verbracht?

Doch Streicher beruhigte sie, während Schiller immer noch schwieg und mit gequältem Gesichtsausdruck zuhörte. Nach einer recht kurzen Nacht waren Streicher und Schiller in ihrer Kutsche weiter nach Mannheim gefahren, während Louisa in die Heidelberger Hofapotheke zu Tante Clara zurückgekehrt war, die ihr Verschwinden gar nicht bemerkt hatte, wie Louisa beteuerte. Doch die Dinge in Mannheim waren offenbar nicht so gelaufen, wie Schiller es sich vorgestellt hatte: Zum Hofintendanten wurde er nicht einmal vorgelassen, was für eine Blamage!

Schiller stöhnte an dieser Stelle des Berichts erneut auf und schlug die Hände vor sein Gesicht.

Streicher erzählte unterdessen ungerührt weiter: „Empfangen wurden wir von diesem Meyer, dem Hausregisseur des Theaters[82]. Kennt Ihr ihn?“ Auf eine Antwort schien er nicht zu warten, sondern fuhr fort: „Der hat uns eiskalt abgewiesen, schließlich könne sich das Hoftheater nicht leisten, einen Deserteur unter Vertrag zu nehmen! Und er hat uns empfohlen, besser nicht in Mannheim zu bleiben, sondern nach Württemberg zurückzukehren und um Vergebung beim Herzog zu bitten. Eine Zumutung!“ Streicher hatte sich in Rage geredet.

Johanna fragte nach, warum Schiller als Deserteur galt. War er nicht Schriftsteller?

„Als Regimentsarzt“, erklärte Streicher seufzend und wieder etwas ruhiger, „gehört er dem Militär an. Seine Flucht ist de facto Fahnenflucht. Deshalb ist einer unserer größten Dichter nun auch Deserteur.“ Mitleidig schaute er zu Schiller hinüber.

„I habs versuchd“, brachte dieser sich nun erstmals selbst ins Gespräch. „Hab dem Herzog no am selba Abend gschrieba ond mai demüdig Rüggkehr agboda. Um oi *gnädigste Antwort mit zitternder Hoffnung*[83] gebeda. Ha! Und heud kam noh die Ufforderung, ned vom Herzog, sonderrn dem Augé[84], seinem Adladus. I mög mi hierhr bgeba - mehr ned! Natierlich werd i's ned dun, des wär dichderischr Selbsdmord!“ Er warf theatralisch die Arme in die Luft und seufzte laut.

„Naja, und nun kann er nicht mehr in seiner Unterkunft bleiben“, nahm Louisa die Erzählung wieder auf. „Zu gefährlich,

---

[82] Gemeint ist Wilhelm Christian Dietrich Meyer, Quelle: Sigrid Damm: *Das Leben des Friedrich Schiller*, S. 31 ff

[83] ebenda

[84] Schiller meint General Augé, seinen direkten Vorgesetzten beim Württemberger Militär.

man könnte ihn dort finden und verhaften." Sie hatte eine wichtige Miene aufgesetzt und blickte Streicher erwartungsvoll an.

„Deshalb haben wir uns heute früh per Eilboten an Eure Tochter gewandt", fuhr Streicher fort. „Wir wussten ja nicht, dass Ihr schon in Mannheim weilt. Dann hätten wir uns wohl direkt mit Euch in Verbindung gesetzt, werte Dame Santorini."

„Und deshalb bin ich hier", fasst Louisa die Geschehnisse zusammen. „Ich habe mich sofort in die Postkutsche gesetzt, bin zu den beiden geeilt, um zu helfen."

„Und wie sieht diese Hilfe aus?" Johanna dämmerte langsam, worauf alles hinauslief.

„Nun ja ..." stotterte Louisa errötend, „... ich dachte eigentlich ... wir haben doch oben diese alten Kammern ... und es ist ja nicht für lange ... wird sich sicher alles klären..." Sie brach ab und sah Johanna flehentlich an.

„Verstehe ich das richtig: Ich soll die beiden Ausreißer, von denen zumindest einer ein fahnenflüchtiger Deserteur ist, in meinem Haus heimlich beherbergen?" Johanna konnte es kaum fassen. Louisa hatte sie in eine unmögliche Situation gebracht. Einerseits verstand sie die Motive der Flucht sehr gut und war von Schillers Genius als Schriftsteller überzeugt. Andererseits war es strikt verboten, Gesetzesbrechern Asyl zu geben. Was sollte sie nur tun? Zum genaueren Verständnis fragte sie bei Streicher noch einmal nach: „Aber wenn der Herzog doch um Rückkehr Schillers gebeten hat, warum...?"

„Es ist nicht die ganze Wahrheit." Streicher unterbrach sie sofort. „Mein lieber Freund hat seinem untertänigsten Schreiben an Carl-Eugen nämlich die Bedingung beigefügt, nur als freier und anerkannter Schriftsteller zu ihm zurückzukehren." Streicher schien nicht besonders glücklich darüber zu sein, denn er schaute Schiller kopfschüttelnd an.

„Was häd i noh anderes dun solla? Schließlich gohd's dahana um mai Zukunfd", jammerte dieser und schlug die Hände erneut vors Gesicht.

Langsam schlug er Johanna mit seiner leidenden Art aufs Gemüt. Im Moment war *sie* doch die Leidtragende – und nicht Schiller! Fieberhaft überlegte sie, wie es nun weitergehen sollte. War es möglich, zwei junge Männer unbemerkt im Haus unterzubringen? Würden ihre Dienstboten Stillschweigen bewahren? Sie wusste es nicht. Immerhin schien Streicher frei reisen zu dürfen; streng genommen ging es also nur um den Dichter.

„Bitte, Mama.“ Louisas Flehen unterbrach ihre Gedanken.

Kurz entschlossen erhob sie sich und verkündete: „Zwei Nächte, mehr nicht. Bis dahin müsst Ihr eine Lösung gefunden haben.“ Sie klatschte in die Hände und verteilte energisch Aufgaben: „Louisa, du machst Licht oben in den Kammern und richtest zwei Schlafstätten. Laken und Decken findest du im Schrank auf dem Speicher. Husch, husch, beeil dich!“

Louisa sprang erleichtert auf. Wenige Augenblicke später hörte man ihre eiligen Schritte auf der Treppe.

„Und Ihr“, wandte Johanna sich an Streicher, „sorgt dafür, dass Eure Kutsche in die Hofeinfahrt gebracht wird. Da ist Platz für zwei. Ich wecke unterdessen Pavel, meinen Kutscher, er wird Euch dabei helfen. Was ist mit Eurem Kutscher?“

„Wir haben keinen mehr“, gab Streicher zu. „Ich sitze auf dem Kutschbock. Ist sicherer so.“ Johanna nickte zufrieden; somit gab es einen Mitwisser weniger.

„Ihr, werter Schiller“, Johanna seufzte leise, „Ihr bleibt am besten hier im Salon, bis alles gerichtet ist. Ich werde Euch noch etwas zu essen aus der Küche holen. Habt Ihr überhaupt Hunger?“

Dankbar strahlte Schiller sie an: „Und wie, i hon eina Sauhungr.“

Johanna zuckte zusammen. Würde sie sich je an die derbe Ausdrucksweise des Dichters gewöhnen?

Ein halbe Stunde später kehrte Ruhe in das Bechtlerhaus ein. Schiller hatte sich nach einem halben Laib Brot, Käse und zwei

Bechern Wein schnell zurückgezogen, um – wie er sagte – Erholung in seinen gequälten Geist zu bringen. Louisa war nach den vielen Aufregungen so müde, dass Johanna sie kurzerhand in das alte Privatkabinett ihres Vaters brachte, wo es ein Klappbett für Gäste gab. Schließlich wies sie Pavel an, die Lichter im Salon zu löschen und erlaubte ihm, sich wieder zurückzuziehen, während sie sich mit Andreas Streicher noch auf einen Becher Wein im Speisezimmer im ersten Stock zusammensetzte.

Johannas Wunsch nach Veränderung hatte auch vor den drei Räumen in dieser Etage des Hauses nicht Halt gemacht. Zwar war die ursprüngliche Funktion des kleinen Schlafzimmers, der Bibliothek mit Gästebett und dem Speisesaal geblieben, doch hatte sie die Einrichtung modernisiert und ihren persönlichen Bedürfnissen angepasst. So waren zu den medizinischen Büchern ihres Vaters zahlreiche Romane und neue wissenschaftliche Publikationen hinzugekommen; auch hatte sie sich einen Schreibtisch in die Bibliothek stellen lassen, um von dort aus ihre Korrespondenz zu erledigen. Im Schlafzimmer stand seit kurzem ein neues, wesentlich breiteres Bett mit einem imposanten Betthimmel. Diesen Luxus hatte Johanna in Frankreich kennengelernt und wollte ihn nicht mehr missen – zumal ihr mit zunehmendem Alter ein guter und tiefer Schlaf immer wichtiger wurde. Den alten Waschtisch ihres Vaters hatte sie behalten; die Zitzbespannungen der Wände jedoch gegen freundlichere und hellere Blumenmotive ausgetauscht.

Die größten Veränderungen hatte Johanna im Speisezimmer vorgenommen: Mit einem Paravent ließ sie etwa ein Drittel des ohnehin sehr großen Raumes abteilen und dahinter eine kleine Sitzecke mit zwei zierlichen, mit hellblauem Samt überzogenen Sesseln und einem dazu passenden Sofa mit zwei Beistelltischen einrichten. Da durch die beiden großen, über Eck stehenden Fenster ausreichend Licht hineinfiel, war dies ohne weiteres möglich und so eine gemütliche Ecke für Gespräche im kleinen Kreis entstanden. Den einstigen Esstisch der Familie hatte sie ebenso behalten wie die alte Anrichte mit den Ziertellern aus Mosbacher Fayence und dem Tafelsilber. Er war lediglich etwas verschoben worden und wie früher von insgesamt zwölf Stühlen umstellt. Von den dunklen Wandvertäfelungen hatte Johanna sich allerdings getrennt: Die Wände waren nun mit hellblauer Baumwolle bespannt und der Raum dadurch freundlicher und einladender geworden. Man durfte ruhig sehen, dass hier eine Frau Herrin im Haus war, fand Johanna.

Mit Streicher nahm sie hinter dem Paravent Platz, wo ein großer Bodenleuchter zu dieser späten Stunde für flackerndes Licht sorgte. Ohne seinen Freund Schiller an seiner Seite bat Streicher darum, offen sprechen zu dürfen, was Johanna ihm neugierig gewährte.

„Ich mache mir große Sorgen um ihn“, gab der junge Pianist zu. „Er hat praktische keine Mittel und kein Kapital, außer seiner Stücke, die wahrlich nicht überall wohlgelitten sind. Wo soll das nur hinführen?“ Mit kummervollem Blick nahm er einen Schluck *Alten Becker* aus Malsch, den Johanna von Pavel aus dem Weinkeller hatte bringen lassen.

„Nun, vermutlich zurück nach Württemberg.“, antwortete Johanna ungerührt, setzte aber sofort hinzu: „Was wir natürlich nicht hoffen wollen.“

„Um Himmelswillen, nein!“ Streicher ließ vor Aufregung ein paar Tropfen Wein auf seine Beinkleider regnen, bemerkte es jedoch gar nicht. „Das wäre Schillers Untergang, er würde es nicht durchstehen. Wir müssen das mit aller Kraft verhindern!“

„Braucht er Geld? Ist ihm damit geholfen?“ Johanna wollte – bei aller Verehrung eines großen Künstlers – möglichst schnell und pragmatisch eine Lösung finden.

„Ehrlich gesagt ja und nein.“ Streicher seufzte und Johanna starrte ihn fragend an. Was bedeutete diese merkwürdige Aussage? Sie wollte gerade nachhaken, als Streicher zu erklären begann: „Ja deshalb, da er tatsächlich völlig mittellos ist. Im Moment leben wir von meinem Ersparten.“ Er schluckte. „Und trotzdem nein, auch wenn ich dadurch meinen besten Freund verrate: Er kann einfach nicht mit Geld umgehen. Alles, was

Ihr ihm morgen geben würdet, wäre bereits übermorgen ausgegeben! Es ist mir unbegreiflich, aber er lebt stets auf zu großem Fuße[85]. Von daher lasst es besser."

Johanna verstand das Dilemma, in dem Streicher sich befand und fühlte eine Welle der Sympathie in sich aufsteigen. Als Vertrauter von Schiller war es für ihn bestimmt nicht leicht, immer das Richtige zu sagen und zu unternehmen. Doch sie wollte es noch genauer wissen und konfrontierte ihn mit einem der Gerüchte, die sich hartnäckig um Schiller hielten.

„Sagt, was ist mit den reichen Damen, die ihn zu begleiten und zu beherbergen pflegen?" Johanna war sich darüber klar, dass diese Frage sehr indiskret war, hatte jedoch wegen der Schwärmerei ihrer Tochter ein, wie sie fand, berechtigtes Interesse daran.

Streicher sah das offenbar ähnlich, denn seine Antwort kam klar und ohne zu zögern: „Er wird immer von Damen bewundert werden, das liegt wohl in seiner Natur. Und er ist, so leid es mir tut, das jetzt zugeben zu müssen, wahrlich kein Kostverächter. Ehrlich gesagt glaube ich nicht, dass er auf absehbare Zeit den Hafen einer Ehe ansteuern wird. Dazu ist er zu eitel, rastlos und davon überzeugt, dass nur Vielfalt Inspiration bringt."

Johanna nickte. So in etwa hatte sie es sich auch vorgestellt. Sie würde mit Louisa ein ernstes Gespräch führen müssen.

Auch Streichers Gedanken waren offenbar zu ihrer Tochter gewandert: „Was Louisa betrifft, so glaube ich, dass sie es bald selbst erkennen wird." Erstaunt blickte Johanna auf. „Ja, ich denke sogar, sie hat bereits seine Ich-Bezogenheit bemerkt. Stellt Euch vor: Schiller hat sich nicht einmal bei ihr bedankt! Ich habe das natürlich in unser beider Namen nachgeholt – aber Eure Tochter ist sehr klug und hat ein feines Gespür. Sorgt Euch nicht, werte Dame Santorini, die Schwärmerei wird bald nachlassen."

---

[85] Diese Redewendung entstand tatsächlich bereits im 17. Jahrhundert und war schon damals eine Umschreibung für einen Verschwender.

„Meint Ihr wirklich?“ Johanna war sich nicht sicher. Immerhin hatte Louisa den Bechtler'schen Starrsinn geerbt.

„Sie gefällt mir übrigens sehr, Eure Louisa.“ Täuschte Johanna sich oder hatte eine zarte Röte Streichers Gesicht überzogen? Wie auch immer – der Pianist setzte zu ihrer Erleichterung sofort hinterher: „Aber nicht, dass Ihr mich falsch versteht: Eure Tochter ist noch jung und mein Interesse zielt nicht in diese ... äh ... Richtung.“ Er verhaspelte sich und Johanna konnte ein Lächeln kaum unterdrücken.

„Sorgt Euch nicht, Streicher, ich weiß, wie Ihr denkt. Von meiner Seite dürft Ihr Louisa gern einmal zu einem Spaziergang ausführen. Oder noch viel besser: Wollt Ihr meiner Tochter nicht Unterricht geben?“

„Unterricht? Ja habt Ihr denn ein Klavier?“ Streicher sah sich suchend um.

„Nein, noch nicht.“ Johanna erhob sich. „Bleibt sitzen, ich hole nur etwas, das ich Euch zeigen möchte.“

Sie verließ den Raum und eilte in ihre Bibliothek. Auf dem Schreibtisch fand sie, wonach sie suchte. Mit dem Papier in der Hand kehrte sie zu Streicher hinter den Paravent zurück und fragte: „Schaut, meint Ihr, das ist ein gutes Angebot?“ Dabei reichte sie ihm den Zeitungsausschnitt, um den es ihr ging.

Streicher las laut vor: *Von dem Instrumentenmacher, Abraham Christian Kliem aus Caßel, ist zu verkaufen ein sehr schoener Fluegel mit zwei Klavieren und 5 Oktaven, auch vielen Veraenderungen, welcher von hiesigen großen Kennern, die ihn bereits erprobet haben, fuer meisterhaft befunden worden ist. Man kann denselbigen bei Herrn Reyling im großen Viehhof besichtigen und erkaufen. Der Verkaeufer aber wird sich nicht lang hier aufhalten. Manheim den 23. September 1782*[86].

„Hm, das klingt sehr gut“, befand Streicher und reichte Johanna das Papier zurück. „Soll ich mir das Klavier in Eurem Auftrage morgen einmal genauer anschauen?“

---

[86] Quelle: Pelker

„Das würdet Ihr tun?“ Dankbar lächelte Johanna ihn an.

„Natürlich. Ihr habt für uns wahrlich schon genug unternommen. Seht es als einen bescheidenen Beitrag aus Dankbarkeit.“ Er erhob sich und fragte höflich: „Wenn ich mich jetzt zurückziehen dürfte?“

„Selbstverständlich.“ Auch Johanna war müde geworden. Es war ein aufregender Tag gewesen. Sie verabschiedete sich von Streicher und wies ihm den Weg hinauf in die Dachkammern. Auf halber Stiege drehte er sich noch einmal um und gestand ihr flüsternd: „Eigentlich darf ich darüber gar nicht reden, aber Schiller steht bereits in Kontakt mit Henriette, jener von Wolzogen, Ihr wisst, wen ich meine, oder?“

Johanna nickte. Worauf wollte er hinaus?

„Wenn hier in Mannheim alles für ihn falsch läuft, wird er wohl zu ihr nach Thüringen reisen. Sie hat dort ein Landgut und ihn eingeladen.“

„Und was ist mit Euch?“ Auch Johanna sprach ganz leise, damit die anderen nicht wach wurden. Streicher zuckte mit den Schultern: „Eigentlich wollte ich ja nach Hamburg. Aber wir werden sehen, was passiert.“ Er nickte ihr noch einmal zu und verschwand in der kleinen Dachstube, die einstmals ihr Zimmer gewesen war. Hoffentlich störte er sich nicht an der mädchenhaften Einrichtung, die sie ganz bewusst für Louisa gelassen hatte.

Während sie sich in ihr komfortables Bett zur Nacht niederlegte, dachte sie über das Gespräch mit Streicher nach. Sie mochte ihn – und er hatte offenbar auch Vertrauen zu ihr gefasst. Hoffentlich würde es ihnen gelingen, für Schiller in Mannheim doch noch Auskommen und Unterkunft zu finden. Es wäre doch zu schade, wenn ausgerechnet die alte Hauptstadt der Kurpfalz einen großartigen Künstler der Mauern verwiese!

Doch genau das passierte: Nachdem Dalberg sich auch weigerte, Schillers neues Drama *Die Verschwörung des Fiesco zu Genua* auf den Spielplan zu setzen, da es ihm zu aufrührerisch erschien, blieb dem Dichter nichts anderes übrig, als das Manuskript zu einem Hungerlohn an Verleger Schwan zu verkaufen. Im Bechtlerhaus lamentierte er ununterbrochen über seine ausweglose Situation und Johanna war wirklich froh, als er gemeinsam mit Streicher zwei Tage später abzog. Wo beide unterkamen, wusste sie nicht.

In der Nacht zuvor hatte sie allerdings noch einen recht amüsanten Abend mit Schiller und Streicher gehabt. Louisa war nicht dabei; sie wurde zurück nach Heidelberg zu Tante Clara geschickt. Insgeheim hatte Johanna jedoch beschlossen, dass sie ihre Tochter spätestens im Winter endgültig nach Mannheim holen würde. Sie war reif und alt genug dafür, ihrer Mutter bei gesellschaftlichen Ereignissen zur Seite zu stehen und würde einen Hauslehrer bekommen. Das hatte Johanna damals auch gehabt und viel dabei gelernt.

Gemeinsam mit den beiden Freunden hatte Johanna an jenem Abend nicht nur zwei Flaschen Wein geleert, sondern auch eine ordentliche Portion Konfekt verputzt. Dabei drehten sich ihre Gespräche beinahe ausschließlich um die Kunst im Allgemeinen und Speziellen – und sogar Schiller schaffte es, einmal nicht nur von sich zu reden. Es waren interessante Diskussionen, die in Johanna vor allem eines weckten: Das Bedürfnis, mehr für Dichter, Musiker, junge Wissenschaftler und bildende Künstler zu tun. In dieser Nacht reifte in ihr der Plan, einen Salon nach französischem Vorbild zu führen – so, wie es Sophia de La Roche auch schon seit Jahren zu tun pflegte. Dabei dachte sie weniger an einen Lesekreis oder ein Damenkränzchen, sondern an eine feste Einrichtung mit vorgegebenen Rahmen, bei der Gäste unterschiedlicher Herkunft und Vorbildung über Dinge wie Literatur, bildende Kunst, Musik und Wissenschaften ins Gespräch kommen sollten. Wie das genau abzulaufen hatte, war ihr noch nicht klar, doch sie würde einfach mit Dorothea Delph darüber reden. Das, was die La Roche regelmäßig in Speyer veranstaltete, musste doch auch in Mannheim ein Erfolg sein! Schiller und Streicher sahen das ähnlich und versprachen, wann immer es möglich sein würde, ebenfalls als Gäste zu erscheinen.

So verabschiedete man sich in Eintracht und Frieden. Als Erinnerungsstück an jene turbulenten Tage und Nächte behielt Johanna das Klavier, das Andreas Streicher tatsächlich für gut befunden hatte und das nun im Salon stand. Er hatte die Lieferung persönlich überwacht und es im Hause Bechtler mit ein paar eigenen Kompositionen eingeweiht. Johanna hatte in dem Moment zum ersten Mal erkannt, welch ein hervorragender Pianist ihr Gast war – und hoffte, dass er bald nach Mannheim zurückkehren würde.

Doch zunächst sah es nicht so aus: Bereits am 3. Oktober verließen Schiller und Streicher die Kurpfalz in Richtung Hessen. Möglicherweise hatte das mit der Tatsache zu tun, dass Kurfürst Carl Theodor unerwartet in der Stadt auftauchte und das höfische Leben den Alltag prägte. Plötzlich war alles wieder wie früher, ehe der gesamte Hof nach München gezogen war: Überall sah man berittene Dragoner, Höflinge promenierten in den breiten Alleen und edle Damen ließen sich durch die Prachtstraßen der Stadt kutschieren. Beinahe jeden Abend fand ein größeres Fest im Schloss statt – häufig mit anschließendem Feuerwerk oder Illumination. Mannheim lebte dabei auf, wie aus einem tiefen Schlaf erwacht, man spürte es förmlich. Sofort wurden Audienzen bei Hofe anberaumt und der Obristküchenmeister ließ groß auf den Märkten einkaufen. Diplomaten aus allen Ländern verkehrten plötzlich in der Stadt, die Wirtshäuser füllen sich und die Preise stiegen.

Johanna bekam von dem ganzen Trubel jedoch nicht allzu viel mit, da sie mit der Planung ihres ersten Mannheimer Salons beschäftigt war. Sie hatte sich für den 23. November als idealen Termin entschieden, da der Kurfürst – so hieß es zumindest – um diese Zeit wieder abzureisen geruhte. Damit waren ihre Chancen größer, dass möglichst viele der Eingeladenen zusagten. Am kompliziertesten war natürlich die Gästeliste: Fest standen für sie ihr alter Vertrauter Anton von Verschaffelt und Dorothea Delph. Dann wollte sie die Dame La Roche sowie den Schauspieler Iffland und den Hofintendanten Dalberg freundlich um ihr Erscheinen bitten; auch Anton Mai sollte gerne dabei sein. Ob Schiller oder Streicher zum Zeitpunkt verfügbar waren, konnte sie noch nicht absehen. Nicht vergessen durfte sie auch die drei Damen, die ihr von Kurfürstin genannt worden waren. Sie fand, das reichte für's erste Mal – schließlich wusste sie auch noch gar nicht so recht, wie der Nachmittag ablaufen sollte. Sie wollte für fünf Uhr am Abend einladen und anfangs Limonade und russischen Tee aus einem Samowar reichen lassen – das war damals in Passy der letzte Schrei gewesen. Etwa eine Stunde später sollte Lucille französisches Konfekt servieren, vielleicht auch noch etwas anderes. Iffland wollte sie darum bitten, dass er ein paar Passagen aus *Die Räuber* rezitierte, damit man über eine gemeinsame Sache ins Gespräch kam. Zur achten Stunde – so plante Johanna – sollte ihr Salon offiziell enden. Schon bald wollte sie die Einladungen schreiben und von Pavel bei den Empfängern persönlich abgeben lassen.

In der Zwischenzeit hatte sie einen kurzen Brief von Andreas Streicher erhalten. Er informierte sie darin mit freundlichen Worten, dass er mit Schiller in Frankfurt weilte, doch auch dort wohl nicht bleiben konnte[87]. Vermutlich lief es also tatsächlich drauf hinaus, dass Schiller nach Thüringen zu seiner Gönnerin reisen würde und Streicher fortan auf sich allein gestellt war. *Unglücklicherweise habe ich unserem in Gelddingen unbedarften Dichter meine gesamte Erbschaft geliehen, die ich hoffe, doch irgendwann einmal wieder zu sehen,* schrieb er in hastig hingeworfenen Zeilen. *Bis dahin werde ich mir mein täglich Brot verdienen müssen und plane daher, in absehbarer Zeit nach Mannheim zurück zu kommen. Wenn es Euch noch genehm ist, werte Dame Santorini, könnte ich dann Eurer Tochter die gewünschten musikalischen Lektionen erteilen...*

[87] Tatsächlich zogen beide Mitte Oktober nach Oggersheim, wo sie sich knapp einen Monat unter falschem Namen verstecken konnten. Wohl kam ihnen dabei die Tatsache zugute, dass Elisabeth Auguste bei Hofe in Mannheim sein musste, um die offiziellen Termine an der Seite ihres Mannes zu begehen.

Johanna freute sich: Vielleicht war Streicher ja sogar zum ersten Salon rechtzeitig da? Dann hätte sie eine musikalische Begleitung, von der man gewiss reden würde!

Doch nicht der Pianist, sondern zwei Beamte der Hofkammer standen ein paar Tage später vor ihrer Tür und verlangten Einlass, um ein ungestörtes Gespräch mit Johanna zu führen. Ihre aufwändige Kleidung mit den feinen weißen Seidenstrümpfen, die in glänzenden Spangenschuhen steckten, wiesen sie eindeutig als Höflinge aus. Beide waren deutlich älter als Johanna, schoben einen Wohlstandsbauch vor sich her und trugen viel zu enge Gehröcke, die vielleicht vor Jahren einmal gut gesessen haben mochten. Der größere der beiden betonte seinen Bauchumfang zusätzlich mit einem albernen großen Knopf, der das Kleidungsstück verzweifelt zusammenhielt. Beide schienen einen ähnlichen Geschmack zu haben, denn ihre Beffchen waren unvorteilhaft opulent und seit mindestens zwanzig Jahren aus der Mode. Am schlimmsten fand Johanna jedoch die Tatsache, dass die Höflinge Rouge auf ihre Wangen verteilt hatten, das ihre dicken Gesichter zusätzliche betonte. Sie fühlte sich unwillkürlich an die Holzputten in der Heidelberger Annakirche erinnert – und das waren keine Meisterwerke. Dennoch, die Höflinge wollten etwas von ihr und sie musste sie vorsichtig und vor allem höflich behandeln.

Johanna ahnte, was der Besuch zu bedeuten hatte: Irgendjemand hatte mitbekommen, dass sie den flüchtigen Schiller zwei Nächte als Gast im Haus gehabt hatte und das an entsprechender Stelle gemeldet. Doch die beiden Herren, die sich zunächst nicht namentlich vorstellten, sondern lediglich mit einem offiziellen Schreiben der Hofkammer wedelten, interessierten sich für etwas anderes. „Sie hat umgebaut, ist den Hofkammer-Architekten zu Gehör gekommen?“, fragte der Größere von beiden und sah sich suchend im gefliesten Vorraum des Hauses um.

„Umgebaut? Ja, natürlich. Hier entlang.“ Irritiert öffnete Johanna die große Flügeltür, die zum Salon führte und bat die Höflinge mit einer entsprechenden Geste hinein. Beide traten mit wichtiger Miene in den weitgehend in grün gehaltenen Raum, der im Sonnenlicht besonders hell und freundlich wirkte. Johanna konnte gut erkennen, dass ihre unerwarteten Besucher in Wirklichkeit aus dem Staunen nicht mehr heraus kamen: Beiläufig berührten sie die Vorhänge und Lehnen der Sessel, studierten das Kristall ihrer Wandleuchter, neigten ihren Kopf weit nach hinten, um die zarten Stuckranken genau betrachten zu können und beugten sich weit nach vorne, um den dunkleren Stern im Parkett heimlich zu bewundern. Das Ganze versuchten die Männer in einer Mischung aus aufgesetztem Desinteresse und eifriger Dienstbeflissenheit zu verbergen, was ihnen jedoch nicht besonders gut gelang. Johanna freute sich still und heimlich darüber, auch wenn der unangekündigte Besuch von Vertretern der Hofkammer nichts Gutes bedeuten konnte. Doch sie hatte mittlerweile gelernt, dass man in solchen Situationen mit Ruhe und Besonnenheit besser beraten war und wartete ab.

„Die Kurfürstliche Baukommission der hochlöblichen Hofkammer interessiert, ob diese ungewöhnlichen Umbaumaßnahmen ordnungsgemäß von Ihr angemeldet und durch die Kammer genehmigt worden sind.“ Wieder sprach der Größere der beiden und baute sich vor Johanna auf, die an der Tür stehen geblieben war.

„Ich gehe davon aus, Euer Gnaden“, antwortete sie selbstbewusst. „Der Kurfürstliche Baumeister Peter Anton von Verschaffelt hat die Arbeiten persönlich überwacht.“

„Verschaffelt?“ Hektisch begann der Beamte in ein paar Papieren zu blättern, die er bislang unter seinem linken Arm eingeklemmt hatte. „Davon ist mir nichts bekannt.“ Er schaute sich noch einmal interessiert um, ließ seinen Kopf wichtig hin und her wiegen und stellte dann fest: „Nun, ein gewisser Kurfürstlicher Stil ist hier gewiss nicht abzustreiten.“

Er winkte den kleineren Beamten zu sich und fragte ihn leise: „Wusstet Ihr, dass Verschaffelt den Bau überwacht haben soll?“ Doch der andere zuckte ahnungslos mit den Schultern, musterte Johanna nun aber mit einem gewissen Interesse.

„Woher kennt Sie den bei Ihren Durchlauchten hoch angesehenen Baumeister?“ Der Größere von beiden wollte es nun genauer wissen.

„Er ist der Ziehvater meines verstorbenen Mannes“, antwortete Johanna wahrheitsgemäß. „Wir hängen sehr aneinander“, fügte sie noch hinzu, um die enge Beziehung, die bei den Herren offenbar etwas galt, zu betonen. „Wann immer er in Mannheim weilt, kommt er mich besuchen. Er wohnt ja ganz in der Nähe.“

Sie lächelte die Herren freundlich an und wagte eine Nachfrage: „Darf ich wissen, welche Edlen Herrschaften mir hier die Ehre ihres Besuches verschafft haben?“ Sie zögerte kurz und fügte dann mit unschuldigem Gesichtsausdruck leise hinzu: „Damit ich Anton davon erzählen kann, wenn er das nächste Mal kommt.“

Die beiden Höflinge schluckten und tauschten unsichere Blicke. Offenbar entglitt ihnen gerade ihre eigentliche Strategie – worum auch immer es dabei eigentlich ging.

„Freiherr Joseph Carolus von Dielheim“, stellte sich der Ältere von beiden vor und deutete eine knappe Verbeugung an. „In der Hofkammer dem ehrwürdigen Staatsminister von Oberndorff direkt unterstellt.“

Johanna schnappte nach Luft. Von Dielheim war zweifellos ein sehr hoher Beamter am Kurpfälzer Hof, genau genommen an dem, was davon noch übrig war. Denn sein Vorgesetzter, der Freiherr von Oberndorff, war, seit Carl Theodor in München residierte, praktisch der Vertreter des Kurfürsten – und das nicht nur in Mannheim, sondern auch im Herzogtum Jülich-Berg. Franz Albert Leopold Fortunat von Oberndorff[88] hatte unter dem Kurfürsten eine bemerkenswerte Karriere gemacht: Als gebürtiger Oberpfälzer war er schon in den Dreißigerjahren unter Kurfürst Carl Philipp an den Mannheimer Hof gekommen und hatte dort als einfacher Page des späteren Herrschers

[88] Von Oberndorff kam am 15. November 1720 in Regendorf zu Welt und verstarb am 29. Mai 1799 in Mannheim.

Carl Theodor gedient. Aus dieser Zeit rührte eine allgemein bekannt tiefe Freundschaft, die ihn nach dem Studium schneller im Staats- und Hofdienst nach oben brachte als andere. Er wurde Regierungsrat, dann Geheimer Rat und Hofrichter – und Anfang der Siebzigerjahre erhielt er offiziell die Ernennung zum Geheimen Staats- und Konferenzminister in sämtlichen Staats-, Reichs-, Kreis-, Hoheits-, Justiz-, Religions- und Polizeisachen. Doch das war noch nicht alles: Denn mit der Vereinigung von der Kurpfalz und Kurbayern wurde er höchster Minister im Land und Statthalter der nun zur Provinz gewordenen Kurpfalz. Jeder kannte ihn hier zumindest namentlich – war von Oberndorff doch Dienstherr sämtlicher Beamten und Behörden, so dass alle Kurfürstlichen Weisungen von ihm gegengezeichnet werden mussten. Oberndorff legte stets viel Wert auf Formalitäten und Abstand zum einfachen Volk, was ihn nicht besonders beliebt machte. Das Schloss, das er mit seiner Familie in Neckarhausen bewohnte, zeigte diesen Dünkel deutlich. Kurz: Von Oberndorff war ein Höfling der allerersten Garde und Johanna fragte sich, was er eigentlich von einer unbedeutenden Musikerwitwe und Arzttochter wollte.

Doch genau das schien ihr der deutlich freundlicher gewordene von Dielheim gerade erklären zu wollen: „Nun, da hier ja baulicherseits offenbar ein Missverständnis vorliegt, komme ich zum eigentlichen Grund unserer Aufwartung..." Er hüstelte verlegen und Johanna verstand plötzlich, was der Unsinn mit der Baugenehmigung sollte. Man hatte sie vorab verunsichern wollen, um ihre Position zu schwächen – warum auch immer. Nun, das war wohl gründlich schief gegangen!

„Es heißt, sie wird einen großen Empfang geben. Man spricht sogar von einer Art Salon." Fragend schaute der Freiherr sie an.

Johanna wunderte sich immer mehr. Wie hatte sich das bereits herumsprechen können? Steckte wieder einmal Dorothea Delph dahinter? Vermutlich. Sie fragte sich nur, warum sich nach der Kurfürstin nun auch der Staatsminister – und damit der verlängerte Arm Carl Theodors – für ihre Pläne interessierte. Sie war doch lediglich eine einfache, aber vermögende Bürgerin mit einigen interessanten Bekanntschaften in Künstlerkreisen – mehr nicht. Aber das schien offenbar genug zu sein, um ins Visier allerhöchster Kreise zu gelangen. Johanna spürte, dass sie vorsichtig sein musste, um ihr Vorhaben nicht schon vor der Premiere in Gefahr zu bringen.

„Ja, in der Tat, Euer Gnaden", begann sie und versuchte, sich möglichst unbedarft dabei zu geben. „Aber aus Eurem Mund klingt es weitaus bedeutender, als es wohl sein wird. Ich plane ein paar Künstler und Freunde einzuladen und möchte damit in kleinem Kreis an die Mannheimer Tradition anknüpfen, offen für die neuen Ideen unserer Zeit zu sein. Mein alter Freund Goethe berichtet mir regelmäßig von ähnlichen Veranstaltungen am Weimarer Hof."

Johanna beglückwünschte sich innerlich zu ihrer klugen Antwort – hatte sie doch gleichzeitig der Eitelkeit des Kurfürsten geschmeichelt und dabei geschickt auf Carl August und seinen Haus- und Hofliteraten hingewiesen, die überall als Vorbilder bei der Förderung von Wissenschaft und Künsten galten.

Von Dielheim hatte ihren Wink verstanden und lächelte gequält, während der andere Höfling immer noch schwieg. Er schien recht zurückhaltend zu sein. Dann ließ von Dielheim die Katze aus dem Sack: „Nun, man goutiert ihre Bemühungen bei Hofe. Offenbar hat sie dort Fürsprecher. Deshalb wünscht man ihre Gästeliste zu bereichern. Sie soll Hofrat Lamey[89] und den jungen von Sturmfelder[90] höflichst bitten. Hier sind die vollständigen Namen für die Einladung." Er reichte ihr ein Papier, das vom Staatsrat höchstpersönlich unterzeichnet war.

Johanna nahm es untertänig entgegen, während sie fieberhaft nachdachte. Nun schickte also auch der Kurfürst eine Art Abordnung, um nicht zu verpassen, was im Bechtlerhaus vor sich

[89] Andreas Lamey lebte 1726 bis 1802 und war u. a. auch Gründer der *Mannheimer Zeitung*.

[90] Franz Friedrich von Sturmfeder (1758-1828) wurde später Generalvikar und Bistumsverweser in Augsburg.

ging. Während ihr jedoch vor den hochnäsigen Hofdamen Elisabeth Augustes heimlich graute, war Hofrat Lamey ein durchaus interessanter Gast. Er stand der Mannheimer Bibliothek vor und war immerhin Sekretarius der Akademie. Wenn einer über Bücher und Literatur etwas zu sagen hatte, dann sicherlich er. Über Franz Friedrich von Sturmfeder wusste sie jedoch nicht viel. Sein Name war ihr irgendwann einmal untergekommen, doch sie konnte sich nicht erinnern in welchem Zusammenhang. Er war wohl Mannheimer, an den Wissenschaften sehr interessiert; allerdings hieß es auch, er sei bigott und strebe eine theologische Laufbahn an. Auf jeden Fall würde er vom Alter her zu Schiller und Streicher passen. Warum der Hof aber ausgerechnet ihn zu ihr schicken wollte, konnte Johanna sich nicht erklären. Vermutlich besserte er sein Salär durch kleinere Spionagetätigkeiten auf. Nun, im Bechtlerhaus würde er wohl kaum auf seine Kosten kommen.

Von Dielheim suchte umständlich etwas in seinen Papieren und brachte dann ein weiteres Schreiben mit dem Siegel der Hofkammer zum Vorschein, das er Johanna mit den Worten gab: „Sie soll durchaus erwähnen, dass sie mit allerhöchster Durchlauchtigster Erlaubnis einlädt."

Johanna nahm das Dokument entgeistert in Empfang. Es erhöhte die Wahrscheinlichkeit, dass ihre Einladungen in gewissen Kreisen angenommen wurden, ganz erheblich! Auch wenn sie nach wie vor nicht verstand, worin das Kurfürstliche Interesse an ihrem Salon bestand, freute sie sich insgeheim. Sie fragte sich allerdings langsam, welche Überraschung der zweite Abgeordnete der Hofkammer, der bis dato kein Wort gesprochen hatte, noch für sie bereithielt.

„Sie soll auch den Geheimen Hofrat Feylner[91] kennenlernen", führte von Dielheim ihre Gedanken tatsächlich fort und winkte

[91] Hans Simon Feylner, geboren 1726 in Weiden, ist von 1775 bis 1788 Direktor der Frankenthaler Porzellanmanufaktur. Ihm wird ein neues Königsblau zugeschrieben, das angeblich dem berühmten Sèvres-Blau sehr nahe kam. Außerdem sollen eine schwarze Unterglasurfarbe, ein „bleu céleste" und ein neuartiges Golddekor seine Erfindungen sein. Er starb 1798.

den kleineren Mann zu sich. „Er leitet seit sieben Jahren die Frankenthaler Porzellanmanufaktur und ist den Künsten sehr verbunden."

Hofrat Feylner verbeugte sich kurz und ergänzte: „Sie hat mit uns einen gemeinsamen Bekannten: Stephan von Stengel. Ich durfte für ihn im Biberacher Schloss tätig sein. Stuckaturen à la Porcellain vom Feinsten. Ein Herr mit ausgesprochen gutem Geschmack. So wie sie auch. Ihre Deckengestaltung ist delikat und das Mobiliar à la mode."

Er sprach merkwürdig abgehackt und kam dem Dialekt nach, den er nicht verleugnen konnte, aus der Oberpfalz. Da Johanna selbst viele Jahre in Amberg gelebt hatte, erkannte sie das sofort. Immerhin schien Feylner ihr wohlgesonnen – hatte er ihr doch sogar ein Kompliment gemacht und eine gemeinsame Bekanntschaft betont. Das war eine große Ehre, und Johanna bedankte sich mit einem angedeuteten Knicks, auch wenn sie lieber nicht an von Stengel erinnert worden wäre.

„Sie wird auch den Geheimen Hofrat zu ihrem Salon bitten, nicht wahr?", mischte sich von Dielheim wieder ein. Das war keine Frage, sondern ein Befehl - soweit verstand Johanna die höfische Diktion mittlerweile. Lächelnd wandte sie sich daher an Feylner und sagte: „Es ist mir eine große Ehre." Sie ahnte zu dem Zeitpunkt ja noch nicht, dass der zurückhaltende ältere Herr und freundliche Hofrat für sie der kostspieligste Gast werden würde.

„Nun gut. So wollen wir sie bei ihren Vorbereitungen nicht länger aufhalten." Von Dielheim gab Hofrat Feylner ein Zeichen und steuerte auf die Haustür zu. „Ihr Salon ist wirklich sehr exquisit geworden", ließ er sich zum Abschied noch herab zu bemerken, und Johanna versank in einen tiefen Knicks, während sie innerlich frohlockte. Bald würde ganz Mannheim wissen, dass sie einen der schönsten und modernsten Empfangsräume der Stadt besaß, da war sie sich ganz sicher. Eine bessere Werbung konnte ihrem ersten Salon gar nicht vorangehen!

Endlich war es soweit: Johanna hatte die letzten Oktobertage, die ziemlich verregnet waren, dazu genutzt, ihre Einladungen zu schreiben und zu versenden. Die wichtigen Persönlichkeiten von Rang und Adel erhielten von ihr eine *allerhöflichste Invitation mit Kurfürstlichem Placet* und dem Hinweis, dass sie sich über *Ihre ehrenvolle Anwesenheit in einem bescheidenen Salon aufs Vortrefflichste freute.* Diese Version ging an Hofrat Lamey, Hofintendant von Dalberg, den Schauspieler Iffland, den Geheimen Rat Feylner, den Verleger Schwan, Miria Cordula von Pigage, der Frau von Verschaffelts Intimfeind Nicolas Pigage, Elisabetha Augusta Basconi, einer Freundin von Dorothea Delph und ehemalige Kammerdienerin der Kurfürstin sowie an Sophie de La Roche. Bei den drei Hofdamen der Kurfürstin, Antonia Freifrau von Sickingen, Theresia Freifräulein von Helmstatt und Elisabeth Augusta von Vieregg, verzichtete sie wohlweislich auf den Kurfürstlichen Zusatz, um Elisabeth Auguste, die mit ihrem Gatten ständig stritt, nicht zu verärgern. Lediglich Peter Anton von Verschaffelt und Anton von Mai wurden von ihr informell angeschrieben, auch wenn sie durchaus zu den bedeutenden Persönlichkeiten der Stadt zählten. Ebenso so freundschaftliche Einladungen gingen natürlich an Dorothea Delph, den Dichter Friedrich Schiller und den Pianisten Andreas Streicher.

Bis auf die beiden letztgenannten sagten tatsächlich alle eingeladenen Gäste zu, was für Johanna bereits im Vorfeld ein kleiner Triumph war. Sie konnte ihre scheinbare Beliebtheit jedoch richtig einordnen und wusste, dass ihre Gäste größtenteils aus Kalkül, auf Befehl oder aus Neugier kamen. Aber das war ihr egal. Sie wollte alle als Gastgeberin und elegante Salonière überzeugen, damit ihr Haus zum Inbegriff für den gehobenen Austausch über Kunst, Literatur, Musik und Wissenschaften werden würde. Entscheidend war, dass nichts schief ging, ihre Auswahl an Getränken und Konfekt passte – und dass sie als kluge und das interessante Gespräch fördernde Gastgeberin überzeugte. Johanna war sich dessen bewusst, dass sie ihre Ziele wahrlich hoch gesteckt hatte, doch Dorothea machte ihr Mut: „Wer nichts wagt, gewinnt auch nichts!“, war ihre Devise.

Je näher der 23. November rückte, desto aufgeregter wurde Johanna. Glücklicherweise wurde sie in der Woche vor dem Salon durch ihre Tochter abgelenkt: Sie hatte Louisa versprochen, zur Adventszeit nach Mannheim übersiedeln zu dürfen und daher die Stelle eines Hauslehrers ausgeschrieben. Die beiden Bewerber, die in die engere Wahl kamen, stellten sich bei ihr persönlich vor. Mathias Freudenberg und Ludwig van Tholen hatten trotz ihres noch recht jungen Alters hervorragende Referenzen und jeweils ein abgeschlossenes Studium des Rechts und der Literatur. Während Freudenberg jedoch stets innerhalb der kurpfälzischen Landesgrenzen geblieben war, hatte sich van Tholen, der flämische Vorfahren hatte, in der Welt umgeschaut und Italien, Frankreich, Russland und zahlreiche deutsche Herzogtümer bereist. Das war für Johanna das ausschlaggebende Argument, sich für ihn als Hauslehrer zu entscheiden – zumal er neben flämisch und französisch auch die italienische Sprache beherrschte. Sie informierte Louisa per Brief über die Anstellung und bat Tante Clara darin gleichzeitig, die Weihnachtstage gemeinsam mit ihnen in Mannheim zu verbringen.

Dann war es endlich soweit. Johanna hatte sich für eine klassische Contouche[92] aus mintgrüner Atlasseide entschieden, die perfekt mit der Einrichtung ihres Salons harmonierte. Das enge Mieder und der weit aufbauschende Rock zeigten jedem, dass sie für ihr Alter eine schöne und weibliche Figur besaß. Sie hatte allerdings bewusst auf den an sich üblichen Reifrock darunter verzichtet, sondern trug verstärkte Unterröcke, die im Ansatz den Reifrock imitierten, jedoch nicht so unpraktisch starr waren und ihr trotzdem eine elegante Silhouette verliehen.

Die schmalen Ärmel ihres Kleides reichten bis zum Ellenbogen, wo sie in einem entzückenden Spitzenvolant endeten. Auch am Mieder befand sich ein dezenter Volant aus Brüsseler Spitzen, dazu ein paar florale Stickereien. Das Mieder selbst war ausgesprochen unbequem, fand Johanna und war ihr von Lucille am Nachmittag eng im Rücken geschnürt worden. Es war mit cremefarbener Baumwolle gefüttert und sorgte für ein

[92] Andere Bezeichnung für Robe à la francaise

tiefes und prachtvolles Dekolleté, in dessen Ausschnitt Johanna sich ein Fichu[93] gesteckt hatte. Unter allem trug Johanna ein wadenlanges Baumwollhemd. Zur Feier des Tages hatte sie ihre kostbaren Seidenstrümpfe angelegt, die mit silbernen Blüten zart bestickt waren. Dazu trug sie Absatzschuhe aus silbergestreiftem Atlas. Ihren Hals zierte ein schlichtes grünes Samtband mit einem Medaillon als Anhänger, in dem sich Miniaturen ihrer Kinder befanden. Jean hatte es ihr einmal geschenkt und sie hing sehr daran. Johanna hoffte, dass es ihr heute Glück bringen würde. Auch ihre Haartracht verriet Geschmack, aber dezente Zurückhaltung: Sie trug es nur leicht aufgetürmt, ungepudert und lediglich mit einem Silberband darin verziert. Ein kostbarer Seidenfächer rundete das Gesamtbild elegant ab.

Eigens für diesen Anlass hatte sie ihrem Kammerdiener eine Livree schneidern lassen, die sich ebenfalls an den Farben ihrer Einrichtung orientierte: Zu einer schwarzen Hose, die in hohen Stiefeln mit Stulpen steckte, trug er mit stolz geschwellter Brust ein zartgrünes Hemd unter einem dunkelgrünen Leibrock mit silbernen Knöpfen. Ein Haarbeutel aus schwarzem Taft hielt seine bereits mit grauen Fäden durchzogene Haarmähne im Zaum und verlieh ihm zusätzlich Würde. Auch Lucille hatte ein neues Kleid mit Schürze und Haube bekommen, da sie die Gäste im Antichambre, also dem Bechtler'schen Hausflur, empfangen sollte und für die Garderobe verantwortlich war. Pavel sollte später im Salon Getränke servieren, während Lucille Konfekt und Lokum, eine osmanische Süßigkeit, reichen würde, die gerade sehr en vogue war.

Wie vereinbart trafen Anton Verschaffelt und Dorothea Delph eine halbe Stunde vor der Zeit ein, um Johanna bei der Begrüßung der Gäste zur Seite zu stehen. Auch die Delph hatte sich ordentlich zurecht gemacht und kam – nicht ganz altersgemäß – in einem Traum aus rosa Seide, Tüll und Schleifchen. Im Gegensatz zu Johanna, die nur leicht Rouge und einen Rosenduft aufgelegt hatte, war sie darüber hinaus auch noch stark geschminkt. Verschaffelt hingegen strahlte in seiner strengen

[93] ein zartes weißes Batisttuch

blau-weißen Hofkleidung eine stille Würde und vor allem Gelassenheit aus, was Johanna einigermaßen beruhigte. Sie ließ ihren Blick noch einmal prüfend durch ihren Salon gleiten, der durch die vielen Leuchter und Kandelaber hell erstrahlte und funkelte. Jetzt konnte es losgehen.

Schlag fünf Uhr trafen die ersten Gäste ein: Lucille nahm Hofintendant von Dalberg und Hofrat Lamey die Mäntel ab; Pavel geleitete sie in den Salon, wo sie Johanna freundlich interessiert begrüßen. Dann spazierte sie gemeinsam durch den Raum und bewunderten sichtlich beeindruckt Ausstattung und Mobiliar.

Es folgten die drei Hofdamen der Kurfürstin, die Johanna von oben herab zunickten. Man sah ihnen deutlich an, dass sie es als unter ihrer Würde empfanden, einen bürgerlichen Empfang zu besuchen. Glücklicherweise erkannte Verschaffelt sofort die Situation und erbarmte sich, indem er es irgendwie schaffte, die gelangweilten Damen in ein anregendes Gespräch zu verwickeln. Geschickt steuerte er dabei auf zwei Sofas in der Raumecke zu, wo er sie abseits vom Geschehen platzierte.

Der nächste Gast war der junge Iffland. Er erschien in Begleitung eines Herren, der Johanna wohl bekannt war und ihr einen gehörigen Schrecken einjagte: Es war jener seltsame Kerl, der sich mit ihr so merkwürdig auf dem Heidelberger Schlossaltan unterhalten hatte. Aus dem Augenwinkel sah sie, dass auch Dorothea Delph erstaunt zur Tür starrte; offenbar verblüffte sie die Anwesenheit des Mannes, der ihr soeben von Iffland als „Freiherr Jacob von Bardenfleth zu Buchenclau“ vorgestellt wurde. Mechanisch reichte Johanna ihm die Hand zum Kuss, während sie sich in Gedanken daran zu erinnern versuchte, was die Delph ihr über diesen unerwarteten Gast erzählt hatte. Irgendein tragisches Ereignis war in seinem Leben passiert, und seine Herkunft war auch umstritten. Dafür bewegte er sich aber sehr selbstbewusst und gewandt, empfand Johanna. Außerdem war er bislang der am besten gekleidete Mann im Raum: Erlesene Stoffe und das Farbzusammenspiel unterschiedlicher Blautöne unterstrichen seine nordische Erscheinung sehr gut.

„Ihr kennt unsern Schiller recht gut, wurde mir zugetragen?" Ifflands Frage, die eher einer Feststellung glich, unterbrach ihre Gedanken.

„Nun ja, er war bereits mein Gast", gab Johanna zu, was ein anerkennendes Nicken des ausgesprochen gut aussehenden Schauspielers zur Folge hatte. Sie nutzte die Gelegenheit, Iffland direkt um eine spätere Kostprobe seines Könnens zu bitten. Er sagte sichtlich geschmeichelt zu.

„Ich schätze Schiller sehr", nahm er den Gesprächsfaden wieder auf, wobei Johanna seine wundervolle Intonation und akzentuierte Redeweise angenehm auffielen. „Er wird noch Großes vollbringen, nicht wahr, Jacob?" Damit lächelte der Schauspieler Bardenfleth kurz zu und erklärte Johanna: „Der Freiherr und ich hatten in Gotha einen gemeinsamen Freund, den wir beide sehr schätzen. Kanntet Ihr Conrad Ekhof[94]?"

Doch ehe Johanna antworten konnte, wurde sie durch die gleichzeitige Ankunft der Damen von La Roche und von Pigage mit dem Geheimen Rat Feylner abgelenkt. Dank Dorothea Delph ging die Begrüßung unverkrampft und reibungslos über die Bühne, sodass Johanna sich mit ihren ranghöchsten Gästen Lamey und Feylner etwas intensiver beschäftigen konnte. Praktischerweise übernahm letzterer es, Lamey in die besonderen Techniken einzuweihen, die für die Ausstattung dieses Salons erforderlich gewesen waren – man merkte durchaus, dass der Geheime Rat bereits selbst im Manufakturwesen gearbeitet hatte. Er wusste gutes Handwerk zu schätzen. Johanna geleitete die beiden Herren zu den einzigen Sesseln im Raum. Dabei ging ihr durch den Kopf, ob Lamey ihren Salon

[94] Conrad Ekhof (1720-1778) war im 17. Jahrhundert ein bekannter deutscher Schauspieler. Er gilt als „Vater der deutschen Schauspielkunst", da er diverse Theater gründete und Akademien ins Leben rief. Die Stadt Gotha ehrt Ekhof jährlich im Sommer mit den Ekhof-Festspielen; seine bedeutendsten Jahre hatte dieser jedoch nach 1767 in Hamburg, wo er am neu eröffneten Nationaltheater mit Gotthold Ephraim Lessing zusammenarbeitete. Auch Iffland lernte Ekhof 1777 in Gotha als Schauspiellehrer kennen und schätzen; von Bardenfleth war ihm ein paar Jahre zuvor in Schwerin über den Weg gelaufen.

wohl in seiner Zeitung erwähnen würde. Fragen wollte sie ihn allerdings auf keinen Fall.

Endlich trafen die letzten Gäste ein: Johanna begrüßte zunächst Dorotheas Freundin Elisabetha Augusta Basconi, die mindestens genauso unpassend und für ihr Alter viel zu jugendlich gekleidet war wie die Delph. Sie konnte das verächtliche Schnauben der drei Kurfürstlichen Hofdamen durch den ganzen Raum hören und musste sich ein Lachen verbeißen. Sie würden Elisabeth Auguste einiges zu erzählen haben, vermutete Johanna – doch ob das genau jene Dinge waren, die die Kurfürstin interessierten?

Nachdem auch Anton von Mai und Verleger Schwan den Salon betreten hatten, schloss Lucille die Flügeltüren. Nun reflektierten die Spiegel auf den Türinnenseiten zusätzlich das Licht der vielen Kerzen, was den Raum noch prachtvoller und heller erscheinen ließ. Zufrieden schaute Johanna sich um: Jeder Gast schien bereits in ein angeregtes Gespräch vertieft. Erstaunt bemerkte sie, dass Schwan und Bardenfleth sich ebenfalls zu kennen schienen. Einem spontanen Impuls folgend gesellte sie sich zu der kleinen Gruppe, die aus Iffland, Schwan, Bardenfleth und Madame de Pigage bestand.

„Wenn er nur nicht so schwäbeln würde“, hörte sie Bardenfleth gerade seufzen, woraufhin Iffland, Schwan und er selbst in vergnügtes Lachen ausbrachen. Johanna erklärte unterdessen Madame de Pigage den Zusammenhang und grinste dabei in sich hinein. Es ging also anderen auch so, dass sie die Konversation mit dem jungen Dichter zumindest als befremdlich erachteten. Prompt gab Iffland die Geschichte mit der abgebrochenen Lesung von Schillers Texten zum Besten, und man amüsierte sich köstlich auf Kosten des Schwaben.

Johanna glitt weiter durch den Raum und gesellte sich zu Lamey und Feylner, vor deren Sesseln sich die Damen Delph und Basconi in Position gebracht hatten.

„Ganz liebreizend, dieser Pavillon“, bemerkte Dorothea gerade mit ihrer durchdringenden Stimme und strahlte Feylner an. „Stammt nicht auch diese entzückende Schäferszene von Euch, bei der ein junger Mann seiner Holden die Flöte hält, während er ihr perlmuttweißes Dekolletee bewundert und ein gelangweilter Ziegenbock ein wenig Melancholie verströmt?"

Johanna blieb fast das Herz stehen und der Frankenthaler Hofrat lief im Gesicht rot an. Sie kannte das Ensemble: Es war als erotische Dekoration konzipiert und höchst zweideutig in seiner Aussage. Offenbar war Feylner nicht daran gewöhnt, von Damen so direkt darauf angesprochen zu werden. Lamey rettete jedoch die Situation, indem er nonchalant auf das neue Blau zu sprechen kam, mit dem die Frankenthaler Manufaktur derzeit von sich reden machte: „Auch das können wir dann so gut wie die Franzosen", tönte er und schaute die Damen Beifall heischend an.

„In der Tat", bestätigte die Basconi, „bald wird Versailles sich Inspiration in Mannheim holen."

„Nein, meine Liebe, köstlich! Und diese Mischung, einfach superbe! À la France et à la Turque, comme il faut ", unterbrach Dorothea das Gespräch und starrte auf die Etageren, die Lucille in diesem Moment hereinbrachte. Sie hatte in den vergangenen Tagen allerlei Konfekt nach französischem Rezept gezaubert und dies jetzt hübsch verziert mit türkischem Lokum auf den Tellern angerichtet. Das sah nicht nur besonders ansprechend aus, sondern versprach auch feinsten Genuss. Sogar die drei Hofdamen der Kurfürstin griffen beherzt zu, während Pavel russischen Tee servierte.

Die Runde um Verschaffelt, Antonia Freifrau von Sickingen, Theresia Freifräulein von Helmstatt und Elisabeth Augusta von Vieregg hatte sich mittlerweile vergrößert: Anton von Mai und Sophia de La Roche waren hinzugestoßen und man unterhielt sich recht angeregt darüber, wie man sich am besten bei drohender Influenza verhielt.

„Ihre Durchlaucht die Kurfürstin pflegt dann zu fasten", bemerkte Freifrau von Sickingen, „aber das schwächt sie immer so sehr." Sie schlug sorgenvoll die Augen nieder.

„Nun“, brachte von Mai sich leise räuspernd ins Gespräch, „ich denke das Wichtigste ist, dass man sich vor der Ansteckung hütet und Menschenansammlungen meidet.“

„Für Ihre Durchlaucht geradezu ein Ding der Unmöglichkeit!“, ereiferte sich Gräfin Vieregg, „bei all ihren repräsentativen Verpflichtungen!“

Von Mai und Verschaffelt nickten nachdenklich.

„Am besten wäre es doch“, ließ Verschaffelt sich vernehmen, „man könnte eine Medizin erfinden, die von vorneherein vor der Grippe schützt. Gibt es da gar nichts, werter von Mai?“

Doch der schüttelte bedauernd den Kopf. „Nein, leider nicht. Ich bezweifle auch, dass so etwas je möglich sein wird[95]. Also heißt es weiterhin: Aufpassen!“

„Sagt, Euer Fräulein von Sternheim – habt Ihr sie wirklich gekannt?“, wollte das Freifräulein von Helmstatt plötzlich von der La Roche wissen. Diese beugte sich mit einem gütigen Lächeln zur Hofdame hinüber und begann mit ihrer leisen und wohltuenden Stimme über die Entstehungsgeschichte ihres Romans zu plaudern. Offenbar hatte das Buch den drei Damen gefallen, denn schon bald vertieften sie sich bis in Details in das Geschehen, das die La Roche in Briefen erzählt hatte, und wollten dieses und jenes ganz genau wissen. Verschaffelt und von Mai nutzten die Gelegenheit und entfernten sich höflich.

Das war der perfekte Zeitpunkt, um mit Schiller zu beginnen, fand Johanna und wollte Iffland gerade das verabredete Zeichen für seine Deklamation geben, als ein Tumult vor der Tür alle Gespräche verstummen ließ.

„Doch, Ihr *müsst* mich sogar einlassen!“, tönte eine wütende Männerstimme und es folgten Geräusche, die nach einer Rangelei klangen.

---

[95] Hier irrte von Mai – die Grippeimpfung wurde allerdings erst zwei Jahrhunderte später flächendeckend eingeführt.

„Nein, pas du tout[96]!" Lucilles Stimme hatte zu einem Johanna bislang unbekannten energischen Ton gefunden. „Monsieur steht nicht auf der Gästeliste."

Entsetzt suchte Johanna den Blick von Pavel, der bereits mit großenSchritten zur Flügeltür eilte. Was ging dort nur vor?

„Sie ist meine Verlobte, so glaubt mir doch!" Zornig versuchte der Mann es erneut. Johanna kannte die Stimme irgendwoher, konnte sich jedoch nicht genau erinnern.

„Meine 'errin ist nicht verlobt", belehrte Lucille ihn lautstark – und wieder hörte es sich so an, als ob sie die Flügeltür mit körperlichem Einsatz verteidigte.

Unterdessen war auch Verschaffelt aufmerksam geworden. Energisch schloss er sich Pavel an – nicht ohne Johanna zuvor beruhigend zuzunicken. Gemeinsam öffneten beide Männer die Tür und ließen damit den Blick auf ein ungleiches Paar frei: Lucille, die kleine Französin, hatte sich breitbeinig vor einem hochgewachsenen und nicht besonders gut gekleideten jungen Mann aufgebaut, zu dem sie mit hochrotem Kopf aufgebracht hinaufblickte. Der wiederum versuchte an ihr vorbeizukommen, indem er sie beiseiteschieben wollte, doch Lucille entwickelte scheinbar ungeahnte Kräfte. Als nun jedoch die Tür weit aufging, erschraken beide und blieben wie angewurzelt stehen.

„Was ist hier los?", fragte Verschaffelt mit strenger Mine und stützte dabei die Hände in die Hüften. „Was wollt Ihr hier?"

„Ich wollte Johanna meine Aufwartung machen ...", murmelte der Angesprochene nun etwas weniger selbstsicher und fügte hinzu: „Sie ist meine ..."

„Die Dame Santorini ist weder verlobt noch pflegt sie Kontakt mit dahergelaufenen Studenten. Zieh ab, Ernst, sonst wird das schlimme Folgen für Dich haben!" Verschaffelt machte Pavel ein Zeichen. Dieser trat an Lucilles Seite und half ihr, den jungen Mann, den Johanna nun mit großem Schrecken als ihren

[96] Franz.: absolut nicht

lästigen Verehrer aus Heidelberg wiedererkannt hatte, hinauszubefördern.

„Bitte, man lasse sich durch den Vorfall nicht stören“, wandte Verschaffelt sich an die Anwesenden im Salon und holte sie damit aus ihrer schweigenden Entgeisterung. Augenblicklich setzte allgemeines Getuschel ein und Johanna hatte einige Mühe, die Aufmerksamkeit ihrer Gäste zu erlangen. Schließlich griff sie nach einer Teetasse und schlug mit einem Löffel dagegen.

„Werte Gäste, unser hochgeschätzter Hofschauspieler Iffland wird nun ein paar Kostproben seines Könnens geben und einige Sätze des Franz Moor von Friedrich Schiller rezitieren.“ Stolz und gespannt nickte sie Iffland zu, der sofort mit seiner Darbietung begann. Wie ein Irrsinniger spuckte er die Worte in den Raum, mal laut und drohend, dann wieder leise und verletzlich. In ihm erwachte Schillers Figur beängstigend nah zum Leben und entfaltete erst den Sturm und die Kraft, die sich dahinter verbargen. Nicht einen Moment zweifelte Johanna daran, dass es tatsächlich Moor war, der hier in ihrem Salon seinen Zorn und seine Trauer ausspie – und auch den anderen schien es ähnlich zu gehen. Konnte es einen besseren Darsteller für diese Rolle geben?

Mit Tränen in den Augen bedankte Johanna sich bei Iffland, nachdem dieser den wohlverdienten Applaus entgegen genommen hatte. „Ihr seid Franz Moor“, stammelte sie gerührt, „Jetzt verstehe ich voll und ganz, warum Schiller so viel von Euch hält.“

Sichtlich erfreut nahm Iffland das Lob entgegen. Kurze Zeit später waren jedoch alle Gäste wieder in ihre Gespräche vertieft, und es entstand nicht – wie von Johanna geplant – ein allgemeiner Austausch über Schiller und sein Werk. Es schien zwar niemanden zu stören, doch Johanna war enttäuscht. Was hatte sie nur falsch gemacht? Eine Darbietung von Iffland war doch die beste Voraussetzung für eine anschließende Diskussion. Und trotzdem tuschelten die adligen Damen von Hof der Kurfürstin mit der La Roche weiter über den unangenehmen

Vorfall mit dem aufdringlichen Studenten, während sich Bardenfleth, Schwan und Iffland gemeinsam mit Mai flüsternd über Erotica und ihre naturgetreuen Abbildungen austauschten. Verschaffelt hatte sich dazu herabgelassen, eine höfliche Konversation mit der Gattin seines ärgsten Konkurrenten Nicolas de Pigage zu beginnen – und Dorothea Delph löcherte Lamey zusammen mit der Basconi über den neusten Hofklatsch. Lediglich Feylner wirkte ein wenig unkonzentriert und ließ seinen Blick durch den Salon schweifen, bis er die Gastgeberin allein herumstehend entdeckte und sich aus seinem Sessel erhob.

Johanna, die sich in diesem Moment endlich auch ein Stück von dem köstlichen Konfekt genehmigen wollte, hielt inne, als der Geheime Hofrat direkt auf sie zusteuerte.

„Werte Dame Santorini, lass' Sie sich nicht stören in ihrem Genuss", begann dieser umständlich. „Ich hätte aber noch etwas mit Ihr zu besprechen, das von Kurfürstlicher Dringlichkeit ist." Bei den letzten Worten hatte er seine Stimme deutlich gesenkt.

Johanna horchte auf. Das klang nach Ungemach. Mit ihren Augen suchte sie Verschaffelt, doch der war mittlerweile in ein vergnügtes Gespräch mit Madame de Pigage verwickelt. Genau genommen schien tatsächlich niemand zu bemerken, dass sie mit dem Frankenthaler Abgeordneten der Hofkammer allein vor einem der Fenster zur Straße stand und verlegen ein Stück Konfekt von einer Hand in die andere schob. Schließlich konnte sie es doch jetzt nicht in Mund stecken!

„Sie verfügt ja über ein beträchtliches Vermögen", raunte Feylner ihr nun ins Ohr. „Der Kurfürst wünscht, dass Sie es zu einem Teil staatsdienlich anlegt."

Johanna schluckte.

„Ganz köstlich, Euer Konfekt!" Freiherr von Bardenfleth war unbemerkt hinzugetreten und schob sich eine Praline in den Mund. Der Geheime Hofrat fuhr auf und starrte ihn in einer Mischung aus Verlegenheit und Ärger an, schließlich hatte der Mann eine wichtige Unterhaltung gestört.

Doch Bardenfleth ignorierte die Feindseligkeit, die ihm von Feylner entgegenschlug, und mischte sich ungeniert in das vertrauliche Gespräch ein! „So verratet doch einem treuen Anhänger Eurer Manufakturkunst, was eine *staatsdienliche Anlage* ist. Es könnte mich auch interessieren ..." Bildete Johanna es sich nur ein oder hatte der Freiherr ihr gerade vergnügt zugeblinzelt?

„Äh ... ja..." Feylner war spürbar aus dem Konzept gebracht, doch Johanna wollte es nun auch wissen: In was wünschte der Kurfürst Johannas Erbe investiert zu sehen?

„Nun, wie Sie sicherlich weiß", startete der Manufaktur-Direktor einen neuen Versuch, „ist Frankenthal nicht zuletzt durch den neuen Kanal ein wichtiger Produktionsstandort geworden. Endlich können unsere Güter schnell und sicher zum Rhein gebracht werden – und von dort aus in das ganze Reich. Es fehlt nur noch etwas an Auslastung, da viele hohen Herrschaften aus Unwissenheit immer noch in Frankreich ordern." Er seufzte schwer. „Dabei ist die Qualität unseres Porcellains ganz exquisit. Ihre Durchlaucht die Kurfürstin weiß sie zu schätzen und bestellt viel bei uns."

Erwartungsvoll schaute er in Johannas Gesicht. Die wiederum verstand immer noch nicht, was Feylner von ihr wollte. Bardenfleth hingegen war scheinbar sofort im Bilde und fragte interessiert nach: „Ihr möchtet also, dass die Dame Santorini in Eure Manufaktur investiert?"

„So könnte man es sagen, ja." Der Geheime Hofrat schien geradezu erleichtert, dass es endlich ausgesprochen war.

„Ich soll in Porcellain investieren?" Johanna war entsetzt. Die Frankenthaler Geschäfte liefen nicht so besonders gut, hieß es, und der Kurfürst habe sich da in etwas verrannt, das keine Zukunft hatte[97]. Dafür sollte sie das Erbe ihrer Kinder ausgeben?

---

[97] In der Tat wurde die Produktion bereits 1799 wieder eingestellt.

„Und an welche Höhe der Beteiligung dachtet Ihr?“ Johanna staunte, Bardenfleth war wirklich ganz schön dreist. Auch Feylner wusste nicht so recht, wie er mit der Situation umgehen sollte. Offenbar entschied er jedoch für sich, dass der Freiherr ein enger Vertrauter Johannas war und gab bereitwillig Auskunft: „Wir dachten an eine einmalige Zahlung von 10.000 Gulden[98] – mit Abwicklung über die höfische Generalkasse.“

„Ah ja.“ Bardenfleth überlegte einen Moment und zwinkerte Johanna zu – diesmal war sie sich ganz sicher. Ihr selbst wurde heiß und kalt. Die Summe war ein kleines Vermögen, die sie zwar in mehrfacher Höhe als Goldmünzen in einem Geheimversteck besaß, aber wer konnte das schon wissen?

„Und die Gegenleistung? Was bekommt die Dame Santorini dafür?“

Johanna hielt den Atem an. Dieser Bardenfleth war nicht nur ungeniert, sondern geradezu frech. Hoffentlich würde es nicht noch einen Eklat geben! Doch Feylner schien begriffen zu haben, dass der Freiherr aus einem nicht besonders attraktiven Angebot ein Geschäft machen wollte und fügte sich. Es war offensichtlich, dass Feylner solche Gespräche nicht häufig führte – wohl, da er sich lieber der Kunst widmete, vermutete Johanna. Und Bardenfleth schien ein ausgesprochen gutes Gespür für Menschen zu haben, sonst hätte er einen solchen Vorstoß nicht gewagt.

„Nun, an was dachtet Ihr denn?“ Ratlos schaute Feylner zu dem mehr als einen Kopf größeren Freiherren hinauf.

„Tja, an was dachten wir?“ Auffordernd gab er die Frage an Johanna weiter, fügte aber noch hinzu: „Vielleicht ein schönes Tafelservice für...“ – erschaute sich im Raum um und schien zu zählen – „... sagen wir für 20 Personen, so wie es jetzt modern ist, also auch mit diesen merkwürdigen Forken?“

„Ja, genau so etwas würde gut passen“, führte Johanna Bardenfleths Überlegungen fort. „Farblich sollte es die Stimmung

[98] Das entsprach damals in etwa dem Jahresgehalt eines Staatsministers.

meines Salons dezent widerspiegeln. Und natürlich motivisch dazu passen. Wie wäre es mit..." Ihr fiel partout nichts Passendes ein.

Hilflos wandte sie sich an den Freiherren, der ihre Idee elegant aufgriff und feststellte: „Musicalia würden passen. Und Motive, die mit der Literatur zu tun haben. Sie könnten berühmte Werke zitieren, nicht wahr?"

Johanna war fassungslos: Was fiel diesem Bardenfleth nur alles ein? So etwas hatte sie noch nie gesehen. Dem Geheimen Hofrat war das Gesicht geradezu entglitten, als er von der komplizierten Aufgabe hörte. Dennoch nickte er ergeben und versprach, die Produktion gleich in die Wege zu leiten. Schließlich sollte die Dame Santorini bei ihrem nächsten Salon auf Kurfürstlich-Frankenthaler Porcellain servieren können. Er verneigte sich vor ihr und steuerte wieder auf den Sessel zu, in dem er einen Großteil des Abends verbracht hatte.

Johanna tat daraufhin etwas, das sie schon seit einer Weile wollte: Sie biss endlich in ein Stück Schokoladenkonfekt, was Bardenfleth, der immer noch bei ihr stand, mit einem Lächeln quittierte. „Mir scheint, Ihr seid recht begehrt, Madame", flüsterte er ihr vergnügt zu. Er fragte allerdings mit besorgter Miene nach: „Ich hoffe doch nicht, dass Euch diese Investition ruinieren wird?"

Johanna schüttelte den Kopf. „Nein, das nicht, dem Himmel sei Dank. Aber ärgerlich ist das Ganze schon."

Dann machte sie weiter ihre Runden, gesellte sich mal hierhin und mal dorthin und versuchte, überall etwas Kluges zu den Unterhaltungen beizutragen. Dabei bekam sie mit, dass Sophia de La Roche demnächst eine Frauenzeitschrift herausgeben wollte und dafür kräftig bei den Hofdamen der Kurfürstin warb. Lamey hingegen interessierte sich außerordentlich für den Verbleib von Schiller und versuchte praktisch jeden dazu zu bringen, ihm etwas ganz im Vertrauen zu erzählen – was allerdings kaum jemand tat. Lediglich Dorothea schwatzte ihn mit einer unglaublichen Verschwörungstheorie zu, in der Schiller das Opfer eines eifersüchtigen spanischen Granden war und daher per se fliehen musste. Johanna hatte allerdings nicht den Eindruck, dass Lamey ihr die Geschichte abnahm.

Schwan brüstete sich vor jedem damit, der es hören wollte, dass er der eigentliche Entdecker Friedrich Schillers war, während Iffland immer wieder eine gelungene Parodie des Dichters zu Besten geben musste. Verschaffelt diskutierte irgendwann mit Bardenfleth und Schwan über das Bibliothekswesen an deutschen Höfen – und die Basconi fragte Mai nach allerlei Schönheitsmittelchen, von denen er allesamt nichts hielt, was sie jedoch nicht mitbekam. Kurz gesagt: Jeder kam mit beinahe jedem ungezwungen ins Gespräch und die Zeit verstrich für Johannas Empfinden viel zu schnell. Und ehe sie es sich versah, schlug die Turmuhr der Protestantischen Kirche laut und vernehmlich zur achten Stunde.

Wie vereinbart öffneten Lucille und Pavel die Flügeltüren und der allgemeine Aufbruch begann: Mäntel wurden gereicht, Kutschen fuhren vor und letzte freundliche Worte wurden ausgetauscht. Lucille räumte die benutzten Teetassen in die Küche, während Pavel die Lichter im Salon löschte und sich vergewisserte, dass die Haustür zur Nacht verriegelt war. Hinterher wusste Johanna kaum mehr, wer ihr was geraten und gewünscht hatte – lediglich ihre persönliche Enttäuschung über die Banalität ihres ersten Salons trübte das Gefühl, einen gesellschaftlichen Erfolg gehabt zu haben.

Eine knappe Stunde später war alles vorbei und Johanna sank erschöpft und von ihrem engen Mieder befreit auf ihr Bett. Am nächsten Tag wollte sie gleich Goethe einen Bericht schreiben – schließlich kannte er sich mit gelehrten Salons aus. Bei der Gelegenheit würde sie ihm auch endlich die Absage wegen der Bergwerke in Ilmenau erteilen – schließlich waren Wertpapiere durch die lästige Angelegenheit in Frankenthal nun wirklich nicht mehr möglich. Ihr letzter Gedanke galt jedoch Jacob von Bardenfleth. Er hatte ihr in einer schwierigen Situation geholfen und dafür nichts weiter von ihr verlangt. Nicht einmal zum Abschied hatte er um ein weiteres Treffen gebeten, was sie ein klein bisschen enttäuschte. Ob sie ihm nicht gefiel? Dann fiel sie in einen tiefen Schlaf.

Am anderen Morgen wachte sie später auf als sonst und erfuhr von Lucille, dass der kurfürstliche Hof endlich zur Abreise bereit war. Am folgenden Tag wollte Carl Theodor seine alte Heimat wieder verlassen, um mit seiner Entourage zurück in seine Residenzstadt München zu kehren. Die Kurfürstin würde sich wieder in Oggersheim in ihr Schloss zurückziehen und in den Quadraten kehrte endlich wieder Ruhe ein. Da Johanna wirtschaftlich nicht vom allgemeinen Hoftrubel abhängig war, zog sie die vermeintliche Langeweile einer Provinzstadt, in die Mannheim ohne den Kurfürsten fiel, vor. Sie hatte trotzdem genug Anregung, fand sie – allein durch den Kontakt zu Künstlern und Freunden.

Von daher machte es ihr auch eine besondere Freude, sich nun, unmittelbar am Morgen nach ihrem ersten Salon, an das Schreibpult in ihrer Bibliothek zu setzen und an ihren Freund Johan Wolfgang von Goethe zu schreiben. Sie erzählte in dem mehrseitigen Brief in epischer Breite von ihren illustren Gästen und einigen Gesprächen und fragte ihn bei dieser Gelegenheit nach Bardenfleth: *Sagt, werter Freund, kennt Ihr den Freiherren von Bardenfleth zu Bücherclau? Der Herr mit dem merkwürdigen Bild im Namen tauchte in Begleitung von Iffland hier auf und war mir völlig unbekannt. In der Kurpfalz ist er mir noch nie über den Weg gelaufen; seinem Dialekt nach kommt er im Übrigen aus dem Norden. Wisst Ihr etwas über ihn? Ein tragisches Schicksal soll ihn vor einiger Zeit heimgesucht haben, doch Genaueres weiß hier keiner oder gibt es nicht preis.*

Dann gestand sie Goethe, dass es mit Wertpapieren aus Thüringen für sie nichts würde. *Stellt Euch vor*, schilderte sie ihm, *Ihre Durchlaucht der Kurfürst hat gnädigst angeordnet, dass ich in seine Porcellain-Manufaktur in Frankenthal investieren darf. Ihr werdet verstehen, dass ich das Angebot nicht ablehnen konnte. Aber so springt wenigstens ein hübsches Service dabei heraus.*

Sie kehrte noch einmal zum Salon zurück, da sie vor lauter Bardenfleth vergessen hatte, Goethe nach ebensolchen Veranstaltungen in Weimar zu befragen. *Ist es nicht sinnvoller,* wollte sie von ihm wissen, *einen Salon von Anfang an unter ein Thema zu stellen und mit einem Vortrag oder einer Darbietung zu demselben zu beginnen, um die Gäste sofort einzustimmen? Ich möchte verhindern, dass meine Zusammenkünfte zu banalen Gesellschaften werden, weiß aber noch nicht so recht, wie ich es angehen soll. Habt Ihr vielleicht eine Idee?*

Abschließend informierte sie Goethe noch über ihr Zusammentreffen mit Schiller, wobei sie absichtlich mehr Zeilen dafür verwendete, von Andreas Streicher zu schwärmen, um ihren eitlen Freund nicht zu verärgern. Dennoch versäumte sie es nicht, das Stück *Die Räuber* als besonders gelungen zu bezeichnen und den anstrengenden Autor augenzwinkernd zu beschreiben. Allein der Dialekt würde Goethe, das wusste sie, köstlich amüsieren. Zu guter Letzt machte sie ihr Versprechen wahr und empfahl Goethe den jungen Dichter: *Ihr solltet ihn einmal kennenlernen. Er ist ganz anders als Ihr, aber ich könnte mir durchaus vorstellen, dass eine Freundschaft in dieser Unterschiedlichkeit wachsen und gedeihen kann. Ich weiß leider nicht, wo Schillern sich derzeit aufhält; sollten sich Eure und seine Wege jedoch irgendwann einmal kreuzen, so haltet an und geht dann ein Stück gemeinsam. Das rate ich Euch als Freundin und Bewunderin Eurer Kunst.*

Johanna hatte gerade kunstvoll unterschrieben, als Stimmen von unten herauf ins Kabinett drangen.

„Mais magnifique! Quel'entrée[99]!“

Johanna sprang auf und ließ ihren Federkiel achtlos zu Boden fallen. Hatte sie richtig gehört?

„Et vous êtes Lucille? Très charmant[100].“ Es folgte ein aufgeregtes Kichern und ihre Köchin antwortete etwas auf Französisch.

---

[99] Franz.: Großartig! Was für ein Empfang!

[100] Franz.: Und Sie sind Lucille? Sehr charmant.

Johanna hastete die Treppen hinunter so schnell sie konnte. Er war es wirklich. Mit einem Schrei fiel sie ihm in die Arme und fing vor lauter Freude an zu weinen.

Jean war wieder da.

Johanna merkte jetzt erst, wie sehr sie Jean vermisst hatte. Schluchzend klammerte sie sich an ihm fest, während er sanft über ihr Haar strich und beruhigend auf sie einredete: „Es ist alles gut, ma chère[101], isch bin doch da.“

„Und wie lang bleibst du diesmal?“, stieß sie hervor und ärgerte sich gleichzeitig über den versteckten Vorwurf in ihren Worten. Warum konnte sie Jean nur nicht so nehmen, wie er war? Er blieb doch nie lange an einem Ort.

„Ca, dépend[102], mà chère, ca dépend ...“ Der Baron seufzte leise und lächelte wehmütig. Dann schob er Johanna energisch von sich weg, wischte ihr mit seinem Jackenärmel unbeholfen die Tränen von den Wangen und stellte lächelnd fest: „Du siehst très jolie et content[103] aus, Jo'anna. Ich `ätte nischt gedacht, dass Mann'eim dir so guttut. Du musst mir alles erzählen, ma chère.“

Wie schön es klang, Jean reden zu hören, dachte Johanna sich, als sie nach seiner Hand griff. Ob sie ihn davon überzeugen konnte, dass die Kurpfalz für ihn auch lebenswert sein könnte? Sie besaß ein schönes Haus – und hatte mit einer ersten Gesellschaft bewiesen, dass es sich darin durchaus leben ließ. Man kannte sie mittlerweile in der Stadt und würde ihre Einladungen wohl erwidern. Bliebe Jean an ihrer Seite – das war ihr klar – käme noch ein schillerndes und skandalumwobenes Moment hinzu, das ihr wahrscheinlich noch mehr Interesse entgegen bringen würde – vorausgesetzt, der Hof steckte seine Nase nicht zu tief in ihre Angelegenheiten. Doch Carl Theodor war in diesen Stunden bereits mit seiner Abreise beschäftigt, und wer wusste schon, wann es ihn wieder in seine alte Residenz ziehen würde? Seine Abwesenheit mochte die Händler und die

[101] Franz.: mein Liebling
[102] Franz.: das hängt davon ab
[103] Franz.: sehr hübsch und zufrieden

vom Hof unmittelbar abhängigen Beamten zwar stören – der Kunst hatte es in Mannheim jedoch noch nicht geschadet. Im Gegenteil: Johanna glaubte sogar zu bemerken, dass nicht zuletzt durch das fehlende Hofzeremoniell einige Schranken zwischen unterschiedlichen Gesellschaftskreisen gefallen waren, was das Leben hier unkomplizierter und interessanter machte. Jean würde gut dazu passen.

Doch all das sprach Johanna nicht aus. Stattdessen öffnete sie die beiden Flügeltüren und führte Jean stolz in ihren neuen Salon, der im Sonnenlicht, das durch die Fenster hineinschien, besonders hell und weiträumig wirkte. Schweigend und staunend sah der Baron sich um. Er berührte andächtig die funkelnden Kristallleuchter und strich mit Kennermiene über die Polsterungen der Bänke und Sessel, hob den Deckel des Pianos an und ließ seine Finger über die Tastatur gleiten. Dann legte er seinen Kopf in den Nacken und studierte die Stuckranken an der Decke, um kurz darauf in die Hocke zu gehen und mit den Fingerspitzen den Stern im Parkett nachzufahren.

„C'est magnifique[104], Jo'anna!" Endlich kam er wieder zu ihr und nahm sie in den Arm. „Es ist schöner geworden als unser Salon in Passy, compliment."

„Wirklich? Gefällt es dir?" Johanna freute sich. Jean besaß Geschmack. Und er war in solchen Dingen ehrlich.

„Gestern erst habe ich den Salon eingeweiht und mein gesellschaftliches Debüt gegeben. Schade, dass du es verpasst hast ..." Doch noch während Johanna sprach, wurde ihr klar, dass es vermutlich anders war. „Wo hast du die letzte Nacht verbracht?", schob sie daher misstrauisch hinterher.

„Ma chère, ich konnte nischt." Jean war die Situation sichtlich unangenehm. „Aber ja, du 'ast recht, isch war gestern schon in der Nä'e. Es tut mir leid, aber isch wurde in Oggers'eim aufge'alten. Die Kurfürstin, tu comprends[105]?"

---

[104] Franz.: Das ist großartig
[105] Franz.: verstehst Du?

Johanna verstand. Es gab im Leben nur wenige Zufälle, und das war sicherlich keiner! Jean hatte es ganz bewusst vermieden, bei ihrem Salon als Überraschungsgast zu erscheinen – warum auch immer. Er würde es ihr schon noch sagen oder zumindest eine Erklärung abgeben, ob sie der Wahrheit entsprach oder nicht. Vermutlich hatte Elisabeth Auguste ihre Finger im Spiel.

„Ich muss ihr dann ja wohl nicht mehr mitteilen, dass du da bist, oder?" Ihr Ton war schärfer, als geplant, doch Jean nahm es nicht übel.

„Nein, das musst du nischt, Jo'anna." Ihm war offenbar klar, dass sie von Elisabeth Auguste redete. „Und es ist mir wirklisch sehr unangenehm, dass die Kurfürstin disch meinetwegen beobachten lässt. Elle ne comprend rien[106]!" Er verzog sein Gesicht zu einer verzweifelten Grimasse und fuhr fort: „Sie wollte nischt, dass ich Lamey über den Weg laufe. Er war doch gestern auch dabei, n'est-ce que pas[107]?"

„Ja, aber was ist mit Lamey?" Johanna wunderte sich. Der Zeitungsverleger war zwar Hofrat der Kurfürstlichen Hofkammer, doch das machte ihn noch nicht zu einer wirklich bedeutenden politischen Person.

„Nun, er ist Zeitungsverleger", erklärte Jean, „das ist das eine. Und gleichzeitig ist er Leiter der Zensurbe'örde – das ist die Kehrseite. Alors[108], er veröffentlischt nischt nur, sondern ver'hindert auch Publikationen. Das ist schwierig, sehr schwierig ..." Der Baron rieb mit seiner Hand nachdenklich über sein Kinn.

Johanna dachte derweil über seine Worte nach. Es stimmte natürlich, dass Lamey per se zwei Dinge miteinander verband, die eigentlich nicht zueinander passten: Einerseits informierte er sozusagen als Hofberichterstatter mit der *Mannheimer Zei-*

---

[106] Franz.: Sie versteht gar nichts!
[107] Franz.: nicht wahr?
[108] Franz.: also

tung darüber, was in Mannheim und der Kurpfalz gerade wichtig war – doch worüber er *nichts* sagte, wusste niemand. Woher auch? Verschwieg er etwa wichtige Neuigkeiten?

„Ja, das ist leider das Problem."

Johanna stutzte: Hatte sie laut gedacht? Doch Jean lächelte sie liebevoll an und sagte: „Man hat dir angese'en, wo'in deine Gedanken liefen, ma chère." Er seufzte und ergänzte: „Es passiert viel in Europa, und in Frankreisch dreht sich das Rad noch schneller. Die Kurfürstin weiß das und ist besorgt. Nur Ihre Durchlaucht Carl Theodor lebt weiter in seine kleine Imperium in Bayern und glaubt, seine Maitressen und 'öflinge sind der Nabel der Welt. Quel'erreur[109]!"

Er nahm Johanna wieder in den Arm und murmelte: „Genug der Politik. Wir 'aben uns so lange nischt gese'en ..." Er zog sie aus dem Salon. „Lass und ein wenig ausru'en ..."

Johannas Herz begann laut zu klopfen und ihr wurde warm. Schnell wies sie Pavel an, sich um das Gepäck des Barons zu kümmern und ihren Brief an Goethe noch zur Post zu bringen. Schon von der Treppe nach oben rief sie zu Lucille hinunter, dass sie sich für ein paar Stunden zurückziehen und nicht gestört werden wollten. Dann ließ sie sich von Jean ins Schlafkabinett führen, auf dessen Schwelle er entgeistert stehen blieb: „Mon dieu! Mais tu a changé toute la maison![110]"

„Ja, habe ich." Johanna freute sich über sein anerkennendes Nicken. „Gefällt es dir?"

„Und wie!" Jean lachte vergnügt. „Jetzt `aben wir viel Platz ..."

Er schob Johanna zum Bett hinüber, sodass sie auf der Kante zum Sitzen kam. Dann begann mit geübten Fingern ihr Mieder zu öffnen. Johanna hielt den Atem an und ließ es schweigend geschehen. Erst als er ihr Haar löste und ihre Locken auf die nackten Schultern herunterfielen, stöhnte sie leise auf. Seine

---

[109] Franz.: Was für ein Irrtum!

[110] Franz.: Mein Gott! Du hast ja das ganze Haus verändert!

Hände waren plötzlich überall, während er sie zärtlich im Nacken küsste und ihr immer wieder Koseworte ins Ohr flüsterte. Sie hatte keine blassen Schimmer, wie es ihm gleichzeitig gelang, Hose und Stiefel auszuziehen und seine Jacke abzustreifen, doch kurze Zeit später stützte er sich nur noch mit seinem Hemd bekleidet neben ihr auf und betrachtete ihren Körper ausgiebig.

„Du bist sehr schön", flüsterte er und fuhr mit seinem Zeigefinger eine unsichtbare Linie von ihrem Mund bis zum Nabel entlang. Johanna durchfuhr ein wohliger Schauer und sie schloss ihre Augen, um sich dem Gefühl ganz hinzugeben. Ein leises Rascheln verriet ihr, dass Jean sich seines Hemdes entledigt hatte. Dann spürte sie das Gewicht seines Körpers auf ihrem und versank in einer Mischung aus Leidenschaft und unersättlicher Lust, die ihr bei jedem anderen Menschen unangenehm gewesen wäre. Doch mit Jean war das anders: Körperliche Liebe war für ihn das Selbstverständlichste auf der Welt – und dazu gehörte es eben auch, die eigenen Bedürfnisse ungeniert miteinander auszuleben. Wie schön, dass er wieder da war.

Erst am frühen Nachmittag verließen Johanna und Jean das Schlafkabinett, um sich im Speisezimmer bei Wein, Brot und allerlei französischen Spezialitäten, die Jean im Gepäck hatte, zu stärken. Am liebsten mochte Johanna die Wildschweinwurst, die kräftig gewürzt war. Doch sie hätte wahrscheinlich eine ganze Sau verspeisen können, so hungrig war sie nach den vielen Stunden, die sie mit dem Baron im Bett verbracht hatte. Er war einfach der perfekte Liebhaber und Johanna wirkte so zufrieden und ausgeglichen, wie schon lange nicht mehr. Solche Erlebnisse hatte sie bislang nur mit Jean gehabt. Er schien einfach immer zu wissen, wonach ihr Körper gerade verlangte und schaffte es, sie mehrmals zu befriedigen, ehe er zum Höhepunkt kam. Das war bei Clemens damals ganz anders gewesen, wobei es Johanna nicht weiter gestört hatte – sie kannte es ja nur so. Erst durch Jean hatte sie gelernt, sich selbst wahrzunehmen und zu erkennen, was ihr gefiel und was nicht. Dass die Franzosen in dieser Hinsicht ihren Ruf in der Damenwelt zu Recht trugen, musste sie mittlerweile zugeben. Doch das tat sie gern und mit einem wissenden Lächeln im Gesicht. Vermutlich wurde sie ohnehin von vielen Frauen um Jean beneidet; wobei sie nie ganz sicher war, welche der Damen, die ihr im Laufe der Zeit in Frankreich vorgestellt worden waren, bereits ebenfalls in den Genuss gekommen war.

„Woran denkst du, ma chère?“ Jean sah sie liebevoll an und hob sein Glas.

„Daran, wie glücklich du mich machst“, antwortete Johanna nicht ganz aufrichtig und ergänzte im Stillen: ‚Und wie lange das Glück wohl diesmal anhält.’

„Das freut misch.“ Jean lehnte sich genüsslich auf seinem Stuhl zurück. „Und nun sag mir, meine Liebe, wie geht es den anderen? Was machen die Kinder und Tante Clara?“

Johanna begann mit einer ausführlichen Schilderung der Ereignisse aus den letzten Monaten. Ihren Entschluss, von Heidelberg nach Mannheim zu ziehen, konnte Jean gut verstehen. Auch er plädierte dafür, dass Tanze Clara nachkommen sollte. „Sie wird sonst vereinsamen“, befürchtete er und fragte nach: „`ast du schon etwas für sie gefunden?“

Johanna verneinte, doch in der Nachbarschaft wurde gerade ein Wohnhaus renoviert und sie hatte ohnehin vorgehabt, mit dem Besitzer Kontakt aufzunehmen. „Einen Käufer für die Heidelberger Apotheke haben wir jedenfalls schon“, stellte sie zufrieden fest und berichtete von den Ambitionen der Delph.

„Ah, Dorothée, la grande dame mit den Bezie`ungen...“ Er lachte vergnügt und wollte von Johanna ganz genau wissen, womit die Delph sich gerade beschäftigte. Bei dieser Gelegenheit erwähnte Johanna das Verhör im Heidelberger Rathaus, bei dem Dorothea als Retterin ohne Zähne aufgetaucht war.

„Sie trägt eine Gebiss aus Pocellain?“ Jean traute seinen Ohren nicht. „Und wie funktioniert das? Kann man künstlische Zähne in den Mund einbauen?“

Johanna schilderte ihm die Tücken der Delph’schen Ersatzzähne so ausführlich, dass Jean sich vor Lachen kaum mehr halten konnte. Dann fiel ihm ein, dass auch am Hof in Versailles ein Höfling von sich reden gemacht hatte, da er eine Art Zahnersatz trug. Bei ihm allerdings sorgte eine Feder für die Kaufunktion, die des Öfteren hängenzubleiben pflegte und dadurch den Mund versperrte. Man nannte ihn daher hämisch den „Verklemmten". Diese Geschichte hatte Johanna noch nicht gehört und gemeinsam alberten beide eine Weile herum, wie es um die Zukunft peinlicher Zahnersatzvarianten bestellt wäre. Doch dann kam Johanna wieder auf den Abend im Rathaus zu sprechen und Jean wurde nachdenklich. „Wer ist dieser Zoellner? Isch `abe noch nie von ihm ge`ört."

Johanna versuchte, so viel wie möglich aus ihrer Erinnerung von dem Gespräch wiederzugeben, doch es fiel ihr nicht leicht. Schließlich war die Befragung eine Aneinanderreihung von Missverständnissen gewesen. Unterm Strich, das vermutete Johanna heute, war es Zöllner um ihre Kontakte nach Frankreich gegangen, hinter denen er Spionage vermutete. Aber für wen und warum?

„Nun, meine Liebe, da`inter steckt die Unentschlossenheit des Kurfürsten." Jean schüttelte missbilligend den Kopf und murmelte: „Wenn er doch endlisch einmal wüsste, was gut für ihn und sein Land ist."

„Und was soll das sein?" Johanna hatte nicht den blassesten Schimmer, was Jean mit seinen Andeutungen meinte. Spielte er auf die französische Maitresse Carl Theodors an? Ging es vielleicht um Elisabeth Auguste, der man allgemein nachsagte, den Franzosen zu freundlich gesonnen zu sein? Hatte sie Johanna deshalb nach Oggersheim befohlen? Aber passte das zu ihrem Interesse an Jean?

„Johanna, ma chère, isch werde dir erklären, worum es eigentlisch geht – auch, wenn es besser wäre, du wüsstest rien[111]. Bitte vergiss alles ganz schnell wieder, compris? Es ist zu deiner Sischer`eit."

---

[111] Franz.: nichts

Fragend starrte Johanna den Baron an. Was meinte er nur? Doch die Geschichte, die sie nun von Jean erfuhr, machte ihr schlagartig klar, warum sie ins Visier des Hofes geraten war – allein durch die Tatsache, dass sie in Frankreich gelebt hatte. Carl Theodor, der ja nach der Vereinigung von Bayern und der Kurpfalz eher notgedrungen nach München gegangen war, verhandelte demnach seit fünf Jahren mit Kaiser Joseph II. über territoriale Veränderungen, die weitreichende Folgen hätten. Johanna rechnete nach und schüttelte den Kopf: Der Kurfürst musste also von Anfang an mit dem Habsburger Kaiser über das Thema im Gespräch gewesen sein! Dann stimmten die Gerüchte also, dass Carl Theodor es in München nicht aushielt und wieder zurück nach Mannheim wollte. Denn immerhin ging es in den Verhandlungen um nichts Geringeres, als dass der Kurfürst vorhatte, seine neuen Erblande Bayern gegen die österreichischen Niederlande[112] einzutauschen. Wie mochten sich wohl seine bayerischen Untertanen fühlen, die davon direkt betroffen wären? Und war Carl Theodor nicht sogar in Brabant geboren worden?

Johanna verstand allerdings immer noch nicht, was das alles mit Frankreich zu tun hatte.

„Donc[113]“, begann Jean zu erklären, „da gibt es zunächst geografische Interessen, ma chère: Immer`in grenzen die österreichischen Niederlande direkt an Frankreisch.“

„Und wäre das ein Problem?“ Es gab bereits an anderen Stellen gemeinsame Grenzen mit Frankreich – auf eine mehr oder weniger käme es doch wohl nicht mehr an, fand Johanna.

Doch Jean machte ihr Folgen klar, auf die sie niemals gekommen wäre. Demnach hegte Carl Theodor deutlich weitreichendere Pläne, als den Territorialtausch: Er wollte König von einem neuen Staat der Rheinlande werden! Mit den österreichischen Niederlanden in der Tasche hätte er in der Region ein großes Gewicht – und Frankreich einen starken Partner, der die

---

[112] das heutige Belgien
[113] Franz.: Nun

französischen Grenzen stabilisierte. Vor allem die bedrohlichen Habsburger könnten so von der französischen Grenze elegant weggedrängt werden. Das wiederum gefiel jedoch den Preußen nicht, die ein Gegengewicht von anderer Seite darstellten. Friedrich der Große wollte nämlich um jeden Preis verhindern, dass sein Habsburger Kollege und Intimfeind Joseph sein Reich nach Norden in Richtung Preußen vergrößerte, um es dann mit dem habsburgisch besetzten Böhmen zu vereinen. Bayern lag also strategisch wichtig. Wie ernst es dem Preußenkönig war, hatte er vor drei Jahren schon einmal gezeigt, indem er die Oberpfalz besetzt hielt. Mit diesem *Kartoffelkrieg* genannten Manöver war es ihm tatsächlich gelungen, die Tauschpläne der Kurpfälzer und Österreicher im so genannten *Frieden zu Teschen* vom Tisch zu wischen – nur begraben hatte Carl Theodor sie deshalb längst noch nicht. Das wiederum wussten auch der französische und der preußische König; folglich war in den letzten Jahren ein dichtes Spionagenetz um den Kurpfälzer und den Habsburger Hof entstanden.

„Und was genau ist deine Aufgabe dabei?“ Johanna wollte es endlich im Detail wissen und blickte Jean scharf an. „Schließlich hast du mich da mit hinein gezogen!“

„Oui, je sais[114].“ Jean raufte sich zerknirscht die Haare. „Aber das `abe isch nie gewollt!“

Johanna glaubte ihm. Dennoch empfand sie es als ihr gutes Recht, nun auch die ganze Wahrheit zu hören! Doch Jean zögerte. Wovor hatte er nur Angst? Dass sie ihn irgendwann verraten würde? Da kannte er sie aber schlecht! Oder war die ganze Angelegenheit doch gefährlicher, als sie Johanna bislang erschien? Sie drängte ihn, endlich mit der Sprache herauszurücken, was Jean dann auch notgedrungen tat.

Auch Frankreich, so erfuhr Johanna, sah eine Allianz zwischen Österreich und Bayern kritisch. Trotz der royalen französisch-österreichischen Ehe zwischen Ludwig und Marie-Antoinette wollten keine freundschaftlichen Gefühle zwischen beiden

---

[114] Franz.: Ja, ich weiß.

Ländern entstehen. Folglich beäugte man in Versailles jede noch so kleine Aktivität, die in Wien auf Machtvergrößerung der Habsburger hindeuten konnte, besonders aufmerksam. Die österreichischen Niederlande waren eher unproblematisch, da sie weitgehend isoliert da standen. Ein vergrößertes Kernreich jedoch würde das Machtgefüge möglicherweise zu Ungunsten Frankreichs verschieben. Und genau deshalb reiste Jean seit einigen Jahren zwischen den Höfen der Beteiligten hin und her, um auszuloten, wie der jeweilige Stand der Dinge war. Sein eigentlicher Auftraggeber war über Mittelsmänner der französische König, doch Johanna vermutete, dass dies nur die halbe Wahrheit war. Denn Jean verachtete den noch recht jungen Ludwig XVI. insgeheim ob seiner Schwächen innerhalb des Hofes. Außerdem hatte er sich in Übersee mit dem Eingreifen in den amerikanischen Unabhängigkeitskrieg gegen England verzettelt und dadurch Frankreich einem Staatsbankrott nahe gebracht. Sein permanenter Konflikt mit Preußen, der durch die familiären Bindungen zu Österreich begründet war, vereinfachte die Situation nicht gerade, und es waren sehr viele Diplomaten notwendig, die zwischen den Höfen vermittelten und lavierten. Und einer dieser schillernden Gestalten war also Jean de la Frontière. Kein Wunder, dass sich sowohl Elisabeth Auguste als auch Carl Theodor für jede seiner Bewegungen interessierten!

„Und wie geht es nun weiter?“, fragte Johanna nach. Schließlich würde sich doch keiner der Herrschenden einfach zufrieden geben.

„Tja, das ist schwierig zu beantworten“, gab Jean zu. Er atmete tief durch und sah Johanna nachdenklich an. Dann gab er sich einen Ruck: „Ehrlisch gesagt gibt es mindestens zwei Wahr`heiten, wie es weitergeht, glaube isch.“

Johanna sah ihn erstaunt an. Was meinte er nur? Wie konnte es in dieser Angelegenheit zwei Wahrheiten geben? Doch Jean klärte sie auf: Er unterschied dabei zwischen der offiziellen Version und seiner ganz persönlichen Einschätzung. Das Offizielle war schnell erzählt: Alle Verhandlungen gingen hinter den Kulissen weiter und auch Jean reiste im Auftrag Frankreichs immer wieder nach München oder Berlin, um über den Tausch der österreichischen Niederlande gegen Bayern zu plaudern. Das neuste Problem war nun allerdings die Weigerung Joseph II. von Österreich, die ganzen Niederlande einzutauschen – was Jeans Meinung nach reine Taktik darstellte. Andererseits besaßen die Niederlande im Gegensatz zu Bayern Rohstoffe, was durchaus ein Argument war. Seiner Ansicht nach würde er also noch ein paar Jahre umherziehen – gut bezahlt wohlgemerkt – um am Ende nichts zu erreichen. Denn, und das war seine eigene Einschätzung der Situation und der zweite Teil der Wahrheit, letztendlich würde Frankreich das Gleichgewicht in Europa von innen heraus destabilisieren.

„Frankreich? Von innen heraus? Also der König selbst?" Verständnislos starrte Johanna den Baron an. Jeans Erklärungen wurden immer rätselhafter.

„Der König ist schwach und `at schlechte Berater, Jo`anna. Und das Volk wird immer stärker. Das kann auf Dauer nischt gutge`en[115]." Geduldig legte er ihr dar, worin seine Befürchtungen lagen. Johanna war zuvor gar nicht bewusst gewesen, dass Ludwig XVI. sich mit dem Eingreifen in Übersee gegen die Engländer tatsächlich so sehr verschuldet hatte. Leidtragende waren die französischen Bauern, Handwerker und einfachen Leute, die regelmäßig hungerten und nicht mehr mit Hilfe ihres Königs rechnen konnten. Im Gegensatz dazu lebte der Hof in einem nie zuvor dagewesenen Prunk, was dem Volk natürlich nicht entging. Immer mehr kritische Stimmen wurden laut – ein Pulverfass, wie Jean es bezeichnete.

„Das klingt ja schrecklich!" Johanna war entsetzt – und glaubte Jean jedes Wort. Wenn einer sich auf dem internationalen Parkett auskannte, dann er. Nur warum tat er dann immer noch so, als wäre alles wie immer und führte seine unsinnigen diplomatischen Missionen fort?

---

[115] Diese Einschätzung Jeans zeugt von einer gewissen Weitsicht; immerhin sollten noch sechseinhalb Jahre vergehen, ehe der Sturm auf die Bastille – und damit die Französische Revolution – losging.

„Weil es mich reisch macht, ma chère“, gab Jean ungeniert zu. „Sehr reisch sogar.“ Er lächelte vergnügt. „Die `erren zahlen viel für mein Wissen. Es ist also ein lohnendes Geschäft, das isch mir nischt entge`en lasse, solange es noch läuft. Tu compris?“

Johanna verstand. Nun war ihr auch klar, warum sie ins Visier der Hofbeamten geraten war. Vielleicht wusste man sogar über das Doppelspiel des Barons Bescheid – konnte es ihm nur nicht nachweisen. Und da hoffte man eben, dass *sie* der Schwachpunkt im Gefüge war! Doch so leicht war Johanna nicht unterzukriegen, das hatte ihr das Leben in den letzten Jahrzehnten anschaulich gezeigt. Trotzdem ärgerte sie sich über Jean, der sie so lange im Ungewissen gelassen hatte. Nun sollte er gefälligst darüber nachdenken, wie sie in Zukunft mit Befragungen oder Verhören umgehen sollte.

Doch zunächst interessierte sie etwas ganz anderes: „Und was, wenn alles herauskommt? Wenn sie dich erwischen? Das ist Hochverrat!“ Ihre Stimme klang besorgt. Immerhin stand auf Hochverrat die Todesstrafe!

Jean nickte. „Ja, aber ich war bislang schlauer als die anderen und werde es auch bleiben.“ Er grinste sie verschwörerisch an. „Wenn der französische Staat zusammenbricht, wird es Krieg geben, davon bin isch überzeugt. Und dann ... dann bin isch weg.“

„Weg?“ Johanna wusste nicht, was er meinte. „Was bedeutet das?“

„Ma chère, ich ge`e nach Übersee, ganz einfach. Und du kommst mit mir, natürlisch.“

Er strahlte sie an, als wäre diese Idee das Selbstverständlichste der Welt. „Immer`in ist man dort auf uns Franzosen gut zu spreschen.“ Er ließ seinen Blick durch den Raum gleiten und sinnierte: „Saint Domingue soll eine sehr schöne Insel sein...“

Johanna schnappte nach Luft. Er plante also schon eine Flucht auf eine ferne Insel, deren Namen sie noch nie gehört hatte –

und plauderte davon, als wäre alles bereits ausgemacht! Dennoch schluckte sie ihren Ärger herunter, da er gleichzeitig mit einer gewissen Bewunderung gepaart war. Sie hatte also jahrelang an der Seite eines Mannes gelebt, dessen Tätigkeiten alles andere als ungefährlich waren. Und immerhin hatte sie in seinen Zukunftsplänen einen festen Platz. Allerdings konnte sie sich kaum vorstellen, auf eine wildfremde Insel auszuwandern – darüber würden sie wohl noch einmal reden müssen. Schließlich war es ja auch in Italien oder dem Norden schön.

Sie zwang sich, wieder klare Gedanken zu fassen. Es gab nämlich noch etwas sehr Wichtiges mit Jean zu klären: Was sollte sie sagen, wenn sie das nächste Mal verhört werden würde? Schließlich war Jean in Mannheim – und spätestens nach seiner Abreise, an die sie noch gar nicht denken wollte, würde Johanna wohl wieder Besuch bekommen.

„Am besten ist, du bleibst so gut es geht bei der War`eit, ma chère“, riet Jean ihr.

„Und welche Wahrheit ist das bitteschön?“ Johannas Ton war deutlich schärfer geworden, doch Jean legte ihr beruhigend die Hand auf den Arm. Er hob sein Glas, prostete ihr zu und nahm einen ordentlichen Schluck Wein. Dann begann er: „Écoute! Ich verrate dir jetzt Dinge, die du nur von mir wissen kannst. Du erzählst sie weiter – es sind keine Ge`eimnisse. Nur aus deinem Mund klingen sie dann so, glaube mir.“

Er begann aufzuzählen, dass die Bayern verständlicherweise entrüstet über Carl Theodors Pläne und ihm daher in München nicht besonders wohlgesonnen waren; dass die österreichischen Niederlande Zugang zu den Seehäfen hatten, was für die Wirtschaft wiederum interessant war; dass Bayern nur Landwirtschaft betrieb und eher der Zeit hinterherhinkte; dass der Kohlebergbau im Rheinland eine interessante Option war; dass der Warenverkehr auf dem Rhein über viele Zollstationen lief – und dass dort auch Getreide für das Militär transportiert wurde. Zu guter Letzt beschrieb er ihr die Zollstation Pfalzgrafenstein bei Kaub detailliert – und dazu seine angeblichen Erkenntnisse, wie sich die Zollformalitäten dort am besten umgehen ließen. Kurz: Johanna erfuhr allerlei Details, die einzeln wichtig klangen, aber keinen Wert besaßen und deren größerer Zusammenhang fehlte. Damit würde sie den Beamten beim nächsten Verhör das Gefühl geben, etwas herausgefunden zu haben, ohne sich dabei selbst strafbar zu machen oder etwas preiszugeben, das ihrer Familie oder Jean wirklich schaden konnte. Ganz schön klug überlegt, stellte Johanna fest und belohnte Jean mit einem anerkennen Lächeln.

„Lass uns von den schönen Dingen des Lebens reden, ma chère“, bat Jean sie nun. „Sag, wie geht es ma petite Louise?“

„Oh, sie ist alles andere als klein“, lachte Johanna und erzählte ihm von ihrer Schwärmerei für Schiller und dem nächtlichen Besuch. Jean staunte nicht schlecht, als er erfuhr, welche Hebel die nur Vierzehnjährige in Bewegung gesetzt hatte, um dem hochverehrten Dichter zu helfen.

„Et bien, `at er ernste Absichten?“ wollte Jean wissen. Schließlich fühlte er sich nach der gemeinsamen Zeit mit Johanna und den Kindern für Louisa mit verantwortlich.

„Um Himmels willen, nein, ich hoffe nicht!“, entfuhr es Johanna. Sie schilderte ihm, was für ein anstrengender Mensch Friedrich Schiller war – und welche Frauengeschichten man ihm bereits nachsagte. „Gebe Gott, dass Louisa irgendwann erkennt, wie wenig ein Künstler wie Schiller als Gatte taugt!“, schickte sie als Stoßgebet hinterher.

Jean schüttelte ungläubig den Kopf; er hatte offenbar einiges im letzten Jahr verpasst. Vorsichtiger geworden erkundigte er sich nach Francesco. Johannas Gesichtsausdruck verdüsterte sich, als sie ihm vom Engagement der Kurfürstin in dieser Angelegenheit erzählte. Sie konnte es immer noch nicht fassen, dass ihr leiblicher Sohn Soldat werden wollte und kämpfte für einen Moment mit den Tränen.

Doch Jean beruhigte sie: „Sie meint es gut mit ihm, glaube mir. Die Kurfürstin ist uns wohl gesonnen und wird Francesco im Auge be`alten.“ Johanna betete insgeheim, dass er Recht behielte.

Dann begann sie, von ihrem ersten Salon zu erzählen. Innerhalb kurzer Zeit waren beide in ein vergnügtes Gespräch über die anwesenden Gäste und ihre Macken verwickelt, und einmal mehr wurde Johanna klar, dass ein Leben an der Seite von Jean einfach Spaß machte. Mit unglaublichem Witz und Charme machte er sich über die Eigenheiten seiner Mitmenschen lustig und verstand es dabei gleichzeitig, Verhaltensweisen richtig zu deuten und einzuordnen. Was wäre er für eine Bereicherung an ihrer Seite, wenn sie nach dem Winter wieder groß einladen wollte. Allerdings hütete Johanna sich davor, diese Gedanken auszusprechen – zu gut kannte sie Jeans Widerwillen gegenüber langfristigen Planungen. Sie setzte einfach darauf, dass mit der Zeit bei ihm die Einsicht wachsen könnte, wie schön es wäre, auf Dauer in Mannheim zu leben. Doch Johanna täuschte sich in dieser Hinsicht gewaltig – auch wenn die beginnende Adventszeit und sehr harmonische Weihnachtstage im Kreise der Familie zunächst anderes vermuten ließen.

Wenige Tage später trafen Tante Clara, Louisa und Mademoiselle Dubois im neuen Bechtlerhaus ein. Tante Clara hatte die Umbauten, die Johanna vorgenommen hatte, noch nicht gesehen und war beeindruckt. „Wenn das dein Vater und dein Onkel noch erlebt hätten ...“, sagte sie immer wieder, während sie Raum für Raum in Augenschein nahm. Johanna war sich allerdings nicht so sicher, ob ausgerechnet Franz Bechtler so begeistert von den Veränderungen gewesen wäre. Schließlich hatte er seinen Töchtern Zeit seines Lebens Bescheidenheit gepredigt – wonach der neue Salon nun wahrlich nicht aussah. Und auch die anderen Kabinette und Stuben waren exquisit und teuer ausgestattet, was Louisa und ihre Gouvernante sogar im Dachgeschoss erfreut zur Kenntnis nahmen. Louisa zog in das alte Zimmer von Johanna, während Mademoiselle Dubois die Stube daneben für sich einrichtete. Tante Clara bekam für die Feiertage das Gästebett in Johannas Bibliothek; danach wollte man weiter sehen.

In Anbetracht der Tatsache, dass sich mit Jean, der Gouvernante und der Köchin Lucille nun drei französischsprachige

Personen im Haushalt aufhielten, fanden die meisten Gespräche in einem abenteuerlichen Sprachen-Durcheinander statt. Die neugierigen Hofbeamten hätten sicher viel darum gegeben, einiges davon mitzubekommen, dachte sich Johanna manches Mal im Stillen und hoffte gleichzeitig, in Zukunft in Ruhe gelassen zu werden. Immerhin verlief die Adventszeit in harmonischer Stille, während sie mit Jean noch ein paar Einkäufe machte und es tatsächlich schaffte, eine Wohnung für Tante Clara im Nachbarquadrat anzumieten. Zum Herbst würde sie dort einziehen können, wenn sie wollte. Johanna und Jean beschlossen, ihr diese Neuigkeit am Heiligen Abend zu verraten.

Am Nikolaustag gab es noch eine freudige Überraschung im Hause Santorini: Louisas Hauslehrer Ludwig van Tholen erschien zum Antrittsbesuch bei seiner zukünftigen Schülerin. Und Louisa war entzückt – so deutete Johanna jedenfalls das vergnügte Zwitschern ihrer Tochter beim gemeinsamen Adventskuchenessen im Speisesalon. Der junge Lehrer eroberte die Herzen der Familie im Sturm: Sogar Jean, der bei anderen Männern im Umkreis von Johanna tendenziell misstrauisch wurde, musste zugeben, dass Herr van Tholen ein ausgesprochen freundlicher, weltgewandter und gebildeter Mensch war. Spontan lud Tante Clara ihn zum Weihnachtsfest en famille ein, da der arme Kerl, wie sie meinte, hier ja keine Familie hatte. Entzückt nahm dieser die Einladung an, was Louisa wiederum erstrahlen ließ.

Der Heilige Abend wurde im Bechtlerhaus traditionell groß gefeiert: Mit einem geschmückten Tannenbaum, Gänsebraten und Klößen, gutem Wein und vor allem vielen Geschenken. Johanna verband mit Weihnachten jedoch nicht nur schöne Stunden im Kreise der Familie, sondern auch die Erinnerung an ihre letzten glücklichen Tage mit Clemens. Es war Weihnachten, als er damals verschwunden war – nachdem sie bei eisiger Kälte in Amberg mit den kleinen Kindern zuvor wunderschön gefeiert hatten. Danach war ihr Leben aus den Fugen geraten. Heute saß sie mit Jean an ihrer Seite an der großen Tafel und stellte fest, dass ihr Onkel Philipp und ihr Vater sehr fehlten. Immerhin hatte Francesco kurzfristig frei bekommen und durfte den 24. Dezember bei seiner Familie verbringen. Er stolzierte in seiner neuen Uniform durch das Haus und ließ jeden wissen, wie großartig er es bei den Soldaten fand. Spät abends musste er sich allerdings bei seiner Kompanie zurückmelden.

Aus Rücksicht auf Tante Clara, die ja Protestantin war, entschied Johanna sich in diesem Jahr für den Besuch der Lutherischen Kirche unmittelbar gegenüber. Ihr gefiel die einfache Ausstattung des Gotteshauses mit der wohl klingenden Orgel ohnehin sehr gut, und Weihnachten wurde auch bei den Protestanten feierlich begangen. Der Geruch von Weihrauch fehlte ihr nicht – ebenso wenig wie das Hofgepränge in den Kirchen am Schloss. Die Predigt mit Abendmahl war allerdings unsäglich lang, da gaben sich die Konfessionen nichts.

Nach der Kirche freuten sich alle auf das gute und reichhaltige Essen, das Lucille gemeinsam mit Pavel vorbereitet hatte. Johanna hatte die beiden ebenfalls dazu eingeladen, das Festmahl mit am Tisch einzunehmen, sodass sich doch eine recht große Runde im Speisesalon einfand, um zusammen zu speisen.

„Frohe Weihnachten!“, prostete Johanna ihrer Familie und den Gästen danach wehmütig zu und hoffte im Stillen, dass den anderen ihre gedrückte Stimmung verborgen blieb. Jean konnte sie allerdings nichts vormachen; er legte liebevoll seine Hand auf die ihre und flüsterte: „Isch weiß, wie du dich fühlst, ma chère, aber schau, wie präschtig sich deine Kinder entwickelt `aben. Das ist deine Familie und das, worauf es im Leben ankommt.“

Dankbar lächelte Johanna ihn an. Jean hatte einfach ein Gespür für Situationen, sie liebte seine Feinfühligkeit. Allerdings war ihr nicht entgangen, dass er sich selbst nicht als Teil ihrer Familie genannt hatte. Und auch das stimmte sie traurig – wusste sie doch nur zu gut, dass ihre gemeinsamen Tage aller Wahrscheinlichkeit nach bald gezählt waren.

Sie seufzte schwer, gab sich dann einen Ruck und setzte zu einer kleinen Festrede an: „Liebe Tante Clara, meine liebe Tochter und mein lieber Sohn, liebster Jean, werte Mademoiselle

Dubois, werter Herr van Tholen, auch du Lucille und Pavel, seid willkommen am Tisch im Hause Santorini. Hinter uns liegt ein bewegtes Jahr mit vielen Veränderungen. Unser geliebter Onkel Philipp hat uns für immer verlassen und damit eine große Lücke in unsere Reihen gerissen. Die Kinder und ich haben unser Heim der letzten Jahre in Passy aufgegeben und sind gemeinsam mit Mademoiselle Dubois in die Kurpfalz zurückgekehrt. Wir werden hier ein neues Leben beginnen, indem wir alte Familientraditionen übernehmen und neu gestalten."

Johanna hielt kurz inne und warf Jean einen Blick zu. Doch der Baron hatte die Augen gesenkt und bemerkte es nicht.

„Das Bechtlerhaus war seit jeher ein Ort, an dem Menschen ein und ausgingen", nahm Johanna den Faden ihrer Rede wieder auf. „Und das soll auch so bleiben, wenn auch nicht als Arzt- oder Apothekerhaushalt. Denn ich möchte das Credo meines Vaters und meines Onkels fortsetzen, indem hier ein Hort der Intelligenz entstehen soll. Ich habe selbst erlebt, dass nur Wissen und Gelehrsamkeit den Menschen weiterbringen und in schwierigen Situationen ein großes Kapital sind. Deshalb ist es mir wichtig, diesen Gedanken mit meinen Kindern, Freunden und Bekannten und all jenen, die ähnlich denken, zu teilen. Mein Salon soll der Ort sein, wo wir dieses Streben öffentlich leben; unsere Herzen jedoch sollten es im Alltag immer mit sich tragen."

Sie unterbrach sich erneut und lächelte dem neuen Hauslehrer und der Gouvernante zu: „Sie beide sind auch ein wichtiger Teil dieser Idee. Sie, Mademoiselle, sorgen bereits seit ein paar Jahren erfolgreich dafür, dass meine Kinder sich anständig und sicher in Gesellschaft bewegen, dabei manierlich, gepflegt und mit gewählter Sprache auf Menschen zugehen. Das ist wichtig, wenn man im Leben etwas erreichen möchte. Und Sie, Herr van Tholen, werden ja nun als Lehrer von Louisa unter Beweis stellen können, wie sehr Weltoffenheit und Interesse an den modernen Entwicklungen unserer Zeit letztendlich neben Mathematik, Grammatik und Stil ebenfalls *bilden*. Ich freue mich für meine Tochter, dass wir Sie für diese Aufgabe gewinnen konnten."

Ludwig van Tholen errötete vor Stolz und strahlte Johanna an.

„Es ist allerdings ein wenig schade", fuhr Johanna fort, „dass Francesco diese Möglichkeiten im Moment versperrt sind. Doch ich bin mir sicher, auch er wird seinen Weg gehen, nicht wahr, mein kleiner Liebling?"

Francesco lächelte gequält, die Anrede seiner Mutter schien dem jungen Kadetten nicht zu gefallen. Johanna sprach unterdessen weiter: „Ganz besonders möchte ich heute Abend aber auch den wichtigen Anteil erwähnen, die zwei Menschen an diesem Tisch an meiner *persönlichen* Bildung haben: Tante Clara und Jean. Tante Clara, du bist es – seit ich mich daran erinnern kann – gewesen, die mir Mutter und liebevolle Tante gleichermaßen war. Du hast mich immer unterstützt in meinen sicherlich für dich manchmal unverständlichen Plänen; hast mich aber auch getröstet, wenn es mir nicht gut ging. Und du hast mir immer vorgelebt, dass Familie ein sicherer Hafen für alle Unwegsamkeiten des Lebens ist, dafür danke ich dir. Und auch du, mein geliebter Jean ...", Johanna wandte sich dem Baron zu, der sie liebevoll ansah, „... auch du bist ein Mensch, der mir neben allerlei politischer Kuriositäten vor allem Herzensbildung ermöglicht hat. Ich kenne niemanden, der so vorurteilsfrei und offen auf Menschen zugeht und dabei nie den Humor verliert. Das Leben mit dir macht Spaß, lieber Jean, auch wenn es recht anstrengend ist und nicht immer gemeinsam stattfinden kann. Im Herzen bist du jedoch stets bei mir."

Johanna räusperte sich und spürte, wie ihr bei ihren nächsten Worten die Tränen kamen: „Zu guter Letzt möchte ich nun mein Glas erheben und an die Menschen denken, die hier heute am Tisch fehlen: Amalie, Vater, Onkel Philipp und Clemens, wir werden Euch nie vergessen." Dann brach sie ab und nahm einen kräftigen Schluck Wein, während ihr eine Träne über die Wange lief. Auch die anderen prosteten sich schweigend zu, doch niemand wagte die eigentümliche Stimmung, die nach Johannas Rede aufgekommen war, zu unterbrechen. Kurz entschlossen ergriff Johanna daher die Initiative und verkündete lautstark: „Und jetzt ... die Geschenke!“

Was folgte, war das übliche Durcheinander, das entsteht, wenn mehrere Menschen gleichzeitig Dinge auspacken, sich freuen und ihre Freude teilen möchten. Wie immer hatte Jean die kostbarsten Geschenke für alle besorgt – angefangen bei einem hübschen Seidenschal für Lucille über französische Tischwäsche für Tante Clara und eine silberne Taschenuhr für Francesco bis hin zu einem Ballen orangefarbener Seide, den er Louisa für ihr erstes Kleid in Gesellschaft überreichte. Johanna erhielt von ihm neben zwei prächtigen Roben, die er bei ihrer alten Schneiderin in Passy hatte anfertigen lassen, ein Exemplar der Erstausgabe von *Les Liaisons Dangereuses*[116], was sie ganz besonders freute. Der Skandalroman, von dem Johanna bereits gehört hatte, sollte angeblich ein bitterböses Sittengemälde der französischen höfischen Gesellschaft sein. Es wurde bereits an einer deutschen Übersetzung gearbeitet, doch Johanna wollte das Werk ohnehin lieber in Originalsprache genießen. Wie Jean es wohl geschafft hatte, daran zu kommen?

Sie selbst hatte dem Baron in diesem Jahr auch etwas ganz Besonderes zu Weihnachten geschenkt: Sie hatte ihm einen neuen Prachtsattel mit Silberbeschlägen für seine vielen Reisen anfertigen lassen. Seinem verblüfften Gesichtsausdruck nach zu urteilen, war die Überraschung gelungen. Begeistert fuhr er die Nähte nach, hob Beschläge und Riemen an und schüttelte immer wieder fassungslos den Kopf. Dann nahm er Johanna so fest in den Arm, dass sie nach Luft schnappen musste, und raunte ihr ins Ohr: „Es ist der schönste Sattel, den isch je gese`en `abe. Merci beaucoup, ma chère[117]. Aber ein wenig doppeldeutig ist das Geschenk schon, n’est-ce que pas?“

---

[116] Der Skandalroman von Pierre-Ambroise-Francois Choderlos de Laclos war erst am 23. März 1782 in Frankreich erschienen und die erste Auflage bereits nach kurzer Zeit restlos ausverkauft.

[117] Franz.: Vielen Dank, meine Liebe.

Er grinste Johanna frech an, die daraufhin tief errötete. Glücklicherweise waren die anderen mit ihren Geschenken abgelenkt, sodass niemand die anzügliche Unterhaltung mitbekam. Sie ertappte sich jedoch im weiteren Verlauf des Abends mehrmals dabei, dass ihr Blick erst den edlen Sattel streifte, um dann zu Jean hinüber zu wandern, dem das natürlich nicht entging. Sein leises Lächeln verriet ihr, dass auch er sich darauf freute, sich später in Johannas Schlafkabinett zurückziehen zu können.

Zunächst musste jedoch noch die Weihnachtspost gelesen werden – allem voran ein ausführlicher Brief von Andreas Streicher. Er kündigte sein Eintreffen in Mannheim für die Woche nach Neujahr an; offenbar hatte er über Iffland auch eine feste Bleibe in den Quadraten gefunden. In Mannheim wollte er sich zunächst mit Klavierunterricht und kleineren Konzerten über Wasser halten und hoffte dabei auf Johannas Unterstützung. Von Schiller schrieb er nur recht knapp, dass dieser nun tatsächlich im thüringischen Bauerbach auf dem Gut der Henriette von Wolzogen untergekommen war, was bei Louisa zu einem schnippischen Zungenschnalzer führte. Glücklicherweise lenkte sie der neue Hauslehrer mit Erzählungen von seinen Reisen so sehr ab, dass ihre Schwärmerei für Schiller in den Hintergrund rückte.

Johanna freute sich darüber, dass Streicher für längere Zeit in Mannheim bleiben wollte. Selbstverständlich würde er Louisa am Piano unterrichten; außerdem wollte sie ihn als Musiker für ihren Salon gewinnen. Vielleich konnte Andreas Lamey mit seiner Zeitung auch etwas für ihn tun – sie würde ihn beim nächsten Salon darauf ansprechen, nahm sie sich fest vor. Ihre Gedanken wanderten zu den Gästen, die sich – mit Ausnahme von Hofrat Feylner – nicht nur in der Woche nach ihrem ersten Salon für die Einladung bedankt hatten, sondern auch erwähnten, dass sie gerne wieder kämen! Während die Hofdamen der Kurfürstin dies allerdings sehr hochnäsig mit den Worten ... *Sie erhält hiermit die Erlaubnis, die Damen (...) wieder unertänigst bitten zu dürfen...* abhandelten, ergossen sich Iffland und Hofintendant Dalberg förmlich in schwelgerischer Sprache und schwärmten von ihr als Gastgeberin. Im Übrigen ließen sie keinen Zweifel daran, wieder eine Einladung bekommen zu wollen, sollte Johanna ähnliches wieder planen. Dankesschreiben in höflicher Form kamen auch von der Dame de Pigage, Dorotheas Freundin Basconi und Verleger Schwan. Verschaffelt und die Delph schrieben ihr natürlich nicht – mit ihnen hatte sie persönlich sprechen können. Am meisten gefreut hatte Johanna sich jedoch über den erstaunlich langen Brief von Jacob von Bardenfleth. Er bedanke sich darin nicht nur für ihre Gastfreundschaft in dem *wahrlich exquisiten Ambiente*, sondern lobte sie auch als Förderin der Kunst und Literatur. *Es ist nicht immer leicht, das Gute und Bleibende in modernen Ideen zu erkennen und herauszufiltern,* schrieb er mit seiner großen und schwungvollen Handschrift, *doch Ihr seid offenbar genau dazu in der Lage. Bitte macht mir die Freude und Ehre, mich in Zukunft ebenfalls zu empfangen; dann als geladener Gast und nicht nur als Begleitung erfreulich erfrischender Schauspieler.* Johanna hatte sich bei der Lektüre köstlich amüsiert, da Bardenfleth Humor besaß und über sich selbst lachen konnte. Sie hatte ohnehin bereits entschieden, ihn wieder einzuladen – der Mann interessierte sie nicht zuletzt aufgrund seiner undurchsichtigen Vergangenheit.

Unglücklicherweise hatte sie es jedoch bislang versäumt, Jean nach Bardenfleth zu fragen, geschweige denn, von ihm zu erzählen. Zwar hatte sie seinen Namen bereits erwähnt, wusste jedoch nicht so recht, wie sie das Gespräch erneut auf ihn lenken konnte. Doch ein Zufall kam ihr kurz nach Silvester zu Hilfe: Mit Beginn des neuen Jahres war Jean nämlich wieder aktiv geworden und mit neuen diplomatischen Aufgaben und Plänen befasst. Johanna merkte es daran, dass immer wieder Boten mit Depeschen für einen Franzosen an der Tür klopften und meist kurze Zeit später Antwortscheiben von Jean in Empfang nahmen. Eines Morgens erhielt Jean die Nachricht, ein versiegeltes Päckchen beim Zollamt im Rheintor abholen zu müssen – man hatte es offenbar abgefangen, was ihn sichtlich beunruhigte. Doch vor Ort stellte sich heraus, dass es sich bei der Sendung um eine Verwechselung handelte: Das Paket, das übrigens französische Bildbände mit sehr freizügigen Illustrationen enthielt, wie Jean später lachend erzählte, war eigentlich für den Freiherren von Bardenfleth bestimmt gewesen. Ein unaufmerksamer Zöllner hatte beim Überprüfen der Sendung – was laut Jean ganz sicher mit hochrotem Kopf und einiger Erregung vonstattengegangen war – nur noch im Kopf behalten, dass der Inhalt französischen Ursprungs war, und daher Jean benachrichtigen lassen. Als dieser Johanna sein Erlebnis vergnügt schilderte, konnte sie elegant ihre Frage über die Herkunft des Freiherrn einwerfen und von ihm erzählen. Jean kannte Bardenfleth nicht persönlich, kam dabei heraus, hatte aber am badischen Hof schon einmal von ihm gehört. Er konnte sich jedoch an keine Details mehr erinnern.

Während der winterliche Alltag mit viel Frost und Schnee im alten Bechtlerhaus einzog und Louisa sichtbare Freude am Unterricht mit dem jungen Lehrer und an ihren Klavierlektionen mit Streicher zeigte, beschlich Johanna leise das Gefühl, dass Jean nicht mehr lange bleiben würde. Sie sprach viel mit Tante Clara darüber, die zunächst versuchsweise in der Nachbarschaft eingezogen war. Sie hatte sich sehr über die Wohnung in Johannas Nähe gefreut, wollte jedoch noch nicht alle Zelte in Heidelberg abbrechen, was Johanna gut verstand.

„Ihr müsst darüber reden“, beschwor Tante Clara Johanna eindringlich. „Sonst bleiben dauerhaft Wunden in euren Herzen!“

Johanna wusste, dass ihre Tante Recht hatte. Über kurz oder lang würde Jean weiterziehen – und sie selbst wieder nicht genau wissen, wie es mit ihnen weiterging. Auf Dauer würde sie das nicht aushalten, das war ihr in der gemeinsamen Zeit hier in Mannheim klar geworden. Deshalb suchte sie gezielt das Gespräch an einem der Nachmittage, an denen Louisa im Salon unter den kundigen Augen Streichers auf dem Klavier spielte und Tante Clara nicht im Hause war. Bei einer Tasse Tee brachte sie ihr Anliegen geschickt vor, indem sie zunächst über ihre eigenen Pläne sprach: „Liebster, ich habe mir Gedanken gemacht, wie mein Leben weitergehen könnte.“

„Und, was ist dabei `erausgekommen?“ Jeans Blick verriet Wachsamkeit.

„Vor allem eines, mon cher, ich möchte in meinem Leben noch einmal etwas Sinnvolles und Neues machen.“ Johanna sprach mit fester Stimme.

„Mais oui, du `ast deine Familie und den Salon. Reischt dir das nischt?“ Jean zog die Augenbrauen hoch und schien nicht zu verstehen, worauf Johanna hinaus wollte.

„Nein, das reicht mir nicht.“ Johanna holte tief Luft und legte ihm ihre Gedanken dar. Natürlich hatte sie schon viele sinnvolle Dinge im Leben getan: Sie war als Hebamme in Amberg viele Jahre erfolgreich gewesen, hatte ihrem Vater in der Praxis geholfen und war ihrem Onkel später in der Apotheke zur Hand gegangen. Außerdem hatte sie schon einige Abenteuer erlebt, sodass auch diese Herausforderung nicht mehr nötig war. Und sie besaß viel Geld und Vermögen, musste sich also nicht um ihren Lebensunterhalt sorgen.

„Alors, qu’est-ce que tu veux encore[118]? Mach deinen Salon zu einer Institution und genieße das Leben!“ Jean schien begeistert von seinem Fazit und strahlte sie an.

„Liebster, das macht mich auf Dauer nicht glücklich.“ Johanna seufzte; das Gespräch war schwieriger, als sie dachte. „Weißt du, ich möchte noch einmal etwas Neues beginnen, etwas, das es vorher nicht gab. Vielleicht sogar eine Sache, die nicht nur Willen, sondern auch Mut erfordert. Vielleicht ein Geschäft oder ein eigenes Unternehmen...“

„Mon Dieu, gleisch so viel?“ Jean wusste offenbar nicht, ob sie das wirklich ernst meinte. Dann schlug er ihr vor, doch lieber Geld arbeiten zu lassen: „Du könntest investieren, n’est-ce que pas? In diese Wasserleitungen, die dieser Traitteur überall im Land baut zum Beispiel. Oder in die Schifffahrt, das `at Zu-

[118] Franz.: Also, was willst Du denn mehr?

kunft. Meinetwegen auch in diese Zucht von diese Seidenspinner, du weißt schon, die kleine Raupen, die Seidenfäden spucken."

Johanna platzte laut heraus. Raupen, die Seide spuckten, das war wirklich zu komisch. Spontan fiel ihr die Champignonzucht in Heidelbergs Ruinen ein, auch das hatte man ihr ja schon vorgeschlagen – einfach absurd. Jean fand das offenbar nicht, denn er schaute ein wenig eingeschnappt. Doch Johanna wollte keinen Streit und lenkte ein: „Liebster, das sind alles gute Ideen – bis auf die Seidenspinner. Ich glaube das funktioniert nicht so recht[119]. Aber ich möchte nicht, dass *andere* für mich arbeiten – ich möchte selbst etwas tun! Verstehst du das nicht?"

„Isch fürschte, nein", gab Jean zerknirscht zu. „Andere Frauen würden gerne genau so leben – und du willst alles anders. Je comprends rien[120]." Er rieb sich ratlos am Kinn und fügte hinzu: „Aber was auch immer du tun wirst – ich `elfe dir, ma chère. C'est promit[121]!"

Dankbar lächelte Johanna ihn an. Er hatte zwar nicht begriffen, worum es ihr eigentlich ging, würde ihr aber keine Steine in den Weg legen. Leider bedeutete das auch, dass Jean nicht mehr lange hier sein würde; so gut kannte sie ihn mittlerweile. Kurz entschlossen sprach sie ihn auch darauf an: „Wo wir gerade dabei sind, nach vorne zu schauen – was sind deine Pläne?"

Jean schluckte; das Thema war ihm sichtlich unangenehm. „Nun, isch werde wohl ..." begann er stockend, doch Johanna unterbrach ihn: „Wann musst du wieder los?"

„In acht Tagen." Nun hatte er es endlich ausgesprochen. Johanna war gleichzeitig erleichtert und entsetzt. So bald schon

[119] An allen großen Höfen des ausgehenden 18. Jahrhunderts versucht man sich mit der Seidenspinnerei. Über eine halbe Million Maulbeerbäume wurden in der Pfalz als Alleen bepflanzt und die Spinnereien in Heidelberg und Frankenthal mit Kokons versorgt.

[120] Franz.: Ich verstehe gar nichts.

[121] Franz.: Versprochen!

würde Jean sie also wieder verlassen? Sie fragte genauer nach und erfuhr, dass Jean an den preußischen Hof und nach München gerufen worden war, jedoch plante, im Sommer wieder in die Kurpfalz zu kommen. „Du musst wissen, die Kurfürstin verlangt, immer gut informiert zu sein. Sie will mich spätestens im August sehen."

„Tatsächlich?" Johanna wunderte sich, wie wichtig es der Kurfürstin war, Neuigkeiten von Jean zu erfahren. Oder steckte ein anderes Interesse dahinter? Begehrte Elisabeth Auguste ihren Jean vielleicht auch als Mann? Johanna wagte nicht, diesen Gedanken fortzuführen, zumal es nichts brachte. Denn wenn es so war und ihr armer Jean der Kurfürstin auch im Bett zu Diensten sein musste, würde er es ihr niemals erzählen – schon zu ihrer eigenen Sicherheit. Die Kurfürstin hatte man nämlich besser nicht zur Feindin.

„Dann treffen wir uns also im Sommer wieder?" Johannas Stimme war leise geworden.

„Oui, ma chère." Behutsam nahm Jean sie in den Arm. „Und bis da`in überlegst du dir, was du machen möschtest. Bevor du `ier unglücklisch wirst, nehme isch disch nämlisch mit!"

So liebevoll die Ankündigung aus dem Mund des Franzosen klang, so wenig war sie eine Option für Johanna. Das fehlte ihr gerade noch: Als unverheiratete weibliche Begleitung an der Seite eines zwar charmanten, aber windigen Spions durch Europa zu ziehen – das kam nun wirklich nicht infrage!

Der Abschied von Jean fiel allen schwer; sogar Louisa verdrückte ein paar Tränen. Dennoch war es diesmal anders – hatte er doch immer wieder betont, spätestens in vier oder fünf Monaten wieder da zu sein. Für Johanna bedeutete das neben einem kalten Bett, dass sie Zeit zum Nachdenken hatte. Außerdem plante sie bereits ihren nächsten Salon, den sie unbedingt noch vor der Faschingszeit am 27. Februar 1782 veranstalten wollte. Die Einladungen waren bereits geschrieben und sollten den Empfängern auf den ersten Blick klar machen: Hier ging es um wichtige Themen. Deshalb hatte sie ihrer Veranstaltung diesmal einen Namen gegeben, den sie in Zukunft beibehalten wollte, und zum *1. Mannheimer Intelligenz-Salon*[122] geladen. In einer Zeile darunter hatte sie das Thema mit *Neue Formen der Fortbewegung – einzigartige wissenschaftliche Exkurse* genauer spezifiziert. Außerdem hatte sie sich mit Hilfe von Dorothea Delph darum gekümmert, einen Erfinder zu gewinnen, der bereit war, seine jüngsten Ideen vor einem ausgewählten Publikum zu präsentieren. Für den musikalischen Rahmen war dank Streicher gesorgt – und diesmal würde es anstelle von Tee - Wein und salziges Gebäck geben. Nur Louisa, die erst in ein paar Wochen fünfzehn wurde, musste sich noch gedulden. Johanna wollte sie nicht zu früh in die Gesellschaft einführen.

Zwei Tage vor dem großen Ereignis wartete noch eine Überraschung auf Johanna: Ihr Frankenthaler Porzellan wurde geliefert. Sie hatte ihre kuriose Bestellung, bei der Freiherr von Bardenfleth recht ungewöhnliche Ideen eingebracht hatte, völlig vergessen und freute sich umso mehr. Direktor Feylner hatte sich selbst übertroffen: Die zwanzig Teller waren allesamt mit Motiven bekannter literarischer Werke illustriert – von antiken Stoffen bis hin zu einer unglaublich lebensnahen Darstellung Ifflands in der Rolle des Franz Moor. Die Kaffeetassen mit den dazugehörigen Untertellern trugen jeweils unterschiedliche Musikinstrumente, während sich auf den drei dazu passenden großen Serviertellern Dichter, Sänger, Tänzer und Musiker in einem zauberhaften Arkadien ein fröhliches Stelldichein gaben. Die Krönung war jedoch ein Glaskühler für Weingläser, dessen Bemalung man erst auf den zweiten Blick erkannte: Denn während das bauchige Gefäß, in dem die Eiswürfel ihre Kühlung vollzogen, mit Noten-Ranken verziert war, schlängelte sich um den gewellten oberen Rand nicht etwa – wie häufig üblich – eine Weinranke, sondern ein Kette bunter Bücher, die einmal geschlossen, einmal aufgeschlagen an eine bunte Wäscheleine im Wind erinnerten. Kurz: Johanna war begeistert

[122] Diese Veranstaltung, die in der Faschingszeit 1783 Premiere feierte, sollte schon bald in ganz Europa bekannt werden. So wurde der Mannheimer Intelligenz-Salon zum Vorbild für viele andere Treffen dieser Art, wobei man gerade in adligen Kreisen gerne vergaß, dass die Initiatorin ursprünglich bürgerlicher Herkunft war.

und sich schlagartig bewusst geworden, dass sie nun eine weitere Sensation im Salon zu bieten hatte[123]. In ihrer Aufregung übersah sie beinahe das Begleitschreiben Feylners, in dem er sich höflich dafür entschuldigt, dass er ihrem Salon in Zukunft mangels Zeit fernbleiben wolle. Einerseits bedauerte Johanna die Absage, da er so verpasste, wie sein Service bei ihren Gästen ankam. Andererseits war sie auch ganz froh, denn noch einmal wollte sie nicht in Porzellan investieren!

Der erste Mannheimer Intelligenz-Salon begann mit einem handfesten Skandal, was dazu führte, dass Johanna tagelang Stadtgespräch war. Schuld daran war ihr Redner, ein gewisser Hans Benz, der den geladenen und sehr gespannten Gästen seine pferdelose Reiskutsche vorstellen wollte. Dazu hatte er eine große Papierrolle mitgebracht und sich wie ein Mann von Stand angezogen, wie er glaubte. Doch Johanna traute ihren Augen kaum, in welcher Kombination er als Erster ihrer Gäste selbstbewusst einmarschierte. Benz sah eigentlich aus wie ein Kutscher. Er trug eine dreiviertellange Lederhose und dazu passend einen Lederdreispitz unter dem Arm. Seine schlecht sitzende sandfarbene Livree mit dem voluminösen Beffchen und der gestreiften Weste war längst aus der Mode. Am erstaunlichsten war allerdings sein Schuhwerk: Denn seine Füße steckten nicht etwa in den üblichen Halbschuhen, sondern in halbhohen Stiefelchen mit Absatz! Johanna fragte sich beunruhigt, wie ihre anderen Gäste auf diese Mischung aus Pferdekutscher, Lebemann und jeden Stil vermissenden Erfinder reagieren würden – zumal auch seine beiden Diener, die er mitgebracht hatte, aussahen wie Herumtreiber: Der eine schleppte eine überdimensionale zylinderförmige Tasche hinter Benz her, der andere hielt ein zusammengebundenes Federmäppchen bereit.

---

[123] Leider hat dieses einzigartige Salon-Service die zahlreichen Kriege, die auch in Mannheim für viele Zerstörungen sorgten, nicht überlebt. Nicht ein einziges Teil ist erhalten geblieben, was die Autorin sehr bedauert. Es wäre ihr nämlich ein außerordentliches Vergnügen, ihren eigenen Literaturkreis auf Liebhaberstücken dieser Art verköstigen zu können!

Doch das Publikum ließ sich zunächst nichts anmerken, auch wenn ganz sicher einige über Benz tuschelten. Die Zusammensetzung der Gäste war diesmal allerdings auch etwas anders, da neben Feylner auch die Damen de Pigage und Basconi kurzfristig abgesagt hatten. Sophia de la Roche war derzeit auf Reisen, konnte also nicht kommen. Dafür war Christian Mayer[124] erschienen, ein alter Bekannter der Bechtlers und anerkannter Wissenschaftler und Forscher auf vielen Gebieten. Johanna war recht erschrocken, als sie ihn begrüßte, da er mit seinen 63 Jahren sehr alt und gebrechlich wirkte. Ob er krank war? Auch hatte sie den Eindruck, dass er nicht jeder Unterhaltung mehr folgen konnte, freute sich jedoch, dass er sie mit seinem Besuch beehrte und in Wissenschaftskreisen geradezu adelte.

Wieder erschienen waren neben den Hofdamen der Kurfürstin, die Herren Verschaffelt, Iffland, Schwan, Dalberg, Lamey und Bardenfleth; außerdem stellte Johanna ihren Gästen das Brüderpaar Montgolfier vor, das ebenfalls an einer Erfindung bastelte, aber davon noch nichts verraten wollte. Neu dabei waren Cosimo Alessandro Collini[125], der als Leiter des Mannheimer Naturalienkabinetts eine Einladung erhalten hatte. Nicht direkt als Gäste, sondern eher als persönliche Unterstützung empfand Johanna ihre Freundin Dorothea Delph, den Musiker und Komponisten Andreas Streicher sowie Louisas Hauslehrer Ludwig van Tholen, den sie spontan eingeladen hatte.

Nachdem Johanna ihre Gäste begrüßt und die bewundernden Komplimente für ihr Salon-Service, wie Freiherr von Bardenfleth es ganz selbstverständlich bezeichnete, entgegengenommen hatte, stellte sie stolz und ein wenig aufgeregt ihren ersten Redner vor. Keiner der Anwesenden, mit Ausnahme von

---

[124] Christian Mayer war Jesuit, Physiker, Astronom, Kartograph und Meteorologe. Er lebte von 1719 bis 1783 und ist in Mannheim v. a. für die von ihm entwickelte Sternwarte bekannt. Er war ein enger Vertrauter des Kurfürsten, auch wenn er durchaus kritische Töne für seine Politik übrig hatte.

[125] Cosimo Alessandro Collini lebte von 1727 bis 1806 und war Hofhistoriograf und Leiter des Mannheimer Naturalienkabinetts. Berühmt wurde er u. a. für seine Tätigkeit als Sekretär Voltaires.

Christian Mayer, kannte Hans Benz, der von sich selbst behauptete, das Reisemobil der Zukunft entwickelt zu haben. Benz kam ursprünglich aus Pfaffenroth im Badischen und war Uhrmacher im Dienste des Karlsruher Hofes. Durch seine Heirat mit Adelheid Caus war er an Aufzeichnungen über eine mit Dampfkraft betriebene Gartenfontäne im Heidelberger Schloss gekommen, die ihn außerordentlich inspiriert haben sollen.

Während Johanna ihre Gäste noch über sein Wirken in den letzten Jahren informierte, entrollte der Forscher umständlich ein großes Plakat, das zwei Diener nun zwischen sich spannten und hoch hielten. Drei große, teilweise kolorierte Zeichnungen waren darauf zu erkennen: Bei der ersten handelte es sich um eine typische Postkutsche, die von vier Pferden gezogen wurde. Auf dem Bock saßen zwei Kutscher und lenkten das Gefährt.

Die zweite Illustration war hingegen eher ungewöhnlich: Wieder erkannte man die Kutsche, doch nun war sie nicht mit einem Gespann verbunden, sondern mit einem weiteren Wagen, auf dem ein dampfbetriebener Mechanismus mit zwei großen Rädern stand. Er wurde von einem Köhler in Betrieb gehalten, der kräftig einfeuerte. Die großen Räder des Dampfmechanismus waren mit den Deichseln der vorderen Kutschachse verspannt; über Züge ließ sich das vordere Gefährt von Kutschern lenken. Die dritte Zeichnung hatte noch Seltsameres zu bieten: Die bereits bekannte Postkutsche war hier deutlich höher. Im Bodenbereich schien ein hoher Kasten etwas Geheimnisvolles zu verbergen; Dampf trat durch ein Rohr nach hinten aus. Am erstaunlichsten war jedoch der Kutschbock: Dort saßen nämlich hinter einem kunstvoll geschwungenen Geländer zwei Damen von Stand, die offenbar größtes Vergnügen daran hatten, das Gefährt mit zwei Zügen zu lenken, die nicht nach vorne zu einem Gespann, sondern nach hinten ins Kutscheninnere führten. Was sollte das bitte bedeuten? Hans Benz hielt sich nicht lange mit Vorreden auf, sondern bat sein Publikum sofort näher zu treten und seine Illustrationen genau zu betrachten. Neugierig folgte man seinen Ausführungen.

„Wir werden schon bald keine Pferde mehr brauchen, um komfortabel reisen zu können“, begann er seinen Vortrag und schaute provozierend in die Runde. „Oder gibt es hier jemanden, der mir nicht glaubt?“

Johanna hielt den Atem an – und mit ihr ein Großteil ihrer Gäste. Benz vergriff sich ordentlich im Ton oder trieb er etwas Schabernack mit ihnen? Ratlos suchte sie den Blick Dorotheas, die jedoch nur hilflos mit den Schultern zuckte. Ausgerechnet eine Hofdame der Kurfürstin rettete die Situation, indem sie mit schleppender Stimme sichtlich gelangweilt bemerkte: „Nun, er wird uns sicherlich gleich verraten, was er sich für eine Narretei ausgedacht hat.“

„Narretei? Keine Narretei!“, ereiferte Benz sich sofort und seine Stimme wurde ein Spur zu hoch und zu schrill. „Gerade die Damenwelt sollte meinen Worten gut zuhören. Sie wird in Zukunft keinen Kutscher mehr brauchen!“

„Nun spannt uns nicht so auf die Folter, Benz“, quietschte die Delph dazwischen, und Andreas Lamey bemerkte süffisant: „Oder hat er Angst davor als Scharlatan entlarvt zu werden? Nicht, dass es uns weiter verwundern würde ...“

Durch die Skepsis seiner Zuhörer vollends aus dem Konzept gebracht, hüpfte Benz vor seinem Plakat hin und her und verrannte sich in wilde Thesen, an die sich hinterher keiner mehr so genau erinnern konnte. Der Kern seiner so genannten Erfindung war demnach offenbar die Überlegung, das Prinzip eines dampfgesteuerten Druckantriebs, wie er auch bei der Wasserfontäne im Hortus Palatinus in Heidelberg zum Einsatz gekommen war, für ein Fortbewegungsmittel zu verwenden. Pferde waren teuer und konnten nur bestimmte Strecken schaffen, ein mechanisches Gerät lief ohne Unterbrechung, vorausgesetzt es wurde irgendwie angetrieben. Für Benz lag es daher auf der Hand, Pferde und Kutscher durch den Mechanismus zu ersetzen. „Man benötigt dann nur noch einen Heizer und der muss nichts können und es kostet weniger als ein Kutscher“, fasste er zusammen.

„Und wie soll das funktionieren, so ganz ohne Zug und Lenkung vor der Kutsche?“ Bardenfleth fragte interessiert nach und deutete auf die dritte Illustration.

„Das sieht man doch!“, brauste Benz erneut auf. „Die Damen lenken selbst.“

Hysterisches Gekicher hinter rasch aufgeschobenen Fächern folgte: Die Hofdamen mochten sich eine solche Situation offenbar nicht einmal vorstellen, so albern fanden sie das!

„Ist das nicht ein wenig gefährlich?“, mischte sich nun auch Verschaffelt ein. „Damen, die eine Kutsche lenken – so etwas gibt es doch nur in schlechten Romanen!“

„Ihr irrt Euch, ihr irrt Euch alle miteinander!“ Benz wedelte mit seinen Händen über das Plakat und erklärte: „Die Kraftübertragung ist so genial gelöst, dass sogar Kinder diese mechanische Kutsche lenken könnten!“

„Also das ist doch wohl die Höhe!“, brachte sich Collini in Stellung und unterstrich seine Empörung durch ein ausladende Armbewegung. „Da behauptet Er ernsthaft, das Kutschfahren wäre ein Kinderspiel! Warum sitzen dann immer noch gestandene Männer auf den Böcken unserer Postkutschen, bitteschön?“ Beifall heischend sah er sich um, doch sein Auftritt fand offenbar nicht die gewünschte Beachtung, sodass er kleinlaut in die zweite Reihe zurücktrat.

„Isch `ätte da eine andere Frage“, kam es vorsichtig aus der anderen Richtung. Johanna sah auf, während das allgemeine Getuschel verstummte. Étienne de Montgolfier, der jüngere des französischen Brüderpaares, beugte sich interessiert über die dritte Zeichnung. „Sagt, wie schafft Ihr es, Monsieur Benz, dass die Temperatur in der Kutsche nischt unerträglisch ansteigt und die – excusez-moi, Messieurs Dames – culs[126] der Insassen verbrennen?“

---

[126] Franz.: ...– entschuldigen Sie, meine Damen und Herren, – die Ärsche ...

Johanna biss sich auf die Lippen, während die Hofdamen wieder hinter ihren Fächern kicherten. Dorothea vergaß alle Manieren und platzte laut heraus; kurze Zeit später fielen Iffland, Dalberg und Bardenfleth ein. Verschaffelt grinste über das ganze Gesicht und Lamey musterte das französische Brüderpaar interessiert. Nur Schwan schwieg – ob er Montgolfier nicht verstanden hatte?

So ging es offenbar auch Benz, denn er wusste mit der allgemeinen Heiterkeit nichts anzufangen. Van Tholen klärte ihn auf, indem er ihm die Übersetzung ins Ohr raunte. Benz bekam vor Ärger einen roten Kopf. „Macht Ihr Euch lustig über mich?“ Wütend rollte er sein Plakat wieder ein und stopfte es in die zylinderförmige Tasche, die ihm einer der Diener dienstbeflissen hinhielt. Offenbar kannten die beiden seine überstürzten Abgänge bereits. Suchend schaute Holz sich daraufhin im Raum um, bis er Johanna fand, die starr vor Schreck wartete, was als Nächstes passieren würde. Mit weit ausladendem Schritt stapfte Benz auf sie zu, griff rüde nach ihrer Hand, die er laut schmatzend küsste, um sich dann mit den Worten „Ihr könnt wahrscheinlich nichts dafür, werte Dame Santorini, aber Ihr umgebt Euch mit Banausen ohne Visionen. Arme Kurpfalz!“ Dann verschwand er schimpfend durch die Flügeltür, die Pavel ihm in weiser Voraussicht weit aufhielt.

„Oh mein Gott!“ Johanna ließ sich in einen ihrer beiden Prachtsessel fallen, obwohl das keinesfalls den Regeln der Etikette entsprach. Doch darauf kam es an diesem Abend ohnehin nicht mehr an.

„Was für ein Auftritt“, bemerkte nun auch Bardenfleth und trat zu ihr. „Sagt, glaubt Ihr, es wird wirklich irgendwann einmal eine Kutsche ohne Pferde geben?“ Er hatte seine Frage laut in die Runde gestellt.

„Nun, zumindest nicht in Mannheim“, konstatierte Lamey in gewohnt präziser Manier. „Diese Stadt wird Benz wohl nicht mehr sehen – und damit auch nicht in den Genuss seiner ... ähm ... Erfindung kommen[127].“

„Der Ansatz seiner Überlegungen ist aber sehr interessant.“ Mit ruhiger Stimme und einer liebenswert gelassenen Ausstrahlung brachte sich Joseph de Montgolfier, der ältere der beiden französischen Erfinder, in das Gespräch mit ein. „Grundsätzlisch ist die Idee nischt schlecht, das schwächste Glied einer Kette dursch etwas dauer`aft Stabiles zu ersetzen, n'est-ce que pas?“

„Aber sind nicht wir Frauen das schwache Geschlecht“, zwitscherte Dorothea vergnügt und schob sich nach vorne. „Ihr wollt doch nicht etwa uns ersetzen, oder?“ Sie kicherte ungeniert.

„Eh bien“, antwortete der Franzose etwas irritiert, „isch dachte e`er an die Pferde...“

„Wir haben Euch schon verstanden.“ Collini warf Dorothea einen missbilligenden Blick zu und wandte sich eifrig an die Brüder Montgolfier: „Euch, meine verehrten Herren, eilt der Ruf einer seriösen Wissenschaft voraus. Von daher verratet uns doch, wie Ihr die Entwürfe dieses Herrn Benz einschätzt.“

Die Gebrüder wechselten einen Blick, als ob sie sich dabei stumm beratschlagten. Dann ergriff Étienne das Wort: „Grundsätzlisch, davon sind wir überzeugt, kann gar nischt genug erfunden und geforscht werden. Nur so kommt der Mensch weiter in seiner Entwicklung.“

„Oui“, führte Joseph die Ausführungen fort, „und dieser Monsieur Benz ist ein kluger Kopf ohne Struktur. Ihm fehlt die Strategie, seine Ideen zu verkaufen. Leider wird er so nischt reüssieren.“

---

[127] Hier irrte Andreas Lamey gewaltig! Es war zwar nicht Hans Benz, der Ende des 18. Jahrhunderts einen Vorgänger des Automobils erfand, doch einer seiner Nachfahren einige Generationen später übernahm das dann – in Mannheim. Offenbar brauchten die Kurpfälzer recht lange, um die Benz'schen Familienerfindungen zu verdauen und an sie zu glauben...

„Wie meint Ihr das mit der Strategie?“ Jacob von Bardenfleth hatte den Worten des Franzosen aufmerksam gelauscht.

„Man muss einen Plan `aben, um das Ziel zu erreischen – und zwar von Anfang an.“ Étienne schien genau zu wissen, wovon er sprach. „Ohne Compagnons geht das nischt. Und ohne Geld leider auch nischt.“ Er seufzte und setzte leise hinterher: „Schade um den klugen Kopf. Er wird an seinen unge`örten Ideen verzweifeln, le pauvre[128].“

Eine nachdenkliche Stimmung war im Salon aufgekommen. Man unterhielt sich in kleinen Gruppen über das Geschehen, lediglich die Damen amüsierten sich immer noch köstlich über den unseligen Auftritt des Herrn Benz. Johanna gab Andreas Streicher ein Zeichen und dieser setzte sich an das Klavier. Es war seine Musik, die letztendlich den Abend rettete und noch einmal die Aufmerksamkeit aller Anwesenden auf sich zog. Lamey sollte darüber zwei Tage später in der aktuellen Ausgabe der *Mannheimer Zeitung* scheiben: „Streicher schlug ein Klavierkonzert von Haydn und (...) eine Klaviersonate von Clementi. Sein Spiel voll Ausdruck und Geist, sein genauer, äußerst fertiger Vortrag erhielt die Bewunderung und den verdienten Beifall aller Kenner.[129]“ Außerdem zählte Lamey in seinem Artikel die anwesenden Gäste auf und ließ sich zu der Bemerkung herab, dass der *1. Mannheimer Intelligenz-Salon im Hause Santorini einen vielversprechenden Auftakt zu weiteren lehrsamen Veranstaltungen oder Belustigungen sey.*

Als Johanna ihre Gäste verabschiedete, wusste sie trotzdem nicht, ob der Abend ein Erfolg war oder nicht. Erst die vielen Billets, die am kommenden Tag eintrafen, machten ihr klar, dass sie über Nacht zu einer Berühmtheit geworden war. Man lud sie ein, bat darum, auf ihre Gästeliste zu gelangen oder stellte ihr Erfindungen vor, die man untertänigst in ihrem Salon ins Gespräch zu bringen dachte. Johanna hatte keine Ahnung,

---

[128] Franz.: der Arme

[129] Diese Kritik zu Streichers Spiel stand tatsächlich in der Mannheimer Zeitung, allerdings erst in der Ausgabe vom 4. Dezember 1785 anlässlich eines Konzertes, das der Pianist in Heidelberg gab.

wie sie damit umgehen sollte. Ihr stand der Sinn weder nach vielen Gesellschaften, noch wollte sie zum Marktplatz für unmögliche Ideen werden. Der Mittelweg war ihre Sache, doch erschien es ihr immer komplizierter, ihn zu finden. Eine Einladung wollte sie jedoch unbedingt annehmen: Der Freiherr von Bardenfleth hatte sie darum gebeten, ihn auf einer Spazierfahrt in die Rheinauen zu begleiten, wenn es etwas wärmer würde – und Johanna hatte spontan zugesagt.

Zuvor bekam sie allerdings eine Vorladung in die Hofkammer – mit dem Hinweis, dort läge ein *Certificat d'hérédité*[130] vor, was Johanna sehr beunruhigte. Denn welcher Franzose – außer Jean – würde ihr etwas vererben, das offenbar so groß oder ungewöhnlich war, dass sich die Hofkammer dafür interessierte? Hoffentlich war ihm nichts passiert!

---

[130] Franz.: Erbschein

März 1783 bis Juli 1783

In der Faschingswoche ging niemand einer geregelten Arbeit nach. Auch die Hofbeamten nutzten den Aschermittwoch, um sich von ihren Sünden reinwaschen zu lassen. Deshalb machte Johanna sich erst eine Woche später auf den Weg in die Hofkammer. Wahrscheinlich hätte sie auch während der närrischen Tage aufgrund ihrer offiziellen Vorladung etwas erreichen können, doch insgeheim war sie froh über den kleinen Aufschub. Zum einen hatte sie Angst davor, es könnte sich tatsächlich herausstellen, dass Jean etwas zugestoßen war, und zum anderen scheute sie sich vor erneuten unangenehmen Gesprächen über ihre angeblichen Franzosenkontakte. Sie hoffte natürlich trotzdem, dass es um Letzteres ging – zumal sie von Jean für diese Situation bestens präpariert worden war. Wieso es ausgerechnet einen französischen Erbschein für sie geben sollte, konnte sie sich allerdings beim besten Willen nicht erklären.

Entsprechend angespannt machte sie sich auf den Weg zum Paradeplatz, wo die Hofkammer zahlreiche Kabinette im Obergeschoss des großen Kaufhauses unterhielt. Da sie seit ihrem skandalumwobenen letzten Salon in Mannheim eine kleine Berühmtheit geworden war, grüßte man sie allerorten oder schaute ihr zumindest neugierig hinterher. Im Übrigen fiel sie in der Stadt immer noch durch ihre hochmoderne Garderobe auf; der französische Einfluss ließ sich einfach nicht verleugnen, und die Mannheimer Damenwelt war in Sachen Mode der Zeit stets etwas hinterher. Johanna hatte es aufgegeben, nicht mehr auffallen zu wollen – wozu auch? In Mannheim tolerierte man ihre Extravaganz, die Nähe zum Hof machte sich bemerkbar.

Ihr Weg führte sie am Quadrat vorbei, in dem sich das prächtige Wohnhaus von Anton Verschaffelt befand. Er hatte – soweit sie wusste – im Moment viel Ärger auf der Baustelle für das neue Palais gegenüber vom Schloss, das Carl Theodor für die Kinder seiner verstorbenen Maitresse Bretzenheim errichten ließ. Böse Zungen behaupteten, dass die Kurfürstin höchstpersönlich ihre Finger im Spiel hatte und die Arbeiter für Bummelei und Pfusch bezahlte, doch weder Verschaffelt noch Johanna glaubten das. „Sie ist eifersüchtig und missgünstig, ja“, pflegte Verschaffelt zu sagen, „aber sie würde anderen keinen Schaden zufügen.“ Und da Elisabeth Auguste den berühmten Baumeister ebenfalls gern für ihre Projekte einspannte, wäre es geradezu dumm gewesen, ihn durch Sabotage länger als erforderlich in Mannheim festzuhalten, fand Johanna.

Am Ende des Blocks angekommen, bog sie in die breiten *Planken* ab. Obwohl der frühe Märzmorgen mild und sonnig war, hielten sich nur wenige Gespanne auf der Mannheimer Prachtallee auf. Offenbar kurierten viele noch die Nachwirkungen der Faschingszeit aus, vermutete Johanna. Sie hatte dem Trubel um Masken und laute Festivitäten noch nie etwas abgewinnen können und mied in jenen Tagen die Stadt, wann immer es ging. In der Zeit nach Aschermittwoch hingegen war es sehr angenehm spazieren zu gehen, da ja Fastenzeit war und die Menschen sich zumindest öffentlich in allem zurückhielten. Sogar im Kaffeehaus, an dem Johanna gerade vorbei lief, war eine ungewöhnliche Ruhe eingekehrt und niemand saß zu dieser frühen Stunde rauchend hinter einer Zeitung oder Kaffee trinkend ins Gespräch vertieft. Da der Hof in München weilte, schien auch im *Pfälzer Hof* nichts los zu sein, wo sich sonst gern wichtige Gäste oder Diplomaten einquartierten.

Sie überquerte den Paradeplatz in der Mittelachse, so dass sie direkt auf den hohen Turm des Kaufhauses zulief. Dabei kreuzte sie die hübschen Grünanlagen, die der weitläufigen Platzanlage ein ländliches Flair verliehen und bereits einige Singvögel angelockt hatten. Lediglich dem imposanten Brunnenbau musste sie ausweichen, ehe sie vor dem Haupteingang des Gebäudes ankam.

Das Mannheimer Kaufhaus erfüllte im Stadtleben viele Funktionen: Es war einst nach Plänen von Allessandro Galli da Bibiena[131] gebaut worden und weit über die Grenzen der Stadt für seine vielseitige Nutzung bekannt. Die gesamte Anlage ruhte auf insgesamt 72 umlaufenden steinernen Pfeilern, die Schwibbögen trugen, und besaß zur Neckarseite einen hohen Turm. Die Turmseite war gleichzeitig die Prachtfassade des Gebäudekomplexes und ließ keinen Zweifel daran, dass hier Macht und Wohlstand aufeinandertrafen. Johanna fand die Architektur nicht besonders gelungen. Sie störte sich vor allem an der Turmseite und fand das hohe Bauwerk proportional unausgewogen. Da die Turmfassade auch noch mit den derzeit modernen römischen Säulen und anderen antiken Elementen gegliedert war, sah das Ganze ihrer Meinung nach aus, als hätte ein kleiner Junge mit Bauklötzen gespielt. Das Ergebnis war imposant, aber eben nicht besonders schön. Lediglich die lange Seitenfassade des Kaufhauses gefiel ihr, da sie in ihrer Gleichmäßigkeit eine gewisse Würde und Ruhe ausstrahlte.

Im Gebäude gab es mehrere bürgerliche Wohnungen und Abteilungen der Kurfürstlichen Hofkammer in den Obergeschossen; so auch die Kurfürstliche Regierungs- und Kriegsrathskanzlei, das Rentamt und die Mehlwaage. Im Erdgeschoss unter den Arkaden und im Inneren dahinter war das Reich der Händler und Gewerbetreibenden. Hier befanden sich die Handelsniederlassungen Kurpfälzischer Manufakturen. Auch die Frankenthaler Porzellanproduktion besaß an dieser Stelle einen Verkaufsraum. Außerdem hatten sich innen kleine Läden eingemietet, die Kleidung, Galanteriewaren, Haushaltsartikel, Gewürze, Stoffe und Möbel verkauften. Außen unter den Arkaden trafen sich täglich die Händler mit frischer Ware, Marktschreier und Messeschausteller. Somit gab es hier fast alles in unmittelbarer Nähe, was sehr praktisch war. Kein Wunder also, dass jeder Händler in der Region versuchte, im Kaufhaus einen Platz zu ergattern – der guten Geschäfte wegen. Doch einfach

[131] Es entstanden im 18. Jahrhundert in der Pfalz in vielen Städten Kaufhäuser, so auch in Heidelberg und Speyer.

war das nicht; die zuständigen Beamten der Hofkanzlei ließen sich ihre Gunst bei der Verteilung von Ladenparzellen teuer bezahlen. Wer es jedoch geschafft hatte, an diesem Ort dauerhaft Handel treiben zu dürfen, konnte sich entspannt zurücklehnen: Hier gingen täglich so viele Käufer ein und aus, dass die Investition schnell zu einem satten Gewinn wurde.

Auch Johanna liebte es, durch die Läden und Standreihen im Kaufhaus zu schlendern. Oftmals entdeckte man hier Dinge, die neu oder fremd waren, oder sie kam mit Messeschaustellern ins Gespräch, die von weit her kamen. Was allerdings ihrer Ansicht nach fehlte, war ein Wirt, der die Besucher mit kleinen, schnellen Mahlzeiten versorgen konnte. Sie war sich ganz sicher, dass sich die Verweildauer der Besucher so noch steigern ließe. Doch das Gasthaus, das es im Inneren gab, verkaufte Pfälzer Saumagen und Bier – was die weibliche Kundschaft eher nicht ansprach. Natürlich gab es auch zwei Bäcker, einen Schlachter und eine feine Patisserie, aber wer biss schon in der Öffentlichkeit in Sahne-Gebäckstücke oder Würstchen? Eine Frau mit Manieren jedenfalls nicht.

Erstaunt bemerkte Johanna, dass an diesem Morgen auch das Kaufhaus und die Stände unter den Bögen nicht besonders gut besucht waren. Offenbar war nach dem Abzug Carl Theodors die ganze Stadt wieder in die Eintönigkeit einer Provinz zurückgefallen, was Johanna nichts ausmachte. Das einzige wirklich Ärgerliche daran war die Tatsache, dass bei all der Langeweile Kleinigkeiten von den hier verbliebenen Hofbeamten zu Staatsangelegenheiten hochstilisiert wurden, damit ihr eigenes, oft unsinniges Dasein eine politische Dimension und damit einen Sinn bekam. Sie vermutete, dass die Vorladung, der sie heute Folge leistete, auch in diese Schublade gehörte. Doch Johanna täuschte sich.

Nachdem sie ihre Papiere vorgezeigt hatte, durfte sie die Wachen passieren und die breite Treppe hinauf ins Obergeschoss steigen. Ihre Schritte hallten im steinernen Treppenhaus und Johanna fröstelte. Man hatte sie zum Rentamt geschickt, wo sie sich bei einem Prokurator Pauli melden sollte. Das wunderte sie: War nicht das Kurfürstliche Notariat für Erbangelegenheiten zuständig? Als Onkel Philipp gestorben war, hatte sie ein Kurfürstlicher Notarius aufgesucht und die Erbangelegenheiten mit ihr und Tante Clara geregelt. Allerdings ging es dabei ja auch um Besitz vor Ort – und nicht, wie in diesem Fall, um eine französische Erbschaft. Denn was sonst sollte dieses *Certificat d'Hérédité* bedeuten?

Endlich stand sie vor der schweren Tür, auf der in geschwungenen Lettern *Kurfürstliches Rentamt* zu lesen war. Johanna klopfte energisch an und wartete. Nichts geschah. Sie klopfte noch einmal, diesmal mit ihrer Faust. Ein lautes Knarren verriet ihr, dass sich innen zumindest etwas bewegte. Dann wurde die Tür langsam geöffnet. Vor ihr stand ein beinahe zwei Köpfe kleineres Männlein in gebückter Haltung. Um die Tür zu öffnen, hatte er sich vermutlich ordentlich anstrengen müssen, da der Türgriff hoch war. Das erklärte die ungewohnt lange Dauer des Öffnungsvorgangs, jedoch nicht, was Johanna ausgerechnet hier sollte.

„Ich suche den Prokurator Pauli“, trug sie ihr Anliegen vor und zückte das entsprechende Papier.

„Der bin ich. Was wollt ihr?“, fragte der klein gewachsene Mann unfreundlich. Dabei huschte er erstaunlich flink hinter seinen riesigen Schreibtisch und machte es sich auf einem gepolsterten Stuhl bequem. Johanna vermutete, dass der Kerl eine kleine Stiege hinter dem Tisch stehen hatte – wie sollte er bei seiner Größe sonst den Stuhl so schnell erklimmen können?

„Man hat mich vorgeladen.“ Johanna legte ihm das Papier vor. „Wegen eines französischen Erbscheins“, ergänzte sie. Gleichzeitig versuchte sie, das Alter des Prokurators zu schätzen. Vermutlich hatte er die Lebensmitte bereits überschritten, wobei sein kleiner Wuchs auch täuschen konnte. Zumindest sprach sein ausgeprägter Buckel für eine jahrelange, ungesunde Tätigkeit. Auch seine Hautfarbe sah danach aus: Sie besaß einen auffallenden Gelbton, was auf ein Leberleiden hinwies. Lediglich seine kleinen, aber blitzenden wasserblauen Augen verrieten Wachsamkeit und mahnten Johanna zur Vorsicht.

„Noch nie gehört“, raunzte Pauli und schob ihr das Papier zurück. „Ich bin für Finanzen zuständig und nicht für Erbschaften. Schon gar nicht von Franzmännern!“ Er verzog sein Gesicht verächtlich und funkelte Johanna böse an.

„Nun, dann werde ich unten noch einmal nachfragen.“ Johanna bemühte sich, ruhig zu bleiben, obwohl sie sich über das unhöfliche Benehmen des Prokurators ärgerte.

„Das werdet Ihr nicht!“, hielt Pauli sie mit lauter Stimme zurück. „Schließlich geht es hier um einen Vorgang der Hofkammer. Das geht die Wachleute nichts an.“

„Ja aber ...“, begann Johanna, doch sie wurde von Pauli sofort unterbrochen: „Da gibt es kein aber, Ihr bleibt hier, bis der Vorgang geklärt ist.“

Der Prokurator hüpfte von seinem Stuhl herunter und verschwand mit dem Papier hinter einer Tür, die Johanna zuvor nicht aufgefallen war. Sie schien in eine weitere Amtsstube zu führen. Von dort drangen gedämpfte Stimmen herüber, die den Anschein einer Diskussion erweckten. Offenbar war Pauli generell kein freundlicher Mensch und redete auch mit anderen in diesem Ton. Johanna zuckte die Schultern und atmete tief durch. Sie würde nie verstehen, warum Menschen freiwillig eine Arbeit in Kanzleien und Amtsstuben suchten – das konnte doch nur schlechte Laune machen!

Noch immer passierte nichts und Johanna wartete mit wachsender Ungeduld. Ihr Blick wanderte durch den Raum. In wandhohen Regalen lagen Aktenhaufen über Aktenhaufen, dazwischen Papierrollen und ab und zu gebundene Bücher. Das Ganze wirkte unordentlich, schien aber einem gewissen System zu folgen. Eine Leiter, die in der Zimmerecke lehnte, verriet ihr, dass die Regale regelmäßig bestückt wurden. Ob das Männlein hier dann immer hoch klettern musste? Sein Schreibtisch wirkte jedenfalls so, als ob ein fleißiger Mensch dahinter saß: Die Papierstapel waren ordentlich aufeinandergeschichtet und das Schreibwerkzeug lag in einer speziellen Schale. Daneben waren fein säuberlich die Siegel aufgereiht, mit denen Pauli wohl seine Zahlungsaufforderungen an abgabepflichtige

Bürger offiziell signierte. Beliebt war der Kerl ganz sicher nicht – bei dem Beruf!

In diesem Moment öffnete sich die Tür erneut. Der Prokurist starrte Johanna mit einem bitterbösen Blick an und murmelte: „Hofrat von Geritz erwartet Euch." Dabei trat er nur so weit zur Seite, dass Johanna gerade hindurch kam, ohne ihn zu berühren, was einer Unverschämtheit gleich kam. Doch Johanna blieb ruhig. Im Grunde tat Pauli ihr fast leid, so hässlich, krank und unbeliebt er offensichtlich war. Sie hoffte nur, dass die Unterredung mit dem Hofrat besser lief.

Matthias Claudius von Geritz empfing Johanna wider Erwarten freundlich. Der noch recht junge Hofbeamte bot ihr einen Stuhl an, blieb jedoch selbst angelehnt an seinen Schreibtisch stehen, während er Johanna über den Grund der Vorladung aufklärte. Er war studierter Notarius und in der Hofkammer für Auslandsangelegenheiten zuständig. Da die meisten der Kammerbeamten jedoch in Kurfürstlicher Nähe in München weilten, war seine Abteilung bei Erbangelegenheiten nun dem Rentamt angeschlossen, erläuterte er ihr. Warum aber in Johannas Angelegenheit ein solches Aufheben gemacht wurde, war ihm nicht klar, gab er freimütig zu.

„Sie hat eine Kiste aus Frankreich bekommen, die unser aufmerksamer Zoll abgefangen hat. Darin befand sich neben einigen Merkwürdigkeiten ein französischer Erbschein, hier!"

Von Geritz reichte ihr eine leicht vergilbte Papierrolle, auf der in verschnörkelter Schrift und französischer Sprache sinngemäß stand, dass ein gewisser Jean-Francois de Moulin aus der Region Lunéville, geboren am 12. Januar 1702 ihr, der Dame Johanna Santorini geborene Bechtler, bei seinem Ableben seine einzigartige Sammlung zur weiteren und gewinnbringenden Verwendung vermache. Darunter befand sich eine nicht zu entziffernde Signatur sowie ein amtliches Siegel mit dem Vermerk: verstorben am 16. Januar 1783, gegengezeichnet von einem königlich-französischen Notar namens du Zacharin.

Ratlos ließ Johanna das Papier sinken. Sie wusste weder, wer Jean-Francois de Moulin war, noch, warum dieser Mensch, der ja offensichtlich vor einiger Zeit im hohen Alter von 81 Jahren gestorben war, ihr etwas vererbte. Um was ging es dabei überhaupt?

Von Geritz hatte sie genau beobachtet, während sie las und vermutlich schnell erkannt, dass Johanna nicht die Spur einer Ahnung hatte, was es mit dieser Erbschaft auf sich hatte. Denn er war ausgesprochen freundlich, als er sie fragte: „Ist Ihr dieser französische Monsieur de Moulin nicht bekannt?"

Johanna schüttelte den Kopf: „Nein, Euer Gnaden, ich habe den Namen noch nie gehört."

„Aber Sie war doch einige Zeit in Frankreich, nicht wahr? Ist er Ihr dort vielleicht einmal vorgestellt worden?"

„Nein, ich kann mich absolut nicht daran erinnern. Was hat dieser Moulin denn zu Lebzeiten gemacht?" Vielleicht würde ihre Erinnerung so einen wichtigen Hinweis erhalten.

„Tja, das wissen wir nicht so genau." Der Hofrat runzelte die Stirn. „Nach unseren Erkenntnissen war er eine Art Landwirt."

„Ein Landwirt?" Johanna wusste für einen kurzen Moment nicht, ob der Beamte sie hochnahm, doch sein ernster Blick sah nicht danach aus. „Ich hatte in Passy keinen Kontakt zu Landwirten."

„Und in Lunéville? Sie ist doch über Lunéville zurück in die Kurpfalz gekommen, oder?" Von Geritz war offenbar gut informiert.

„Ja, das bin ich, aber als Durchreisende. Übrigens gemeinsam mit meinen Kindern, einer Gouvernante und allerlei Hausrat."

Langsam war es an der Zeit, auf den eigentlichen Kern der Sache zu kommen, fand Johanna und fragte nach: „Woher sollte ich diesen Menschen also kennen? Und um was für eine Erbschaft geht es hier überhaupt?"

„Tja, genau das wüssten wir auch gerne", seufzte der Hofrat und fügte leise hinzu: „vor allem die Kurfürstin."

„Die Kurfürstin?" Johanna erschrak. Was hatte Elisabeth Auguste damit zu tun?

„Ihre Durchlaucht interessiert sich für alles, was mit einem Geheimnis umgeben ist, muss Sie wissen“, erläuterte von Geritz ihr mit gequältem Gesichtsausdruck. „Schließlich vertritt sie die Interessen Ihrer Durchlaucht, dem hochwohlgeborenen Kurfürsten Carl Theodor. Und sie nimmt ihre Aufgabe sehr ernst.“

Das bezweifelte Johanna nicht. Elisabeth Auguste verfügte über ein feines Netz an Informanten und Spionen – allein schon, um über die Maitressen ihres Mannes im Bilde zu sein. Auch Johanna selbst war ja schon mehrfach in den Fokus des Kurfürstlichen Interesses geraten; allerdings ging es dabei in der Regel um Geld oder Informationen und nicht um Erbschaftsangelegenheiten.

„Ich verstehe nicht ganz...“, versuchte Johanna ihre Gedanken zu sammeln und schaute den Hofrat fragend an. „Was hat das alles mit mir zu tun?“

„Komm Sie mit!“, antwortete dieser lediglich und führte sie in ein kleines Kabinett mit schmucklos verputzten Wänden, in dem sich nur ein einfacher Holztisch in der Mitte befand. Auf dem Tisch stand eine geöffnete Kiste, in der mehrere Schachteln und Stoffsäckchen lagen; daneben hatte man eine Papierrolle aufgestellt, nach der von Geritz nun griff. „Könnt Ihr Euch das erklären?“ Er reichte Johanna die Rolle.

Johanna, die sich fragte, was wohl alles in dieser Kiste verborgen war, begann zu lesen: *Si la valeur de ces bijoux sait estimer, alors à elle! Faites de l'or et de l'argent de cela et jouyez de votre vie. La tempête rompt bientôt détaché! Mais êtes certaine: Cette richesse survivra à tout. Vous savez traiter cela*[132].

Entgeistert starrte sie den Hofrat an, der jede ihrer Regungen genau verfolgt hatte: „Juwelen? Welche Juwelen?“

---

[132] Franz.: Wenn einer den Wert dieser Juwelen zu schätzen weiß, dann Ihr! Macht Gold und Silber daraus und genießt Euer Leben. Der Sturm bricht bald los! Doch seid gewiss: Dieser Reichtum wird alles überdauern. Ihr werdet damit umzugehen wissen.

„Das fragen wir uns auch.“ Seine Antwort klang ratlos und ein wenig ironisch. Er deutete auf die geöffnete Kiste und sagte: „Das Schreiben lag hier obenauf. Sie darf jetzt die Schachteln öffnen.“

Mit zitternden Händen griff Johanna nach dem ersten Kästchen, das aus sehr dünnem Holz gefertigt war. Es war ganz leicht; Schmuck konnte also nicht darin sein. Sie hob den Deckel vorsichtig und schaute hinein. Ein Bündel getrockneter Blätter lag darin, sorgsam in Pergament eingewickelt. Auf den ersten Blick sah es aus wie Minze. Johanna roch daran: Es war Minze. Fragend blickte sie zu von Geritz, der aufmunternd nickte, und sie öffnete auch die anderen Stoffsäckchen und Schachteln. In allen befanden sich Pflanzensamen, getrocknete Blätter oder Pulver, die Johanna teils zuordnen konnte, teils noch nie zuvor gesehen hatte. Darunter erkannte sie Teeblätter, Kaffeepulver, getrocknete Rote Beete, getrocknete Beeren, aber es gab auch einige fremde Pflanzen und Wurzeln. Auch ein Becher Honig kam zum Vorschein. Was sollte das alles? Und vor allem: Wo waren die angekündigten Juwelen?

Johanna griff erneut zu dem Papier und las es noch einmal. „Wenn einer den Wert dieser Juwelen zu schätzen weiß ...“, hieß es darin. Sie dachte nach. Von Schmuckstücken, die man sofort als solche erkannte, war darin nicht die Rede, sondern nur von einem verborgenen Wert. Aber was war an den Pflanzen so kostbar, dass sie Juwelen gleich kamen? Ihre Augen glitten weiter und blieben am letzten Satz hängen: Sie würde damit umzugehen wissen, schrieb der unbekannte Verfasser. Was mochte das nur bedeuten?

„Ihre Durchlaucht die Kurfürstin wüsste gerne, um welche Juwelen es hier geht“, holte Hofrat von Geritz Johanna aus ihren Gedanken zurück in die Amtsstube. „Schließlich scheinen sie ja einigen Wert zu besitzen.“

Täuschte Johanna sich, oder hatte sie den Anflug eines spöttischen Grinsens in seinem Gesicht wahrgenommen?

„Das wüsste ich auch gern“, antwortete sie wahrheitsgemäß und schaute von Geritz offen an. „Ich habe nicht die leiseste

Ahnung, wie aus ein paar Wurzeln und Teeblättern kostbare Colliers und Goldmünzen werden sollen, Euer Gnaden!“

Endlich lächelte von Geritz, das Eis war gebrochen. Johanna hatte offenbar die richtige Mischung aus Erstaunen und Offenheit gezeigt und es dabei nicht an Wertschätzung für den Hofrat fehlen lassen. Er schätzte das Ganze nun als einen Streich ein, den man der Dame Santorini gespielt hatte und entschuldigte sich für die Umstände.

„Ich werde einen entsprechenden Bericht schreiben und um Erlaubnis bitten, Ihr dieses Kräuterpaket übergeben zu dürfen“, schloss er die Unterredung mit Johanna ab. „Ein Bote wird Ihr diese ungewöhnliche Erbschaft in den nächsten Tagen zustellen.“ Er räusperte sich und fügte hinzu: „Ach ja, es werden für Sie keine Gebühren anfallen; der Ausgangswert erscheint mir dafür zu gering.“

Dankbar lächelte Johanna den Hofrat an und verabschiedete sich in aller Förmlichkeit. Von Geritz ließ sie direkt zurück in den Flur hinaus, sie musste also nicht noch einmal an dem unangenehmen Prokurator vorbei. Sie eilte die Treppen hinunter und verließ das Gebäude nicht ohne die Wachen höflich zu grüßen. Aufatmend trat sie hinaus in die Frühlingssonne. Irgendjemand hatte sich einen Spaß mit ihr erlaubt – kam das Paket etwa von Jean? Aber es passte nicht zu ihm und vor allem: Welchen Sinn sollte es haben?

Leise vor sich hin lachend schlenderte Johanna nachhause. Sie konnte sich nur zu gut vorstellen, warum die Kurfürstin sich für das Paket interessierte! Schließlich war von Juwelen die Rede – und das Ganze schien sehr geheimnisvoll. Wahrscheinlich fühlte Elisabeth Auguste sich an das Rätsel rund um den Medici-Schatz erinnert und hegte möglicherweise sogar den Verdacht, dass es hierbei um weitere Kostbarkeiten aus dieser Quelle ging! Kein Wunder also, dass sie ihre Beamten darauf angesetzt hatte. Doch diesmal würde sie enttäuscht werden – ein paar getrocknete Pflanzen ließen sich wohl kaum vergolden. Was die Kurfürstin wohl mit dem ganzen Geld aus dem

Schatz gemacht hatte? War etwa schon alles aufgebraucht? Johanna beschloss, Verschaffelt bei Gelegenheit danach zu fragen; vielleicht wusste er mehr darüber. Es war doch auffällig, dass Elisabeth Auguste so offensichtlich darum bemüht war, an Geld zu kommen!

In den nächsten Tagen vergaß Johanna das merkwürdige Paket, da sie viel Korrespondenz zu erledigen hatte. Außerdem plante sie bereits ihren nächsten Intelligenz-Salon, den sie Ende April mit den Gebrüdern Montgolfier als Gastredner veranstalten wollte. Als die Kiste einige Tage später geliefert wurde, ließ Johanna sie in ihre Bibliothek bringen. Sie wollte sich bei Gelegenheit damit befassen. Das merkwürdige Schreiben nahm sie allerdings heraus und verschloss es in einem Geheimfach ihres Sekretärs – nicht dass es in falsche Hände geriet und unnötige Begehrlichkeiten weckte.

Noch vor dem Salon stand eine gemeinsame Ausfahrt mit dem Freiherrn von Bardenfleth an, zu der er sie wie angekündigt an einem warmen Vormittag Ende März höflichst eingeladen hatte. Versorgt mit einem Picknickkorb, den Lucille sorgfältig gepackt hatte – und unter den neugierigen Augen ihrer Tante, die einen Heiratskandidaten in Bardenfleth witterte – bestieg Johanna in eleganter Reisekleidung die offene Kutsche des Freiherrn. Er freute sich sichtlich, sie zu sehen und begann sofort eine lockere Plauderei über ihren letzten Salon, während die Kutsche die Stadt durch das Rheintor verließ. Nicht eine Minute kam dadurch eine verlegene Stimmung auf – im Gegenteil: Johanna stellte fest, dass Jacob von Bardenfleth ein interessanter, weitgereister und vor allem sehr belesener Zeitgenosse war.

„Ihr werdet sicherlich schon gehört haben, dass meine Vergangenheit nicht ganz geradlinig verlief", begann er irgendwann mit ernster Miene und schaute Johanna tief in die Augen. „Damit zwischen uns keine Missverständnisse entstehen, werte Dame Santorini, ist es mir wichtig, dies vorab klarzustellen."

Johanna hörte gespannt zu. Was wollte Bardenfleth ihr sagen? Einiges hatte Dorothea Delph über ihn ja schon angedeutet, aber das waren doch alles Gerüchte.

„Ich ... ich habe meine Frau Aliénor sehr geliebt“, fing Bardenfleth wieder an. „Und ich werde nie eine andere Frau mehr so lieben können, das weiß ich.“ Er atmete tief durch und stieß dann hastig hervor: „Ich sage Euch das, damit hier kein falscher Eindruck entsteht: Ich schätze Euch als kluge Salonière, als gebildete und humorvolle Frau. Aber ich hege keine weiteren Absichten.“

Johanna lacht laut heraus. „Aber werter Freiherr, um Gottes willen!“ Sie musste sich kurz sammeln, nicht dass er sie falsch verstand. „Auch ich bin Eurer Einladung nicht gefolgt, um mir einen neuen Gatten zu suchen – auch wenn meine Tante das gerne so hätte.“

Sie schmunzelte und fügte hinzu: „Außerdem haben wir beide – soweit ich informiert bin – außer einigem Vermögen, relativ viel Wissen und zahlreichen gemeinsamen Interessen eine nicht ganz lupenreine Vergangenheit oder irre ich mich?“

„Ach, Ihr auch?“ Er lächelte. „Nun, in einem anderen Leben war ich einmal ein pfiffiger Handwerkersohn in Norddeutschland.“ Sein Lächeln verschwand und um seine Lippen bildete sich ein bitterer Zug. „Aber kein Glück, kein Aufstieg dieser Welt ist von Dauer, das habe ich lernen müssen.“

„Aber auch das Unglück und der Abstieg nicht“, widersprach ihm Johanna energisch. „Ich war in meinem anderen Leben einmal die Tochter eines Mörders und Selbstmörders und eine unglückliche Witwe müsst Ihr wissen. Und heute? Steht mir die Welt offen!“ Sie suchte seinen Blick.

Er zögerte einen Moment und gab dann zu: „Ich hörte bereits davon. Übrigens auch von Eurer nicht ganz gesellschaftsfähigen französischen Liaison. Daher mein Hinweis auf meine nicht vorhandenen Absichten. Bitte entschuldigt, ich wollte Euch nicht kompromittieren.“

„Das habt Ihr nicht, werter Freiherr.“ Johanna schluckte. „Und was Jean de la Frontière betrifft: Er ist meine große Liebe, allerdings ohne Hoffnung auf ein langes Leben miteinander. Die Umstände sind schwierig.“

Sie schnaubte leise und murmelte: „Somit sind wir beide im Herzen vergeben und im Geiste frei. Seelenverwandte also.“

„Das habt Ihr sehr schön gesagt, Johanna.“ Bardenfleth nickte ihr anerkennend zu. „Und was habt Ihr so vor in nächster Zeit?“

Johanna legte ihm ihre Pläne für die nächsten Intelligenz-Salons dar, die sie im Geiste bereits zusammengestellt hatte. Bardenfleth war sehr angetan und sicherte ihr seine Unterstützung zu: „Wenn Ihr irgendetwas aus Büchern sucht, wenn Ihr wissen wollt, wo Ihr etwas Bestimmtes findet oder einer Sache im Vorfeld nachzugehen wünscht“, er zwinkerte ihr zu, „damit nicht wieder so ein Herr Benz den Abend beinahe ruiniert, dann fragt mich. Ich kenne jede Bibliothek zwischen Nord- und Bodensee und bin Spezialist für Bücher.“

„Ach, wirklich?“ Johanna horchte auf. „Seht Ihr Euch auch in der Lage, unbekannte Pflanzen in der Literatur zu finden?“

„Warum nicht!“ Bardenfleth schaute sie neugierig an. „Um was geht es denn?“

In wenigen Worten schilderte Johanna ihm die Angelegenheit mit der merkwürdigen französischen Erbschaft. „Bislang ergibt das alles keinen Sinn“, gab sie zu, „doch vielleicht liegt der Schlüssel in den Pflanzen selbst.“

„Klingt zumindest nach einer Option“, gab Bardenfleth zu. „Könnt Ihr sie mir zeigen, so dass ich sie abzeichnen kann?“

Sie vereinbarten, dass der Freiherr gleich nach der Ausfahrt einen Blick in die geheimnisvolle Kiste werfen sollte. Johanna bemerkte, dass Bardenfleth Freude daran hatte, harte Nüsse zu knacken, denn ihm ließ auch der Brief keine Ruhe: „Werte Dame Santorini, ich bin mir ganz sicher, dass Ihr da etwas Vielversprechendes geerbt habt, auch wenn Ihr noch nicht wisst, was und von wem. Aber wir werden es gemeinsam herausfinden!“

Gegen Mittag suchten sie sich einen sonnigen Picknickplatz und genossen die delikaten Köstlichkeiten und den Wein, die sich in Lucilles Korb befanden. Dabei erzählte Bardenfleth freimütig und oft sehr witzige Anekdoten aus seinem Leben, und Johanna amüsierte sich köstlich. Immer wieder fragte er sie auch nach ihren Erlebnissen und war sehr beeindruckt, als er von ihrer Freundschaft mit Goethe hörte.

„Ja, aber ihm geht es im Moment nicht so gut, glaube ich. Sein Vater ist gestorben“, erzählte Johanna nachdenklich. Der letzte Brief von Goethe war auffallend ruhig und verhalten gewesen; auch hatte er mit keinem Wort ihre Absage für die Ilmenauer Wertpapiere erwähnt. Nur über Schiller schimpfte er einige Zeilen lang – offenbar war sein Ruf als Frauenheld bereits nach Weimar gelangt. Streicher hingegen lobte Goethe in höchsten Tönen, was Johanna nun dazu veranlasste, Bardenfleth nach ihm zu befragen.

„Andreas Streicher? Ich halte sehr viel von ihm“, antwortete dieser spontan. „Ein guter Komponist und Pianist und – soweit man hört – auch ein begnadeter Pädagoge. Die Damen scharen sich ja förmlich um ihn, um Unterricht zu erhalten!“ Er grinste vergnügt.

„Ja, das habe ich auch schon festgestellt.“ Johanna lachte. „Wie gut, dass ich die Erste war, die ihn in Mannheim verpflichten konnte. Louisa mag ihn und seinen Unterricht.“ Sie nahm die Gelegenheit wahr und berichtete von dem nächtlichen Erlebnis mit Schiller und Streicher, was Bardenfleth doch sehr erstaunte.

„Ihr scheut auch kein Abenteuer, nicht wahr?“, fragte er anerkennend.

„Umgekehrt!“, lachte Johanna, „die Abenteuer suchen mich. Aber ja, eine Herausforderung nehme ich gerne an. Das verleiht dem Leben doch Würze und neuen Schwung.“

Johannas 2. *Intelligenz-Salon* fand Ende April am Donnerstag nach Ostern statt. Unglücklicherweise wurde er von zwei Todesfällen überschattet: Der Komponist Ignaz Holzbauer[133], der Mannheim zu einem Zentrum der europäischen Musik gemacht hatte und Zeit seines Lebens sehr viele bekannte Opern herausgebracht hatte, war am 7. April kurz nach der Premiere seines *Tancredi* gestorben. In Mannheim betrauerte man ihn sehr, zumal er es auch nach dem Kurfürstlichen Wechsel nach Bayern stets bevorzugt hatte, die Stellung in der Quadratestadt zu halten und sein Lebenswerk am Rhein zu vollenden. Sogar Wolfgang Amadeus Mozart, der sonst nicht zimperlich mit seinen Zeitgenossen umging, hatte über ihn einmal gesagt: *die Musick von Holzbauer ist sehr schön. [...] am meisten wundert mich, daß ein so alter Mann wie holzbauer, noch so viell geist hat; denn das ist nicht zu glauben was in der Musick für feüer ist*[134].

Leider war auch Christian Mayer, der hochgeschätzte Kurfürstliche Hofastronom, überraschend am 16. April verstorben, wobei Johanna sich daran erinnerte, dass er bereits bei ihrem letzten Salon krank und gebrechlich wirkte. Sie bedauerte es sehr, ihn nicht noch einmal in seiner Sternwarte besucht zu haben – gehörte er doch zu den wenigen Menschen, die ihre gesamte Geschichte kannten und ihr stets wohlwollend zur Seite standen. Doch nun war es zu spät und Johanna hatte das Gefühl, den beiden zumindest gedenken zu wollen. Deshalb begann sie den Salon diesmal mit Holzbauers Konzert C-Dur für Cembalo, das Andreas Streicher virtuos auf dem Piano umsetzte und das ihm viel Beifall einbrachte.

Erst danach begrüßte Johanna ihre Gäste offiziell: Neben den Gebrüdern Montgolfier und ihren Stammgästen, den Herren Iffland, Bardenfleth, Schwan, Dalberg, Lamey und Verschaffelt hatte sich besonders Hofrat von Geritz über ihre Einladung gefreut. Ebenfalls wieder dabei waren die drei Hofdamen der

---

[133] Ignaz Jacob Holzbauer (1711-1783) war Komponist und einer der Mitbegründer der „Mannheimer Schule“.
[134] Aus dem Brief von Mozart an seinen Vater vom 5. Januar 1777

Kurfürstin, Antonia Freifrau von Sickingen, Theresia Freifräulein von Helmstatt und Elisabeth Augusta von Vieregg, dann Madame de Pigage, Dorothea Delph und Sophia de La Roche, die Johanna anerkennend zuraunte, mit ihren Salons etwas ganz Neues geschaffen zu haben. Daneben trat Louisa Santorini das erste Mal öffentlich in Erscheinung. Sie trug ihr neues Kleid, das aus dem Weihnachtsgeschenk von Jean geschneidert worden war, und sah ganz reizend aus. Das fand offenbar auch Hauslehrer Ludwig van Tholen, der keinen Moment von ihrer Seite wich. Johanna hatte den Eindruck, dass beide sich sehr mochten.

Erstmals Gast in Johannas Salon war auch Freiherr Stephan von Stengel, der sich mehr oder weniger selbst eingeladen hatte. Er war zu Zeit in Kurfürstlichem Auftrag in Mannheim und hatte sich die Gelegenheit nicht nehmen lassen, auf diesem Weg wieder Kontakt mit Johanna aufzunehmen, nachdem sie einige Jahre nichts mehr voneinander gehört hatten. Es war daraufhin für Johanna nicht möglich gewesen, den Freiherren nicht auch zu ihrem Salon zu bitten – und daher stand er nun staunend in der Mitte des Raumes und ließ sich von Verschaffelt die Umbaumaßnahmen erklären.

Von Geritz, den eigentlich keiner der Anwesenden gut kannte, brachte sich selbst ins Gespräch, indem er den vergnügt lauschenden Herren vom Theater die Geschichte mit Johannas französischer Erbschaft kolportierte. „Man stelle sich einmal vor: Es werden Juwelen angekündigt – und drin sind Kräuter! Nein wie komisch!"

Iffland und Dalberg amüsierten sich köstlich; lediglich Verleger Lamey bemerkte süffisant: „Solange es keine Giftpflanzen sind..."

Niemand hörte ihn – außer Johanna. Erschrocken blickte sie auf: Daran hatte sie noch gar nicht gedacht! Sie suchte den Blick von Bardenfleth, doch dieser beschrieb den Hofdamen der Kurfürstin gerade ausführlich, welch unsittliche Literatur er einst im Kloster Maulbronn gefunden hatte, was die Damen aufgeregt hinter ihren Fächern kichern ließ. Sie würde den Freiherrn später dazu befragen müssen.

Unterdessen hatten Joseph und Étienne de Montgolfier damit begonnen, einen Kartenständer aufzustellen. Die Holzkonstruktion war so gebaut, dass sie mühelos ein breites Plakat halten konnte, ohne dass man dafür Gehilfen brauchte. Johanna wies Lucille und Pavel an, mit dem Servieren von würzigen Lebkuchen und süßem Likör aufzuhören, um den Vortrag der Brüder nicht zu stören. Dann griff sie nach einem kleinen Glöckchen und begann: „Liebe Freunde des zweiten Mannheimer Intelligenz-Salons! Es ist mir eine große Freude, Euch alle in großer Zahl wieder oder auch neu in meinen bescheidenen Räumen willkommen zu heißen."

Sie nickte hier und da in die Runde und fuhr mit einem liebevollen Lächeln im Gesicht fort: „Ganz besonders freue ich mich, dass meine Tochter Louisa zu diesem besonderen Anlass dabei ist – ich denke, sie wird heute Abend viel lernen."

Louisa knickste artig und lächelte verlegen.

„Ich möchte es aber nicht versäumen", sprach Johanna weiter, „gerade im Angesicht zweier bedeutender Erfinder und Forscher wie den Gebrüdern Montgolfier, an einen Menschen zu denken, der heute leider nicht mehr hier sein kann." Sie schluckte. „Christian Mayer hätte das Thema sicherlich außerordentlich interessiert – immerhin geht es heute ja auch um etwas, das im Himmel stattfindet, nicht wahr? Ich finde, wir sollten seiner stets gedenken, wenn wir nach oben schauen."

Bedrückte Stille folgte ihren Worten. Johanna nickte dem französischen Brüderpaar zu und trat ein wenig zurück. Dann begann Étienne de Montgolfier zu sprechen. Er kam direkt zur Sache und erläuterte des Salongästen anhand detaillierter Illustrationen das Unglaubliche: Schon bald würde auch der Mensch fliegen können! Das Prinzip, das sich dahinter verbarg, klang zunächst einfach: Man befestigte einen leeren, großen Ballon mit Seilen an einem Korb. In dem Korb entfachte man ein Feuer, woraufhin heiße Luft nach oben stieg und den Ballon füllte.

„`eiße Luft wird zu Gas – und Gase sind leichter als Luft“, bemerkte Joseph für all jene Anwesenden, die der Physik nicht mächtig waren.

„Oui – und was passiert?“, Étienne blickte triumphierend in die Runde, doch niemand der Anwesenden wusste die Antwort. „Nun gut, isch werde es `ier zeigen.“

Er deutete auf drei Zeichnungen, die demonstrierten, dass der Ballon über dem Feuer immer praller wurde – und am Ende vom Boden abhob!

„Jawohl, der Ballon fliegt!“ Étienne hatte sich in Schwung geredet und fuchtelte dabei wild mit seinen Armen herum. „Es ist also möglisch, mit ganz einfachen Mitteln zu fliegen – auch für uns Menschen. Ist das nischt großartig?“

„Moment ...“ Verleger Schwan trat vor und studierte die Zeichnung. „Das klingt alles sehr schlüssig, meine Herren, zumindest in der Theorie. Aber woher wollen wir wissen, ob das auch stimmt?“ Zustimmendes Gemurmel folgte auf diesen Beitrag, doch es schien die Brüder nicht aus dem Konzept zu bringen. Im Gegenteil: Sie wirkten eher amüsiert, weshalb Verschaffelt energisch forderte: „Nun, dann sollen sie es doch einfach beweisen!“

„Nischts leischter als das!“, rief Étienne durch den Saal und griff in einen Weidenkorb, der hinter ihm stand. „Wenn die `erschaften bitte kurz vor das `aus treten würden? Wir präsentieren den `errschaften *La Montgolfière*![135]“

Auf Johannas Zeichen hin öffnete Pavel die Flügeltüren, während Lucille den empfindsameren Damen ihre Mäntel reichte. Dann bewegte sich die gesamte Salongesellschaft aufgeregt schwatzend nach draußen. Stefan von Stengel nutzte die Gelegenheit, dabei neben Johanna zu treten und zu bemerken: „Wie

---

[135] In Wirklichkeit fand dieser erste Versuch erst einige Monate später in Paris statt. Der Autorin sei diese Freiheit verziehen, zumal das Experiment in der Kurpfalz mit Heißluftballons von Andreas Traitteur und anderen begeisterte Nachahmer fand. Sogar die Kurfürstin ließ es sich nicht nehmen, am 14. April 1784 höchstpersönlich einem solchen Ereignis beizuwohnen.

ich sehe, geht es Euch gut, werte Johanna – auch wenn Ihr in Eurem Leben nicht nur Glück hattet. Ich freue mich für Euch." Er senkte seinen Kopf näher zu ihr und flüsterte: „Ihr seht immer noch hinreißend aus." Dann richtete er sich auf und tat so, als wäre nichts gewesen.

Johanna musste heimlich grinsen. Stengel hatte sich nicht verändert. Immer noch ein Ausbund an Anstand und Etikette, wie langweilig. Ob er zufrieden war mit seinem Leben im Umkreis des Kurfürsten? Johanna beschloss, ihn einfach zu fragen: „Wie ich hörte, seid Ihr Kabinettsdirektor geworden?"

„Ja, und verheiratet bin auch ..." – er stockte kurz – „... seit damals."

„Habt Ihr Kinder?", Johanna ignorierte seine Verlegenheit und hakte nach.

„Ja, es sind bereits sechs – und das siebte ist unterwegs." Das Gespräch war Stengel sichtbar unangenehm. „Ich bin allerdings nicht sehr häufig zuhause, da ich viel für die meteorologische Gesellschaft unterwegs bin."

Davon hatte Johanna bereits gehört, konnte sich jedoch eine spitze Bemerkung nicht verkneifen: „Nun, das ist dann eine gute Ausbeute, würde ich sagen."

Stengel starrte sie fragend an.

„Mit der Kinderschar, meinte ich". Er durfte sich ruhig ein wenig über sie ärgern! Dann trat sie vor, um zu schauen, was die Brüder Montgolfier vor ihrem Haus veranstalteten.

Das sah in der Tat spannend aus: In einer Kohlenpfanne entzündete Joseph de Montgolfier ein Feuer, während sein Bruder einen ziemlich verknautschten Papierballon hielt, der durch lange Seile mit der Pfanne verbunden war. Als das Feuer einigermaßen gleichmäßig flackerte, rief Étienne ein lautes „Attention![136]" in die Runde und hielt den Ballon mit gespannten

[136] Franz.: Achtung!

Seiten direkt über die Pfanne. Die Papierblase füllte sich tatsächlich mit atemberaubender Geschwindigkeit und war schon bald prall gefüllt.

„Et maintenant: le moment de la vérité![137]" Joseph machte eine ausladende Handbewegung und Étienne ließ den Ballon los. Vor Schreck traten alle einen Schritt zurück. Doch der Ballon blieb prall und gerade aufgerichtet, und die Kohlenpfanne schabte ein wenig über das Steinpflaster. Dann geschah das Unfassbare: Langsam aber sicher stieg der Ballon mit der Feuerpfanne darunter auf! Ein lautes „Aaaah" begleitete den Flug des flackernden Objektes, das nun bereits über den Köpfen der Salongesellschaft gen Himmel strebte.

„Oh mein Gott, es fliegt wirklich!" Die Delph sprach das aus, was wohl alle dachten – und schlagartig setzte ein Durcheinander aus Fragen, Spekulationen, Befürchtungen und Deutungen ein, das durch die abendliche Stille hallte. Inzwischen war *La Montgolfière* über den Dächern der Stadt angekommen und leuchtete hell im Abendhimmel. Das Objekt driftete nach Westen Richtung Rheintor ab; der Wind schien also aus östlicher Richtung zu wehen. Staunend verfolgten alle die Reise der Kohlenpfanne mit Papierballon, die den Sternen entgegen ging, und niemand konnte den Blick von *La Montgolfière* lassen. Auch ihre Erfinder beobachteten den Flug aufmerksam und mit einer gewissen Zärtlichkeit im Gesicht – so, als hätte sich soeben ein eigenes Kind auf die Reise gemacht. Aber wahrscheinlich empfanden die Brüder auch genau das, vermutete Johanna und konnte es gut verstehen.

Ein lauter Knall zerriss jäh die Stille und zerstörte den magischen Moment. *La Montgolfière* tänzelte noch einige Momente unruhig am Himmel, ehe der Ballon in Flammen aufging und das Objekt senkrecht zu Boden stürzte. Johanna meinte sogar, das scheppernde Geräusch der aufprallenden Kohlenpfanne zu hören, doch das konnte eigentlich nicht möglich sein. Die Entfernung war bereits zu groß. Dorothea kreischte kurz auf, und

[137] Franz: Und jetzt: der Moment der Wahrheit!

von Madame de Pigage war ein ängstliches „Mon dieu!“ zu hören. Dann ging alles sehr schnell: Lamey, Iffland, Bardenfleth und Stengel schoben die Gäste zurück ins Haus, während die Brüder Montgolfier hastig ihre Utensilien auf der Straße zusammenräumten und in ihrem Korb verstauten. Auch sie kamen kurz danach zurück in den Salon, in dem allgemeine Ratlosigkeit vorherrschte. Nun zeigte sich allerdings, dass Stefan von Stengel, der als Kabinettsdirektor und weltgewandter Höfling gewohnt war, Entscheidungen zu treffen, in dieser Situation ein Glücksfall für Johanna war.

„Man beruhige sich doch, man beruhige sich doch!“, rief er in die Runde und bat um Ruhe. „Ich denke, jeder von uns weiß, dass er heute Zeuge eines ganz außergewöhnlichen Ereignisses geworden ist. Dafür sollten wir den beiden Herren de Montgolfier wirklich danken.“ Er nickte den französischen Brüdern zu und Beifall brandete auf.

„Dennoch könnte die Angelegenheit ein unangenehmes Nachspiel haben, wenn jemand zu Schaden gekommen ist, was ich nicht hoffe.“ Besorgt presste Stengel seine Lippen aufeinander.

„Ja, aber was ist denn passiert? Was war das für ein Knall?“ In seiner ungestümen Jugend fiel es Iffland gar nicht auf, dass er einem Höfling ins Wort fiel.

Doch Stengel schien das nicht weiter zu stören: „Nun, ich denke, es war die Stadtwache, die auf das unbekannte Objekt geschossen hat.“

Johanna stutzte. Täuschte sie sich oder versuchte Stephan von Stengel sich das Lachen zu verbeißen?

„Die Stadtwache schießt auf eine harmlose Kohlenpfanne?“ Entgeistert schob Ludwig van Tholen, der junge Hauslehrer, sich nach vorn. „Ja haben die denn nichts Besseres zu tun?“

Befreites Gelächter folgte seiner Frage. Tatsächlich erschien es geradezu absurd. Die Runde konnte sich kaum mehr beruhigen und Johanna stellte zufrieden fest, dass unvorhergesehene Ereignisse offenbar das Salz in der Suppe eines gelungenen Salons waren. Zu schade, dass man sie nicht planen konnte!

„Ich hätte da jetzt aber doch noch eine Frage an die beiden ehrenwerten Erfinder." Dalberg war vorgetreten und das Lachen verstummte allmählich.

„Was wollt Ihr wissen, Monsieur?" Étienne lächelte ihn aufmunternd an.

„Ich frage mich gerade, wie auch Menschen mit einem Ballon fliegen könnten. Natürlich müsste er viel größer sein, das ist mir klar – nur wo sollen sie sitzen oder stehen?"

Die Frage war berechtigt, das konnte mal den Gesichtern der Gäste ablesen.

„Nun, das werden wir demnächst vorführen", kündigte Joseph de Montgolfier selbstbewusst an. „Wir arbeiten gerade an einer Korbkonstruktion, die unter dem Feuer befestigt wird. Die `itze ist dann pas de problème[138], sie steigt ja auf."

„Wir werden zur Probe ein Tier in den Korb stellen und fliegen lassen", ergänzte Étienne, was zu erstaunten Zwischenrufen führte[139].

„Und wie kommen sie dann wieder herunter?" Es wurde still im Salon. Louisa hatte erstaunlich scharfsinnig nachgefragt – und auch die beiden Erfinder tauschten einen kurzen Blick, ehe Étienne antwortete: „Das Tier muss es alleine schaffen; wir werden des`alb eines wählen, das fliegen kann." Er kratzte sich kurz am Kopf und fuhr fort: „Der Mensch müsste dazu Luft aus dem Ballon lassen, daran arbeiten wir noch."

„Das heißt also", hakte Lamey nach, „hoch kommt man mit *La Montgolfière*, aber wieder herunter noch nicht?"

„Ja, so könnte man es sagen."

Sofort setzte ein allgemeines Getuschel ein, das die Brüder vergeblich versuchten, unter Kontrolle zu bekommen. Johanna hörte Worte wie „Scharlantanerie" und „sinnloses Unterfangen", aber auch konstruktive Diskussionen darüber, wie ein

---

[138] Franz.: kein Problem

[139] In der Tat startete die erste bemannte Montgolfière mit einem Hammel, einer Ente und einem Huhn am 19. September 1783 in Paris.

Mechanismus aussehen könnte, um dem Ballon langsam Gas zu entnehmen. Tendenziell waren die Frauen skeptischer als die Männer; lediglich Hofrat von Geritz, der offenbar wenig Phantasie besaß, schloss sich der weiblichen Ablehnung an. Er hockte mittlerweile kopfschüttelnd bei den Kurfürstlichen Hofdamen und tauschte sich tuschelnd und sichtlich abfällig mit ihnen aus. Johanna beschloss spontan, ihn in Zukunft nicht mehr einzuladen.

„Da wäre noch etwas." Hofintendant von Dalberg baute sich vor Étienne de Montgolfier auf. „Ihr behauptet, dass *La Montgolfière* irgendwann einmal Menschen transportieren könnte. Nun, das glaube ich Euch sogar. Aber macht das nicht nur dann Sinn, wenn sich der Ballon auch steuern ließe? Denn warum sollte ein vernünftig denkender und handelnder Mensch in ein Flugobjekt steigen, das ihn *irgendwohin* bringt – abhängig davon, wie der Wind weht?"

Es war offensichtlich: Der Hofintendant hatte den wunden Punkt der Erfindung getroffen. Doch nun zeigten die Brüder Montgolfier wahre Größe, indem sie es weder abstritten, noch herunterspielten: „Wir glauben nischt, dafür eine Lösung zu finden", gab Étienne unumwunden zu. „Man wird wohl immer auf die Windrischtung achten müssen. Umso wischtiger ist..." – er wandte sich Stengel zu – „... dass es Menschen gibt, die sich für die Meteorologie einsetzen. Diese Messungen und Vor`ersagen werden wir immer bauchen."

Stefan von Stengel war sichtlich geschmeichelt und lächelte die Brüder dankbar an. „Sie dürfen gewiss sein", versicherte er ihnen, „dass ich ihre Arbeit stets wohlwollend unterstützen werde und auch bei Ihren Durchlauchten, den Kurfürsten, ein gutes Wort für sie einlege." Er räusperte sich und verkündete dann in die Runde: „Das werde ich übrigens auch für diesen hochinteressanten Abend und unsere reizende Gastgeberin tun, sollte es zu Fragen wegen *La Montgolfière* am Mannheimer Nachthimmel kommen. Es muss sich hier also keiner sorgen."

Johanna frohlockte, während ihre Gäste verhalten Beifall spendeten. So hatte sich die unvermeidbare Einladung Stengels immerhin noch gelohnt – und der Abend würde kein Nachspiel haben. Stengel besaß Einfluss bei Hofe, das würde reichen.

Als sich die Gesellschaft zur üblichen Stunde auflöste, nahm der Kabinettsdirektor sie allerdings noch einmal wegen einer anderen Angelegenheit beiseite: „Sagt, werte Johanna, ich möchte Euch nicht verärgern und offen zu Euch sein: Ist irgendein Wahrheitsgehalt in dem Gerücht, dass Ihr erneut Juwelen oder gar einen Schatz gefunden habt?"

Daher wehte also der Wind. Johanna hätte sich auch kaum vorstellen können, dass Stefan von Stengel irgendwo im Land ohne Kurfürstliche Mission unterwegs war. Wie gut, dass sie selbst noch nicht über den vermeintlichen Wert ihrer Erbschaft wusste. So konnte sie wahrheitsgemäß antworten und ihm die Geschichte noch einmal erzählen. Dass sie mit Bardenfleth mittlerweile an einer Lösung des Geheimnisses arbeitete, verschwieg sie allerdings wohlweislich.

Stengel zog danach zufrieden ab und versprach, Johanna wieder zu beehren, wenn er in der Nähe war. Nun galt es nur noch, den Freiherren von Bardenfleth zu verabschieden, dann konnte Johanna endlich in ihr Bett. Der Abend war anstrengend und aufregend gewesen – aber ein großer Erfolg. Das Konzept ihrer *Intelligenz-Salons* hatte sich bewährt. Das schien auch der Freiherr so zu sehen, denn er bemerkte anerkennend: „Ihr habt ein gutes Händchen für Themen und Gästelisten, werte Dame Santorini."

Dankbar lächelte Johanna ihn an. Dieser Mensch war einfach immer freundlich, ein angenehmer Zeitgenosse.

„Ich hoffe, Ihr habt es auch bei Kräutern und Pflanzen", flüsterte er ihr plötzlich leise zu. „Das gute Händchen, meine ich."

Johanna starrte ihn an. Was wollte er ihr damit sagen?

„Können wir uns noch einen Moment im Salon zurückziehen? Ich habe interessante Neuigkeiten." Bardenfleth schien auf einmal sehr aufgeregt zu sein, was Johannas Neugier weckte.

Hatte er etwas über die ihr unbekannten Pflanzen herausgefunden? Sie nickte und kehrte mit ihm in den Salon zurück, wo Lucille und Pavel noch aufräumten. Johanna schickte beide hinaus und verschloss sorgfältig die Türen. Dann nahm sie gegenüber von Bardenfleth Platz, der es sich bereits in einem der beiden Sessel bequem gemacht hatte.

„Erzählt!“, gespannt beugte Johanna sich vor.

„Also“, begann Bardenfleth und kramte dabei ein Paar Zettel aus seiner Westentasche hervor. Johanna erkannte darauf die Zeichnungen, die er von den ihr nicht bekannten Pflanzen aus der geheimnisvollen Kiste angefertigt hatte.

„Das hier sind alles Heilpflanzen aus dem Orient oder aus Übersee.“ Er breitete die Zettel auf dem Boden vor Johanna aus und deutete einzeln auf die Skizzen. „Das ist Ginseng-Wurzel, das hier ist eine Guarana-Pflanze und diese Blätter stammen vom Ginko-Baum, den es allerdings auch an manchen Orten in Europa geben soll. Ach ja, diese Blätter gehören zu einer ganz bestimmten Schwarztee-Pflanze.“

Er richtete sich auf und fragte mit wissendem Blick: „Und jetzt ratet einmal, werte Johanna, was diese vier kleinen und unscheinbaren Gewächse miteinander verbindet?“ Ihm war offenbar gar nicht aufgefallen, dass er sie zum ersten Mal beim Vornamen genannt hatte, doch Johanna störte es nicht weiter. Er erwartete wohl keine Antwort von ihr, also schwieg sie geduldig. Bardenfleth schien seinen kleinen Auftritt zu genießen.

„Wenn ihr erlaubt, werde ich Euch das Geheimnis Eurer Erbschaft verraten!“ Er sprang auf und begann dozierend vor ihr auf und ab zu gehen. „Die Ginseng-Wurzel wird angeblich seit Jahrtausenden im fernen Orient als Heilpflanze von Ärzten und Medizinkundigen als Heilpflanze angewendet. Sie soll Körper und Geist stärken, den Körper und die Manneskraft dabei ganz besonders. Die Orientalen benutzen den Extrakt dieser Wurzel angeblich auch, um Krankheiten abzuwehren. Man erhält die Pflanze bei uns auf einigen Märkten, aber eher im Süden. Die meisten hier wissen ohnehin nicht viel damit anzufangen.“

Er hielt kurz inne und deutete auf eines der Zettelchen. „Das hier ist Guarana. Die Pflanze kommt aus Übersee. Niederländische Seefahrer haben sie wohl nach Europa gebracht. Interessant sind die Samen der Pflanze, die in einem Beutel daneben lagen, erinnert Ihr Euch?“

Johanna nickte und Bardenfleth fuhr fort: „Wenn man sie trocknet, zu Pulver mahlt und dann in Wasser aufschwemmt und mit Honig süßt, bekommt man eine erfrischende Limonade. Das Pulver allein ist wohl bitter. Doch das ist nicht alles: Dieses Getränk stillt den Hunger und soll sehr anregend sein.“

Er griff zum nächsten Papier. „Kommen wir zum Ginko, der Pflanze mit dem merkwürdig geteilten Blatt. Es stammt von einem ursprünglich orientalischen Baum, der aber auch bei uns wachsen kann, wie es heißt. Im Orient wird ein Extrakt aus den Blättern seit jeher zur Leistungssteigerung eingesetzt – könnt Ihr Euch das vorstellen? Das gilt übrigens auch für diesen Schwarztee hier, der wohl ähnliche Wirkung hat. Was sagt Ihr nun?“

Bardenfleth ließ sich wieder in den Sessel fallen und sah Johanna erwartungsvoll an, die bei seinen letzten Worten ins Grübeln gekommen war. In der Kiste hatte sie auf den ersten Blick noch Kaffee, Honig, getrocknete Früchte Tee und einige andere Kräuter gesehen – alles Dinge, die in der Medizin verwendet wurden, um Krankheiten vorzubeugen oder den Körper zu stärken. Nahm man die Wirkung dieser fremden Pflanzen hinzu, ließ sich daraus geradezu ein Wundermittel herstellen, das die Menschen nicht nur schützte, sondern sie gleichermaßen stark, widerstandsfähig und potent machte. Auf die Mischung kam es an – und natürlich den Geschmack...

„Ich habe kein richtiges Labor mehr, nur noch ein paar gebrauchte Gefäße aus der Apotheke von Onkel Philipp“, dachte sie laut nach und trommelte mit den Fingern auf der Sessellehne herum.

„Was ist mit der alten Apotheke in Heidelberg?“, fragte Bardenfleth geschäftig.

„So gut wie verkauft. Meine Tante möchte tatsächlich in Mannheim bleiben. Da geht nichts mehr.“ Johanna ärgerte sich, sie hätte mit dem Verkauf noch warten sollen.

„Dann kümmere ich mich darum, ich habe meine Quellen. Was braucht Ihr?“

Johanna dachte kurz nach und diktierte ihm dann, welche Instrumente und Gefäße sie benötigte, um sich in ihrer Bibliothek ein kleines Labor einrichten zu können. Bardenfleth versprach, die Dinge so schnell wie möglich zu besorgen.

„Und nun?“ Er musterte sie neugierig. „Seht Ihr in dieser Erbschaft auch das, was ich glaube zu erkennen?“

Johanna nickte. „Ja. Wir müssen nur dahinter kommen, welche Mischung die Richtige ist. Und dann kommt es darauf an, das Beste daraus zu machen.“

„Was könnte das sein? Eine Medizin für unsere Soldaten? Ein Mittel gegen Influenza? Oder ein Krafttrunk für in die Jahre gekommene Höflinge, die nicht von ihren Maitressen lassen möchten?“ Jacob von Bardenfleth grinste sie verschmitzt an, meinte die Frage jedoch ernst.

„Ich weiß es noch nicht“, musste Johanna zugeben. „Am liebsten wäre mir etwas, das es so noch nicht gab. Und vom Hof sollten wir uns fernhalten, also keine Soldatenverpflegung oder so, sonst haben wir die Kurfürstin mit im Boot. Und was das bedeutet, weiß ich nur zu gut: Das ist immer ein schlechtes Geschäft!“

Sie rümpfte die Nase und blickte dem Freiherrn eindringlich an: „Nein, werter Jacob, wir müssen uns etwas ganz Neues ausdenken, etwas, das in unsere moderne Zeit passt, das sinnvoll ist und den Menschen Spaß macht. Wir sollten beide darüber nachdenken. Mit Besonnenheit kommen wir hier am weitesten.“

Bardenfleth starrte sie an. „Das wird uns nicht nur Geld, sondern auch viel Zeit kosten. Ist Euch das klar?“

„Glasklar.“ Johanna rieb sich vergnügt die Hände. „Und ein Abenteuer ist es gewissermaßen auch. Ihr seht also: Die aufregenden Dinge passieren mir einfach. Seid Ihr dabei?“

Bardenfleth strahlte und reichte ihr die Hand. „Sind wir Geschäftspartner, Johanna?“

Sie schlug ein. „Sind wir, Jacob. Und ich freue mich darauf.“

Als sie kurze Zeit später die Treppe hinauf in ihr Schlafkabinett stieg, kam ihr Jean in den Sinn. Was er wohl dazu sagen würde? Es war noch gar nicht so lange her, da hatte sie ihm klar gemacht, sie wolle nicht in irgendwelche Geschäftsideen investieren. Ob er verstehen würde, dass es sie in diesem Fall reizte, ein Geheimnis zu Geld zu machen und dabei gleichzeitig ihre alten Kenntnisse über Heilpflanzen und Medizin einzubringen? Oder würde er sie für verrückt erklären? Außerdem hoffte sie, dass er vielleicht eine Idee hatte, wer ihr die Kiste vererbt haben könnte.

Mai bis Oktober 1783

Jacob von Bardenfleth hielt Wort: Bereits wenige Tage nach der Unterredung in Johannas Salon ließ er ihr das benötigte Instrumentarium liefern. Johanna begann mit Feuereifer damit, die verschieden Pflanzen zu extrahieren, sie aufzuschwemmen, einzukochen und zu destillieren. Dabei war sie stets auf der Suche nach einem guten Verhältnis zwischen Konsistenz, Wirkung und Haltbarkeit – und es stellte sich ziemlich schnell heraus, dass ein zufriedenstellendes Ergebnis flüssig sein würde. Nur so war es zu schaffen, von allen Zutaten die beste Wirkung herauszuholen und sie zu einer Art Krafttrunk zu vereinen. Die Frage war nur, ob das Ergebnis schmeckte, doch das hatte letztendlich mit Aromen zu tun – und war erst der nächste Schritt.

Für Johanna war die Arbeit mit den Kräutern und Pflanzen wie eine Reise in die Vergangenheit. Als Assistentin ihres Vaters hatte sie einst viel über Heilpflanzen und ihre Wirkweisen erfahren, gängige Medikamente kennengelernt und sich mit neusten medizinischen Erkenntnissen befasst. Dieses Wissen war ihr bei ihrer langjährigen Tätigkeit als Hebamme in Amberg zugutegekommen und bildete nun, gemeinsam mit den vielen Details, die sie noch von Onkel Philipp erfahren hatte, eine solide Basis für ihre Arbeit. Sie stellte fest, dass es ihr nicht schwerfiel, wieder in das Thema einzusteigen – zumal sie ihre alten Aufzeichnungen und viele Lehrbücher noch besaß. Das Schönste daran war jedoch, dass Johanna endlich wieder etwas gefunden hatte, was ihren Alltag erfüllte und ihr Freude machte.

Tante Clara beobachtete die jüngste Entwicklung im Hause Santorini mit Missbilligung. Da sie viel Zeit mit Louisa verbrachte und ungefragt die Aufgabe übernommen hatte, dem Haushalt vorzustehen, bekam sie mit, dass Johanna an einer Sache arbeitete, die nicht danach aussah, als würde ihre Nichte demnächst zur Ruhe kommen und in einer neuen Ehe ihr Glück zu suchen. Entsprechend ungehalten war sie darüber, dass Johanna die meiste Zeit des Tages in ihrem kleinen Labor verbrachte und keinerlei Anstalten machte, gesellschaftliche Kontakte zu pflegen. Die Einladungen häuften sich, doch Johanna fand stets ein paar warme Zeilen, mit denen sie sich höflichst entschuldigte. Auf Dauer würde das nicht gut gehen, glaubte Tante Clara, doch Johanna war im Moment nicht von ihrer Begeisterung für ihr Labor abzubringen. Im Übrigen wusste Tante Clara ebenso wenig wie alle anderen im Haus, was Johanna da eigentlich genau tat. Wenn sie gefragt wurde, murmelte sie stets etwas wie „kräftigende Mischungen für Gebärende“ oder „ein neues Mittel gegen Kopfschmerz“ und ließ sich auf keine weiteren Gespräche ein. Dass es in Wirklichkeit um viel mehr ging, brauchte noch keiner zu wissen, fand Johanna – zumal sie die Gefahr sah, dass sich doch noch jemand für ihre Erbschaft interessieren könnte.

Immer wieder fragte sie sich auch, wer ihr die Kiste mit den Heilpflanzen hatte zukommen lassen. Jedes Detail der Verpackung hatte sie schon untersucht, um irgendein Indiz zu finden, doch nie etwas gefunden. Den kleinen Brief mit dem Hinweis auf die Juwelen kannte sie mittlerweile auswendig. Im Laufe ihrer Versuche war ihr allerdings klar geworden, dass dieser Jean-Francois de Moulin – wer auch immer sich dahinter verbarg – sehr viel über Pflanzen und ihre Wirkungen wusste. Wenn er nicht selbst Arzt oder Apotheker gewesen war, hatte er sich zumindest viele Jahre seines Lebens mit der Heillehre befasst. Das war immerhin ein Ansatz, um vielleicht doch irgendwann herauszufinden, wer sich hinter ihrer französischen Erbschaft verbarg.

Der Mai kam mit aller Pracht. Johanna hatte mehrere Wochen beinahe ununterbrochen in ihrer kleinen Bibliothek verbracht und sehnte sich plötzlich nach Luft und Sonne. Außerdem konnte sie erste Ergebnisse vorweisen, über die es nun in aller Ruhe nachzudenken galt. Eine kleine Sommerfrische würde also gut tun, um den Kopf wieder frei zu bekommen. Kurzerhand beschloss sie, Ende Mai ein paar Tage in Schwetzingen zu verbringen. Sie war schon lange nicht mehr dort gewesen und gespannt darauf, wie sich das kleine Städtchen mit dem entzückenden Schloss des Kurfürsten entwickelt hatte. Da sie mitten im Stadtzentrum im *Rothen Haus* in der Alten Speyrer Straße[140] eine kleine Wohnung besaß, musste sie für die Reise nicht viel vorbereiten. Glücklicherweise hatte Onkel Philipp damals, als der Kurfürstliche Hof nach Bayern übersiedelte, die Gelegenheit beim Schopfe ergriffen und die bislang nur gemietete Wohnung der Bechtlers zu einem guten Preis erworben. In jenem Schicksalsjahr für die Kurpfalz waren die Preise plötzlich stark gefallen, da jeder davon ausging, den Kurfürsten und seine Gattin so schnell nicht wieder zu sehen. Doch das war eine Fehleinschätzung: Elisabeth Auguste war bis auf wenige Münchener Repräsentationspflichten in der Region geblieben und Carl Theodor kam, so oft es eben ging. Besonders seine Sommerresidenz in Schwetzingen lag ihm am Herzen, wohl auch wegen des großen Gartens mit dem intimen Badhaus.

Da Louisa mit ihrer Gouvernante und dem Hauslehrer gut versorgt war, wollte Johanna alleine fahren. Sie vereinbarte aber, dass ihre Tochter möglicherweise für ein Picknick im Schlossgarten zu Besuch kommen würde. Auf Francescos Anwesenheit hoffte sie gar nicht erst; er war in seinem Regiment – wie er selbst stolz verkündete – unabkömmlich und hatte vermutlich ohnehin keine Lust auf Zerstreuungen im Schlosspark. Johanna fragte sich oft, ob sie die Entwicklung ihres Sohnes hätte anders beeinflussen können, doch sie fand keine Antwort. Und wenn sie ganz ehrlich war, musste sie sich eingestehen, dass Francesco schon als ganz kleiner Junge den Traum vom Soldatenleben hegte und nie davon abgewichen war. Von daher war es wahrscheinlich wirklich das Beste für ihn, wie er nun leben durfte. Johanna bedauerte es dennoch; immer wieder beschlich sie das traurige Gefühl, ihren Sohn verloren zu haben.

Vor ihrer Abreise hatte Johanna es nicht versäumt, Jacob von Bardenfleth zu einem konspirativen Spaziergang nach Schwetzingen einzuladen. Schließlich gab es einiges zu besprechen

---

[140] Heute: Dreikönigstraße

und zu planen. Seine Hinweise, Recherchen und schnellen Besorgungen hatten sich als sehr hilfreich erwiesen, und nun ging es darum, wie sie Johannas Erkenntnisse gemeinsam zu Geld machen konnten. Nicht, dass sie es nötig gehabt hätten – schließlich war auch Bardenfleth durch eine üppige Erbschaft nach dem Tod seiner Frau bis an sein Lebensende gut versorgt. Aliénor war Gräfin von altem Adel gewesen und hatte ihm Ländereien und einiges Vermögen hinterlassen. Doch beide trieb die gleiche Mischung aus Unruhe und Interesse an neuen Dingen an, sich so intensiv mit dem Inhalt von Johannas französischer Erbschaft zu befassen. Von den Ergebnissen der Versuche, die Johanna in ihrem kleinen Labor durchgeführt hatte, wusste Bardenfleth noch nichts Genaues. Von daher war es an der Zeit, sich auszutauschen.

Mitte Mai machte Johanna sich auf den Weg. Im Gepäck hatte sie ein paar Pülverchen, ihre Notizen und persönliche Dinge, die sie für die nächste Zeit brauchen würde. Als Pavel die Kutsche durch das Mannheimer Tor nach Schwetzingen hinein lenkte, beugte Johanna sich weit aus dem Fenster, um möglichst viel zu sehen. Es hatte sich einiges verändert: Die Bäume waren deutlich gewachsen und viele neue prachtvolle Steinhäuser säumten nun die Straße. Kurfürst Carl Theodor hatte vor zwanzig Jahren beschlossen, das verschlafene Residenzstädtchen zu einem respektablen Ort zu machen und großzügig Grundstücke entlang der Mannheimer Straße verschenkt. Die Sache hatte allerdings einen Haken: Denn die glücklich Beschenkten wurden gleichzeitig dazu gezwungen, repräsentativ zu bauen. Nun, die Rechnung war aufgegangen und Johanna staunte, welcher Wohlstand immer noch zu herrschen schien, auch wenn der Kurfürst hier schon lange keine Sommerfrische mehr verbracht hatte.

Sie wies Pavel an, bis zum Schlossplatz durchzufahren und nicht schon vorher in die Alte Speyrer Straße abzubiegen. In einer Kutsche gemütlich durch Schwetzingen zu fahren war nämlich keine Selbstverständlichkeit! Denn immer, wenn der Kurfürst mit der Hofentourage in seiner Sommerresidenz weilte, war die Stadt für Kutschfahrzeuge aller Arten gesperrt.

Einzige Ausnahme war die Postkutsche, die im Marstallhof hielt. Da Johanna früher vor allem dann hier gewesen war, wenn Carl Theodor sich in Schwetzingen aufhielt, kannte sie den Ort eigentlich nur zu Fuß. Von daher genoss sie die Fahrt gleich doppelt.

Am Ende der Mannheimer Straße entdeckte sie linkerhand den Gasthof *Zum Grünen Laub*, der mittlerweile ziemlich groß geworden war. Unter Hofadel und Bediensteten war diese Schankstube schon immer sehr beliebt gewesen, und das schien sich nicht geändert zu haben. Ob noch immer Heinrich Joos mit seinem Braumeister Welde den Gasthof führte? Johanna war als junges Mädchen mit der Tochter des Hauses, Marianne Joos, befreundet gewesen – was wohl aus ihr geworden war? Immerhin schien die Brauerei gut zu laufen; vor dem Gasthaus war viel los. Der Kurfürst hatte den Ausbau zur Brauerei vor Jahren sehr gefördert, da er so in den Genuss eines eigenen Bieres und gleichzeitig zu einer üppigen Biersteuer gekommen war. Und nun kehrten immer noch Handwerker, Baumeister, Kaufleute und Höflinge regelmäßig in der Gaststube ein. Auch die doppelte Hofeinfahrt war offenbar noch in Betrieb – eine geniale Idee, die Johanna stets bewundert hatte. Damit der Hofadel sich nicht mit dem gemeinen Volk mischen musste, um an sein Bier zu kommen, hatte Gastwirt Joos sich etwas ganz Besonderes einfallen lassen: Begünstigt durch die Architektur mit zwei Hofeinfahrten zum Brauereianwesen erfand er einen Kutschen-Ausschank, bei dem die vorgefahrenen Gäste nicht aussteigen mussten, sondern in ihrer Kutsche vor dem Haus bewirtet werden konnten. Weilte der Hof in Mannheim, wurde dieses Privileg auf sämtliche Fuhrleute ausgedehnt, die dafür eine offizielle Erlaubnis von Kurfürstlichen Gnaden vorweisen konnten – und das waren einige. Auch heute herrschte hier ordentlich Betrieb.

Nicht umsonst hatte Schwetzingen also den Ruf, ein reicher Ort zu sein – man wusste hier, wie man zu schnellem Geld kam. Viele Bürger waren ganzjährig als Handwerker im Schloss beschäftigt, wo es immer etwas zu tun gab: Im riesigen Hofgarten als Gärtner oder als Handwerker im Gebäude selbst. Außerdem verfügte Schwetzingen über eine Kaserne und einen Marstall – auch das waren, so kannte es Johanna aus Mannheim, stets gute Einnahmequellen für ortsansässige Händler und Handwerker. Allerdings hatte der Carl Theodor seine Einheiten überall in Kurpfalz verkleinert; vermutlich also auch hier. Dennoch: Schwetzingen hatte sich in den letzten Jahrzehnten zu einer recht ansehnlichen Sommerresidenz entwickelt, die mittlerweile auch bei ausländischen Gästen auf der Reiseroute stand – selbst wenn Ihre Durchlauchten nicht im Schloss weilten.

Pavel hatte die Mannheimer Straße verlassen und lenkte die Kutsche langsam über den großen Platz vor dem Schloss. Im Ehrenhof konnte sie ein paar Soldaten erkennen, die nicht besonders beschäftigt schienen. Sie passierten das Palais Seedorffer, den größten Bau am Platze, den der Garten des Paters zum repräsentativen Wohnhaus des Architeken Franz Rabaliatti abgrenzte. Die Häuser auf der linken Seite waren im Bau oder Umbau. Als der Kutscher in die Maulbeerallee einbog, griff Johanna nach ihrem Beutel. Nun waren es nur noch wenige Meter zu ihrem Schwetzinger Domizil.

Endlich hatten sie die Alte Speyerer Straße erreicht. Der Gasthof, über dem sich Johannas Wohnung befand, war geöffnet und es duftete köstlich aus der Küche. Spontan entschied Johanna sich dafür, ein Mittagsmahl einzunehmen, während Pavel ihr Gepäck nach oben trug. Dann gab sie ihm ein paar Kreuzer, damit auch er sich stärken konnte, ehe er zurück nach Mannheim fuhr. Hier in Schwetzingen würde sie ihre Kutsche vorerst nicht brauchen; der Ort war einfach zu klein. Entspannt machte sie sich daran, ihre Kleidung in Kommoden und Schränken zu verstauen und stellte dabei fest, dass alles in gutem Zustand und sauber war. Sie hatte eine Haushälterin, die hier regelmäßig nach dem Rechten sah und sie während ihres Aufenthalts in Schwetzingen auch versorgen würde. Johanna musste sich also um nichts kümmern.

Die nächsten Tage verbrachte Johanna mit ausgedehnten Spaziergängen durch den kleinen Ort. Tatsächlich traf sie dabei auch ihre alte Freundin Marianne Loos wieder, die mittlerweile

Schubart hieß, da sie einen Spargelbauer mit diesem Namen geheiratet hatte. Sie half immer noch regelmäßig im Gasthaus ihres Vaters aus, weil dort so viel zu tun war. Nur jetzt während der Spargelzeit stand sie mehrmals die Woche auf dem Marktplatz, um das Stangengemüse zu verkaufen, wo Johanna auf sie stieß. Marianne hatte sich ziemlich verändert und war eine dicke, gemütlich wirkende Frau geworden. Sie war zwar ein Jahr jünger als Johanna, ihre vier Kinder waren jedoch alle schon aus dem Haus und in der Region verheiratet. Bewundernd starrte Marianne ihre alte Freundin Johanna an, der bewusst wurde, wie unterschiedlich ihre Lebenswege doch waren! Dennoch hatte Johanna nicht das Gefühl, dass Marianne unglücklich war oder Johanna ihren Wohlstand und gesellschaftliche Anerkennung neidete. Im Gegenteil: Bereits nach wenigen Minuten schwatzten beide miteinander, als ob sie nie getrennt gewesen wären.

Von Marianne erfuhr Johanna auch, was sich in Schwetzingen in den letzten Jahren alles ereignet hatte. Der Ort war durch den Abzug des Kurfürsten keinesfalls zur Ruhe gekommen, sondern entwickelte sich rasant weiter. Grund dafür war vor allem der Schlossgarten, der ständig umgebaut und erweitert wurde. Es hieß, dass Carl Theodor dort nicht nur repräsentative Parkanlagen à la Versailles errichtet hatte, sondern auch einen Lustgarten für Astrologen und all jene, die sich mit Geheimnissen der Freimaurer und Illuminaten auskannten. Ganz im Sinne dieses Gedankengutes waren historisierende Tempelanlagen und geheime Wege entstanden, die in ihrer Form verborgene Zeichen bildeten. Nur Eingeweihte konnten darin lesen – und viele Schwetzinger mieden diesen Teil des Gartens, da es zwischen den verborgenen Hecken angeblich spukte und immer wieder zu seltsamen Zwischenfällen kam. Marianne wollte sogar gehört haben, dass dort in Vollmondnächten seltsame Rituale durchgeführt wurden, aber Genaues wusste sie nicht.

Für Johanna stand jedoch nach diesen Gesprächen fest, dass sie den neuen Schlossgarten nicht nur bei Tag besuchen würde, sondern sich auch einen nächtlichen Ausflug dorthin nicht verkneifen konnte. Sie war einfach zu neugierig, was es mit den geheimnisvollen Ritualen auf sich hatte! Angst hatte sie keine – in ihrer Vergangenheit war sie schon mehrfach heimlich bei Dunkelheit im Garten unterwegs gewesen und hatte dabei sogar gefährliche Situationen gemeistert[141]. Wie gut, dass Jacob von Bardenfleth sein Kommen für den 26. Mai 1783 angekündigt hatte, denn in der Nacht darauf war Vollmond. Und wie sie ihn einschätzte, hätte auch er nichts gegen ein gemeinsames Abenteuer.

Johanna sollte Recht behalten: Jacob war geradezu begeistert von der Idee, nachts durch den Park zu schleichen. Während sie sich in der warmen Vormittagssonne auf den Weg in den Schlossgarten begaben, erzählte Johanna ihm von den merkwürdigen Dingen, die sie von Marianne erfahren hatte.

„Unglaublich! Und wisst Ihr, worum es dabei geht? Freimaurer-Mysterien vielleicht?“ Der Freiherr beschleunigte seinen Schritt vor lauter Aufregung, so dass Johanna kaum hinterher kam.

„Um Himmelswillen, bitte beruhigt Euch!“ Belustigt zupfte Johanna ihn am Ärmel, während sie die Wachen zum Park passierten. Man kam tatsächlich mühelos durch den Ehrenhof und offenbar auch durch den Tunnel direkt in den Garten. Damit war klar, dass sich in absehbarer Zeit niemand von der Kurfürstlichen Familie einfinden würde, denn dann wären die Sicherheitsvorkehrungen deutlich verstärkt gewesen.

„Ehrlich gesagt glaube ich nicht, dass irgendwelche Logen damit zu tun haben“, sinnierte Johanna laut. „Letztendlich hat sich beinahe jedes Geheimnis in diesem Park als eine Verkettung unglücklicher Umstände oder Zufälle erwiesen – und meist steckten sehr menschliche Bedürfnisse hinter angeblichen Mysterien.“

„Ah ja? An was denkt Ihr da?“ Bardenfleth horchte interessiert auf.

---

[141] Siehe dazu Band I und II der Kurpfalz-Trilogie!

„Ach, das sind alte Geschichten", winkte diese ab. „Aber glaubt mir: Es geht immer um Geld oder Lust. Sogar ich bin schon dem nackten Kurfürsten im Park begegnet – nur mit Schuhen bekleidet und auf der Flucht vor Räubern!"

„Wie bitte?" Jacob prustete laut los. „Das ist nicht Euer Ernst!"

„Doch. Aber lasst uns von anderen Dingen reden – unsere Pflanzen und das, was daraus werden könnte zum Beispiel." Johanna lenkte geschickt vom Thema ab, indem sie Bardenfleth in wenigen Sätzen über ihre Arbeit der vergangenen Wochen in Kenntnis setzte. Sie hatte erste Proben mitgebracht, die sie in einem Weidenkorb trug und später mit ihm verköstigen wollte. Jacob war sehr gespannt auf die Ergebnisse und stellte viele Fragen, die Johanna zeigten, dass er sich ebenfalls über Heilpflanzen und ihre Wirkung kundig gemacht hatte. Angeregt plaudernd durchquerten sie den Tunnel und genossen einen ersten Blick auf die prachtvolle Anlage im französischen Stil, deren Blumenrabatten in voller Blüte standen. Dann schlugen sie automatisch den Weg gerade hinunter zum Kreisparterre ein, wo sich das große Bassin befand. Die prächtige Fontäne, die dort aus dem Maul eines Delphins entsprang, fesselte für eine Weile ihre Aufmerksamkeit, ehe sie weiter schlenderten.

„Lasst uns zur großen Baustelle für die Moschee gehen", schlug Johanna vor. „Ich wüsste zu gern, was der Kurfürst dort alles vorhat. Es sollen unglaublich viele Arbeiter im Einsatz sein; fast so, als ob dort ein zweites Schloss gebaut würde."

„Eine Moschee im Schlossgarten?" Bardenfleth schien entgeistert. „Ja um Himmels willen: Pflegt jetzt etwa auch der Kurfürst die Affinität zum Osmanischen? Ich dachte, diese ganze Türkenmode ist eine Albernheit in den Salons und bei einigen adligen Damen. Und nun auch der Kurfürst?" Er schüttelte den Kopf.

Johanna sah ihn verständnislos an. Was meinte er mit Modeerscheinung? Sie hatte geglaubt, mit der Moschee und einer dazu passenden Gartenanlage wollte Carl Theodor ein Zeichen der religiösen Toleranz setzen. Stimmte das etwa nicht?

„Werte Johanna, Ihre Durchlaucht Carl Theodor in allen Ehren – aber das, was hier gerade passiert, hat wirklich nur wenig mit osmanischer Welt zu tun, glaubt mir. Ich weiß, wovon ich rede.“ Jacob machte nämlich seit einiger Zeit lukrative Geschäfte mit türkischen Kunstwerken und Einrichtungsgegenständen. Sie waren überall im Land en vogue – und jede Dame von Stand, die etwas auf sich hielt, richtete ihren Salon à la turque ein. Glücklicherweise hatte Bardenfleth einen türkischen Geschäftspartner aus Konstantinopel gefunden, dem er vertrauen konnte und der ihn immer wieder mit neuen Stücken überraschte.

„Wisst Ihr, Johanna, seit diese *Geschichten aus 1001 Nacht* erschienen sind, möchte jeder ein bisschen von der anzüglichen Welt der Harems, dem unglaublichen Reichtum der Osmanen und den exotischen Stoffen und Dekorationen haben. Ihr mögt das vielleicht noch nicht erlebt haben, aber ich war tastsächlich schon auf Gesellschaften eingeladen, wo die Kleiderordnung mit „palais turc[142]“ angegeben war! Könnt Ihr Euch das vorstellen?“

Johanna wusste im ersten Moment nicht, ob Jacob sie hochnahm oder es wirklich ernst meinte. Doch sein bekümmerter Gesichtsausdruck verriet ihr, dass Letzteres der Fall war und sie fragte nach: „Und wieso ausgerechnet türkische Mode?“

Bardenfleth erklärte ihr, dass schon Madame de Pompadour, die berühmte Maitresse Ludwig XVI., in Frankreich für Furore gesorgt hatte, indem sie osmanische Dekorationen in ihren Gemächern einführte. Ein Übriges hatte dann die Geschichte *Le fanatisme ou Mahomet le Prophète*[143] von Voltaire getan, die als Theaterstück sehr populär wurde. Auch Johanna hatte davon gehört, das Werk aber nie gelesen. Obwohl der Roman selbst sehr politisch war, blieb bei vielen nur die darin beschriebene geheimnisvolle Welt des Orients hängen, was Jacob bedauerte. „Vom eigentlichen Wesen dieser faszinierenden Welt

[142] Franz.: türkischer Palst
[143] Erschienen 1742 in Frankeich

weiß eigentlich niemand etwas, was wirklich sehr schade ist“, fasste er seine Erläuterungen zusammen.

„Ich kenne ein paar Gemälde mit türkischen Porträts“, fiel Johanna ein, „ich habe sie in Passy gesehen. Der Maler war ein Franzose, wie hieß er noch gleich?“

Johanna dachte nach, doch Bardenfleth wusste sofort, von wen sie sprach: „Ihr meint doch nicht etwa diesen unsäglichen Liotard[144]?“ Er lachte schallend. „Er kann wirklich gut malen, aber ein kluger Geschäftsmann ist er auch.“

Offenbar hatte Jacob ihn einmal auf einer seiner Reisen persönlich kennengelernt und gemeinsam mit ihm über die Orientalen-Mode gelästert. Doch Liotard war trotz seines stattlichen Alters immer noch gefragt, zumal er sich selbst vorzugsweise türkisch kleidete, nachdem er selbst einige Jahre in Konstantinopel gelebt hatte.

Johanna musste lachen; eigentlich war das Ganze wirklich recht albern. Als Jacob ihr auch noch verriet, dass der derzeit amtierende Sultan gerade im Topkapi Serail Stuckrosetten französischer Art anbringen ließ, konnte sie sich kaum mehr beherrschen. Erst, als sie am neuen türkischen Parkbereich angelangt waren, beruhigten sie sich wieder und starrten erstaunt auf das Gelände. Ein entzückender orientalisch angelegter Garten war hier schon fertig und wurde von Wandelgängen in osmanischer Architektur umsäumt. Das Ganze war sehr aufwändig und kostbar gemacht – es musste ein Vermögen gekostet haben. Sie konnten sogar die Moschee selbst bereits in Grundzügen mit ihren vier Minaretten erkennen, wenngleich die Mauern noch nicht sehr hoch waren. Ihre immense Größe ließ jedoch erahnen, dass Carl Theodor keinesfalls nur einer Mode nachging, sondern dass es ihm ernst war mit seinem baulichen Zeichen. Wer so viel Geld in die Hand nahm, um ein Garten-

[144] Jean-Etienne Liotard (1702-1789) wurde in Europa als „le peintre turc“ (der türkische Maler) bekannt – insbesondere für seine Porträts in türkischen Kostümen.

bauwerk – und etwas anderes war es schließlich nicht! – zu errichten, hatte sich dabei etwas gedacht. Immerhin befand sich die Kurpfälzische Residenz seit Jahren in München, und trotzdem ließ Carl Theodor in Schwetzingen so monumental bauen. Auch Jacob von Bardenfleth erkannte nun, dass dies wohl keine besonders spektakuläre Modelaune war, sondern ein Manifest für Toleranz und Internationalität. Ob man dem Kurfürsten das wirklich abnahm, blieb einem ja selbst überlassen.

Johanna und Jacob bewunderten noch eine Weile die neue Gartenanlage und suchten sich dann ein schattiges Plätzchen am Minerva-Tempel. Endlich packte Johanna ihren Korb aus und präsentierte ihrem Begleiter drei fest verschlossene Glasgefäße mit jeweils einem Pulver darin. Entgeistert schaute Jacob sie an: „Ein Pulver? Aber wie soll man das zu sich nehmen?"

„Wartet nur ab." Johanna grinste in sich hinein. Dieser Freiherr war immer so ungeduldig! Dann holte sie eine verschließbare Karaffe aus dem Korb und gab jeweils Wasser zu den Pulvern. Sie schüttelte die Glasgefäße und stellte die fertigen Flüssigkeiten vor Bardenfleth auf: „Voilà: einmal Krafttrunk mit Citrus-Geschmack, einmal mit rote-Beeren-Aroma und das hier", – sie hob das dritte Gefäß an und präsentierte eine grünliche Flüssigkeit – „ist Guarana. Probiert einfach!"

Jacob ließ sich das nicht zweimal sagen und nahm von der hellen Citrus-Limonade einen kräftigen Schluck. Konzentriert spülte er die Flüssigkeit im Mund hin und her, schluckte dann und leckte sich zu guter Letzt die Lippen mit der Zunge ab. Johanna beobachtete ihn aufmerksam und freute sich, dass es ihm zu schmecken schien.

„Ja, ist ganz gut", stellte er endlich fest, „also mir schmeckt es. Ich könnte mir allerdings vorstellen, dass es anderen etwas zu säuerlich sein könnte, was denkt Ihr? Sollte man nicht noch süßes Rosenaroma hinzufügen?"

Johanna nickte, sie war derselben Ansicht. Wortlos reichte sie ihm die Wasserkaraffe, damit er seinen Mund ausspülen konnte, eher er die nächste Geschmacksrichtung probierte. Jacob griff zur roten Flüssigkeit.

„Beeren?“, fragte er noch einmal nach und wiederholte die Prozedur von eben wieder mit großer Konzentration. Sein Urteil war differenziert und absolut richtig, fand Johanna. Auch er schätzte diese Version als zu süß und alltäglich ein. Niemand würde bei diesem Saft vermuten, etwas ganz Besonderes zu trinken, obwohl viel Rote Beete darin waren. Wie sollte man so etwas also erfolgreich verkaufen?

Nachdem er den mit Guarana versetzten Saft probiert hatte, erhellte sich sein Gesicht: „Das ist es Johanna!“ Er war ganz aufgeregt und pries die ungewöhnliche Mischung aus ein wenig bitter, aber trotzdem süß, aus sehr fruchtig, aber eben anders und der Farbe, die tatsächlich neuartig war. So ein Getränk hatte er nie zuvor gesehen; es eignete sich also perfekt für eine Neueinführung.

Johanna war ganz seiner Meinung und erklärte ihm nun die Inhaltsstoffe und wie sie dazu gekommen war. Sie stammten fast alle aus der Kräuter- und Pflanzenerbschaft, und sie hatte lediglich an den Aromen gefeilt. „Es ist tatsächlich so“, bestätigte sie. „Wer diesen Trunk regelmäßig zu sich nimmt, bleibt gesund und spürt schon bald, wie die eigenen Kräfte stärker werden. Ich habe sogar festgestellt, dass es mir nichts ausmacht, eine Nacht durchzuarbeiten, wenn ich am Abend ein Glas davon zu mir genommen habe. Könnt Ihr Euch das vorstellen, Jacob?“

Begeistert beratschlagten sie, wie sie aus diesen Erkenntnissen ein Geschäft machen könnten. „Am wichtigsten sind die Rohstoffe“, stellte Johanna fest. „Da benötigen wir zuverlässige Quellen.“

„Das habe ich bereits organisiert“, freute sich Jacob über ihr anerkennendes Staunen. Er hatte überall Kontakte und Geschäftspartner und bereits ausgehandelt, wer ihn im Zweifelsfall beliefern durfte. „Bleibt also die Frage, wie das Getränk an den Mann kommt.“

„Ich hätte da vielleicht eine Idee“, begann Johanna und erzählte Jakob von ihren Besuchen im Mannheimer Kaufhaus. „Ein kleiner Stand mit hübschen Bechern würde doch ausreichen.“

Der Freiherr wiegte den Kopf unschlüssig hin und her. „Meint Ihr wirklich, dass wir dort mit einem einzigen Getränk reüssieren? Ich glaube, das funktioniert nur, wenn wir auch eine Kleinigkeit zu essen anbieten könnten. So eine Art schnelles Gasthaus für Menschen, die es eilig haben oder noch viel erledigen müssen."

„Ja", griff Johanna den Gedanken auf, „aber man müsste aus der Hand essen können und es darf nur eine überschaubare, aber sättigende Portion sein. Nur was?"

Jacob sprang auf. „Jetzt haltet mich bitte nicht für völlig verrückt, Johanna, aber was haltet Ihr davon ..." – er hielt kurz inne, als müsste er seine Gedanken noch sortieren – „... was haltet Ihr davon, wenn wir dazu etwas à la turque verkaufen? Wir gehen dann sozusagen kulinarisch mit der Mode."

Johanna war sprachlos. An Ideen mangelte es dem Freiherrn wirklich nicht. Sie hatte nur keine genaue Vorstellung von dem, was er meinte. Die allseits bekannte Süßspeise *Locum* würde es wohl kaum sein.

Sofort begann Jacob mit einem ausführlichen Vortrag über die Vorteile der orientalischen Küche. Er schwärmte von gefüllten Teigtaschen, Fleischgerichten aus Lamm oder Geflügel, Brotspezialitäten, frischen Zutaten und vor allem den exotischen Gewürzen. „Ihr müsst es einfach einmal probieren", forderte er sie auf und lud sie spontan zu sich ein, wenn sie zurück in Mannheim war.

„Ich lasse einen Orientalen für uns kochen – und bin sicher, Ihr werdet begeistert sein!" Vergnügt rieb Bardenfleth sich die Hände, und Johanna sagte spontan zu. Bisher hatte alles gut geklappt, was sie mit dem Freiherrn begonnen hatte; es sprach also nichts dagegen, diese Idee weiter zu verfolgen. Außerdem hatte sie nichts zu verlieren. Bardenfleth war ein Abenteurer, dessen Ideen Spaß machten und niemandem schadeten. Sie ergriff gern die Gelegenheit.

Außerdem konnte Johanna ihm diesmal auch etwas Neues bieten: einen Ausflug in den nächtlichen Schlosspark. Sie verabredeten sich für kurz vor Mitternacht an der Kutscherschänke

Blaues Loch, um ihrem inspirierenden Spaziergang vom Vormittag bei Vollmond noch eine Prise von Abenteuer zu verleihen. Dann kehrte Jacob in seine Pension am Marktplatz zurück und Johanna beschloss, ein wenig zu schlafen, damit sie nachts nicht zu müde war. Bardenfleth würde das Problem nicht haben – er hatte ausreichend Krafttrunk zu sich genommen!

Der Vollmond schien hell und die Nacht war ausgesprochen mild, sodass Johanna sich für leichte, dunkle Kleidung ohne hinderliche Unterröcke entschieden hatte. Man hätte sie für eine einfache Bauersfrau halten können, wäre man ihr begegnet – doch die Straßen waren zu dieser Stunde wie leergefegt. Bardenfleth wartete bereits auf sie und grinste verschwörerisch, als sie sich näherte.

„Auf zu neuen Abenteuern", wisperte er und musterte sie interessiert. „Ihr scheint wirklich Erfahrung mit nächtlichen Spaziergängen zu haben", stellte er anerkennend fest. „Dunkel und mit Bewegungsfreiheit gekleidet, nicht schlecht!" Auch er hatte sich für dunkle Hosen, Stiefel, einen schwarzen Mantel und ein dunkles Hemd darunter entschieden.

„Gehen wir?" Auffordernd schaute Johanna ihn an und lief mit energischem Schritt vor. Bardenfleth folgte schweigend, als sie mit schlafwandlerischer Sicherheit einen unverschlossenen und unbewachten Seitenzugang ganz in der Nähe fand. „Ihr müsst wissen", flüsterte sie ihm zu", früher war der Garten nicht eingezäunt und für jeden offen. Aber die Zeiten haben sich geändert."

„Und wo gehen wir jetzt hin?" Der Freiherr schien ihr blind zu vertrauen. Johanna überlegte einen Augenblick und schlug dann einen Weg entlang der nördlichen Zirkelsäle vor. „Die Nacht ist sehr hell und dort können wir uns im Schatten der Mauern recht weit in den Garten hinein bewegen." Leise schlichen sie über die Kieswege. Das Schloss war stockdunkel, lediglich unter dem Tunnel zum Ehrenhof flackerte ein Licht. Wahrscheinlich stand dort eine Wache. Der Garten selbst hingegen schien durch den Mond wie von Geisterhand sanft beleuchtet. Schuld daran waren die hellen Wege und Statuen, die das Licht reflektierten. Das hatte zwar den Vorteil, dass man trotz tiefer Nacht recht gut sehen konnte – aber eben den Nachteil, dass man auch besser gesehen wurde. Sie mussten also besonders vorsichtig sein, wenn sie sich nicht erwischen lassen wollten.

Als sie am Ende der Zirkelsäle angekommen waren, hielt Johanna plötzlich inne. „Hört Ihr das?“ Jacob lauschte aufmerksam, aber bemerkte nichts.

„Das da, so hört doch, dieses sanfte Klingen!“ Aufgeregt spähte sie in die Tiefen des Parks.

„Ja, jetzt habe ich auch etwas vernommen.“ Jacob war ganz nahe gekommen und flüsterte ihr ins Ohr. „Was kann das sein?“

Johanna zuckte mit den Schultern. „Keine Ahnung. Aber es kommt von dahinten. Irgendwo beim Apollotempel.“ Sie deutete vage in die Richtung.

„Dann lasst uns nachschauen.“ Jacob wollte sich sofort auf den Weg machen, doch Johanna hielt ihn zurück: „Wartet, wir sollten durch die Orangerie laufen. Der Garten liegt dort tiefer und wir sind vor Blicken besser geschützt.“

Während sie in gebückter Haltung zwischen den Rabatten und Hecken hindurch schlichen, überlegte Johanna fieberhaft, was das für Geräusche waren, die eindeutig lauter wurden, je näher sie dem Hügel des Apollotempels kamen. Ab und zu meinte sie auch, den Schein einer Fackel oder Laterne zu erkennen, aber sicher war sie sich nicht. Die Nacht war einfach zu hell. Endlich hatten sie die Stelle erreicht, wo der Bereich der Grotten und des kleinen Rundtempels begann. Noch ein paar Stufen hinauf und sie würden zu dem Naturtheater vor dem Apollotempel gelangen. Was würde sie dort erwarten? Dass irgendetwas Außergewöhnliches rund um das Bauwerk vor sich ging, war nun weder zu überhören noch zu übersehen. Harfenklänge und ein geheimnisvolles leises Trommeln lagen in der Luft, außerdem bewegten sich Menschen auf der Bühne. Die Grotten unter dem Tempel schienen durch einzelne Kerzen erleuchtet und leise männliche Stimmen murmelten ab und zu etwas Unverständliches.

Johanna machte Jacob ein Zeichen. Sie hatte eine weit ausladende Marmorschale auf der oberen Treppenstufe entdeckt, hinter der sie sich beide einigermaßen verbergen konnten. Von dort aus konnten sie in gebückter Haltung langsam versuchen, in den dahinter anschließenden Garten zu spähen, um einen Blick auf das geheimnisvolle Treiben zu werfen. Leise schlichen sie hinüber. Dann nickten sie sich zu und hoben ihre Köpfe vorsichtig über den Rand der Schale. Was sie erblickten, raubte ihnen regelrecht den Atem.

Auf dem kleinen Platz vor der Grotte tanzten fünf nackte junge Mädchen mit offenem Haar im Mondlicht. Sie waren alle blond und ihrer körperlichen Entwicklung nach höchstens sechzehn Jahre alt. Ihre Bewegungen wurden von den Tönen einer Harfe und einer Art Tamburin begleitet, deren Musikerinnen ebenfalls weiblich und bis auf ein paar durchsichtige Schals nicht bekleidet waren. Um diese auf den ersten Blick idyllische Szenerie standen einige Bänke herum, auf denen es sich gut gekleidete Männer bequem gemacht hatten. Sie verfolgten das Geschehen aufmerksam und flüsterten sich gegenseitig Kommentare zu, die oft ein heiseres und anstößiges Lachen nach sich zogen. Leider konnte man keinen von ihnen erkennen, denn sie trugen alle Masken.

Schweigend verfolgten Johanna und Bardenfleth die unwirkliche Szenerie, bei der nichts weiter geschah, außer dass ein paar Nymphen einen Reigentanz vorführten. Dieses Bild erinnerte Johanna daran, dass es solche oder ähnliche Begebenheiten in der Antike durchaus gegeben haben soll – nur eben nicht im Zusammenhang mit Apollo, sondern im Zeichen der Aphrodite. Dabei hatte es sich um Frühlingsfeste gehandelt, die gerne in sexuellen Fruchtbarkeitsorgien endeten. Die Herren würden doch nicht ...?

Erschrocken suchte sie Jacobs Blick, den offenbar ganz ähnliche Gedanken beschäftigten. Er zuckte ratlos mit den Schultern. Immerhin schien er in keiner Weise verärgert oder irritiert, dass Johanna sie beide in eine solch missliche Lage gebracht hatte. Eigentlich hatten sie ja Zeugen irgendwelcher obskuren Rituale werden wollen, über die man sich hinterher den Mund zerreißen konnte – doch nun erlebten sie etwas, das nicht nur voyeuristisch und peinlich, sondern auch verboten war. Was sollten sie nun tun?

Langsam wurde der Tanz der Nymphen schneller. Johanna kniff die Augen zusammen und schaute genauer hin. War das eine etwas dralle Mädchen nicht die Tochter des Wirtes, der die Gaststätte unter ihrer Wohnung betrieb? Und die Zarte daneben – das durfte doch nicht wahr sein! – war die zierliche Blondine, die auf dem Markt am Tage Brezeln verkaufte! Aufgeregt stupste sie Jakob an: „Ich kenne die!“ Sie hauchte mehr, als dass sie flüsterte.

Jacob riss die Augen auf und formte mit seinem Mund ein erstauntes „Wen?“

„Zwei von den Mädchen. Und die anderen wahrscheinlich auch. Sie sind alle Töchter von ehrbaren Schwetzinger Händlern.“ Ihre flüsternde Stimme überschlug sich fast vor Aufregung, sodass Jacob seinen Zeigefinger zum Mund hob und sie zur Stille gemahnte.

„Wir müssen etwas unternehmen!“, begann Johanna erneut. Das konnte man doch nicht durchgehen lassen, die armen Mädchen! Freiwillig machten sie das bestimmt nicht. Vielleicht waren sie ja sogar geraubt worden? Nur von wem? Sie konnte keinen der Kerle erkennen.

Jacob hingegen schien etwas entdeckt zu haben. Er winkte sie näher zu sich heran und raunte: „Den linken da mit dem großen Bauch, ich glaube, ich kenne ihn. Die Strümpfe, seht Ihr? Das ist ein flandrisches Muster. Ich habe es bisher nur bei Monsieur de la Tour gesehen.“

„Monsieur de la Tour?“ Johanna hatte den Namen noch nie gehört.

„Ein Adliger aus Brügge, der seit einiger Zeit in Mannheim Geschäfte mit Kartenmaterial und Waffen macht. Er ist ziemlich mächtig und soll angeblich unermüdlich den Kontakt zu Beamten der Hofkammer suchen; bisher allerdings nur mäßig erfolgreich."

Johanna nickte, ohne zu wissen, was sie mit dieser Information jetzt im Moment anfangen konnte. Jacob hingegen schien bereits etwas auszubrüten, denn er starrte vor sich auf die Stufen und verfolgte das Geschehen vor der Grottenlandschaft nicht mehr.

Dies änderte sich jedoch, als ein leiser Schrei die vermeintliche Idylle durchbrach. Einer der Männer hatte sich auf eine Nymphe gestürzt, ihr in die noch mädchenhafte Brust gekniffen und einen Klaps auf das Hinterteil gegeben. Dann zog er die sich nur wenig wehrende Tänzerin in den dunklen Eingang der Grotte. Darauf schienen auch die anderen Maskierten nur gewartet zu haben: Jeder von ihnen schnappte sich eine der Nymphen und tat es ihm gleich. In wenigen Augenblicken war der Platz leer und die Instrumente verwaist, während aus den Höhlen unter dem Tempel Kichern, aufgeregte Stimmen und andere Geräusche drangen, die eindeutiger Herkunft waren.

Johanna war fassungslos und wie gelähmt vor Schreck. Was ging hier vor?

Jacob hingegen war aufgesprungen und zog sie vor eine dunkle Hecke an der Seite des Orangeriebaus. Dann trat er ein paar Schritte vor, holte tief Luft und brüllte mit tiefer und verstellter Stimme zum Tempel hinauf: „Hallo? Wer da? Stadtwache, kommt sofort heraus!"

Die Geräusche erstarben schlagartig. Dann hörte man hastiges Scharren von Füßen, aufgeregte Mädchenstimmen und Schritte, die sich in großer Geschwindigkeit entfernten. Kurze Zeit später war Stille über dem Garten; lediglich das Flackern einer einsamen Kerze in einem der Grottenfenster verriet, dass sich hier vor kurzem Unglaubliches abgespielt hatte. Sofort schlichen Johanna und Jacob vor, um sich vor Ort umzuschauen: Die kleine Harfe, wohl eher eine Leier, lag achtlos in den Blumen, daneben das Tamburin. Ansonsten deutete nichts darauf hin, dass sich hier eben noch ein Dutzend Menschen aufgehalten hatte.

Vorsichtig spähte Johanna in den Grotteneingang, als sie einen Schrei hörte und kurz darauf beinahe umgerannt wurde. Das dralle Mädchen hatte es offenbar nicht geschafft, wie die anderen hinter den Tempel zu flüchten und dann das Weite zu suchen. Johanna wollte sie festhalten, doch sie konnte sich befreien. Zuvor hatte das Mädchen ihr allerdings wütend ins Gesicht geschaut und war dabei sehr erschrocken. Die Wirtstochter hatte Johanna offenbar erkannt.

Als Jacob zu ihr kam, war das Mädchen verschwunden. Er hatte den Tempel im oberen Bereich inspiziert, dort allerdings auch keine weiteren Spuren gefunden. Dennoch war er sich ganz sicher: „Den la Tour habe ich erkannt, Irrtum ausgeschlossen“. Er lachte leise in sich hinein und verkündete Johanna dann: „Der Kerl wird schon morgen einen gepfefferten Brief von der Hofkammer bekommen und sich ganz schnell vom Acker machen!“

„Wieso von der Hofkammer? Wollt Ihr dort jemanden über den Vorfall informieren?“ Besorgt starrte Johanna ihn an, doch er grinste nur.

„Keine Sorge, meine Liebe, das werde ich natürlich nicht tun. Aber ...“, er zwinkerte ihr zu, „... ich habe in meinem früheren Leben schon so viele Dokumente gefälscht, dass es auf eins mehr oder weniger auch nicht mehr ankommt.“ Jacob klatschte leise in die Hände und fügte hinzu: „Übrigens kann ich das tatsächlich ziemlich gut; der Herr wird die Fälschung nicht bemerken und die Drohung darin ernst nehmen.“

Johanna verstand und freute sich insgeheim. Wenn man das nächtliche erotische Spektakel schon nicht ungeschehen machen konnte, dann doch zumindest für die Zukunft verhindern. Das wollte sie auch und nahm sich vor, gleich am nächsten Morgen mit der Wirtstochter ein ernstes Wort unter vier Augen zu sprechen.

Diese war allerdings nicht besonders erfreut, als Johanna sie am Vormittag in der Hofeinfahrt abfing. Johanna hatte mit Jacob auf dem nächtlichen Weg zurück in die Stadt noch besprochen, ob sie nicht besser die Eltern informieren sollte, doch der Freiherr war nicht überzeugt davon: „Ich bin mir gar nicht so sicher, ob das Ganze nicht alles freiwillig und wohl arrangiert war“, bemerkte er nachdenklich. „Oder hattet Ihr den Eindruck, dass die Mädchen wider ihren Willen mit den Männern in den dunklen Gängen verschwunden sind?“

Leider musste Johanna ihm insgeheim Recht geben. Auch ihr war eine Art Komplizenschaft aufgefallen, die nur eine Erklärung nach sich zog: Die Mädchen machten den nächtlichen Spuk aus freien Stücken mit. Ihre Unterredung mit der Wirtstochter bestätigte diesen Verdacht: Unter Tränen und trotzigem Schmollen gestand das junge Ding ihr, nicht das erste Mal dort im Park gewesen zu sein. Grund dafür war das liebe Geld. Denn die Herren, die größtenteils von Stand waren und manches Mal weit für das „Apollo-Ritual“ anreisten, zahlten üppig. Für ein einfaches Mädchen bedeutete das immensen Reichtum – und darauf wollte das Mädchen nicht verzichten. „Außerdem macht es mir Spaß“, gab sie leise zu. „Endlich kommandiert mich keiner herum, sondern bewundert mich und ist nett zu mir.“

Johanna schwieg dazu, was hätte sie auch sagen sollen. Sie war sich plötzlich nicht mehr sicher, ob sie überhaupt das Recht dazu hatte, sich einzumischen. Vielleicht waren ja sogar ihre Eltern im Bilde und profitierten auch von dem Arrangement? Es war zwar eine schreckliche Vorstellung – sie musste unwillkürlich an Louisa denken – aber stand es ihr zu, darüber zu urteilen? Sie entschied sich dagegen und ließ das Mädchen mit gemischten Gefühlen ziehen. Der Aufenthalt in Schwetzingen hatte für sie jedoch einen faden Beigeschmack erhalten. Kurzerhand schrieb sie eine Depesche nach Hause, dass Pavel sie am übernächsten Tag abholen sollte. In Mannheim gab es ohnehin genug zu tun.

Zuhause angekommen wartete auf Johanna nicht nur eine sichtbar verliebte Tochter, sondern auch ein eigenhändiger Brief von Friedrich Schiller. Darin informierte er die *Werte Dame Santorini und ihr liebreizendes Fräulein Tochter* darüber, dass *Hofintendant Dalberg sich besonnen hat und dem Erfolgsschreiber der Räuber höflichst eine Stelle als Theaterdichter angeboten* hatte. Schon bald wollte Schiller daher nach Mannheim kommen, um Quartier zu suchen und alles gründlich vorzubereiten. Im September zur neuen Spielzeit sollte seine Anstellung am Hoftheater beginnen und hoffentlich lange währen, wie er betonte. *Ob er die Damen mit seinem Besuch alsbald beehren dürfte?*

Johanna amüsierte sich über den hochgestochenen Ton seiner Korrespondenz, der absolut nicht zu seiner Art zu sprechen passen wollte. Aber sie freute sich für Schiller, dass es nun doch mit einer festen Stelle an einem Theater für ihn weiterging. Hoffentlich bekam er so seine Geldschwierigkeiten bald in den Griff! Dem Theater in Mannheim würde dieser frische Wind in jedem Fall guttun, davon war Johanna überzeugt.

Auch Louisa war entzückt, als sie von Schillers bevorstehender Ankunft hörte. Doch nicht mehr der *Mann* Friedrich Schiller war nun Auslöser für ihre Begeisterung, sondern die Tatsache, dass sie ihn *kannte*. Schuld daran war Ludwig van Tholen, der Louisa sichtlich dafür bewunderte, dass sie den Dichter einmal mutig aus einer schwierigen Lage gerettet hatte. Louisa sonnte sich in der Anerkennung ihres Hauslehrers – hatte sich ihre anfängliche Offenheit und Freude am Lernen doch mittlerweile deutlich vertieft. Obwohl Louisa es noch empört und verlegen abstritt, war Johanna sich ganz sicher: Ihre Tochter hatte sich in Ludwig verliebt, und dieser schien auch nicht abgeneigt. Der angenehme Nebeneffekt dieser Entwicklung war das gesunkene Interesse Louisas an Schiller, weshalb Johanna einem Zusammentreffen mit dem Dichter entspannt und in freudiger Erwartung entgegensah.

Schiller kehrte am 27. Juli nach Mannheim zurück. Über Iffland hatte er ein bezahlbares Appartement zur Miete bei Maurermeister Anton Hölzel in der Nähe vom Theater gefunden und richtete sich dort häuslich ein. Bereits als er ankam, stand es um seine Gesundheit nicht besonders gut: Er hustete viel und war sehr geschwächt. Dann kam das Sumpffieber[145] hinzu, das in der Region recht verbreitet war. Gerade Reisende, die das Klima nicht gewöhnt waren, litten im heißen Sommer häufig darunter. Seinem guten Aussehen tat dies jedoch keinen Abbruch; er war nach wie vor eine attraktive und auffallende Erscheinung. Da sein Vertrag am Theater erst zum September in Kraft trat, nutzte Schiller die Zeit nach seiner Gesundung, um in der Quadratestadt heimisch zu werden. Dazu plante er allerlei Ausflüge und Besichtigungen und schlug Johanna vor, einen Besuch der Sternwarte gemeinsam vorzunehmen.

Anfang August traf sich die kleine Gesellschaft vor dem Eingang der Sternwarte. Johanna hatte Louisa und Ludwig van Tholen mitgebracht, der sich unglaublich darüber freute, den größten Dichter des Jahrhunderts – wie er Schiller bezeichnete – persönlich kennenzulernen. Schiller wiederum genoss die Aufmerksamkeit sehr. Er war in Begleitung von Streicher gekommen, den Johanna schon lange nicht mehr persönlich gesprochen hatte. Dem Komponisten schien es in Mannheim gut zu gehen, denn er war als Klavierlehrer sehr beliebt und hatte folglich ein moderates Auskommen. Ihm kam dabei zugute, dass er im Bekanntenkreis von Franz Fridolin und Maria Cäcilia Weber Aufnahme gefunden hatte – jenes musikbegeisterten Ehepaares, dessen Tochter Constanze seit zwei Jahren mit Wolfgang Amadeus Mozart verheiratet war. Zwar wohnten die Webers mittlerweile in Wien, hatten jedoch noch enge Kontakte zu den wichtigen Mannheimer Musikzirkeln, den Sänge-

[145] Gemeint ist die Malaria, die im 18. Jahrhundert in der Rheinebene noch recht verbreitet war. Den Zusammenhang mit den Stechmücken kannte man damals noch nicht.

rinnen und Sängern vom Theater und den Musikern der verbliebenen Akademie. Sie empfahlen Streicher als Lehrer, Musiker und Komponisten, was ihm sehr half.

Die kleine Gesellschaft machte sich daran, die einhundertsechzig Stufen zur Aussichtsplattform des Astronomischen Turmes zu erklimmen. Zuvor waren sie vom Nachfolger Christian Mayers, dem Hofastronom Karl König begrüßt worden. Auch er war wie sein Vorgänger einst Jesuit gewesen. Im Gegensatz zu Mayer, der die Menschen stets mit seinem jovial-freundlichem Wesen für sich eingenommen hatte, wirkte der neue Hofastronom jedoch recht kühl, beinahe schon unfreundlich. Es schien Johanna fast so, als wäre es ihm nicht Recht, in der Sternwarte Besuch zu empfangen, was nicht der Tradition dieses Bauwerks entsprach. Christian Mayer war immer sehr stolz darauf gewesen, dass ihm praktisch jeder bedeutende Reisende, der Mannheim passierte, seine Aufwartung machte. In seinem schon legendären Gästebuch fanden sich unter anderem die Namen von Mozart oder Benjamin Franklin! Doch Karl König wirkte mürrisch und stapfte den Besuchern unwillig voran. Vielleicht hatten sie ihn ja auch nur bei einem Nickerchen gestört, fragte sich Johanna, obwohl sie ihren Besuch im Vorfeld angekündigt hatte.

Beim Aufstieg hielten sie kein einziges Mal an, obwohl die Sandsteinstufen der engen Wendeltreppe mühsam zu erklimmen waren. Gerade mit den ausladenden modernen Röcken war es eine Kunst, unbeschadet aufzusteigen. Das untere Geschoss bewohnte der Hofastronom selbst. Die vier darüber liegenden Obergeschosse ermöglichten es allen, entweder über einen Altan oder über Balkons ins Freie zu treten und von dort in allen vier Himmelsrichtungen in die Sterne zu schauen. Dabei hatte man von Anfang an die Form und Größe der benutzten Instrumente berücksichtigt. Doch an keinem dieser interessanten Punkte verweilte der Hofastronom, sodass die Besucher gezwungen waren, sofort auf die Aussichtsplattform auf der Turmspitze zu steigen.

Die Aussicht von dort oben belohnte die vorausgegangene Anstrengung jedoch allemal, fand Johanna. Von hier aus hatte man nämlich den schönsten Blick auf das Schloss, die Hofkirche, die Stadt und den Rhein. Bei guten Wetterverhältnissen konnte man weit in die Rheinebene hinaus schauen. Im Norden war der Melibokus zu erkennen, im Osten die Bergstraße mit dem Königsstuhl und dem Neckartal, im Süden die weite Ebene und im Westen der Pfälzer Wald, wo der gute Wein herkam. Glücklicherweise hatte es zuvor geregnet und die Luft war rein und klar. So erschien das gesamt Panorama zum Greifen nah.

Auch Schiller und Streicher waren sehr beeindruckt; Louisa und ihr Hauslehrer kannten dieses Erlebnis bereits, ebenso wie Johanna. Langsam spazierten sie um die drehbare und mit gefächerten Metallplatten versehene Beobachtungskuppel in der Mitte der Plattform. Wie oft hatte Mayer hier gestanden und seinen Besuchern in gut verständlichen Worten das Unbegreifliche erklärt. Immerhin war die Mannheimer Sternwarte durch seinen persönlichen Einsatz und das Geld des Kurfürsten zu einer anerkannten Institution geworden. Mayer hatte bereits frühzeitig damit begonnen, mit anderen Astronomen in Paris, London und St. Petersburg zusammenzuarbeiten und seine Fixsternbeobachtungen so schnell über die Landesgrenzen hinweg publik zu machen. Ob der neue Hofastronom in seine Fußstapfen treten würde und ebenfalls Wetterbeobachtungen, die so genannten *Mannheimer Stunden,* aufschreiben würde? Johanna bezweifelte das und musterte Karl König verstohlen.

„Ist das jener Quadrant, mit der ehrwürdige Hofastronom Mayer den Venustransit[146] verfolgt hat?“, fragte Andreas Streicher den Hofastronom interessiert und starrte auf das Instrumentarium in dem Pavillon.

[146] Gemeint ist das Ereignis vom 6. Juni 1761, das Meyer gemeinsam mit Carl Theodor und seinem Hofstaat in der Orangerie des Schwetzinger Schlossparks verfolgte. Danach war der Kurfürst so begeistert, dass er im Juli desselben Jahres damit begann, für seinen Hofastronomen und sich selbst ein Observationsgebäude auf dem Schlossdach zu errichten. Es wurde 1764 eingeweiht.

„Natürlich nicht!", antwortete König unfreundlich. „Wir arbeiten hier mittlerweile mit neueren Instrumenten. Schließlich erklären wir hier das Universum!"

„Ah ja." Ein wenig erschrocken über die barsche Antwort trat Streicher zurück.

Louisa wagte sich daraufhin noch einmal vor: „Dürfen wir einmal durch einen Quadranten in den Himmel schauen? Mayer hat uns das immer erlaubt – es war jedes Mal ein unvergleichliches Erlebnis." Sie hatte ihr gewinnendstes Lächeln aufgesetzt.

Doch König ließ sich nicht beinducken – im Gegenteil: Er bellte sie geradezu an, als er erklärte: „Was mein Vorgänger hier für Albernheiten gestattet hat, interessiert mich nicht. *Ich* lasse jedenfalls keine Laien an die kostbaren Instrumentarien!"

Louisa riss die Augen weit auf und suchte Johannas Blick. Sprachlos starrten beide sich an, und van Tholen hatte sich schützend vor Louisa gestellt.

Doch nun brachte sich Schiller ins Spiel, indem er noch einmal deutlich machte, wer er war – was König nicht weiter beeindruckte – und sich nach der Bibliothek erkundigte: „I han gehörd, dess Ihr in Eure Forschungseinrichdung oi vorzüglich bschdüggde Bibliothek habd. Dürfde i mi dord demnächschd einmol umgugga?" Seine Auge funkelten vor Eifer, als er erklärend hinzufügte: „I bschäfdig mi nämlich grad kridisch mid der Asdrologie. Für oi neies Schdügg."

„So, tut er das." Der Hofastronom musterte den Dichter mit einem verächtlichen Ausdruck im Gesicht von oben bis unten. „Da ist er hier aber völlig falsch. Astronomie ist eine ernsthafte Wissenschaft. Für Schwärmer oder Astrologen ist hier kein Platz!" Er machte wutschnaubend auf der Stelle kehrt und verschwand im Pavillon.

Johanna fing bei aller Empörung an, die ganze Situation ausgesprochen komisch zu finden. Außerdem dämmerte ihr langsam, was sich hinter dem unfreundlichen Verhalten des Hofastronoms verbarg. Sie rief die anderen zu sich und sprach ihre

Vermutung mit gedämpfter Stimme aus: „Ich glaube, es ärgert ihn, dass alle immer nur von Christian Mayer schwärmen. Für ihn sieht es so aus, als würden wir ihn nicht annähernd so klug und den modernen Wissenschaften verpflichtet einschätzen, wie seinen Vorgängern. Aber ich habe eine Idee...“

Johanna ging hinüber zum Pavillon und klopfte vorsichtig an die offen stehende Tür: „Hoch geschätzter Hofastronom, Ihr seid ja noch nicht so lange in der Stadt und habt möglicherweise noch nicht davon gehört, aber in meinem Haus finden regelmäßig Intelligenz-Salons statt.“

König hatte sich bei ihren höflich vorgetragenen Worten umgedreht und blickte sie interessiert an. Johanna wertete es als gutes Zeichen und fuhr fort: „Ich plane im Oktober, wenn es nicht mehr so heiß ist, meinen nächsten Salon zum Thema ‚Astronomie der Zukunft'. Könnte ich Euch als Gastredner gewinnen?“

Man sah förmlich, wie es in König arbeitete. Einerseits lehnte er es offensichtlich ab, sich mit Laien und ihren Fragen zu beschäftigen; andererseits schien ihm ein gesellschaftliches Ereignis wie ein Intelligenz-Salon wohl doch ganz genehm. Immerhin hätte er als Gastredner einen besonderen Status und konnte so einflussreiche Fürsprecher gewinnen. Außerdem, das vermutete Johanna, hatte er durchaus schon von ihren Gesellschaften gehört. So etwas sprach sich in einer Stadt wie Mannheim schnell herum. Die Frage war nur, ob er sich nach dem abweisenden Verhalten zuvor nun wieder einen Schritt auf sie zubewegen konnte und wollte.

Er tat es und sagte gnädig zu. Johanna jubilierte innerlich und informierte strahlend die anderen, die schweigend auf der Aussichtsplattform gewartet hatten. Die Freude hielt sich zwar in Grenzen, doch immerhin verabschiedete man sich nun im Rahmen der Höflichkeit. Schließlich würde man schon bald wieder aufeinander treffen. Zum Abschluss ließ der Hofastronom sich sogar dazu herab, dem zukünftigen Theaterdichter den Zugang zu seiner Bibliothek zu gestatten, wann immer er wollte.

Zwei Tage später schilderte Johanna ihrem Brieffreund Goethe das Erlebnis auf der Sternwarte, als sie endlich einmal wieder die Ruhe und Muße fand, ihm ausführlich zu schreiben: *... Ihr hättet Eure wahre Freude daran gehabt, geschätzter Freund, wie der König der Sterne (der neue Hofastronom heißt Karl König) den von Euch ungeliebten Dichter heruntergeputzt hat. Der war dann ganz still, was bei seiner schwäbischen Mundart auch manchmal besser ist. Ich habe den Hofastronomen dann doch noch zu meinem nächsten Intelligenz-Salon gebeten. Hoffentlich wird er es mir nicht allzu übel nehmen, dass ich ihm einen Astrologen zu Seite stelle. Kennt Ihr vielleicht ein solches Exemplar mit Umgangsformen und einiger Eloquenz? Denn die braucht es hier ...*

Dennoch verleugnete sie ihre Bewunderung für den jungen und stürmischen neuen Theaterdichter nicht: *... es heißt, er arbeitet an einem neuen Stück, in dem die Liebe in die Mühlen von Standesstolz und Standesdünkel*[147] *gerät. Er selbst sagt darüber, dass er das allgemein Menschliche zeigen will, was auch immer er damit meint. Wenn es aber so gut wie seine Räuber wird, hat er es wohl geschafft. Böse Stimmen behaupten, dass er darin ein unsittliches Verhältnis verherrlicht, welches er mit der erst sechzehnjährigen Tochter seiner Gönnerin Henriette von Wolzogen eingegangen sei. Er soll ihr sogar einen Antrag gemacht haben! Wisst Ihr etwas darüber? Schließlich müsste sich dieser Skandal ja auf thüringischem Boden abgespielt haben...*

Abschließend informierte Johanna ihren fernen Vertrauten in Weimar noch über ihre jüngsten Pläne: *... ich bin, was Euch als Freund der Naturwissenschaften sicherlich erfreut, wieder in der Pflanzenkunde beschäftigt. Vorausgegangen war der Erhalt einer Kiste mit allerlei Gewächsen. Nun werde ich wohl mit dem freundlichen Freiherrn, von dem ich Euch kürzlich schrieb, eine ganz neue Limonade entwickeln. Sie schmeckt nicht nur delikat, sondern stärkt auch Körper- und Mannes-*

[147] *Kabale und Liebe* wurde am 13. April 1784 uraufgeführt – allerdings in Frankfurt.

kräfte. Wenn es soweit ist, werde ich Euch ein Pülverchen davon zusenden, damit Ihr Euch selbst ein Bild machen könnt. Und noch etwas: Was haltet Ihr von der Idee, ein schnelles Gasthaus zu eröffnen? Als eines, wo das Essen bereits fertig ist und passend portioniert? Der Gast dort verliert keine Zeit mit Essen, sondern nimmt es mit. Ich frage mich aber immer wieder, ob es wirklich Freude macht und gesund ist, so zu speisen. Schließlich liegt auch bei den Verdauungssäften in der Ruhe alle Kraft. Ihr seht also, noch nichts ist wirklich beschlossen, aber vieles bewegt sich ...

Dann erkundigte sich Johanna ausführlich nach Goethes Tätigkeiten in Weimar und fragte vor allem auch nach neuen schriftstellerischen Werken. Sie hatte länger nichts aus seiner Feder gelesen und bedauerte das sehr. ... *Wann darf ich mich also wieder einmal an Eurer herrlichen Sprache und guten Beobachtung des menschlichen Daseins erfreuen?* beendete sie ihren langen Brief und unterschrieb mit warmen Worten.

Als sie nach Pavel rief, damit dieser das Schreiben direkt zur Poststation brachte, fiel ihr ein, dass Jean eigentlich in diesen Tagen in Mannheim eintreffen wollte. Einerseits freute sie sich sehr auf das Wiedersehen, andererseits wusste sie, dass der Abschied diesmal schmerzlich sein würde. Denn Johanna hatte sich bereits entschieden, nicht mit ihm zu ziehen. Ihre Zukunft lag in der Kurpfalz – und nicht an den schillernden Höfen Europas.

Johanna schossen die Tränen in die Augen. Sie hustete und griff hastig nach dem Becher. Doch das kühle Wasser, das ihr daraufhin den Hals hinunterlief, konnte das Brennen nicht aufhalten. Im Gegenteil: Sie hatte den Eindruck, dass der Schmerz und der Hustenreiz sogar noch stärker wurden. In ihrem Körper brannte es wie Feuer. Was zum Teufel war das? Auch ihre Nase fing an zu laufen, außerdem brach ihr der Schweiß aus. Verzweifelt und tränenblind tastete sie nach der Leinenserviette in ihrem Schoß und presste sie vor ihr Gesicht. Der Druck auf die geschlossenen Augen half ein wenig, aber die Hitze ließ kaum nach. War dies das Ende? Ein Gift, das kurz und heftig wirkte? Pflegte man sich im Orient so seiner Widersacher zu entledigen? Johanna begann verzweifelt zu schluchzen.

Die beiden Männer, die ihr gegenüber am Tisch saßen, beobachteten sie interessiert. Durch ihren Tränenschleier konnte Johanna erkennen, dass sie nicht besonders mitleidig aussahen. Im Gegenteil: Einer der beiden zeigte verdächtig zuckende Mundwinkel, während der andere sie unvermindert anstarrte. Sie selbst konnte sich gut vorstellen, wie sie gerade aussah: ein hochroter Kopf hinter einer weißen Serviette, glänzende Haut mit Schweißfilm, verquollene Augen und dazu ein wenig damenhaftes Röcheln und Schluchzen – nein, das war kein Glanzauftritt! Warum half ihr nur keiner, das Brennen im Hals loszuwerden?

Ein kaum hörbares Klopfen lenkte die Aufmerksamkeit der Anwesenden zur Tür, die sich kurz darauf vorsichtig öffnete. Ein dunkelhaariger kleiner Mann steckte seinen Kopf durch den Türspalt hindurch und sagte etwas in einer unverständlichen Sprache, während er mit seinem Blick immer wieder Johanna streifte. Dann strecke er seine Hand aus und reichte ein kleines Schälchen mit etwas Weißem darin herüber.

„Danke, Kemal." Jacob von Bardenfleth lächelte seinem osmanischen Koch zu und schob die Schale zu Johanna. „Hier, esst das. Es hilft sofort."

„Was ist das?" Misstrauisch starrte sie auf die zähe Masse darin.

„Saure Schafsmilch. Man isst es im Orient häufig zu scharfen Gerichten, da es neutralisiert. Probiert es einfach!" Aufmunternd nickte Bardenfleth ihr zu.

Angewidert tauchte Johanna ihren Löffel in die Milchspeise. Saure Schafsmilch, das klang wirklich abstoßend. Dennoch, ihr Schmerz war so groß, dass sie in diesem Moment vermutlich alles zu sich genommen hätte – nur um wieder normal atmen, schlucken und schmecken zu können. Und es half! Mit jedem Löffel ließ das Brennen etwas mehr nach, so dass sie binnen kurzer Zeit das Schälchen leergegessen hatte.

„Ma chère, du `ast gerade verdorbene Milch gegessen!" Entgeistert starrte Jean sie an. „Das ist ja dégoulasse[148]!"

„Ach ja? Hätte ich lieber von innen verbrennen sollen?" Johannas Augen funkelten wütend. „Du hast ja nichts unternommen, um mir zu helfen!"

„Aber, aber...", beschwichtigte Bardenfleth seine Gäste, „so beruhigt Euch doch." Mit einer schnellen Handbewegung signalisierte er dem Koch, dass er sich wieder zurückzuziehen hatte und begann zu erklären: „Die Osmanen nennen diese saure Milch *Yogurt*[149]. Kemal sagt, dass dieses Wort eigentlich die Bedeutung von vergorener Milch hat. Tatsächlich gehört Yogurt im Orient zu fast jeder Mahlzeit. Man gewöhnt sich an den säuerlichen Geschmack ...", er lächelte Johanna aufmunternd zu, „... außerdem ist Yogurt sehr gesund."

„Und wieso nimmt man dazu ausgerechnet Schafsmilch?" Johanna hakte interessiert nach.

---

148 Franz. ekelhaft

149 Die Schreibweise orientiert sich an dem türkischen Wort Yoğurt.

„Oh, ich glaube, das hat damit zu tun, dass es im Orient kaum Kühe gibt“, antwortete Bardenfleth schulterzuckend. „Ich bin mir sicher, man kann diesen Yogurt mit jeder Milch herstellen. Angeblich kommt die Idee von Nomadenvölkern aus fernen Steppen. Ich denke, es war ein Zufall, der zum ersten Yogurt geführt hat.“

„Das klingt schlüssig“, brachte sich Jean in das Gespräch mit ein. „Und wie schmeckt dieser Yogurt nun wirklisch, ma chère?“

Johanna überlegte einen Moment, ehe sie antwortete: „Na ja, das etwas Saure ist ungewohnt, aber es ist alles sehr cremig im Mund ... doch, eigentlich schmeckt es ganz annehmbar. Ein wenig Süße täte ihm vielleicht gut...“

„Ja genau!“ Bardenfleth unterbrach sie. „Mit Honig und Nüssen, das werdet Ihr noch kennenlernen, wenn wir bei den Desserts sind.“ Er klatschte laut in die Hände, woraufhin Kemal sofort den Raum betrat.

Der osmanische Koch des Freiherrn war trotz seiner geringen Größe eine imposante Erscheinung. Sein Gesicht, das dunkelhäutig und tief zerfurcht war, wurde von einer markant gebogenen Nase dominiert, über der ein hellgrün funkelndes Augenpaar saß, dem nichts zu entgehen schien. Am auffälligsten war sein weißer Turban, unter dem sich eine ordentliche Haartracht verbarg, die in einzelnen Strähnen darunter hervorkam. Johanna fragte sich, wie Jacob von Bardenfleth an ihn gekommen war – und vor allem, in welcher Sprache sie sich verständigten. Sie hatte solche in ihren Ohren kehligen und bellenden Laute noch nie zuvor gehört. Es klang für sie unfreundlich, wenn die beiden sich unterhielten, doch gerade Kemal lächelte dabei ununterbrochen und zeigte eine auffallend weiße Reihe gesunder Zähne.

Die ganze Situation hatte etwas Absurdes: Da saß sie nun mit ihrem französischen Geliebten und einem undurchsichtigen Freiherrn im Speisesalon eines herrschaftlichen Hauses in den Mannheimer G-Quadraten und probierte Speisen, von deren Existenz sie zuvor nicht einmal gewusst hatte – und die ihre

Geschmacksnerven teilweise sehr strapazierten. Schuld daran war nur diese merkwürdige französische Erbschaft, deren Herkunft sie nun allerdings hatte klären können, nachdem Jean wie erwartet kurz nach Johannas Rückkehr aus Schwetzingen in Mannheim eingetroffen war.

Tatsächlich war der Franzose sich von Anfang an ganz sicher gewesen: „C'est un cadeau de mon oncle", hatte er festgestellt, nachdem er die Papiere studiert hatte, die dem sonderbaren Paket beilagen. „Oui, ma chère, c'est l'écriture de Charles[150]."

„Charles?" Johanna hatte nie zuvor von diesem Onkel gehört und war gespannt, was Jean ihr über ihn erzählen würde. Doch der Franzose hatte sich Zeit gelassen und darauf bestanden, zunächst das Wiedersehen mit ihr ausgiebig zu genießen. Johanna bemerkte dabei mit Schrecken, dass sie zum ersten Mal, seit sie Jean näher kannte, eine leise Ungeduld verspürte und seine Zärtlichkeiten nicht so annehmen konnte, wie sonst – was ihm als erfahrenem Liebhaber natürlich nicht entging. Deshalb waren ihre ersten gemeinsamen Tage in Mannheim alles andere als harmonisch verlaufen, da Jean die latente Zurückweisung durch Johanna nicht verstehen konnte, während sie den Eindruck hatte, dass er sich nicht für die Dingc interessierte, die ihr wichtig waren.

Erst eine knappe Woche nach seiner Ankunft war die sonst übliche Harmonie zwischen beiden einigermaßen wieder hergestellt, wenngleich bei Johanna ein fader Nachgeschmack geblieben war. Dennoch fanden sie Zeit und Muße, über jenen Onkel Charles zu sprechen, der ihr die Pflanzen und Kräuter vererbt hatte. Angeblich hatte Johanna ihn sogar einmal in Passy kennengelernt, doch sie konnte sich nicht mehr erinnern.

„Kein Wunder!", lachte Jean, „er war ein merkwürdiger Geselle, der nie viel geredet 'at."

---

[150] Franz. Das ist ein Geschenk meines Onkels. (...) Ja, mein Liebling, das ist die Handschrift von Charles.

In Jeans Familie galt Charles offenbar schon immer als Spinner und Querulant. Er hatte sich frühzeitig von sämtlichen familiären Verpflichtungen zurückgezogen und in einem fruchtbaren Tal in den Vogesen niedergelassen. Dort hatte er mit einer Art Haushälterin, die vermutlich auch seine Geliebte war, Pflanzen gezüchtet, Tränke gebraut – und die nahegelegene Dorfgemeinschaft mehr oder weniger medizinisch betreut. Da er jedoch kein freundlicher Zeitgenosse war und stets überall mit missionarischem Eifer seine übel schmeckenden Tränke anbot, mied man ihn, wann immer es ging.

„Auch isch 'atte Angst vor ihm", gab Jean zu. „Er besaß ein kleines 'aus aus Glas, in dem er fremde Pflanzen züschtete, sehr un'eimlisch!"

Während Jean die Geschichte von Onkel Charles erzählt hatte, war Johanna klar geworden, warum sie als Erbin für seine Rezepte und fremden Pflanzen und Kräuter von ihm ausgewählt worden war. Jemand wie Jean hätte wohl kaum begriffen, was sich damit anfangen ließ! Sie war sich sicher, dass Onkel Charles von ihrer Vergangenheit als Arzt-gehilfin und Apothekertochter gewusst hatte. Deshalb war sie ins Spiel gekommen – wohl in der heimlichen Hoffnung, seine Ideen fortzuführen.

Nun, das hatte sie in der Tat getan. Jean war ziemlich erstaunt gewesen, als er von ihren ersten Versuchen und dem Krafttrank gehört hatte, den Johanna gemeinsam mit Bardenfleth entwickelt hatte. Auch ihre Überlegungen, daraus ein Geschäft zu machen, fand er spannend, wenngleich er auch ein wenig amüsiert schien. Allerdings sah er den Weg dorthin nicht ganz so eben wie Johanna und hatte etwas zur Sprache gebracht, was ihr sehr missfiel: „Ihr werdet Fürschprescher brauchen, ma chère, oder eine 'ochgestellte Persönlischkeit, die eusch protegiert." Dann hatte er die Kurfürstin ins Gespräch gebracht – und die Unstimmigkeiten zwischen ihnen waren wieder aufgeflammt. Zwar hatte Johanna erkennen können, dass Jean im Prinzip richtig mit seiner Einschätzung lag, doch Elisabeth Auguste wollte sie nicht noch einmal freiwillig an ihrem Leben teilhaben lassen. Die Kurfürstin hatte ihr ein Teil ihres Vermögens genommen (was nicht ganz der Wahrheit entsprach – eigentlich war es umgekehrt), ihren Sohn in die Kadettenanstalt gesteckt, ihre Hofdamen in ihren Salons untergebracht, das reichte! Wütend hatte Johanna das Gespräch mit Jean abgebrochen und die nächsten Tage recht einsilbig neben ihm verbracht. Da der Franzose sich jedoch ausgiebig mit Louisa, ihrem Hauslehrer, der Gouvernante und anderen Angestellten befasste, fiel das im allgemeinen Trubel nicht auf. Und so kam es, dass sie ein paar Tage später gemeinsam an der Tafel des Freiherrn von Bardenfleth saßen, um osmanische Spezialitäten zu verkosten.

Der gemeinsame Abend zu dritt war von Anfang an ein unvergessliches Erlebnis. Jacob von Bardenfleth hatte den Salon komplett à la turque dekorieren lassen, sodass Johanna sich wie in einem orientalischen Märchen vorkam. Die vielen unterschiedlichen Vorspeisen, deren Namen sie sich nicht merken konnte, zogen wie im Traum an ihr vorbei und sie genoss mit allen Sinnen. Sicherlich hatte der Guarana-Trunk dazu beigetragen, dass sie besonders intensiv schmeckte und fühlte, denn er schärfte die Aufmerksamkeit in jeder Hinsicht.

Jean schien es ähnlich zu gehen. Angeregt von dem neuartigen Getränk, das Johanna und der Freiherr entwickelt hatten, ließ er sich von köstlichen Teigtaschen, eingelegten fremdartigen Gemüsen und kleinen Fleischspießen regelrecht verführen. Jeden Gang kommentierte er mit lobenden Ausrufen und anerkennendem Schnalzen, was ein großes Kompliment war – zählte er sich doch zu den Feinschmeckern seines Landes.

Jacob von Bardenfleth konnte also mit seiner Einladung zum intimen osmanischen Diner zufrieden sein. Erst Johannas Hustenanfall unterbrach die orientalische Idylle; allerdings waren sie bereits beim Hauptgang, einem schmackhaften Lammspießbraten, angelangt. Johanna hatte den Fehler gemacht, ein zartes Stück Fleisch beherzt in eine der roten Saucen zu tunken, die dazu gereicht wurden – und leider die Chili-Paste erwischt, wie der Gastgeber ihr erläuterte, als der brennende Schmerz abgeklungen war. „Unsere Geschmackssinne und Mägen sind für diese Schärfe nicht gemacht“, gab er mit bedauerndem Unterton zu. „Aber das richtige Maß bringt eine unvergleichliche Würze! Probiert es noch einmal!“

Jean ließ sich das nicht zweimal sagen, während Johanna vorsichtiger war. Hatte dieser Yogurt ihr Geschmacksempfinden wieder ausreichend beruhigt und neutralisiert? Doch Bardenfleth hatte Recht: Ausgewogen dosiert schmeckte der Braten mit etwas Schärfe hervorragend und wärmte angenehm von innen.

„Die Osmanen nennen diese Art, ihr Fleisch zu braten, *Kebap*“, erfuhren sie unterdessen vom Freiherrn. „Es wird drehend über dem Feuer gebraten und zuvor mit allerlei Ölen und Kräutern gewürzt. Das, was Ihr auf Euren Tellern habt, ist die äußere Kruste des Fleisches. Es wird nämlich nicht wie bei uns in Scheiben geschnitten serviert, sondern mit einem großen Messer in Schichten von außen nach innen geschnitten. Verrückt, nicht wahr?“

„Oui, mais excellent!“, rief Jean begeistert aus. „Wie schade, dass man so etwas Köstlisches nischt in unseren Gäst’äusern bekommt.“

Johanna und Bardenfleth wechselten einen kurzen Blick. Jean hatte genau das ausgesprochen, was ihnen vorschwebte – bislang allerdings völlig unsortiert und wenig konkret.

„Ja würdest Du denn so etwas bestellen?“, erkundige Johanna sich interessiert.

„Aber natürlisch, ma chère, naturellement!“ Jean nickte und strahlte über das ganze Gesicht. „Es sättigt, wärmt von innen, schmeckt sehr gut ...“ – er dachte kurz nach – „... nun, isch finde, es ist ideal für eine Reise, ne ce’que pas?“

„Für eine Reise?“ Entgeistert starrte Bardenfleth ihn an. „Wie meint Ihr das?“

„Donc, Monsieur de Bardenfleth, diese Kebap ist etwas, worauf Reisende Appetit ‘aben, wenn sie ‘ungrig, verfroren und müde sind. Dazu diese merkwürdige Getränk – und alla’opp man ist wieder stark und bereit zu großer Fahrt!“ Er klatschte begeistert in die Hände.

„Du meinst, wir sollten etwas in dieser Art in Poststationen oder Gasthöfen an Reiserouten anbieten?“ Johanna schien nicht überzeugt. Das war nicht das, was ihr vorschwebte.

„‘abt ihr etwa eine bessere Idee?“ Jean zwinkerte ihr zu, er schien sich seiner Sache sehr sicher zu sein.

„Möglicherweise“, mischte der Freiherr sich vorsichtig ein und erzählte Jean vom Mannheimer Kaufhaus, während Kemal die Reste abräumte und das Dessert, ein paar unendlich süße Gebäckstücke und besagten Yogurt mit Honig und Nüssen servierte.

„Ein Gast’aus im Kauf’aus? Das gibt es doch schon.“ Jean schüttelte den Kopf. „Und kein besonders gutes, mais non, je me reviens[151].“

„Nein, kein normales Gasthaus“, nahm Johanna den Faden auf und schilderte Jean ihre Vision von einer Art schnellem Mitnahme-Restaurant. „Ich habe die Menschen im Kaufhaus beobachtet – und die meisten haben weder Zeit noch Lust, ihre Einkäufe in einem Gasthaus zu unterbrechen. Es gibt dort bereits eine Schänke mit deftiger Küche, aber sie ist immer leer.“

Johanna nahm ein paar Löffel von dem mit Honig gesüßten Yogurt und schloss verzückt die Augen, während die Männer ihr hingerissen zusahen. Dann fuhr sie fort: „Außerdem kommen auch viele Bedienstete in das Kaufhaus, um tägliche Besorgungen zu machen. Gerade dann, wenn zusätzliche Messen sind, oder an Markttagen ist es dort richtig voll. Und eins kannst Du mir glauben, Jean: Hunger hätten die Leute schon. Es gibt nur nichts für sie, das schnell geht, nebenbei gegessen werden kann und dabei auch für einfache Leute bezahlbar ist.“

Triumphierend lächelte sie ihn an. „Verstehst Du jetzt, worauf wir hinaus wollen?“

---

[151] Franz. Oh nein, ich erinnere mich

„Ehrlisch gesagt nicht ganz“, gab der Franzose zu. „Ihr wollt den Menschen also klein geschnittenes Lammfleisch mit scharfer Sauce und diese Yogurt verkaufen, dazu vielleischt noch Gemüse und natürlisch Euer Getränk – und ihnen das alles in die ‘and drücken, damit sie weiter einkaufen können? Wie soll das funktionieren?“ Er lehnte sich zurück und schnaubte. „Ce n’est pas practicable, non.[152]“

„Hmm.“ Bardenfleth räusperte sich, während Johanna ein wenig niedergeschlagen auf ihrer Unterlippe kaute. Jean hatte natürlich Recht: So würde es nicht klappen.

Doch der Freiherr gab sich nicht so schnell geschlagen: „Wir müssen etwas finden, mit dem unser Essen getragen werden kann. Etwas, das dazu passt und Appetit macht. Einen Teller kann man ja schlecht durch die Marktstände balancieren.“ Er stützte seinen Kopf in beide Hände und schien angestrengt nachzudenken.

„Genau!“ Johanna lachte vergnügt. „Einen Teller zum Aufessen – dann muss man ihn auch nicht herumtragen!“

Jean brach in prustendes Gelächter aus – schien dieser Vorschlag seine Bedenken doch nur zu bestätigen. Doch Bardenfleth lachte nicht mit, sondern starrte Johanna unverwandt an. „Das ist es, werte Johanna“, stieß er plötzlich aus und sprang auf. „Natürlich, etwas zum Mitessen, so wie Apfel im Schlafrock, kennt ihr das?“

„Apfel im Schlafrock?“ Jean blieb der Mund vor Erststaunen offen stehen. „Was ist denn das?“

Johanna erklärte ihm hastig das Prinzip dieser Süßspeise, die vor allem in der Weihnachtszeit gern gegessen wurde. Auch sie hatte als Kind manchen Apfel im Schlafrock verdrückt und wurde ganz wehmütig bei dieser Erinnerung. Allein der Duft war ein Traum! Gleichzeitig purzelten ihre Gedanken im Kopf wild umher und formten sich nach und nach zu einer konkreten Vorstellung. Aufgeregt knüllte sie ihre Leinenserviette im

---

[152] Franz. Das ist nicht machbar, nein.

Schoß. Dann sammelte sie sich und fragte mit fester Stimme: „Ein kleines ausgehöhltes Brot, wie wäre es damit?“

Mehr musste sie nicht sagen, Bardenfleth verstand sofort, was sie meinte. „Ihr meint, etwas, das die Leute kennen und mögen – und das stabil genug ist, eine Portion Kebap mit Saucen zu tragen? Das klingt schlüssig. Wartet...“

Bardenfleth lief zur Tür und rief ein paar Worte hinaus. Kurze Zeit später stand Kemal im Salon. Der Freiherr begann aufgeregt mit ihm zu diskutieren – so hörte es sich für Johanna jedenfalls an – und gestikulierte wild dabei. Dann verschwand der Koch wieder.

„Er versucht es“, freute sich Bardenfleth und wandte sich wieder seinen Gästen zu. „Es gibt da offenbar ein osmanisches Rezept für ein flaches und sehr schmackhaftes Brot, das man aufschneiden und füllen könnte. Wir brauchen nur ein wenig Geduld.“

Die Wartezeit nutzte Johanna dazu, Bardenfleth nach der Verständigung mit Kemal zu befragen. Zu ihrem größten Erstaunen erfuhr sie bei dieser Gelegenheit, dass der Freiherr einige Sprachen beherrschte: neben dem Osmanischen auch die griechische, die italienische, die spanische und ein paar Brocken der ägyptischen Sprache. Daneben sprach er fließend französisch und konnte sich sogar in lateinischer Sprache verständigen. Nur das Englische lag ihm nicht so, gab er zu.

„Dann seid Ihr wohl viel in der Welt ‘erumgekommen?“ Jean hatte sich bei den Worten des Freiherrn interessiert aufgerichtet. Johanna verdrehte innerlich die Augen. Hoffte Jean etwa auf einen Kompagnon in Sachen Reisen?

Doch Bardenfleth winkte lachend ab: „Nein, keinesfalls. Ein wenig schon, natürlich, aber die meisten Sprachen kenne ich aus Büchern.“ Er grinste breit. „Wenn man es so sehen möchte, dann bin ich schon viel in der Welt herumgekommen – aber in einer anderen Welt: Die der Bibliotheken und geheimen Sammlungen.“

Bis Kemal in den Speisesalon zurückkehrte, gab der Gastgeber die eine oder andere Geschichte seiner Reiseabenteuer zum Besten, was alle sehr amüsierte[153]. Zufrieden stellte Johanna fest, dass Jean ihren neuen Bekannten mochte – das vereinfachte vieles. Immerhin hatte sie vor, in Zukunft mit ihm als Geschäftspartner zu arbeiten! Unnötige Eifersüchteleien waren dabei hinderlich.

Endlich war der kleine, dunkelhäutige Koch wieder da. Stolz wickelte er ein Leinentuch auf und zog ein flaches, helles Gebäckstück hervor. Johanna erinnerte es an das Brot, das sie in Frankreich gegessen hatte, doch es roch anders, irgendwie salziger. Außerdem war die Form ungewöhnlich: Das Brot war rund und etwa so groß wie eine Männerhand. Und es hatte einen Querschnitt, der an eine flache Ellipse erinnerte. Was in Gottes Namen sollen sie damit anfangen?

Die Antwort erhielt sie in Sekundenschnelle. Der Koch zückte ein langes Messer, wechselte ein paar Worte mit Bardenfleth und schnitt das köstlich duftende Gebäckstück mit einer flinken Bewegung an der Kante halbrund auf. Dann drückte er seine Hand ein wenig zusammen und präsentierte stolz das Ergebnis.

Schweigend starrten die drei in das geöffnete Brot, das in der Tat nur darauf zu warten schien, mit irgendetwas gefüllt zu werden. Johanna war sich ganz sicher, dass sowohl der Freiherr als auch Jean die gleiche Vision wie sie selbst hatten: ein schmackhafter Brotfladen gefüllt mit knusprigen Lammfleisch, dazu etwas Jogurt, Gewürze und vielleicht sogar ein wenig Gemüse; das alles sicher im Brot verstaut und aus einer Hand zu essen, indem man einfach hineinbiss – das war die Lösung!

Aufgeregt begannen sie über Variationsmöglichkeiten zu diskutieren und erörterten bestimmt eine Stunde lang die Frage, ob es eine Serviette dazu geben sollte oder nicht. Am Ende

---

[153] Nachzulesen in: *Die erstaunliche Reise des Jacob von Bardenfleth*, Oftersheim 2012

brachte Jean die zündende Idee, als er vorschlug, das Kebap-Brot in einer offenen Papiertüte zu verkaufen.

„Wir brauchen nur noch einen guten Namen", stellte Bardenfleth zu nächtlicher Stunde fest, als sie immer noch beieinander saßen. „Schließlich kennt hier keiner das Wort ‚Kebap'".

Da hatte er Recht, doch trotz vereinter Grübelei fiel ihnen kein brauchbarer Begriff dafür ein, der einerseits ein wenig erklärte, um was es sich handelte – und andererseits so einprägsam war, dass man ihn behalten würde. Sie hatten allerdings auch schon einige Becher Wein getrunken und Johanna mahnte irgendwann zum Aufbruch. Jedoch verabredeten sie, über diese Frage weiter nachzudenken. Der Freiherr erklärte sich zudem dazu bereit, die rechtlichen Fragen rund um die Eröffnung eines Verkaufsstandes mit Speisen zu klären.

„Da ist bestimmt mit einigen Hürden zu rechnen", vermutete er – und er sollte Recht behalten. Johanna war es ohnehin lieb, sich nicht darum kümmern zu müssen. Sie plante bereits im Oktober ihren nächsten Intelligenz-Salon und hatte dafür einiges vorzubereiten. Außerdem war Jean im Haus – und das bedeutete nicht nur mehr Trubel, sondern auch viele kräftezehrende Gespräche über ihre gemeinsame Zukunft.

Die nächsten Wochen vergingen wie im Flug. Johanna verschickte Einladungen und kümmerte sich darum, neben Karl König, dem Leiter der Mannheimer Sternwarte, einen weiteren illustren Gast zu gewinnen, der die eher trockene und humorlose Art des ehemaligen Jesuiten und Hofastronom etwas auflockern würde. Ein Zufall kam ihr zu Hilfe: Lamey ließ ihr eines Nachmittags eine Ausgabe der *Mannheimer Zeitung* zukommen, in der sich ein freundlicher Artikel über ihre *Intelligenz-Salons* fand. Neben einer detaillierten Beschreibung ihres außergewöhnlichen Empfangsraumes wurde darin sehr wohlwollend über die Gästezusammensetzung und die diskutierten Themen berichtet. *Die Dame Santorini versteht es,* hieß es abschließend, *eine illustre Gesellschaft für ungewöhnliche Dinge zu interessieren und damit ein ganz neues, intelligentes Miteinander zu prägen. Es wäre wünschenswert, wenn sich diese*

Form der Circles auf Dauer in der Kurpfalz durchsetzen könnte. Gezeichnet war der Artikel mit einem merkwürdigen Kürzel, doch Johanna war sich ganz sicher, dass Lamey selbst dahinter steckte.

Stolz zeigte sie Jean die Zeitung, der sich allerdings nicht so sehr freute wie Johanna. Sie vermutete, dass er nicht zuletzt ihren gesellschaftlichen Erfolg in der Stadt für ihre strikte Weigerung verantwortlich machte, in Zukunft wieder mit ihm zu ziehen. Sie hatten einige unerfreuliche Diskussionen zu diesem Thema, die ihr immer klarer vor Augen führten, dass sich ihre gemeinsame Zeit mit Jean dem Ende näherte. Sie verbanden wunderbare gemeinsame Jahre, doch eine Zukunft als Paar würde es für sie nicht mehr geben; dessen war Johanna sich gewiss.

Als sie dies eines Morgens beim Frühstück endlich einmal aussprach, erschrak sie über die Erleichterung, die sich – trotz gegenteiliger Worte – in Jeans Gesicht zeigte. Hatte er möglicherweise viel früher mit ihr abgeschlossen? Und gab es womöglich bereits eine andere Frau an seiner Seite? Jean verneinte Johannas Verdacht vehement, doch ein leiser Stachel blieb. Sie verkehrten fortan freundlich miteinander, aber nicht mehr intim; nur Louisa gegenüber verhielt Jean sich noch so, als sei alles beim Alten.

Während Jean an jenem Nachmittag Lameys Artikel nicht würdigen wollte und danach gelangweilt durch die Zeitung blätterte, war Johannas Blick an einem Artikel über einen gewissen Karel Hvězdopravec hängen geblieben. Er wurde als Wissenschaftler mit einem speziellen Fachgebiet vorgestellt. Der Mann bezeichnete sich selbst als Sterndeuter und gehörte damit einer aussterbenden Spezies an. Aufmerksam las Johanna den langen Beitrag über ihn und seine Arbeit. Offenbar war er ein Anhänger der Swedenborg'schen Lehren[154], was für einigen

[154] Emanuel (von) Swedenborg (1688-1772) war gebürtiger Schwede und verschrieb sich einer eigenwilligen Mischung aus Wissenschaft, Mystik und Theosophie. Seine Lehren sind bis heute umstritten, finden jedoch immer noch Anhänger.

Zündstoff sorgte, wenn er an Theologen, Naturforscher und andere Wissenschaftler geriet. Er wollte jedoch den Winter in Mannheim bleiben, um dort mit allerhöchster Genehmigung in der Kurfürstlichen Hofbibliothek alte Schriften zu studieren. Abgestiegen war er dazu bei einer Witwe, die irgendwo in den äußeren Quadraten Kost und Logis für Auswärtige anbot.

Johanna war begeistert. Diesen Karel Hvĕzdopravec musste sie unbedingt für ihren nächsten Salon gewinnen! Was würde es für ein Spaß werden, die Diskussion zwischen dem Hofastronom einem Sternendeuter mit unaussprechlichem Namen hautnah zu verfolgen! Hoffentlich sprach der Mann gut deutsch und war bereit für eine solche gesellschaftliche Zusammenkunft.

Bereits wenige Tage später hatte sie herausgefunden, wo genau Karel Hvĕzdopravec logierte, dass er gut deutsch sprach, an Diskussionsrunden jeder Art stark interessiert war und dabei auch äußerlich etwas hermachte. Kurz: Johanna hatte einen neuen Ehrengast für ihren *4. Intelligenz-Salon* gewonnen, der ganz sicher für Furore sorgen würde. Sie freute sich sehr und ließ vergnügt die Einladungen verteilen, in denen sie nur von einem Überraschungsgast neben dem ehrenwerten Hofastronom sprach.

Doch zunächst galt es Abschied von Jean zu nehmen. Der Spätsommer war ungewöhnlich schnell in einen kalten Herbst übergegangen, und es stürmte praktisch ununterbrochen. Bereits Ende September hatten die meisten Bäume ihre Blätter verloren, ohne jemals das warme Rot entwickeln zu können, das diese Jahreszeit in der Kurpfalz sonst so schön machte. Anfang Oktober kam völlig überraschend der erste Frost, der die Bauern über erfrorene Ernten klagen ließ – und Jean dazu bewog, wieder aufzubrechen.

„Isch möschte ‘ier nischt den Winter fest’ängen“, erklärte er Johanna, die ein wenig überrascht über den schnellen Abschied war. „Wir ‘atten eine wunderschöne Zeit miteinander, doch nun kommt für uns beide etwas Neues, ma chère.“

Er strich Johanna liebevoll über die Wange und flüsterte ihr ins Ohr: „Du wirst die Liebe meines Lebens bleiben, was auch immer geschieht. Ich werde für disch da sein, wenn Du mich brauchst. Versprochen.“

Johanna kämpfte mit den Tränen. Sie wusste, dass es in gewisser Weise ein Abschied für immer war – auch wenn sie seinen Worten unbedingt Glauben schenkte. Ganz sicher würden sie sich auch irgendwo wieder einmal über den Weg laufen – so war Jean. Außerdem führten ihn seine diplomatischen Missionen regelmäßig in die Kurpfalz, was wohl in Zukunft so bleiben würde. Glücklicherweise legte Jean ausgesprochen viel Wert auf Diskretion: Sie würde also auch nicht befürchten müssen, in Mannheim eine neue Frau an seiner Seite begrüßen zu müssen. Doch trotz dieser versöhnlichen Perspektiven war Johanna unendlich traurig, als Jean vor ihrem Haus sein Pferd bestieg und ihr ein letztes Mal zuwinkte. Genau an dieser Stelle, schoss es ihr durch den Kopf, waren sie sich das erste Mal begegnet – und nun war dies der Augenblick, vor dem sie sich so lange gefürchtet hatte. Zaghaft hob sie ihre Hand zum Gruß. Dann raffte sie ihre Röcke, rannte durch das Vestibül die Stiegen hinauf in ihr Schlafkabinett, ließ sich auf ihr Bett fallen und weinte bitterlich.

Einige Tage später fand Johannas vierter Salon statt. Es sollte ein denkwürdiges Ereignis werden, das ihr noch mehr Berühmtheit verschaffte, als bislang geschehen. Doch zunächst verlief alles ruhig und wie immer: Gemeinsam mit ihrer Tochter begrüßte Johanna die üblichen Gäste, nahm lächelnd Komplimente zu ihrer Garderobe entgegen, stellte ihnen den bei vielen noch nicht persönlich bekannten Hofastronom vor und sorgte dafür, dass Schiller und Iffland ausreichend Publikum bekamen, um über ihre jüngsten Projekte zu reden. Kurz: Jeder genoss die angenehme Atmosphäre, naschte von den dargereichten Leckereien und freute sich über lockere Gespräche im entspannten Plauderton.

Doch als ihr Überraschungsgast als letzter der Geladenen den Salon betrat, schlug die Stimmung augenblicklich um. Im

Nachhinein wurde Johanna klar, dass schon die äußere Erscheinung des Sterndeuters die Gemüter erhitzen musste: Karel Hvězdopravec war ein überdurchschnittlich großer Mann mit einem blassen Teint und pechschwarzen Haaren. Er war von Kopf bis Fuß in schwarze, altmodische Gewänder gekleidet und wirkte eher wie ein Schausteller in der Rolle des Bösen als ein ernst zu nehmender Wissenschaftler, wie er sich selbst gern bezeichnete. Seine Augen lagen in tiefen Höhlen – und sie wurde von Anfang an den Verdacht nicht los, dass er diesem Angst einflößenden Effekt mit etwas Kohle nachhalf. Wie auch immer: Die Frauen erschraken, als er mit energischem Schritt den Salon durchquerte, um sich in der Mitte des Raumes demonstrativ umzuschauen.

Johanna eilte ihm hinterher. Sie wollte den Sterndeuter mit einigen erklärenden Sätzen vorstellen, doch ehe sie dazu kam, hatte er bereits mit laut tönender Stimme und weit ausladenden Armbewegungen das Wort ergriffen. „Liebe Anhänger und Freunde der einzig wahren Astrologie“, begann er feierlich, woraufhin jedes Gespräch erstarb. „Ich freue mich, in dieser weltoffenen Stadt vor einem Kreis reden zu dürfen, der die Hoffnung und den wahren Glauben noch nicht verloren hat!“ Seine Aussprache war ungewöhnlich hart und er rollte das „R“ wie die meisten Menschen böhmischer Herkunft.

Die drei Hofdamen der Kurfürstin fingen an, hinter ihren Fächern zu kichern, während Hofastronom König, Anton Verschaffelt und Anton Mai leise murrten. Friedrich Schiller stieß ein erstauntes „i glaub's ned!“ aus, Iffland und Dalberg studierten interessiert die Posen des Sternendeuters. Stephan Stengel, der ebenfalls in der Stadt war und um eine Einladung gebeten hatte, tuschelte mit den Damen Pigage, Louisa und der Delph, Verleger Schwan und Zeitungsherausgeber Lamey warteten aufmerksam ab, wie es weiterging. Jacob von Bardenfleth hingegen trat unauffällig an Johannas Seite, so als wolle er sie vor etwas schützen, das unweigerlich kommen würde. Alle anderen saßen oder standen schweigend und vom Auftritt des Sternendeuters zunächst beeindruckt herum.

Karel Hvězdopravec genoss die Situation sichtlich und schien gar nicht zu merken, wie unhöflich er sich gegenüber der Gastgeberin verhielt. „Die Sterne sprechen eine klare Sprache", fuhr er fort, nachdem er mit bedeutungsschwerem Blick in die Runde geschaut hatte. „Die heiligen Sieben[155] dort oben stehen in direkter Verbindung mit uns hier unten."

Hofastronom König hielt es nun nicht mehr in seinem Sessel. Empört sprang er auf und fragte in scharfem Ton nach: „Ihm ist sicherlich klar, dass dieses von ihm erwähnte Siebengestirn keine wissenschaftliche Relevanz mehr besitzt, nachdem erst vor wenigen Jahren der Planet Uranus entdeckt wurde?[156] Dieses ganze mystische Gewäsch um die Zahl Sieben ist doch Unsinn!"

„Ach ja? Und wer seid Ihr, dass Ihr Euch in Eurer unwissenden Verblendung so sicher seid?" Der Sterndeuter baute sich vor Hofastronom König auf. Johanna hielt den Atem an.

„Wenn Ihr die Gesetze der Höflichkeit beachtet hättet", mischte sich nun Jacob von Bardenfleth ein, „wüsstet Ihr, dass Ihr hier mit dem hochehrenwerten Hofastronom und Hüter der Mannheimer Sternwarte sprecht!" Der Freiherr blieb nur mit Mühe ruhig, das konnte Johanna spüren. Sie war ihm dankbar für die Unterstützung in dieser angespannten Situation; sie selbst war wie gelähmt vor Schreck über die Entwicklung.

Doch Karel Hvězdopravec ließ sich nicht von seiner Mission abbringen und deklamierte unverdrossen weiter: „Die Astrologie ist der einzige Weg, unsere vorbestimmten Wege zu deuten und das Leben auf Erden zu erklären. Das haben schon große Geister wie Johannes Kepler oder der ehrenwerte Nostradamus erkannt! Ihre Voraussagen, die sie in den Sternen lesen konnten, sind stets eingetreten. Wie dumm muss der Mensch sein,

[155] Der Sterndeuter spielt hier auf die "klassischen" Planeten an: Merkur, Venus, Mars, Jupiter, Saturn sowie Sonne und Mond. Dieses alte und unvollständige Planetenbild galt im Mittelalter als mystisch und war die Basis für die Astrologie.

[156] In der Tat sprengte diese Entdeckung aus dem Jahr 1781 alle bisherigen astrologischen Vorstellungen!

um die Augen für das prophetische Firmament zu verschließen?“

Der Sterndeuter machte eine bedeutungsschwangere Pause, während er Johannas Gäste mit seinem düsteren Blick fixierte.

„Wie ihm sicherlich bekannt sein dürfte“, giftete Hofastronom König nun ebenfalls recht laut in die Runde, „hat auch Kepler das heliozentrische Weltbild und die Bahngesetze der Planeten anerkannt und mit Forschereifer verfolgt. Als ehemaliger Astrologe hat er also dabei geholfen, den Himmel zu entzaubern. Das spricht nicht gerade für seinen mystischen Deutungsansatz, nicht wahr?“ Höhnisch lächelnd stützte König seine Hände in die Hüften und genoss dabei sichtlich das zustimmende Gemurmel, das ihm zuteil wurde.

„Kepler war ein Verräter“, bellte Karel Hvězdopravec zurück. „Und auf dem Totenbett hat er zugegeben, sich geirrt zu haben!“

„Ach ja? War er dabei?“ Der Hofastronom zog die Augenbrauen spöttisch in die Höhe. „Nun, das würde zumindest seine leichenblasse Erscheinung erklären.“ Er trat noch einen Schritt vor und wandte sich nun an alle Anwesenden: „Werte Gäste und geschätzte Dame Santorini, ich bin mir sicher, dass Euch ein wissenschaftlicher Diskurs zur faszinierenden Welt der Sterne angenehmer wäre, als unfundierte Wahrsagerei und falsche Mystik. Ich darf Euch daher bei Gelegenheit in die Sternwarte einladen, um Euch selbst ein Bild von den Planeten, der Gravitations- und Bewegungsgesetze und der faszinierenden Welt des Universums zu machen.“

„Ihr irrt Euch, Hofastronom!“ Der Sterndeuter blickte mit dramatischer Miene gen Himmel und senkte seine Stimme: „Seit einiger Zeit schon beobachte ich eine Konstellation, die Anlass zur Sorge gibt. Uranus ist zu schnell geworden! Die Sonne verdunkelt sich und merkwürdige Bewegungen auf den Monden lassen Unheil erwarten. Die Welt steht vor einer Katastrophe!“ Er stöhnte mit schmerzverzerrtem Gesicht auf.

„Was meint Ihr damit?“ Die Angst der Freifrau von Sickingen war nicht zu überhören.

„Es wird sein wie in der Bibel“, griff Karel Hvězdopravec seine düsteren Visionen wieder auf. „Erst werden die Ernten zerstört, dann kommen Unwetter und Stürme, später das Feuer und die Hölle. Die Welt steht vor ihrem Untergang! Besinnt Euch und schließt Euch dem Kreis der Auserwählten an, die diese Katastrophe überleben können!“

„So ein Unsinn!“ Dorothea Delph ließ sich von dem Auftritt des Sterndeuters nicht blenden. „Jeder, der einigermaßen vernünftig denkt, wird Euch für verrückt erklären. Bewegungen auf den Monden, das ist ja lächerlich! Glaubt Ihr, dort spazieren kleine Teufel herum?“

Erleichtertes Gelächter machte sich breit und Johanna dankte ihrer Freundin insgeheim für ihre unverblümte Art, die Stimmung umschlagen zu lassen. Für eine Weile hatte dieser Sterndeuter sein Publikum tatsächlich in den Bann geschlagen, es war unfassbar. Sie begriff schlagartig, wie gefährlich solche Menschen für die Gesellschaft waren und ärgerte sich darüber, dass sie ihn eingeladen hatte.

„Ich kann mich der Dame Delph nur anschließen“, ließ sich Freiherr von Stengel mit seiner ruhigen und vornehmen Stimme vernehmen. Erstaunt starrte Johanna ihn an, da er sich normalerweise lieber im Hintergrund hielt.

„Als Leiter der Kurfürstlichen Meteorologischen Gesellschaft bestätige ich hiermit, dass wir aus meteorologischer Sicht keinesfalls vor Katastrophen warnen müssen. Seine Sterne, Hvězdopravec, scheinen zu lügen!“

„Ihr werdet schon sehen, wohin Euch Eure Blindheit führt!“ Der Sterndeuter tobte nun durch den Salon, sodass Johannas Gäste immer weiter an die Wände zurückwichen. „Ich verfluche Euch und Eure Vermessenheit“, schrie er, während er sich weit ausladend um die eigene Achse drehte, wodurch sein langer schwarzer Mantel in Bewegung geriet. Dann hielt er inne, streckte seine Arme gen Himmel und rief: „Herr der Dunkelheit, zeige Deine Macht und lehre die Ungläubigen, Deinem Weg zu folgen!“ Daraufhin macht er auf dem Absatz kehrt und stürmte aus dem Salon.

Entsetzte Stille blieb zurück, während ein kalter Windzug durch die geöffneten Flügeltüren hineinblies. Angstvolles und aufgeregtes Gemurmel kam auf und die ersten Damen schickten sich an, die Veranstaltung zu verlassen. Johanna wollte sie aufhalten, doch Bardenfleth und Hofastronom König hinderten sie sanft daran. „Lasst nur", beruhigte König sie, „schon morgen werden sie sich verlegen bei Euch entschuldigen."

„Was für ein wunderbarer Skandal!" Vergnügt trat Andreas Lamey auf Johanna zu, die mittlerweile den Tränen nahe war. „Endlich passiert einmal etwas in dieser Stadt!"

Er verbeugte sich ehrfürchtig vor ihr und verabschiedete sich mit den Worten: „Werte Dame Santorini, Ihr werdet zu einer Institution in der Kurpfalz. Euer Ruhm wird unter den Verirrungen einzelner nicht leiden – im Gegenteil: Man schätzt Euch für Euren Mut und Eure Offenheit. Bitte macht weiter so und überrascht uns mit Eurem nächsten Salon erneut!"

Sprachlos ließ Johanna die lobenden Worte über sich ergehen. Sie konnte in diesem Moment nicht einordnen, ob dieser *4. Intelligenz-Salon*, der so ein abruptes Ende gefunden hatte, ein Erfolg war oder nicht. Lamey schien davon überzeugt, und auch der Hofastronom wirkte eher belustigt als besorgt. Dennoch spürte Johanna es genau: Der Sterndeuter hatte Ängste geweckt und ein Gefühl drohenden Unheils aufkommen lassen, das sicherlich nicht so schnell verschwinden würde. Hoffentlich fand er auf diesem Weg keine Anhänger, um die Stimmung vollends zu vergiften. Sie selbst machte sich keine Sorgen und war davon überzeugt, auch Louisa, Bardenfleth und viele andere ihrer Gäste taten es nicht, doch was war mit jenen, die solchen Unsinn glaubten? Glücklicherweise hatte der Freiherr von Stengel klare Worte gesprochen und darauf hingewiesen, dass keine Katastrophen im Anmarsch waren. Er musste es schließlich wissen – in seiner Position!

Doch Stengel hatte sich getäuscht. Bereits wenige Tage nach dem skandalösen Salonabend brach der Winter mit aller Kraft über die Kurpfalz herein. Es wurde noch etwas kälter und am Allerheiligensonntag fiel der erste Schnee. So etwas hatte es in

Mannheim seit Menschengedenken nicht mehr gegeben. Auch Johanna trat im ersten Moment staunend vor die Tür und ließ die dichten weißen Flocken auf sich niedersinken. Um sie herum tobten die Kinder aus der Nachbarschaft und bewarfen sich mit Schneebällen. Stille senkte sich über die Stadt; alles versank innerhalb weniger Stunden unter einer weichen, weißen Decke.

Die anfängliche Begeisterung schlug jedoch schon bald um. Denn es hörte nicht auf zu schneien. Schon bald türmte sich der Schnee in den Gassen und Straßen, sodass ein Durchkommen für Kutschen kaum mehr möglich war. Darunter litt nicht nur das gesellschaftliche Leben in der Stadt, sondern auch Handel und Versorgung, da die Geschäfte nicht mehr beliefert werden konnten. Glücklicherweise waren Johannas Vorräte gefüllt und sie musste sich keine Sorgen um sich und ihre Familie machen, doch anderen ging es schlechter. Immer wieder standen bettelnde Frauen oder Kinder vor der Tür, die Louisa und sie so gut es ging versorgten. Alle hofften inständig, dass der Schnee-einbruch bald ein Ende haben würde. Es sollte allerdings noch schlimmer kommen.

Der sibirische Frost kam Mitte November mit aller Kraft und sollte das Land erst wenige Tage vor Weihnachten wieder loslassen. Schon nach kurzer Zeit war klar: Dies würde der kälteste und härteste Winter aller Zeiten werden. Denn eine Veränderung war nicht in Sicht, wie Johanna aus sicherer Quelle von Jacob von Bardenfleth erfuhr. Er hatte sich eines Abends Anfang Dezember zu ihrem Haus zu Fuß durchgekämpft und stand überraschend und zitternd vor Kälte vor ihrer Tür. Schnell ließ sie einen heißen Punsch für ihn kochen und führte ihn in ihren privaten Salon, wo bereits Tante Clara, Louisa und Hauslehrer Van Tholen beieinander saßen.

„Was für ein eisige Kälte!“, begrüßte Bardenfleth die Anwesenden und verbeugte sich höflich. „Ich hoffe, ich störe hier keinen privaten Gesprächskreis?“

„Nein, nein, keine Sorge!“ Louisa ging mit einem warmen Lächeln im Gesicht auf ihn zu. „Bitte setzt Euch doch zu uns, werter Freiherr, und leistet uns Gesellschaft. Ein wenig Abwechslung tut uns allen gut."

Johannas Tochter hatte damit ausgesprochen, was alle dachten und fühlten. Denn der frühe Winter und seine Folgen hatten dazu geführt, dass sämtliche Veranstaltungen und Einladungen rundherum abgesagt worden waren. Nur noch wenige Menschen wagten sich hinaus auf die Straße – aus Angst, zu erfrieren oder von hungernden Bettlern überfallen zu werden. Die sonst so geordnete Quadratestadt drohte in Chaos und Schnee zu versinken; vermutlich war die Situation in Heidelberg und anderen Orten in der Kurpfalz ähnlich. Da auch die Postkutschen nicht mehr verkehrten, erfuhr man auch nichts über die allgemeine Lage, sondern war auf eigene Prognosen und Spekulationen angewiesen. Lediglich diejenigen, die sich eigene berittene Boten leisten konnten, standen nun noch in einem sporadischen Kontakt zur Außenwelt – und Jacob von Bardenfleth war einer von ihnen.

„Erzählt, werter Freund, hat dieser schreckliche Winter bald ein Ende?" Johanna griff zu einer Stickarbeit und schaute den Freiherrn beinahe flehentlich an.

„Ich fürchte nein." Sorgenfalten überzogen seine Stirn. „Ich habe Kundschafter in alle Himmelsrichtungen geschickt und erfahren, dass halb Europa unter einer dichten Schneeschicht begraben ist. Sogar die Wetterkundigen geben mittlerweile zu, dass es noch schlimmer kommen wird."

„Oh mein Gott!", entfuhr es Tante Clara. „Das ist ja schrecklich!"

„Die Menschen werden verhungern!" Louisa begann zu weinen. „Was können wir nur tun?"

„Vor allem im Haus bleiben", beschwor Bardenfleth sie. „Draußen ist es sehr gefährlich geworden. Hungernde Menschen werden zu wilden Tieren, glaubt mir!"

„Aber man muss ihnen doch irgendwie helfen!", stellte Johanna fest. „Tut denn keiner etwas gegen ihre Not?"

„Oh doch, der Kurfürst lässt überall im Land durch seine Soldaten Brot und Brennholz verteilen.“ Bardenfleth nickte bekümmert. „Doch es wird auf Dauer nicht reichen.“

Als der Freiherr das Kurfürstliche Militär erwähnte, musste Johanna sofort an ihren Sohn denken. Sie hatte sich große Sorgen um seine Gesundheit gemacht und war erst wieder beruhigt gewesen, als sie von der Umsiedelung der jungen Kadetten erfahren hatte. Die Kurfürstin war in dieser Angelegenheit die treibende Kraft gewesen: Sie hatte angeordnet, die jüngeren Kadetten aufgrund der anhaltenden Kälte in einem Flügel des Schlosses unterzubringen und sie derweil theoretisch zu unterrichten. Exerzieren und marschieren sollten sie jedenfalls bei diesen Temperaturen nicht.

„Wenn doch wenigstens die Sonne einmal durchkäme“, seufzte Van Tholen und griff nach einem der köstlichen Weihnachtsplätzchen, die Tante Clara mit der Köchin gebacken hatte. „Dieses ewige Grau in Grau macht so schwermütig.“

„Da kann ich Euch allerdings gute Nachricht bringen“, lächelte Bardenfleth in die Runde. „Die Bauern in Schwetzingen vermuten, dass es demnächst aufklaren wird. Es läge in der Luft, sagen sie. Nur die gesamte Wetterlage wird sich nicht wesentlich ändern.“

Der Freiherr behielt Recht. Die Woche vor Weihnachten schien die gesamte Stadt im hellen Licht der Wintersonne wie aus einem tiefen Schlaf aufzuwachen. Auch Johanna und ihre Familie verließen erstmals seit Wochen wieder das Haus und besuchten die Belustigungen, die auf dem komplett zugefrorenen Rhein aufgebaut worden waren. Insgeheim bewunderte Johanna das Kurfürstenpaar für diese umsichtigen Maßnahmen, die zwar die allgemeine Not kaum lindern konnten, doch die Stimmung im Volk hoben. Feuerschlucker, Punsch-Stände und der Duft heißer Maroni warteten auf dem zugefrorenen Fluss auf die lichthungrigen Menschen, die so lange in ihren Häusern festgehalten worden waren. An vielen Ständen wurden dicke Strickwaren angeboten, die reißenden Absatz fanden. Außerdem verteilten auch hier Soldaten Brot und Brennholz an Bedürftige. Johanna kam es so vor, als wäre die gesamte Stadt auf den Beinen – hoffentlich würde das Eis auf Dauer auch tragen! Sie machte sich in dieser Hinsicht allerdings unnötige Sorgen; das Eis war so dick, dass es hielt. Das sollte wohl auch die komplette Schmiede beweisen, die man mitten auf dem Eis aufgebaut hatte, was heftig bestaunt wurde.

Im Gespräch mit anderen hörte sie allerdings auch von den vielen Unglücken und Katastrophen, die sich in den letzten Wochen aufgrund des extremen Wetters ereignet hatten. So waren in einer Kutsche zwischen Heidelberg und Schwetzingen vier Angehörige einer Hofdame der Kurfürstin jämmerlich erfroren – und im Süden vor den Toren Mannheims waren zwei Gehöfte unter der Schneelast zusammengebrochen und hatten die Bewohner unter sich begraben. In der Hebammenschule war das Brennholz knapp geworden, so dass mehrere Neugeborene an Unterkühlung gestorben waren. Und im städtischen Waisenhaus klagte man darüber, zu wenig zu essen für die Kinder zu haben – ein Umstand, dem Johanna gemeinsam mit Bardenfleth sofort abhelfen ließ.

Am schlimmsten hatte es jedoch die Landbevölkerung getroffen, die sich komplett selbst versorgte: Ein Großteil des Viehs überlebte die Kälte nicht und musste notgeschlachtet werden, was wegen der Kälte in den schmutzigen Behausungen der Bauern erledigt wurde. Dazu wärmte man das tote Vieh erst am Herdfeuer auf, um es dann zu zerteilen und im Haus aufzubewahren. Viele Stücke faulten dadurch und führten zu zusätzlichen Erkrankungen. Kälte und Hunger taten ein Übriges, zumal niemand in den abgelegenen Dörfern mit Brot und Brennholz versorgt werden konnte. Schon jetzt hieß es, fast ein Drittel der Landbevölkerung hätte die Kälte nicht überlebt.

Johanna musste in diesem Zusammenhang immer wieder an die Worte des böhmischen Sterndeuters denken. Hatte er nicht genau solche grausamen Szenarien beschrieben? War vielleicht doch etwas dran an seinen düsteren Visionen? Viele

Menschen, besonders die einfache Bevölkerung, hörte mittlerweile auf Weltuntergangs-Prophezeiungen – und die Pfarrer in der Stadt hatte einige Mühe damit, ihre Schäfchen zu beruhigen. Erschwert wurde der rechte Glaube zusätzlich durch die Tatsache, dass Kirchbesuche bei diesem Wetter ausfallen mussten. Die Gotteshäuser waren innen viel zu kalt, der Weg dorthin zu beschwerlich. Und wer wollte schon unter Gottes Angesicht erfrieren?

Johanna tauschte sich Weihnachten im Kreis ihrer Familie mit dem Freiherrn darüber aus, der das Fest ebenfalls im Hause Santorini verbrachte. Sie hatte auch Schiller und Streicher eingeladen, doch der Dichter laborierte immer noch an einer langwierigen Infektion herum, und sein Freund wollte ihm beistehen. So saßen sie in diesem Jahr in ungewohnt kleiner Runde bei Kerzenschein und Weihnachts-Kebap – Bardenfleth hatte darauf bestanden – im festlich beleuchteten oberen Salon und versuchten so ein wenig Licht in die allgemein düstere Stimmung zu bringen. Immer noch war kein Ende des Winters in Sicht, hatte Bardenfleth in Erfahrung gebracht; man würde also noch eine Weile ausharren müssen.

Aus Mitgefühl für die leidende arme Bevölkerung hatte Johannas Familie in diesem Jahr darauf verzichtet, einander Geschenke zu überreichen. Da auch keinerlei Weihnachtspost eingetroffen war, fiel dieser Mangel nicht einmal besonders auf. Dafür nutzten sie die gemeinsame Zeit, um sich aus Büchern vorzulesen und die gesellschaftlichen und politischen Angelegenheiten miteinander zu diskutieren.

Jacob von Bardenfleth nahm die Gunst der gemeinsamen Stunden noch für eine andere Maßnahme wahr: Er bat Johanna darum, sich in Zukunft gegenseitig beim Vornamen zu nennen. „Wir kennen uns jetzt eine ganze Weile, mögen uns und werden gemeinsam Geschäfte machen“, sagte er. „Ich finde, wir sollten daher auf unnötige Formalitäten verzichten.“

Johanna willigte gern ein. Sie mochte den Freiherrn mit der bewegten Vergangenheit und schätzte ihn vor allem auch als gebildeten Gesprächspartner. Nachdem nun auch Jean mehr oder weniger aus ihrem Leben verschwunden war, sprach ihrer Meinung nach nichts mehr dagegen – zumal sie keinerlei weitere Absichten hegte. Das wiederum bedauerte Tante Clara sehr, die sich für ihre Nichte mehr von der Nähe zu Bardenfleth erhoffte. Immer wieder spürte Johanna ihren prüfenden Blick auf sich ruhen, wenn sie mit Jacob diskutierte, lachte oder scherzte. Doch Johanna war sich ganz sicher: Sie würde nicht mehr heiraten; sie konnte sich gut selbst versorgen, verfügte über ausreichend Mittel und die erforderliche Stärke für ein Leben als alleinstehende Frau.

In der Nacht vom 26. auf den 27. Dezember ließ die Kälte plötzlich nach. Es folgten erneute Schneemassen, ein Passieren der Straßen war nicht mehr möglich. Niemand konnte nun sein Haus mehr verlassen. Kurz nach Neujahr zog die Temperatur wieder an und der Himmel klarte auf. Erst jetzt wurde vielen Menschen klar, welche Katastrophe sich anbahnte: Denn auf Rhein und Neckar türmten sich mittlerweile haushoch Eis- und Schnee – was würde passieren, wenn die Temperaturen irgendwann wieder anstiegen?

Das Drama begann einige Wochen später am 23. Februar mit einem Klimasturz und Dauerregen. Die Schneeschmelze setzte viel zu schnell ein und ließ die Pegelstände an Neckar und Rhein steigen. Innerhalb weniger Tage war das Unfassbare geschehen: Die im immer noch kalten Wasser schwimmenden Eisschollen stauten erst den Rhein und dann den Neckar, sodass Eishochwasser in die Stadt getrieben wurde. Die Katastrophe nahm ihren Lauf. Wie viele Menschen letztendlich in ihren Häusern ertrunken oder erfroren waren, konnte hinterher keiner genau sagen. Tatsache war, dass Mannheim ein solch schreckliches Naturereignis nie erlebt hatte und von daher auch gar nicht vorbereitet war. Niemand hatte sich zuvor vorstellen können, in dieser befestigten und solide gebauten Stadt mit dem Wasser des Rheins kämpfen zu müssen. Zahlreiche Häuser im Westen der Stadt waren vollständig zerstört worden; sogar am Schloss waren Schäden aufgetreten. Hinzu kam der das unsägliche Knirschen und Krachen, wenn das Eis auf Hindernisse traf oder gegeneinander rieb. Es hielt Tag und Nacht an wie eine große Maschine, die unaufhörlich lief. Das Geräusch stand für Verwüstung, Unglück und Tod; Johanna würde es wohl niemals mehr vergessen, auch wenn ihr Stadtbereich von den unmittelbaren Eiswassermassen verschont geblieben war.

Von einem Boten des Freiherrn erfuhren Johanna und Tante Clara, dass auch Heidelberg mit dem Eishochwasser zu kämpfen hatte. Doch die Heidelberger waren auf das Hochwasser vorbereitet – sie kannten das alljährliche Risiko zur Genüge. Auch wenn die Pegel diesmal besonders hoch stiegen, hatte die Stadt keine Todesopfer zu beklagen. Die Brücke über den Neckar und zahlreiche Gebäude in Ufernähe wurden jedoch vom Eis weggeschoben und zermalmt, so dass die Stadt wohl Jahre brauchen würde, um sich von den Schäden zu erholen.

Mannheim fand nur sehr langsam zur Normalität zurück. Erst mit Beginn des Frühlings verschwand der feucht-schimmelige Geruch aus der Stadt, der den Wassermassen gefolgt war. Es gab unendlich viele Kranke, Hungernde und viel Leid, das versorgt werden musste. Viele Menschen starben, da es einfach an allem mangelte. Johanna, Louisa und Tante Clara halfen überall, so gut es ging; auch Bardenfleth brachte sich ein, wann immer es möglich war. Alle anderen Dinge waren in diesen Tagen nebensächlich geworden. An einen neuen Salon war für Johanna gar nicht zu denken – und auch ihre Geschäftsidee mit Jacob ruhte auf unbestimmte Zeit; sie sprach ihn auch nicht auf sein Versprechen an, sich um rechtliche Dinge in dieser Angelegenheit zu kümmern. Deshalb war sie umso erstaunter, an einem Morgen im März einen Brief der Kurfürstin zu erhalten, die offenbar bestens über ihre Pläne im Bilde war.

Aufgeregt brach Johanna das Siegel. Was könnte die Kurfürstin von ihr wollen? Ging es um Francesco? Ihm war doch hoffentlich nichts zugestoßen? Oder hatte er vielleicht etwas angestellt? Der Bote wartete nicht – es schien also nichts Eiliges zu sein, immerhin. Dennoch: Johanna seufzte. Eine Depesche der Kurfürsten bedeutete in der Regel nichts Gutes oder zumindest Ungemach.

Noch etwas anderes fiel ihr ein: Hatte es mit ihrem letzten Salon zu tun? Das war gut möglich, denn über ihre drei Hofdamen war Elisabeth Auguste stets bestens informiert. Sie hatten der Kurfürstin sicherlich genüsslich vom Auftritt des Sternendeuters erzählt. Immerhin war es tatsächlich zu einem Teil der Prophezeiungen gekommen, die dieser schwarz gekleidete Astrologe wütend ausgestoßen hatte – wenngleich Johanna davon überzeugt war, dass kein Zusammenhang zwischen dem schrecklichen Winter und seinen Worten bestand. Doch möglicherweise sahen die Hofdamen das anders. Dann könnte sie in den Verdacht geraten sein, Personen zu goutieren, die Unruhestifter waren, was bei Hofe nicht gerne gesehen war. Ob man Johanna deshalb verbieten würde, weitere Salons zu veranstalten? Die Kurfürstin war die höchste Instanz in der Kurpfalz, wenn ihr Mann in München weilte; sie hatte also durchaus das Recht dazu. Zitternd faltete sie das Papier auseinander und begann zu lesen:

Bechtlerin, was höre ich? Sie wird Gastwirtin, quel amusement[157]*. Warum bleibt sie nicht Salonière? Dabei soll es ja durchaus auch recht unterhaltsam zugehen ...*

Johanna staunte: Woher wusste die Kurfürstin von ihren Plänen mit Jacob? Eigentlich konnte nur Jean dahinter stecken.

[157] Franz. Was für ein Vergnügen!

Was hatte er ihr erzählt, was sie so erheiternd fand, dass sie sich offenbar nicht an ihren Salons störte?

... *Sei Sie gewiss,* las sie weiter, *dass Ihr Tun nicht auf Gegenliebe stoßen wird. Die Gastwirte in Mannheim sind eingebildet und dulden keine Weibsbilder unter ihresgleichen. Man wird Pfründe verteidigen, was nicht zu Ihrem Wohle gereichen wird. Sie wird Hilfe brauchen ...*

Hatte Johanna die Zeilen richtig verstanden? Die Kurfürstin wies sie darauf hin, dass ihre schnelle Küche bei den Gastwirten nicht auf Gegenliebe stoßen würde, was ihr klar war. Allerdings wunderte sie sich darüber, dass Elisabeth Auguste so abfällig über einen ganzen Berufsstand sprach, der doch dafür sorgte, dass Gäste und Reisende in der Stadt Kost und Logis fanden. Am erstaunlichsten war jedoch der nicht ganz eindeutige Satz am Ende des Abschnitts: Wollte die Kurfürstin ihr etwa helfen?

Hastig überflog sie die letzten Zeilen des Briefs: ... *Komm Sie mit ihrem Compagnon nach Weinheim zur allerhöchsten Verköstigung. Wir wollen wissen, was Sie offerieren will. Sie wird am kommenden Kirchtag zur Mittagsstunde erwartet. Melde Sie sich bei der Garde, dort wird man Sie abholen.*

Johanna klopfte das Herz bis zum Halse. Das war eine Kurfürstliche Einladung. Nein, eine Einladung war es nicht, verbesserte sie sich in Gedanken, es war eine Vorladung. Und zwar mit Verköstigung – es war nicht zu fassen! Die Kurfürstin wollte ihr Guarana-Getränk und dazu Kebap im Brot probieren? Das konnte nur ein Scherz sein! Andererseits wusste niemand außer Jean von ihren Plänen – und er hatte keinen Grund, ein solches Schreiben zu fälschen und Johanna zukommen zu lassen. Außerdem hatte der Bote die Uniform der Kurfürstlichen Garde getragen; er kam also ganz sicher im Auftrag des Hofes. Was steckte nur dahinter? Und vor allem: War es gut oder schlecht für ihre gemeinsame Idee mit Jacob, dass Elisabeth Auguste sich so konkret dafür interessierte?

Johanna beschloss den Freiherrn dazu zu befragen. Schließlich betraf ihn die Angelegenheit ebenfalls. Kurz entschlossen warf sie sich einen warmen Mantel um und machte sich auf den Weg zum Haus von Bardenfleth. Sie hätte eigentlich zu Fuß gehen müssen, da die Stadt immer noch unter den Folgen vom Eishochwasser litt. Überall in den Straßen lag Treibgut, Schmutz und Geröll von zerstörten Gebäuden, sodass mit einer Kutsche kein schnelles Durchkommen war. Außerdem wohnte der Freiherr nicht allzu weit entfernt. Doch sie ließ kurzentschlossen eine Mietsänfte kommen, um ihre feinen Lederstiefel zu schonen. Auf dem Weg sah sie sich traurig in den Gassen um. Wann würde wieder Normalität in ihre Heimatstadt einkehren? Viele Menschen litten immer noch Hunger und Not, auch wenn endlich der Frühling im Anmarsch war. Wovon sollten diejenigen leben, denen Kälte und Flur alles genommen hatten? Immer wieder hörte Johanna von Kindern, die einfach verhungerten! Es war einfach schrecklich – und für sie ein Grund mehr, ihre nahrhafte Speise und das Kräfte spendende Getränk so schnell wie möglich in Mannheim anzubieten. Sie würde sich bei Jacob dafür einsetzen, bedürftige Familien umsonst damit zu versorgen – nur brauchte sie auch dafür eine Erlaubnis. Und ob das so einfach werden würde, fragte sie sich nach dem Brief der Kurfürstin einmal mehr.

Wenn der Freiherr von Bardenfleth sich über Johannas frühen und unangemeldeten Besuch wunderte, so zeigte er es wenigstens nicht. Überhaupt erschien ihr dieser Mann als ein Ausbund an Höflichkeit und Diskretion, das hatte sie schon mehrmals bemerkt. So hatte er auch kein Wort über die Abreise von Jean verloren, obwohl Johanna sich ganz sicher war, dass er mehr darüber wusste. Schließlich war Jean, kurz bevor er die Stadt verlassen hatte, noch einmal bei Jacob gewesen, um sich von ihm zu verabschieden, wie er ihr erklärte. Johanna war sich jedoch sicher, dass ihr umsichtiger Franzose das Treffen genutzt hatte, die Situation kurz zu klären. Vermutlich hatte er Bardenfleth auch darum gebeten, auf Johanna aufzupassen und ihr beiseite zu stehen. So war Jean – und sie nahm es ihm nicht übel, auch wenn sie der Meinung war, durchaus allein im Leben klarzukommen.

Als sie dem Freiherrn in seinem opulent eingerichteten Arbeitskabinett gegenüberstand, reichte sie ihm schweigend den Brief. Während er zunächst Siegel und Papier studierte, das Schreiben prüfend gegen das Licht hielt und sanft mit den Fingerkuppen über die Zeilen strich, schaute Johanna sich belustigt um. Das Kabinett quoll über vor Büchern und Folianten, die teilweise auf dem Boden gestapelt waren, da in den umstehenden Regalen einfach kein Platz war. Zu gern hätte sie in einigen herumgestöbert, doch dafür war leider keine Zeit.

„Nun, eine Fälschung ist es zumindest nicht", riss Bardenfleth sie aus ihren Gedanken.

„Wieso seid Ihr Euch da so sicher?", fragte Johanna nach.

„Das ist eindeutig das Briefpapier der Kurfürstin, und das Siegel stimmt auch. In dieser Handschrift versendet sie viele Depeschen, wobei ich mir nie sicher bin, ob es ihre eigene oder die einer Hofdame ist." Er hielt einen Moment inne und starrte auf das Papier. Dann fuhr er seufzend fort: „So oder so, wir müssen der Einladung folgen. Hoffentlich sind dic Straßen bis dahin mit meiner Kutsche passierbar."

„Ja, aber ...", Johanna schluckte. „Wie wollen wir das anstellen? Dieser Kebap ist doch kalt, bis wir in Weinheim sind!"

Jacob lächelte. „Natürlich ist er kalt. Aber wir werden ihn in der Küche vor Ort einfach aufwärmen lassen. Ich werde Kemal fragen, wie das am besten vonstattengeht, damit das Fleisch nicht trocken wird."

Das klang einfacher als gedacht. Johanna beruhigte sich etwas. Doch ein Detail wollte sie von Bardenfleth doch noch wissen: „Sag, Jacob, könnt Ihr Euch erklären, warum die Kurfürstin so abfällig über die Gastwirte redet?"

Nun lachte der Freiherr laut und herzlich. „Allerdings!", prustete er. „Habt Ihr davon noch nicht gehört, liebe Freundin?"

Erstaunt schüttelte Johanna den Kopf. Wovon sprach Jacob – und was war daran so erheiternd? Er stellte eine weitere Frage, die Johanna verwirrte: „Kennt Ihr das Lied vom Jäger aus der Kurpfalz?"

Wiederum musste Johanna verneinen. Der Freiherr sprach in Rätseln. Was hatte das alles mit der Kurfürstin und den Mannheimer Gastwirten zu tun? Jacob bat sie Platz zu nehmen, während er vor ihr stehen blieb und tief Luft holte. Dann – Johanna traute ihren Augen und Ohren kaum – fing er an, mit kräftiger Stimme zu singen!

Ein Jäger aus Kurpfalz,
Der reitet durch den grünen Wald,
Er schießt das Wild daher,
Gleich wie es ihm gefällt.
Juja, Juja, gar lustig ist die Jägerei
Allhier auf grüner Heid'
Allhier auf grüner Heid'!

Die letzten drei Zeilen sang er zweimal hintereinander, sie schienen eine Art Refrain zu sein. Die Melodie war eingängig; trotzdem war sie Johanna völlig fremd. Johanna fragte sich, ob sie träumte. Ein singender Freiherr? Die ganze Situation war absurd-komisch; was sollte das alles nur?

„Ich erkläre es Euch“, deutete Jacob ihre Verwirrung richtig und erzählte ihr eine unglaubliche Geschichte, die – das musste Johanna zugeben – zu den Kurpfälzern passte, wie eine Faust auf's Auge. Demnach machte man sich in vielen Gasthäusern seit geraumer Zeit und nur zu später Stunde hinter geschlossenen Türen über die vielen Geliebten des Kurfürsten lustig. Offenbar kursierte eben jenes Lied, dessen erste vermeintlich harmlose Strophe Johanna eben gehört hatte, in Wirtshäusern und Schenken, wo es gerne zu später Stunde und voller Spott angestimmt wurde. Mit dem „Jäger aus Kurpfalz“ war Carl Theodor gemeint – gut zu erkennen, da er tatsächlich der Jagdleidenschaft frönte. Das „Wild“ hingegen war nicht tierischer Art, sondern das Weibsvolk, das er jagte, „wie es ihm gefällt“. In weiteren Strophen ging es ins Detail: So war an einer Stelle vom „reitenden Jäger“ die Rede, der "zwischen die Bein, auf einmal hinein“ schießt, „da muß das Thier geschossen seyn". Unmittelbar danach verbringt der erfolgreiche Schütze die Zeit "bis daß der Kuckuck Kuckuck schreit" – eine in Quadraten übliche Anspielung auf außerehelichen Nachwuchs in fremden Nestern.

Und so ging es in einem fort weiter; Johanna kam aus dem Kopfschütteln gar nicht mehr heraus. Das so fröhliche Jagdlied, wie Johanna es zunächst empfand, war gespickt mit frechen Anspielungen, die der Kurfürstin natürlich ein Dorn im Auge sein mussten.

„Und die Gastwirte haben es wirklich verbreitet?“, fragte sie nach.

„Ja, vor allem sie. Es trägt wohl zur guten Stimmung im Schankraum bei und erhöht den Bierkonsum.“ Jacob grinste breit. „Wisst Ihr nun, werte Johanna, warum die Kurfürstin sich für unsere Idee interessiert?“

„Allerdings.“ Johanna nickte. „Sie ist nachtragend – im Guten wie im Schlechten.“ Sie wusste, wovon sie sprach. Elisabeth Auguste würde sich die Gelegenheit nicht entgehen lassen, ihren Widersachern eins auszuwischen. Dumm nur, dass ausgerechnet Johanna und Bardenfleth nun dazu auserkoren waren, diese kleine Rache durchzuführen – was auch immer die Kurfürstin tatsächlich vorhatte. Ein Entkommen gab es leider nicht; das Wort Ihrer Durchlaucht kam einem Befehl gleich. Folglich besprachen Johanna und Jacob das gesamte Procedere ihrer Fahrt nach Weinheim bis ins kleinste Detail. Es durfte nichts schief gehen, um ihre Idee nicht zu gefährden. Und sie mussten die Kurfürstin doppelt überzeugen: geschmacklich und strategisch. Denn Elisabeth Auguste sollte nach der Audienz davon überzeugt sein, dass Kebap und Guarana-Krafttrunk nicht nur nahrhaft und lecker waren, sondern auch die Mannheimer Wirtsleute zumindest kurzfristig verunsicherten.

„Ein Name, wir brauchen noch einen Namen für das Fleisch-Brot“, fiel Jacob beim Verabschieden ein. „Das Getränk nennen wir ‚Kraftsaft‘, das klingt gut.“ Er kratzte sich nachdenklich am Kopf. „Oder noch besser: *Kurpfälzer Kraftsaft*. Das schafft Vertrauen und regionale Verbundenheit. So etwas lieben die Leute.“ Er grinste verschwörerisch. „Nur, was machen wir mit einem orientalischen Fleischgericht? Kebap können wir unmöglich dazu sagen – das kauft hier dann kein Mensch – misstrauisch, wie die Mannheimer nun einmal sind."

Bardenfleth hatte Recht; Johanna wusste nur zu gut, wovon er sprach. *Was der Mannemer nicht kennt, das frisst er nicht* lautete ein gängiges Sprichwort – und das nicht umsonst. Aber vielleicht sollte man einfach ... – Johanna hatte eine Idee: „Fetter Osmane – wir nennen das Gericht *Fetter Osmane*!"

Verblüfft blickte Bardenfleth sie an. Dann überzog ein Lächeln sein Gesicht. „Das ist gut. Sehr gut sogar." Er nickte überzeugt. „Wir spielen mit den Vorurteilen und nennen das Kind beim Namen", sinnierte er. „Ja klar. Und mit der Bezeichnung ‚fett' versteht auch der Dümmste, dass unser Gericht nahrhaft ist. Die Klügeren bekommen wir durch den orientalischen Einschlag – schließlich ist à la turque en vogue. Perfekt, Johanna, Perfekt!"

Begeistert klatschte er in die Hände. „Jetzt brauchen wir nur noch die erforderlichen Genehmigungen. Ich werde mich noch vor dem Besuch in Weinheim schlau machen, meine Liebe." Er küsste ihr überschwänglich die Hand. „Und dann, dann erobern wir die Kurfürstin!"

Fünf Tage später saßen sie in Bardenfleths komfortabler Reisekutsche. Zwischen Ihnen stand ein großer Korb auf dem Boden, in dem sich das Guarana-Pulver, eine ordentlich vorgegarte Portion Kebap, etwas Öl zum nachträglichen Erhitzen und einige Fladenbrote befanden, die Kemal wohlweislich bereits gekonnt aufgeschnitten hatte. Von Mannheim ging es durch das Neckartor über die Neckarbrücke nach Käfertal. Glücklicherweise waren die wichtigen Reisewege gut geräumt und passierbar. Im Käfertaler Wald kamen sie am Kurfürstlichen Parforce Jagdbezirk vorbei, was Johanna wieder an das Lied vom Jäger denken ließ. Mittlerweile kannte auch sie alle Strophen. Es war wirklich frech und musste für Elisabeth Auguste ein Schlag ins Gesicht sein! Und hier jagte der Kurfürst also echtes Wild – interessiert schaute Johanna aus dem Fenster hinaus. Die Straßen liefen sternförmig auf ein Jagdhaus zu und der gesamte Bezirk war mit Zäunen aus Brettern umstellt. Neben dem Jagdhaus standen die Jagdboxen, mit denen das hier gehegte Wild bei Bedarf zu anderen Jagden verfrachtet wurde. Was für ein armseliges Verständnis von Jägerei, fand Johanna.

Eine Zeit rollte die Kutsche durch den Wald, ehe sie nach Viernheim gelangten. Dort ließ Jacob die Pferde wechseln, bevor es auf gerade Strecke direkt nach Weinheim ging. Die Stadt lag unterhalb der beiden Burgen Wachenburg und Windeck und verfügte über ein stattliches Schloss. Johanna kannte diese Region nur vom Vorbeifahren. Sie gelangten durch die Vorstadt entlang des Flüsschens Weschnitz, an dem sich eine Mühle befand, in die Stadt. Der Ort lag am Hang und sah sehr einladend aus. Oberhalb des geräumigen Marktplatzes lag das Kurfürstliche Schloss. Im Gegensatz zu den Anlagen in Schwetzingen und Mannheim war der Gebäudekomplex unübersichtlich. Irgendwie schien ein Teil des Stadttores bereits zur bewohnten Schlossanlage zu gehören, was nicht für allzu große Räume und Komfort sprach.

Auch Bardenfleth kannte das Weinheimer Schloss nicht und schaute sich verwundert um. Der Kutscher lenkte die Pferde in eine Art Schlosshof, der jedoch nicht so aussah, als würde er zu repräsentativen Zwecken genutzt werden. Dennoch eilte sofort eine Wache auf sie zu und fragte barsch nach Name, Absicht und Passierschein. Energisch stieg Jacob aus.

„Jacob Freiherr von Bardenfleth zu Buchenclau und die Dame Santorini. Wir werden von Ihrer Durchlaucht, der Kurfürstin, erwartet."

Ohrenbetäubender Lärm unterbrach die Unterhaltung; das Mittagsläuten setzte in diesem Moment ein. Alle sechs Kirchen des Ortes ließen ihre Glocken läuten, als wolle man der Kurfürstin zeigen, wozu man hier an der Bergstraße fähig war. Johanna schüttelte den Kopf: Ein ruhiges Domizil hatte die Kurfürstin sich nicht gerade ausgesucht. Der Lärm drang ganz sicher auch in die Räume im Schloss. Warum sie wohl hier weilte und nicht in Ludwigshafen? Während sie Jacob beobachtete, der mit dem Kurfürstlichen Schreiben in der Hand herumwedelte und mit dem Wachmann diskutierte, fragte sie sich einmal mehr, was Elisabeth Auguste wirklich von ihnen wollte. Eine Verköstigung war doch höchst ungewöhnlich – und entsprach auch nicht ihrer Art. Meist ging es um Geld, wenn sie sich in etwas einmischte. Erwartete sie in dieser Angelegenheit etwa so gute Geschäfte, dass sich ihr Interesse lohnte? Johanna war ratlos und ein wenig unruhig.

Inzwischen hatte Jacob offenbar sämtliche Formalitäten geklärt, denn der Soldat deutete erklärend auf eine Tür. Der Freiherr kletterte in die Kutsche, lächelte Johanna aufmunternd an, raunte ihr ein beschwörendes „wartet kurz hier" zu und griff nach dem Korb mit den mitgebrachten Lebensmitteln. Dann verschwand er eilig quer über den Hof und wenige Augenblicke später in der Tür, die – so vermutete Johanna – zur Schlossküche führte.

Kurze Zeit später kam er mit einem zufriedenen Gesichtsausdruck zurück und half Johanna galant aus der Kutsche hinaus. „Wir werden in der Sala Terrena[158] erwartet", flüsterte er und fügte hinzu: „Angeblich ist das der einzige einigermaßen repräsentative Raum in diesem Schloss – das hat mir der Koch verraten!" Er schüttelte kaum merklich den Kopf und grinste Johanna an.

„Und wo ist die Sala Terrena?" Johanna schaute sich unsicher um. „Ich sehr hier nirgends ein Portal oder eine Tür, die darauf hinweist.

„Wir müssen außen herum laufen – hier wird angeblich gerade gebaut." Jacob zog die Augenbrauen hoch. „Ist wohl auch ziemlich nötig! Die Küche sah vielleicht aus ..." Er schnaubte verächtlich, fügte dann aber hinzu: „Immerhin wollen sie die komplette Küche neu machen; irgendein besonderer Architekt ist hier am Werk." Dann führte er Johanna um den Gebäudetrakt herum auf die Gartenseite, wo eine große Terrasse den Blick in einen hübsch angelegten Park freigab. Die Flügeltüren zu dem Saal dahinter standen weit offen und sie traten ein.

---

[158] Mit Sala Terrena bezeichnet man einen Saal zum Garten hin.

Bis auf ein paar Stühle, die um einen großen Tisch mitten im Raum herum standen, war der Saal leer. Dennoch wirkte der Raum nicht kahl: Die Wände waren mit kostbaren hellrosa Stoffen bespannt und an der Decke sorgten aufwändige Stuckaturen für eine erstaunliche Wirkung. Schlagartig empfand man in diesem Raum so etwas wie Ehrfurcht – sei es, da der Saal so ausgewogen gestaltet schien, oder weil man sich plötzlich wieder in einem richtigen Schloss wähnte.

Johanna grübelte noch, woran sie diese Stuckaturen erinnerten, als sich am oberen Ende der Sala Terrena etwas tat: Die Flügeltür wurde aufgeschoben und zwei Hofdamen rauschten herein, die Johanna und Jacob kurz zunickten. Natürlich kannte Johanna die Frauen – schließlich verkehrten sie in ihrem Salon. Dennoch versank sie in einen angemessenen Knicks. Einen Augenblick später betrat Elisabeth Auguste das Geschehen. Johanna erschrak, während sie mit Jacob die erforderlichen Honneurs machte: Die Kurfürstin hatte noch einmal ordentlich zugenommen. Ihr Gesicht war ungesund aufgequollen und sie bewegte sich schwerfällig unter ihrer prachtvollen Robe. Hastig richtete Freifrau von Sickingen ihr einen Stuhl, sodass sie nun hinter dem Tisch thronte. Erwartungsvoll schaute Elisabeth Auguste ihre Besucher an, die sich inzwischen aus Hofknicks und Verbeugung erhoben hatten: „Nun, wo ist sie, ihre angeblich so schnelle und schmackhafte Kost?“

„Sie wird Euer Durchlaucht umgehend serviert“, antworte Jacob mit leiser Stimme. „Der Koch richtet bereits alles in der Küche.“

Die Kurfürstin nickte zufrieden und winkte mit einer Handbewegung ihre Damen an den Tisch. „Sie werden ebenfalls probieren“, bestimmte sie und blickte erwartungsvoll zur Tür.

Unterdessen ging Johanna ein Detail nicht mehr aus dem Kopf: Schnell und schmackhaft hatte die Kurfürstin ihre Gerichte bezeichnet – das war doch der perfekte Name für ihr Geschäft im Mannheimer Kaufhaus! Sie sah es bildlich vor sich: *Schnell & Schmackhaft,* eine rote Schrift auf weißem Grund, das verstand jeder! Was Jacob später dazu sagen würde?

Doch zunächst ging es darum, überhaupt mit der Idee zu überzeugen. Glücklicherweise betrat in diesem Moment der Koch mit zwei Küchenhelferinnen den Saal. Jeder trug ein Tablett, auf dem sich jeweils ein *Fetter Osmane* in einer Papiertüte sowie ein Becher *Kurpfälzer Kraftsaft* und eine Leinenserviette befanden. Zunächst wurde der Kurfürstin serviert, dann ihren beiden Hofdamen, die sich dazu ebenfalls an der Tafel niedergelassen hatten. Ein kurzes Nicken von Elisabeth Auguste reichte aus, damit sich das Küchenpersonal wieder zurückzog. Dann schaute die Kurfürstin Johanna fragend an.

„Ihr ... Ihr müsst es in die Hand nehmen, Durchlaucht." Johanna stotterte und wäre am liebsten im Erdboden versunken. Sie konnte der Kurfürstin doch unmöglich erzählen, wie sie etwas zu essen hatte!

„Ja, und dann einfach hineinbeißen", ergänzte Jacob beinahe atemlos. Auch ihm war die Situation ganz offensichtlich peinlich. Doch dann bemerkte Johanna, dass die Hofdamen beide damit kämpften, sich das Lachen zu verbeißen, was auch der Kurfürstin nicht entging. Sie schien kurz darüber nachzudenken, legte ihre Serviette eigenhändig über ihr üppiges Dekolletee, schaute mit hochgezogenen Brauen auf den *Fetten Osmanen* in ihren Händen und biss dann beherzt hinein. Die Hofdamen taten es ihr umgehend nach.

Johanna hielt den Atem an und Jacob schien zu einer Salzsäule erstarrt. Man hörte nichts – außer das wenig feine Kauen der Damen. Es zog sich lange hin. War das Fleisch etwa zu hart geworden? Oder lag es an den schlechten Zähnen der Damen, dass sie so ausgiebig kauten?

„Mmmh, delikat", ließ sich die Kurfürstin auf einmal in die Stille hinein vernehmen. „Was sagte sie, ist das genau?"

Johanna hatte zuvor zwar noch kein Wort über die Zusammensetzung des Gerichts verraten, gab nun jedoch bereitwillig Auskunft. Glücklicherweise war sie auch gut über die orientalischen Gewürze darin informiert, sodass sie einen umfassenden und sehr kompetent wirkenden Bericht abgeben konnte. Denn mit dem Freiherrn wollte Elisabeth Auguste offenbar nicht direkt reden – warum auch immer.

„Und dieser Kraftsaft? Was hat sie da hinein gemischt?“ Fast schon ein wenig belustigt ruhte der Blick der Kurfürstin auf Johanna, die vor Aufregung errötete. Dann erzählte sie ihrer Landesmutter von der Guarana-Pflanze und ihrer besonderen Wirkung und erwähnte auch die anderen Zutaten des erfrischenden Getränks, das der Kurfürstin ebenfalls zu munden schien. Die Hofdamen lächelten ihr aufmunternd zu. Sie kannten ihre Herrin besser, als jeder andere – und waren sich offenbar sicher, dass Johanna und Jacob mit dem Kurfürstlichen Wohlwollen rechnen konnten.

In der Tat schob Elisabeth Auguste in diesem Moment ihren Becher beiseite und wandte sich nun an beide: „Sie werden eine Gastwirtschaftsgerechtigkeit[159] benötigen, aber ohne Bier natürlich keine Zapfengerechtigkeit. Wir werden die Hofkammer entsprechend anweisen lassen.“ Sie hüstelte vornehm und fuhr mit leiser Stimme fort: „Sie wird mich auf dem Laufenden halten. Es wird zu Protesten kommen. Wir wollen die Namen. Alle.“

Johanna schluckte. Es war also tatsächlich Rache, um die es der Kurfürstin ging? Sie hätte nie gedacht, dass diese mächtige Frau so kleinlich sein könnte. Aber gut: Sie wollte den Gastwirten ihre Macht zeigen, also sollte sie die Gelegenheit bekommen. Wahrscheinlich würden sie ein ordentliches Sümmchen zahlen müssen, um im Fall der Fälle ihr Wirtshaus weiter betreiben zu dürften! Johanna stimmte murmelnd zu und versank erneut in einen tiefen Hofknicks.

„Sie erhebe sich!“ Die Kurfürstin war offenbar noch nicht fertig. „Wir werden die Garde zu ihr schicken. Sie soll davon probieren. Wir meinen, es eignet sich als Feldkost. Natürlich in weniger aufwändiger Form. So kommt ihr Sohn auch in den Genuss.“ Für einen kurzen Moment lächelte Elisabeth Auguste milde und sah Johanna dabei direkt ins Gesicht. Das war mehr

---

[159] Die damals übliche Genehmigung, um eine Gastronomie zu betreiben.

Freundlichkeit, als sie je zuvor erfahren hatte. Dankbar lächelte sie zurück.

Doch der Augenblick war sofort wieder vorbei. Die Kurfürstin erhob sich schwerfällig, während die Hofdamen hastig ihre verschmierten Finger in den Leinenservietten sauber rieben. Johanna knickste tief, während Jacob die übliche Verbeugung machte. Doch ehe Elisabeth Auguste den Saal verließ, erfuhr Johanna etwas, das ihr gern erspart geblieben wäre: Die Kurfürstin steckte ihr unmissverständlich, dass Jean eine neue Geliebte hatte. „Der Franzose wird seinem Ruf wieder einmal gerecht, Bechtlerin", raunte sie ihr zu, während sie Johannas Mienenspiel genau verfolgte. „Sie mach' sich nichts daraus", fügte sie dann hinzu, „es heißt, die Herzogin sei keine Schönheit und auch sonst nicht sehr geistreich. Es wird eine diplomatische Mission sein." Dann rauschte sie aus dem Salon, die ungewöhnliche Audienz war beendet.

In den folgenden Wochen holte Jacob von Bardenfleth alle erforderlichen Genehmigungen ein, was durch die der Kurfürstin plötzlich ganz leicht ging. Da bereits eine *Gastwirtschaftsgerechtigkeit* für das Mannheimer Kaufhaus vorlag, mussten sie keinen neuen Antrag bei der Hofkammer stellen und erhielten den Schein plötzlich mühelos. Und weil sie, wie Elisabeth Auguste ja listig festgestellt hatte, ohne Bierausschank auch nicht unter die *Zapfengerechtigkeit* fielen, brauchten sie sich nun auch nicht mehr mit den mächtigen Brauereien und der dafür zuständigen Hofkammer auseinandersetzen. Das war sehr praktisch und beschleunigte alles.

Johanna befasste sich unteressen mit der Einrichtung von *Schnell & Schmackhaft*, wobei ihr Louisa und Dorothea Delph mit Rat und Tat zur Seite standen. Den Namen für das schnelle Restaurant hatte Jacob noch auf der Rückfahrt von Weinheim für gut befunden. Ob die Kurfürstin bemerken würde, dass die Idee dazu von ihr stammte?

Über die Delph orderte Johanna alles, was sie für den Ausschank bauchte: Becher für den *Kurpfälzer Kraftsaft*, Tüten für den *Fetten Osmanen* – und natürlich die gesamte Küchenausstattung für Kemal und seine Gehilfen. Denn dass er *Schnell & Schmackhaft* letztendlich führen würde, war von Anfang an klar. Louisa brachte sich bei den praktischen Fragen ein: Sie zeigte, wie eine Küche sauber zu führen war und ließ adrette Kleidung für alle anfertigen.

Endlich war es soweit: Die schnelle Küche mit den einzigen Angeboten *Kurpfälzer Kraftsaft* und *Fetter Osmane* sollte eröffnet werden. Johanna und Jacob hatten sich dazu auf einen belebten Messetag geeinigt; außerdem hatte Johanna zu einem *Kulinarischen Intelligenz-Salon* ins Mannheimer Kaufhaus geladen. Ob ihre üblichen Salongäste dieses Ambiente akzeptieren und vollständig erscheinen würden, konnte sie im Voraus nicht abschätzen. Umso erstaunter war sie jedoch, dass sogar die Hofdamen der Königin, Sophie de La Roche, Schiller, Iffland, Lamey und der Freiherr von Stengel ihrer Einladung gefolgt waren. Wahrscheinlich hatte das Kaufhaus selten zuvor einen solchen Auflauf an hochgestellten Persönlichkeiten erlebt, denn auch Verschaffelt, Anton von Mai, Hofastronom König, der Verleger Schwan, zahlreiche Höflinge und viele Schauspieler vom Theater waren erschienen. Entsprechend groß war der Andrang an der Theke von *Schnell & Schmackhaft* – und Kemal kam mit seinen Gehilfen am Feuer ordentlich ins Schwitzen.

Am wichtigsten war jedoch ein entscheidendes Detail, das Zeitungsverleger Lamey eifrig mit Originalzitaten festhielt: Es schmeckte allen! Sogar die Hofdamen bissen ungeniert in das mit Fleisch gefüllte Fladenbrot und störten sich nicht daran, dabei möglicherweise ihre Handschuhe zu beschmutzen oder unfein auszuschauen. Johanna war sich ganz sicher: In den nächsten Tagen würde dank Lamey jeder in der Stadt wissen, der des Lesens kundig war, dass ab sofort ein *Kurpfälzer Kraftsaft* mit einem *Fetten Osmanen* zum guten Ton gehörten. In einem unbeobachteten Moment suchte sie den Blick von Bardenfleth, der ihr verschwörerisch zublinzelte. Besser hätte es wirklich nicht laufen können.

Doch die Eröffnung endete mit einem Eklat: Denn einige Stunden später, als noch immer Menschen an der Theke von Kemal Schlange standen und die ersten Händler bereits ihre Waren einpackten, drang plötzlich ein ohrenbetäubender Lärm von außen in das Kaufhaus herein. Was war da los? Besorgt versuchte Johanna zu erkennen, woher der Krach kam.

Sie musste nicht lange warten, denn bereits wenige Minuten später war das *Schnell & Schmackhaft* von einem Orchester der besonderen Art umzingelt: Sämtliche Gastwirte der Stadt und aus der Region hatten sich zusammengetan und ihren Unmut über den neuen und fremdländischen Anbieter in ihrem Geschäftsfeld lautstark kundzutun. Dazu schlugen sie mit Kochlöffeln auf die Unterseite von Kochtöpfen, drehten dazu wild Ratschen und brüllten: „Keine ausländischen Gerichte auf unsere Kurpfälzer Tische!“ und „Ausländer raus!“. Dabei starrten sie Johanna, Jacob und die Gäste derart drohend an, dass letztere bis auf Dorothea Delph und Andreas Lamey in Sekundenschnelle verschwanden.

„Wache, sofort!“ Die gellende Stimme der Delph schaffte es tatsächlich, einige der wachhabende Soldaten zu mobilisieren. „Wir stehen unter dem Schutz der Kurfürstin“, keifte sie und stemmte die Arme wütend in die Hüften. „Tu er war, Hauptmann!“

Doch der Gardist wusste offenbar nicht so recht, wie er der Situation Herr werden sollte. Also befahl er den Gastwirten, sich zu entfernen und Kemal, den Laden für heute zu schließen. Verärgert versuchte Dorothea genau dies zu verhindern – vergeblich.

„Lasst nur“, beschwichtigte Johanna sie. „Es wird nicht wieder vorkommen.“ Denn sie hatte genau beobachtet, dass Lamey sich die Namen der protestierenden Gastwirte notiert hatte. Vermutlich würde er noch am Abend eine vollständige Liste an die Kurfürstin weiterleiten – nicht zuletzt, um seine eigene Position zu stärken. So lief das Spiel eben. Johanna würde ein entsprechendes Billet nachreichen – und hatte damit ihre Pflicht gegenüber Elisabeth Auguste getan.

Natürlich hatte sie die meisten Männer erkannt: Conrad Engelhorn, der Bierbraumeister vom *Zur Stadt Augsburg* war ebenso dabei wie Friedrich Daniel Bassermann vom *Gasthaus zu den drei Königen* direkt am Mannheimer Markt, der Koch aus dem *Pfälzer Hof* am Paradeplatz direkt gegenüber, die Wirte vom *Zum Goldenen Pflug,* vom *Weinhaus Hunziger* und vom Gasthaus *Silberner Schlüssel* sowie vom *Zum Ochsen* aus Feudenheim, der *Kaiserhütte* vor dem Heidelberger Tor und dem heruntergekommenen *Weißen Adler*. Die anderen waren ihr nicht bekannt. Immer noch machten sie keine Anstalten zu verschwinden, und Johanna wurde es etwas mulmig. Was hatten sie vor? Zwar hielt die Garde die Meute in Schach, doch wie lange noch? Flehend schaute sie zu Bardenfleth hinüber, der relativ gelassen das Geschehen beobachtete.

„Wartet ab“, raunte er ihr zu, „die beruhigen sich schon wieder, wenn das Kaufhaus schließt. Dann müssen sie sich um ihre eigenen Betriebe kümmern.“

Er sollte Recht behalten – und kurze Zeit später befand Johanna sich in Begleitung von Jacob auf dem Heimweg. Begeistert schwärmte er von dem erfolgreichen Abend und rief sich immer wieder die entscheidenden Lobesworte der Gäste in Erinnerung.

Johanna hingegen blieb schweigsam. Die fremdenfeindlichen Rufe der protestierenden Gastwirte hatten sie an ihre Flucht in den Heidelberger Gassen erinnert. Damals war sie auch ein Opfer offen zur Schau getragener Feindseligkeit gewesen – und das lediglich, da sie zuvor einige Jahre in Frankreich gelebt hatte. Diesmal war es ein fremdländisches Gericht, das die Gemüter erhitzt hatte. Ob in diesem Klima eine Idee wie ihre überhaupt eine Zukunft hatte?

Glaubte man den begeisterten Worten, mit denen Lamey einige Tage später in seiner *Mannheimer Zeitung* an die Öffentlichkeit ging, würde es in Zukunft keine Quadratestadt ohne *Fetten*

Osmanen und *Kurpfälzer Kraftsaft* geben[160]. Johanna war sich da nicht so sicher, ließ sich aber von Jacob, der immer noch begeistert von der Eröffnung schwärmte, mitreißen: „Wir schaffen das, Johanna, besser als Ihr Euch das heute vorstellen könnt. Bitte glaubt mir!“

Sie schwieg. So leicht war sie nicht zu überzeugen. Aber wer wusste schon, was passieren würde – das Leben hatte sie manches Mal überrascht.

---

[160] Offenbar besaß Lamey prophetische Fähigkeiten: Türkische Küche aus Schnellrestaurants ist aus Mannheim heute gar nicht mehr wegzudenken; die Auswahl an Energy-Drinks dürfte Johanna heute zum Staunen bringen!

Epilog

Schon einmal hatten beide hier oben gestanden. Doch diesmal war es anders. Vier Jahre waren seither vergangen – und mit ihnen war viel Neues in ihr Leben getreten. Schweigend blickten beide hinaus in die Rheinebene, wie die Sonne sich gerade anschickte unterzugehen. Unter ihnen lag die Stadt im milden Abendlicht und strahlte Frieden und Wohlstand aus. Wie lange es wohl noch so bleiben würde? Aus Frankreich kamen regelmäßig neue Schreckensmeldungen von Menschen, die sich gegen die bestehende Ordnung auflehnten – und von einer Königin, die sich täglich spektakulärere Extravaganzen einfallen ließ. Auf Dauer konnte das nicht gutgehen.

Dennoch hatte Johanna keine Angst vor der Zukunft. Sie hatte ihren Weg gefunden und ihre Existenz in der Kurpfalz neu aufgebaut. Sie war gesellschaftlich anerkannt und eine Institution in Sachen Salonkultur geworden. Sogar Sophie de la Roche, die Gleiches für sich in Anspruch nahm, schwärmte in höchsten Tönen über die *Intelligenz-Salons*, die Johanna regelmäßig veranstaltete. Man verkehrte mit ihr, obwohl sie eine Bürgerliche war. Eine Einladung der Dame Santorini war wie die Eintrittskarte in einen besonders elitären Zirkel, was Johanna immer noch verwunderte.

Außerdem hatte sie ihre Angelegenheiten geregelt und ihr Erbe, das recht stattlich war, bereits den Kindern übertragen. Sie konnten sich darauf verlassen, immer gut versorgt zu sein. Der fünfzehnjährige Francesco würde beim Militär reüssieren; und Louisa hatte im vergangenen Jahr mit neunzehn Jahren ihren Hauslehrer Ludwig van Tholen geheiratet. Noch lebten sie im Obergeschoss des Bechtlerhauses, doch ihre Tochter war in anderen Umständen; das Haus würde also über kurz oder lang zu eng werden. Irgendeine Veränderung stand folglich an – Johanna wusste nur noch nicht, in welche Richtung es gehen könnte.

Auch Jacob wirkte zufrieden. Seine Geschäfte liefen gut – sowohl jene mit den Büchern als auch die mit der Türkenmode. Alles, was in irgendeiner Form orientalisch wirkte, ließ sich dieser Tage zu Geld machen. Er wurde immer reicher und bedauerte es einmal mehr, keine Familie zu haben, der er sein Vermögen würde vererben können. Immerhin hatte er in Johanna eine enge Freundin gewonnen, die seine verrückten Ideen gerne mit ihm teilte. Dadurch hatte er sich von einem durchs Leben taumelnder Menschenfeind, der sich vor nichts und niemandem fürchtete, da ihm das schlimmste Leben schon geschehen war, zu einem interessierten, verantwortungsbewussten und liebevollen Ratgeber in allen Lebenslagen entwickelt. Sein immenses Wissen war ihm dabei sehr hilfreich und Johanna schätzte seinen Rat. Ja, er hatte in den vergangenen Jahren gelernt, dass es immer wieder ein neues Leben danach gab, das sich lohnte – so schön es davor auch gewesen sein mochte.

Beide verband viel miteinander: Sie waren in etwa gleich alt, sehr gebildet und interessiert an der Welt. Sowohl Johanna als auch Jacob stammten ursprünglich aus kleinen Verhältnissen und waren über allerlei Umwege zu Geld und Ansehen gekommen. Beide hatten erst ihre Eltern und später dann ihre Ehepartner auf tragische Weise verloren – und beide hatten nicht aufgegeben. Und sie liebten alles Neue und Moderne. Sie wagten etwas, trotz warnender Worte der üblichen Bedenkenträger. Denn Scheitern, das wussten sie nur zu schmerzlich, gehörte zum Leben.

Gewinnen allerdings auch – und so verfolgten sie vergnügt den Siegeszug vom *Kurpfälzer Kraftsaft* und dem *Fetten Osmanen*, die mittlerweile an mehreren Orten der Stadt angeboten wurden. Kemal hatte sich nicht nur als begnadeter Koch, sondern auch als pfiffiger Geschäftsmann erwiesen, der mittlerweile Lizenzen an andere Gastwirte verkaufte. Jeder wollte am Erfolg der schnellen Küche teilhaben; sogar die alt eingesessenen Gastwirte. Es war wirklich verrückt, zumal sie selbst im Hintergrund und natürlich die Kurfürstin ordentlich daran mit verdienten.

„Johanna“, unterbrach Jacob von Bardenfleth die Stille des Spätsommerabends. „Ich habe mir etwas überlegt.“

Fragend schaute sie ihn an. Das klang ernst.

„Wir stehen beide in der Blüte unseres Lebens“, begann er salbungsvoll, grinste dabei jedoch so verschmitzt, dass Johanna innerlich erleichtert aufatmete. Sie hatte schon befürchtet, er wäre doch noch darauf gekommen, ihre innige Freundschaft durch eine Eheschließung zu besiegeln, was sie auf keinen Fall wollte.

„Wir haben doch beide Angst vor Langeweile und Eintönigkeit“, fuhr er nun ein wenig nachdenklicher fort. „Wir sind einfach nicht dazu bestimmt, irgendwo in eintöniger Gesellschaft auf das Ende zu warten, das ganz sicher früher oder später kommt. Lasst uns noch einmal losziehen und die Welt entdecken!“

„Die Welt entdecken? Was meint Ihr damit, Jacob?“ Johanna wusste nicht so recht, worauf er hinaus wollte.

„Lasst uns gemeinsam nach Italien reisen, nach London oder nach St. Petersburg. Die Welt wartet auf Menschen wie uns. Denk an unseren *Fetten Osmanen*: Das Fremde ist überall auf dem Vormarsch und en vogue. Dann verkaufen wir eben *Knusprige Berliner* in Florenz und *Florentiner* in Wien – was auch immer wir uns dazu ausdenken. An guten Ideen mangelt es uns doch nicht – und an Geld auch nicht. Was meint Ihr, werte Freundin?“

Johanna dacht kurz nach. Louisa würde ihr Haus gerne weiterführen. Es war ideal für eine junge, aufstrebende Familie. Die van Tholens würden in Mannheim bleiben, das war sicher. Und sie selbst? Tante Clara war im vergangenen Jahr gestorben, und Louisa und Francesco brauchten sie nicht mehr. Salons konnte man überall veranstalten – das hatte sie von der La Roche gelernt. Was also hielt sie hier noch?

Bardenfleth hatte unterdessen nach ihrer Hand gegriffen und einen vollendeten Handkuss zelebriert. „Werte Johanna Santorini“, formulierte er sichtlich ergriffen und sank in die Knie.

„Seid ihr bereit, mich *nicht* zu heiraten, *nicht* das Bett mit mir zu teilen, *keinesfalls* Ansprüche zu erheben und dennoch mit mir durch die Welt zu reisen? In guten und in schlechten Tagen als Freunde – bis dass der Tod uns scheidet?“

Johanna musste laut lachen. Jacob von Bardenfleth war wirklich der außergewöhnlichste Mensch, den sie kannte. Sie nickte vergnügt und strahlte ihn.

Langweilig würde es sicherlich nicht werden.

Carola Kupfer
Wolfgang Schröck-Schmidt

Nichts ist eine Kleinigkeit bei Hofe
Gefährliche Intrigen im Mannheimer Schloss

CAROLA KUPFER
WOLFGANG SCHRÖCK-SCHMIDT
Johanna
und der Medici-Schatz
Neue Intrigen am Kurpfälzer Hof
EDITION
LIT

Carola Kupfer
Wolfgang Schröck-Schmidt

Die erstaunliche Reise des Jacob von Bardenfleth

Roman

EDITION LIT